ゲーテとフンボルト兄弟

コスモスと人間性

木 村 直 司 著

南 窓 社

フンボルト家の城館を望む

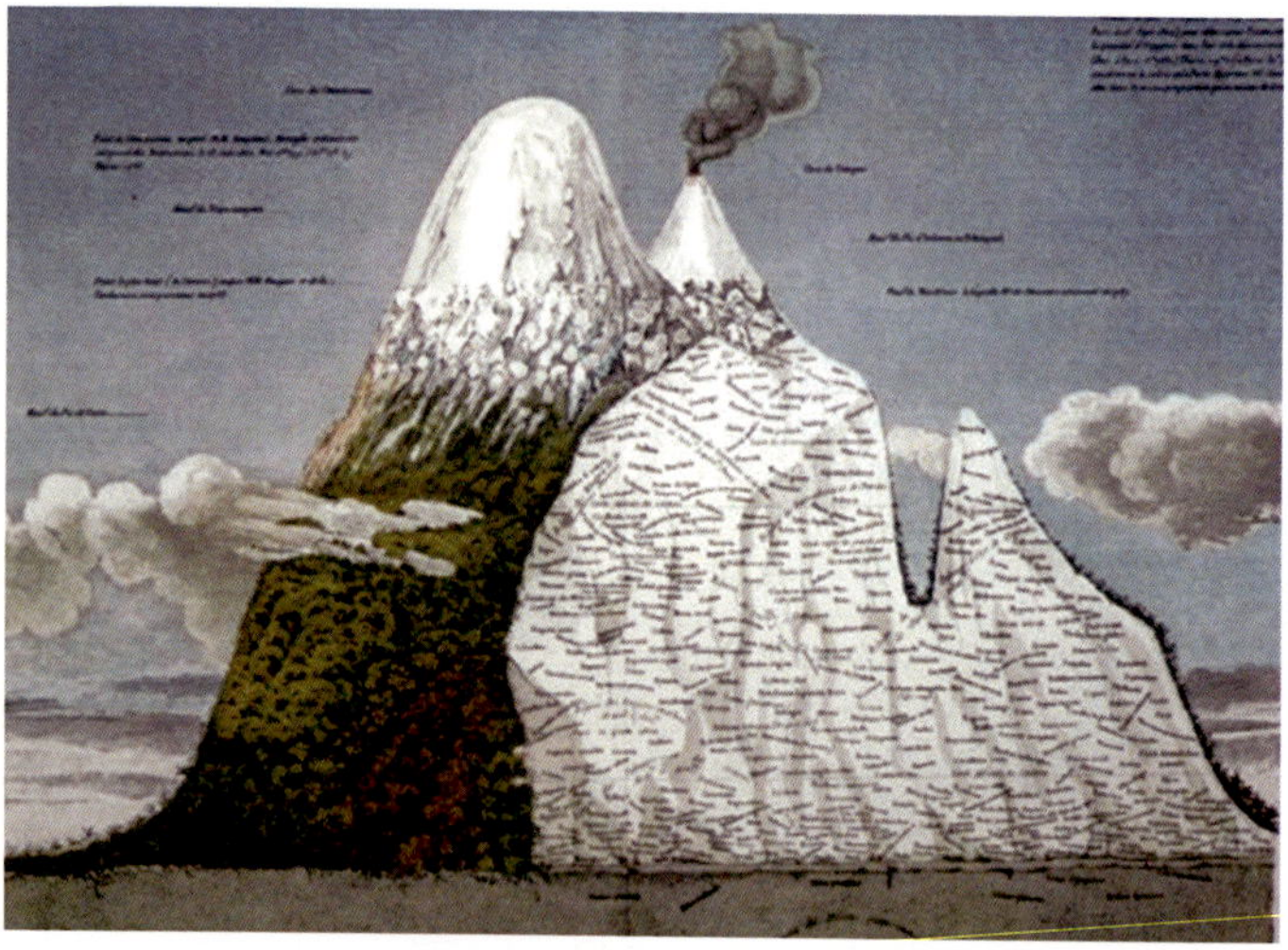

『自然の諸相』を象徴する「自然絵画」

まえがきに代えて ―― ゲーテ時代の文学的遺産

世界史が時おり書き直されなければならないということについては、われわれの時代に衆目の一致するところであると思われる。しかし、このような必要が起こるのは、生起した多くのことが後で発見されたためというようなためではなく、新しいさまざまな見地が与えられ、進歩する時代の同時代者が導かれる立場からは、過ぎ去ったことが新しい仕方で展望され判断されるからである。
（ゲーテ『色彩論』「歴史編」フランシス・ベーコンについて）

ゲーテ研究史についてこれまで最も詳細な参考文献『二十世紀のゲーテ像』（初版一九五二年、増補改訂再版一九六六年）を著したウィーンの独文学者ハインツ・キンダーマン（一八九四―一九八五）により、「われわれの世紀のドイツ語圏におけるもっとも重要な歴史家のひとり」と呼ばれたオーストリア人ハインリヒ・フォン・ズルビク（一八七八―一九五一）は遺著『ドイツ人文主義時代から現代までの精神と歴史』（全二巻、一九五〇／五一）において、次のように指摘している。「ゲーテは歴史を静的なもの及び動的なものとして見た。彼は歴史の方法について思索をめぐらし、『色彩論』においてさえ雄大な筆致の科学史家になった。彼がもっぱら探求したのは、歴史主義と価値の問題および人間の歴史を動かす根本的な時間的力の問題で、実証主義的に経験的な事実研究だけに没頭することも、ヘーゲル的な理性による構築に陥ることもなく、精神科学の心理主義的な道をあゆんだ。ゲーテの世界像の全体と、歴史的な個々の事象と歴史生成の全体に関する彼の見方を把握しようと努める場合にのみ、彼の歴史学に対する計り知れない意義が認識されるのである。」

実際、ドイツの詩人ゲーテ（一七四九―一八三二）は『ヴェルテル』や『ファウスト』の作者であると同時に、浩瀚な『色彩論』を書いた真摯な自然研究者でもあった。そのさい自然を眺める詩人的科学者の基本的立場は、『色彩論』教示編「まえがき」に次のように言い表わされている。

「ある物事をたんに眺めるだけでは、われわれは裨益されることはない。あらゆる熟視は考察へ、あらゆる考察は思念へ、あらゆる思念は結合へと移行し、それゆえ、われわれは対象世界を注意深く眺めるだけですでに理論化しているといえるのである。これをしかし明確な意識、自己認識、自由、そして思いきった言葉を用いるならばイロニーをもって行なうためにはひじょうな熟練が必要である。とりわけ、われわれの恐れる抽象を無害なものにし、われわれの望む経験からの帰結をほんとうに生き生きとした有用なものにしようとする場合にそうである。」

すなわち、詩人は自然をもはや単に文学的あるいは芸術的にではなく、科学者として客観的対象としても眺めているが、それは五官を用いた感覚的な観察ではなく、すでに一種の理性的な理論化なのである。しかも、それは自然の必然に必ずしも縛られないイロニーと呼ばれるある程度まで自由闊達な精神の営為なのである。とりわけ彼が恐れているのは数式という形の詩的形象と異なる抽象である。ここには詩人的科学者ゲーテの特質がはっきり現われている。南米から帰国して数年後、若い自然研究者アレクサンダー・フォン・フンボルトも同意を前提にしながらゲーテ宛にたまたま一八一〇年一月三日付で書いている。「彼ら（在来の自然研究者たち）が従事しているのは、ほとんど新しい種を探求することだけです。（中略）それがいかに望ましいことではあっても、それに劣らず重要なのは、その名称さえほとんど存在していない教科、植物地理学を研究することです。」そのうえ彼の自然の見方は美的・芸術的であり、これこそまさに彼の自然研究のゲーテ的特徴であった。「自然は感じられなければなりません。見て抽象するだけの人は、一世代にわたり、生命の充満した燃えるような熱帯世界で動植物を解剖して、自然を記述していると思うでしょうが、自然そのものには永遠に疎遠でしょう。」

ゲーテ死後の十九世紀後半は、経験科学あるいは精密科学とも呼ばれる実証的自然科学が全盛を誇った時代であった。それは十八世紀ドイツの観念論（イデアリスムス）的な自然観だけではなく、多分に自然哲学的なロマン主義的自然考察にたいする反駁としても台頭したものであった。ゲーテは自然研究者としてそれらと明確に一線を画していたが、詩人として異論の余地なく認められていただけに、科学者としてはそれだけ懐疑的に眺められ、著しく過小評価されていた。総じてゲーテは、フランス革命となって表われたようにすべての伝統が震撼され、あらゆる精神的価値が転換されようとしている激動の時代にあって神・世界・人間に関する認識をあらたに基礎づけようと努力していた。その際、自然はこれら三つの存在領域すべてにかかわる根本的な問題であった。しかし経験科学のいう経験は原則として感覚的世界に限定され、実証的であろうとすればするほど、理念としての神と真善美の価値の担い手としての人間を無視するか、少なくとも排除しようとした。これにより、ゲーテの志向する綜合科学はさらに個別科学とも対立することになる。ゲーテは詩人としても科学者としても、新時代に対処するため独自の立場を確立しなければならなかったのである。

1　フンボルト兄弟の遍歴時代

フンボルト兄弟がそれぞれベルリンとイェーナにおける青少年時代を終え、兄ヴィルヘルムは約五年間フランスに言語研究のため滞在し、弟アレクサンダーが中南米（イベロアメリカ）探検旅行へ出かける少しまえ、ゲーテはたまたま第三次スイス旅行中で、一七九七年九月二十五日、画家の友人マイヤーの居住地チューリヒ湖畔シュテーファからシラーに次のように報告している。「もしかしたら、フンボルトも私たちの仲間入りをするかもしれません。チューリヒで受け取った彼の手紙によりますと、彼のキャラバン一行はイタリアへの旅を（私と）同じく断念しました。彼らは全員スイスへやって来るでしょう。弟の意図は、いろいろな点で彼にとって興味深い国を見て回ることで、兄は恐らく、計画していたイタリア旅行を現状では断念しなければならないでしょう。彼らは十月一日にウィーンを発ちます。彼らとこの地方で再会することになるかもしれません。」

このようにヨーロッパ的詩人ゲーテは、第二次世界大戦後、東西に分裂したドイツを結びつける唯一の精神的な絆であった。私見によれば、ヨーロッパの中世キリスト教世界の没落を招いたのは天文学の発達による世界像の著しい変化ではなく、何よりも宗教改革のあとヨーロッパ中のキリスト教諸国が入り乱れて権謀術数をほしいままにした三十年戦争（一六一八―四八）である。この精神的・物質的荒廃から立ち上がるためには、もはやキリスト教の超越的な神でも現世的利害から相争うキリスト教徒でもない、別の広義の道徳的（精神的）原理が追求されなければならなかった。それは現実の醜い人間ではなく、理想としての美しい人間性（フマニテート）である。そして、その世界観的基盤が、やはり理想像としての秩序と調和的美のある世界「コスモス」である。前者の理想を提唱した先駆者がカントに学んだヘルダーであり、『人類歴史哲学考』（嶋田洋一郎訳、岩波文庫）で探求されたいわゆるフマニテート理念は、歴史における人間性の起源・形成・実現を包括する概念である。それを文学的に美しく描き出したのが、とくに同時代のゲーテとシラーである。そして後者の理想像を理念的な大自然コスモスのなかに追求したと考えられるのが、本書の副題に含意されているフンボルト兄弟である。

筆者にとって、詩人ゲーテは多面的な人格そのものであり、彼が卓越した「人間のなかの人間」として理想的人間性（フマニテート）を体現していることに異論はない。そのうえ私はかねてフンボルト兄弟をゲーテの後継者的分身と見なしていた。フンボルト兄弟のうち、兄のヴィルヘルム・フォン・フンボルト（一七六七―一八三五）はゲーテ＝シラーの次にならび称される学者文人として伝統的人文学の代表者のひとりであった。弟のアレクサンダー・フォン・フンボルト（一七六九―一八五九）は一世代あとに近代的科学者としてあまねく知られるようになった。ゲーテのいわゆる植物変態論、すなわち『植物のメタモルフォーゼ試論』（一七九〇）は詩人的科学者のイタリア旅行後に発表された科学的処女作であると同時に、長い目で見ればたしかに自然研究者としての出世作でもあった。しかしながら、最初それは読書界からむしろ奇異の感をもって迎えられ、ほとんど反響がなかった。

旧稿のゲーテ論を一書にまとめて刊行したあと（『詩人的科学者ゲーテの遺産』南窓社、二〇二二年）、ゲルマニストとして私の人生最後の研究課題は、それぞれの個別モノグラフィーに基づき、彼ら三人のゲーテ時代における相互関係をできる限り明らかにすることである。副題の「コスモスと人間性」は、東洋的ニュアンスのある天地と置き換えればあきらかなように、彼らを結びつける緊密な相関関係にある。そもそもドイツ文学史上、ある時期が一人の詩人の名をとって呼ばれるのはゲーテ時代だけである。すなわち、ゲーテは生前から時代を画する大詩人として認められていたのである。革命が起こると多くの死者が出るのが常であるが、そうすると親や子供や友人たちは、帰ってこない身内の者たちを心配して探し回る。パリに亡命していたハイネが、フランス人のための啓蒙的な著書『ロマン派』の中で文学史を、各人が姓名不詳の死者たちの中に自分の愛する者を尋ね求める「死体陳列所」と呼んでいるのはその意味である。また「ゲーテの死とともに古いドイツもまた埋葬された」と言っているのは、ハイネのゲーテに対する強いライバル意識の表われであるとともに、芸術の時代に代わっていわゆる「青年ドイツ派」による政治の時代が始まることを宣言しているのである。

ゲーテとフンボルト兄弟との密接な関係は、詩人の生前最後の手紙がとりわけ一八三二年三月十七日付ヴィルヘルム・フォン・フンボルト宛に書かれたことに如実に示されている。「全く疑いもなく私にとって大きな喜びであるに違いないのは、内外の親しい優れた友人たちに、生きている間にこの真面目な冗談（『ファウスト』第二部）を捧げ、内容を伝え、その反響を知ることです。しかし時勢はまったく混迷の度を深めておりますので、私の確信するところ、この奇妙な作品のために払った私の長年にわたる誠実な苦労は報われるところ少なく、難破船の破片のように海岸に打ち上げられ、とりあえず時間という砂丘の中に埋もれてしまうことでしょう。」

もとより、ゲーテの近代的自叙伝の代表作『詩と真実』は聖アウグスティヌスの神への「告白」ではなく、むしろルソーの『告白録』の系統に属する人間的な著作ではある。しかしトルストイの『わが懺悔』のようなロシア正教会との陰鬱な葛藤のない、リベラルな一般宗教的テーマを含み、その思考パターンは「まえがき」において基本的に言い表わされている、あたかもアウグスティヌスの『告白』と『神の国』における内面と外面、霊魂と人間社会の関係のような、個人と時代の交互作用である。これを知りたいと望んだとされるのが、虚構と思われるある読者（ヴィルヘルム・フォン・フンボルト?）の手紙である。この篤学の読者は「以前、詩人と共に詩人の手びきで自己を形成してきたので」、詩人の経歴を改めて追体験したいと思った。彼はゲーテの『ファウスト』第一部、『親和力』および『色彩論』を含む十四巻の「著作集」A（テュービンゲン、一八〇六―一〇）に提示された多種多様な作品の関連が分からないため、「個々の作品成立のきっかけや、外面の特定の対象および内面の決定的形成段階、制作のさいの精神的および美的原則」などを知ることを切望したのである。これに対するゲーテの回答は一般論として以下のように要約されている。

「これが伝記の主要課題であるように思われる、すなわち、人間をその時代環境のなかで描き、全体がどの程度まで彼に逆らい、どの程度まで彼を促進し、彼がそこからいかに自分の世界観と人間観をかたちづくり、いかにこれらを、彼が芸術家・詩人・著述家であるならば、ふたたび外部に向かって反映したかを示すことである。しかし、このためにはほとんど達成しがたいことが要求される。すなわち個人が自己と自分の世紀を知ること、自己を、それがあらゆる状況のもとで同一のものに留まった限りにおいて、自分の世紀を、これが同意する者も拒絶する者も引きずっていき、規定し、形成する限りにおいて知ることである。時代の影響は決定的なものであり、そのため、各人は十年早くあるいは遅く生まれるかだけで、彼自身の人間形成と外部への作用に関して、まったく別人になってしまうだろうと言ってもさしつかえないほどである。」

2　ドイツ的文学形式「教養小説」

たしかに、十八世紀までドイツ文化の主要な担い手は詩歌・哲学・神学であった。その際、ヴィルヘルム・フォン・フンボルトは学者文人として人文学の代表者のひとりであったが、主として彼の人間形成理念（教養）にもとづいて成立したドイツ的文学形式「教養小説」とはこのような人間形成を記述した文学作品（Bildungsroman）のことである。しかしBildungの語義がしばしばAusbildung（専門教育）と混同され、二義的すなわち曖昧なため、教養小説の概念ももともと不明確である。一般に伝記的な物語であるが、ヨハンナ・シュピーリ（一八二七―一九〇一）の原題『ハイジの修業時代と遍歴時代』（一八八一）のように女性、まして少女が主人公になることはあまりなく、たいてい男の主人公の幼年期から青少年期までが叙述される。そのさい個々の主題になるのは、主人公の素質、学習過程、さまざまな生活体験とりわけ恋愛体験である。ひとりの青年がしばしば青春特有の蹉跌を味わいながら精神的成熟に達するこの人間形成の理想的ケースにおいては、個人の内面的努力がついに社会の種々の外面的要求となんらかの形で一致・和解・協調する。

ドイツ文学においてその典型とみなされるのが、ゲーテの『ヴィルヘルム・マイスターの修業時代』(一七九五/九六)にならったゴットフリート・ケラーの『緑のハインリヒ』(初稿一八五四/五五、決定稿一八七九/八〇)である。ここに描かれているのは、人間の内面的成長過程である。なるほどゲーテ自身は教養小説という表記を用いなかった。しかし初稿の『ヴィルヘルム・マイスターの演劇的使命』も自叙伝『詩と真実』も自分の青年時代を教養小説の概念規定どおりに記述したものである。主人公がはじめ演劇家あるいは画家などを志している限り、それはしばしば失望や挫折をともなう芸術家小説ともなる。あるいは『修業時代』の続編『ヴィルヘルム・マイスターの遍歴時代』(一八二九)のように「諦念」を説く一種の社会小説へと変質していく。しかしながら、それは教養を志向しない単なる発展小説あるいは教育小説ではない。

ドイツ教養小説の典型『ヴィルヘルム・マイスターの修業時代』は大正九(一九二〇)年、林久男によって本邦初訳された。その学問的集大成はいうまでもなくこの伝統を文学史的に基礎づけられた東京大学の著名な研究者の学位論文『ドイツ教養小説の成立』(弘文堂、一九六四年)である。それ以来わが国では二十世紀の末まで、ドイツ教養小説の伝統が生きていた。それを証する参考文献は壮観である。しんせい会編集『教養小説の展望と諸相』(三修社、一九七七年)、登張正實先生古稀記念論文集『ドイツ文学における古典と現代』(第三書房、一九八七年)、登張正實執筆者代表『ドイツ文学回遊』(郁文堂、一九九五年)。しかし久しく待たれていた登張正實博士のヴィルヘルム・マイスター論「ゲーテ『ヴィルヘルム・マイスターの遍歴時代』」が刊行されたのは一九八六年のことである。『遍歴時代』に関するわが国最初の本格的な研究として記念碑的な著作である。本書はゲーテの専門的な研究書であるばかりでなく、著者の円熟した人生観を反映した掬すべきエッセイ的要素をも随所に含んでいる。なぜならそれは、ゲーテと登張氏の魂が時空を超えて触れ合い深く共鳴したことから生まれた一つの精神的協奏曲だからである。「人間は老年期にさしかかると、己れの生がどれほど貧しかろうとも、また自己の生活圏がどれほどささやかなものであろうとも、自らのものとして後代に伝えるべき精神的遺産はなんであろうかと、しきりに思いうかべるものである。その観点から『遍歴時代』に接するとき、そこには豊熟した思想にあふれ、人間の未来に向けての可能性を告知する姿が地上高くそびえ、われわれに呼びかけてやまない。それをいかに掬いあげて自己に同化させるかが、筆者の願いである。」すなわち本書は、晩年のゲーテの精神的呼びかけに対する老大家の謙虚な敬愛にみちた応答なのである。著者が潮出版社の『ゲーテ全集』のために大部の原作品を翻訳する労をいとわず、また本書執筆のためにブレッシン、シュラッファー、デーゲリングなど最新の研究書まで多数の文献を参照しているのはそのためである。

登張氏の見方は、原則として、「世界文学」の理念に達した晩年のゲーテの水平的垂直的見方に対応している。「そのような地平的考察は限りなく遠く広がり、自然科学研究や宗教観においては、垂直に天地を貫いて測り知れぬ高さと深さにおよぶ。この経と緯を軸にして展開する彼の詩的直観と思惟とを叙事形式に形象化したのが『遍歴時代』である。」ただどちらかといえば、同氏の関心は垂直の次元、すなわち宗教的問題に傾いている。この立場は序章「作品の成立」においてはまだ、

「今日われわれの有する作品構造を容認するかぎり、マカーリエという存在が、従来多くの人が説いてきた以上の重みをもって、私の胸に迫りくるのを抑えることはできない。これが、はなはだ主観的ながら、拙論の出発点である」と控え目にしか述べられていない。しかし「作品構成の形態論的観点」から、ヴィルヘルムが「結社とマカーリエ圏と教育州という三連星の相互依存関係を推進する媒介者の役割」をつとめているということを強い説得力をもって明らかにしたあと、著者は章を追って「聖者」マカーリエのすべての作中人物たち、とりわけレナルドに対する中心的意義を強調していく。それはとりもなおさず『遍歴時代』における宗教的なものの意義を追求していくことであり、水平次元の単に社会学的な見方と場合によって衝突しかねない。著者が難解なブレッシンの所論をしばしば引用し、「方法的にはまるで異なる彼と筆者とのあいだに、ある共通した見解がある」ことを認めながらも、「社会性、歴史性を含めてレナルドのいっさいの背後になおマカーリエの引力を見るというのが、ブレッシンその他少なからぬ論者と異なる筆者の観点であることをくりかえし強調しておきたい」と記さざるをえない所以である。柴田翔氏の『修業時代』の宗教封じ込め説とマカーリエの救出力との関連に疑問を投げかけるさいにも、「筆者は年齢のせいもあり、若いときから宗教ないし宗教性について強い関心を抱いていることもあって、たとえば教育州の三畏敬についてもあまり違和感をおぼえないのである」と述べられている。

ゲーテの世界観において、宗教的なものは、もともと「公然の秘密」である。それは「本来隠れてあるべき秘密があからさまに自らを呈示して、隠れたるものの意義を告げる」ことであって、自然と芸術を媒介するものとしての美がその秘密の担い手である。宗教的なものとは、その秘密のよって来たる、またそれを呈示する神的存在の領域にかかわるすべてのことを指している。したがってゲーテが『遍歴時代』の中で暗示している種々の公然の秘密を構造分析と解釈の作業を通じて説き明かしていくならば、本書におけるように、必然的に宗教的なものに突き当たるはずである。それにもかかわらず、ゲーテにおける宗教的なものが往々にして過小評価されるのは、この言葉の二義性が充分に理解されていないためである。

同じことは『西東詩集』の「ハーフィスの書」に収められている詩「明らかな神秘」についても当てはまる。この詩で使われている mystisch という言葉は、第一節と第二節では「晦渋な」という意味、第三節では「純粋に神秘的」という意味と考えられる。この解釈が可能になったのは、一九六五年にトルンツが最終節二行目の weil を十八世紀の語法に従い “während” ないし “indem” と説明したためである（W・フリューヴァルトの指摘による）。ブルダッハの句読法にもとづく登張正實氏の解釈はやはり正しいのである。もちろん、ここで生じてくる大きな問題は、ゲーテにおける宗教的ないし神秘的なものが、キリスト教の宗教性とどこまで合致しているかということである。しかしそれは、本書でしばしば引き合いに出される『ファウスト』の救済思想と深くかかわってくる。（当時）すでに着手されているという氏の『青い花』試論の中で、この問題もロマン主義的宗教性との関連から取り扱われることが期待される。

ゲーテの自家用機関誌『形態学のために』に逐次報告された諸論文「その後の展開」の「版本の運命」に「人々はどこでも、科学と詩歌が一致しうるということを認めようとはしなかった。人々は科学が詩歌から発展したことを忘れ、時代が変われば、両者がふたたび友好的に、相互の利益のために、高次の次元でまた出会うことができるかもしれないということを考えなかった」と記されている。

そしてワイマールの公子扶育官でエッカーマンの親友となったジュネーヴ生まれのフレデリック・ソレー（一七九五―一八六五）による『植物変態論』のフランス語訳（一八三一）が出版された機会にもなお、「著者は自己の植物研究の歴史を伝える」の中で次のように述懐している。

「半世紀以上まえから、私は祖国でも、また恐らく外国でも、詩人として知られており、またそのような者としてとにかく認められている。しかし私が多大の注意をはらって、自然の物理的および有機的現象一般について熱心に研究し、真剣な考察を絶えず情熱的にひそかに行なってきたことは、あまり広く知られておらず、注意して顧みられることはさらに少なかった。」

フレデリック・ソレーによるフランス語訳論文の中で「それゆえ、四十年まえからドイツ語で印刷されている、植物形成の諸法則をいかに才気豊かに考えるべきかという試論が今やとくにスイスとフランスで紹介されることになったとき、ふつう感情と想像力にゆだねられた道徳的な現象としか関わりのない詩人が、一瞬でも自分の道から逸脱し、通りすがりの合間に、どうしてこのように重要な発見ができたのだろうか、と人々が不審に思ったのも当然である」と述懐している。

いずれにしてもゲーテ時代と呼ばれる広義のドイツ文学は、十八世紀なかばにフランス啓蒙主義のつよい影響を受けたゴットシェートなどバロック文学研究の桎梏を脱して、ヴィンケルマンの美術研究、レッシングの評論活動、ヴィーラントの軽妙な文学作品によりようやく独自の道を歩みはじめたばかりであった。クロプシュトックの宗教的叙事詩『救世主』（一七四八―七三）とゲーテの

『若きヴェルテルの悩み』(一七七四)が、この新しい時代を画する代表的文学作品であった。

「ふたたび獲得された言語の表現能力に対するこの世紀の人々の喜びは、クロプシュトック自身によって強力に推進された言語理論への関心の増大にも認められるが、それに劣らず言語の本質と課題に関するすぐれた見解のなかにも見てとることができる。この見解はクロプシュトックからヘルダーへ、そしてヘルダーからロマン派の人々へとしだいに感激の度を強めた表現となって示され、ついには言語の起源と本質は神によるものであるとする見方、あるいは詩を人間の『原始の言語』(Ursprache)と考える見方(ハーマン、ヘルダー、シュレーゲル)、あるいはまた言語とは『内的世界像』(das innere Weltbild)であり、言語と精神とは同一であるというフンボルトの理論となって、その頂点に達した。」(ペーター・フォン・ポーレンツ)

3　詩人から科学者への進展

詩人ゲーテがとくに地質学に科学的な興味を抱くようになった直接のきっかけは、一七七五年十一月にワイマールに移住した彼が、早くも翌年二月に領主カール・アウグスト公からイルメナウ鉱山の復興事業を依頼されたことである。このため詩人はイルメナウ近郊を地質学的に調査研究する必要に迫られ、一七八四年二月の「イルメナウ鉱山再開記念演説」をはじめ、この鉱山に関するいくつもの報告書を書いている。しかし植物学におけると同様、彼はしだいに実地から専門的な研究へと進み、おもに旅行中の観察にもとづいて各地の岩石や地質や鉱物に関する数多くの研究論文を書き残した。

『ゲーテ地質学論集・鉱物篇』（ちくま学芸文庫）の「形態学的序論――無機物の形成と変形」における、詩人的科学者ゲーテの自分の多種多様な自然研究に関する「さまざまな告白」の一つに、地質学についてたとえば以下のような注目すべき所見が見出される。

「人間の実人生における出自、どの側面からある研究分野に入ってきたかということは、消えがたい印象をのこす。それがその後の彼の歩みに一定の方向をあたえるのは、ごく自然で必然的である。／私が地層構造学に親しんだのは、フレッツ鉱山採掘がきっかけであった。これらの積み重なる岩塊を徹底的に研究することに、私は自分の人生の数年をついやした。これらの見解のためにヴェルナーの学説は都合がよかった。それが多くの問題を未解決のままにしておくことはかなり感じられたが、私はそれをあくまで固持した。／イルメナウ鉱山にうながされて私はテューリンゲン地方のすべての地平層をくわしく観察した。トートリーゲンデスから最上層のフレッツ石灰まで、また下方は花崗岩までである。／旅の途中も私はこのような観察を怠らなかった。私はスイスとサヴォアの高山に登った。前者には何度も登った。チロルとグラウビュンデン地方も知らない場所ではなかった。私の推測では、これらの強大な量塊は彗星大気圏の光霧から結晶作用で生じたに違いなかった。しかしながら、私はほんらい普遍的な地質学的（地球史的）考察を差し控えた。私はヴェスヴィオとエトナに登ったが、果てしない炭層に伴う地底火災の延長に注目することを怠らなかった。そして、これら二つの火山を多かれ少なかれ地球表面の主要潰瘍とみなすことに傾いた。」

これらの論文のうち、ごく初期に属しているのは花崗石に関するものである。ゲーテの一七八一年十二月七日付のシュタイン夫人宛の書簡によって、彼が当時すでに「宇宙に関するロマーン」の構想をもっていたことが知られているが、一七八四年一月十八日に執筆された「花崗石について」の論文はその一部とみなされている。この論文がどちらかといえばエッセイ的であるのに対して、それとテーマ的に密接な関係にある他の二つの論文「全地質生成の基盤としての花崗石」および「岩石の成層理論のために」は、地球全体の生成に関する発生論的な考察である。ゲーテにとって、花崗石は太古の始原的な海から最初に結晶作用によって生じたものであり、その限りにおいて彼の形態学的思想の範囲内で考察されうるものであった。地球の生成に関する理論は、もちろん、原則として仮説の域を出ることはできない。しかし科学的研究において（作業）仮説がいかに重要な役割を果たしうるかを積極的に述べているのが、「仮説の必要について」の小論である。

詩人的科学者ゲーテの特徴として、まず科学一般と自分との関係が述べられ、次にそれぞれの領域の具体的な問題に入っていく。地質学との関係で根本的なことは、地球の生成と形成をめぐり当時の学界を二分していた、岩石の水成論と火成論をめぐる執拗な論争であった。「さまざまな告白」その他の断章においては、岩石水成論が地質学におけるゲーテの個人的信仰にちかい信念であることが、長い論争にともなう苦衷をまじえて述懐されている。こうして彼は自家用機関誌『自然科学一般、とくに形態学のために』の副題「経験・考察・推論、生涯のできごとと結びつけて」の自伝的意図を、一八一七年六月一日付のロホリッツ宛の手紙において次のように述べている。

「新しいことをやる気が起こらないので、イェーナでの長期滞在を、自然に関して昔書いたものを再度印刷し、山積する原稿を整理・編集することに利用しています。この機会にわれながら驚いているのは、われわれがいかにいろいろな事柄に触発され、関心をあおられるかということです。これによって私はいま、多種多様な論考を生涯のできごとと結びつける必要にせまられています。全体があまりにも錯綜した奇妙な印象を与えないためです。」

ヴェルテルの詩人の自然研究は、もともと青年時代にまず動物学をもって始まった。ゲーテは第一次スイス旅行の機会にチューリヒの牧師ラファーターの著書『観相学的断章、人間知および人間愛の促進のために』全三巻（一七七六）に協力して、いわゆる観相学において人間の形態研究にたずさわったのである。後年『色彩論』教示編の「生理的色彩」において彼はまたある程度まで人間に戻ってきたが、彼の出発点は最初から人間個性（ダイモン）の多様性と、そのなかば直観的なかば自然科学的把握であり、形態は彼にここで初めて精神的・内面的内実の外面的表現として顕われてきた。とくに頭蓋と表情において彼はそれを理解しようと努力した。その際、彼は動物の頭蓋をも個別的な種類の特徴把握のために参考にし、これが将来の骨学研究に移行していったのである。このような研究の仕方が、専門家から一見プリミティブとみなされたのは当然である。当時すでに、物理学者のリヒテンベルクやヘルダーはそれを批判していたのである。しかし目にみえない内面のものを外面的現われから推し量り、後者がまたいかに前者に作用するかに注目する観相学的視点は、基本的原理として医学の診断や美術の図像学において今日もなお有効である。

ゲーテの動物学研究は、有名な論文「上顎骨の間骨は人間と他の動物に共通であること」が書かれた一七八〇年の前半に遡る。彼は一七八一年にすでに統一的自然観にもとづく宇宙に関する上記ロマーンを書く計画をたて、その一環としてまず地質学的な論文「花崗岩について」を構想していた。イタリアからの帰国後、植物のメタモルフォーゼに関する論文を完成した彼が、顎間骨という特殊問題をこえた動物学関係の論文を執筆し始めたのは、観相学との関連からごく自然であった。一七九一年三月二十日、ゲーテは青年時代からの友人ヤコービに宛てて書いている。「君が私の植物学小論で見たであろうような仕方で、私は自然のあらゆる領域に関する考察をつづけている。私の精神に付与されているあらゆる技能を用いて、生物がそれに従い有機的に形成されていく一般的法則をより詳しく研究しようとしているのだ。私に何ができるかは、時が教えてくれるだろう。動物の形態についての試論を復活祭に出したいと思っていたが、内容が熟するまでにあと一年はかかるだろう。」この論文は彼の予感どおり未完におわったが、未公表の論文で扱われている顎間骨が問題提起の例としてすでに言及されている。比較解剖学ないし骨学への予備的研究として注目にあたいする。

次に植物学におけるいわゆる『植物変態論』（一七九〇）は、上述のように自然科学者としての詩人ゲーテの処女作であると同時に出世作でもあった。それに比べ『色彩論』（一八一〇）は、はるかに大きな労力と時間をかけたにもかかわらず専門家のあいだで酷評された。それだけに、彼は自分の植物学論文の反響に注意をはらい、当然のことながら好意的な書評や友好的な批評を目にすると率直によろこんだ。しかし議論の対象になったのは主に植物の形態変化（メタモルフォーゼ）であって、植物の原型いわゆる原植物は問題提起されることがなかった。ゲーテ自身、これについてはなぜか個人的な手紙や自伝の第二部『イタリア紀行』において言及するのみであった。それを前面に出していれば、この論文もあるいは不評であったかもしれない。『色彩論』全三巻において彼は、詳細な「歴史編」を著し、初期の科学史として高く評価されている。のちに彼は、地質学者カール・ヴィルヘルム・ノーゼについての書評のなかで、「科学の歴史は科学そのものである」と明言している。しかし形態学において彼は、先人の研究を顧慮しながらその後の展開、とくに同時代の先駆者カスパール・フリードリヒ・ヴォルフ（一七三四―九四）を見過ごしていた。ヴォルフが遠く離れたロシアのサンクト・ペテルブルグにいたことと、その死去の前後にワイマール在住のゲーテは、政治家として革命後のフランス遠征に巻きこまれていたためである。

ゲーテの自然研究の伝記的背景を知るための貴重な資料は、エッカーマンの『ゲーテとの対話』のほかワイマール公国の官房長フォン・ミュラーの遺した対話記録である。ここでゲーテは、たとえば一八三〇年三月二十八日に、「私は自然と芸術を本来いつも利己的にのみ研究してきた。つまり自分自身の知識を得るためであった。それらについて論文を書いたのも、ただ自分の教養を深めるためであった。人々がそれについてどう思おうとも、私にはどうでもよかった」と述べている。しかし詩人としてはともかく、自然研究者として彼は決してそうではなかった。自分の植物研究に当初あまり反響がなかったことにいかに失望していたかを率直に言い表わしているのが、『形態学』誌において本格的な論文「植物のメタモルフォーゼ試論」のあとにすぐ掲載された「手稿の運命」および「版本の運命」という二つのエッセイである。イタリア旅行から二十年近くたってもなお、自然科学者としてのゲーテは心に痛みを感じていたようである。もちろん、一世代後の若い研究者たちによる積極的な評価は、彼にとって大いに満足すべきものであった。これらを含め「植物のメタモルフォーゼ試論」の学界に対する影響を反映した諸論考「卓越した先駆者の発見」「三つの好意的書評」「他の友好的批評」は、彼自身により「その後の展開」として同じく『形態学』誌にまとめて発表された。

このようにして確立されたゲーテの形態学において、植物学や動物学あるいは観相学や骨学は、当時まだ成立途上にあった生物学の下位区分ではなかった。むしろ形態学は彼が創始した独自の科学部門（教科）であって、十八世紀の意味における博物学・物理学・解剖学・化学・動物生理学・植物生理学とならんで、自然研究における新しい見地ないし分野を拓こうとするものであった。しかし彼は新しい形態学を樹立するにあたり、天文学とともに最も古い自然研究の一つである伝統的な植物学と、当時ラファーターが始めた最新の観相学から出発したのであった。観相学は人間に限定すれば骨相学であるが、それを動物の頭蓋骨と骨格全体に拡張すればいわゆる骨学となる。ゲーテが比較解剖学に従事したといっても、彼が人間の死体解剖を見学したり、まして自ら行なったことがあるかどうか定かではない。いずれにしても彼は、イタリア旅行後一七九〇年に印刷公表していた論文「植物のメタモルフォーゼを説明する試み」を『形態学』誌第一巻第一冊に再録したとき、上掲の三つの論文からなる「形態学序論」だけではなく、比較的短い自伝的な論文「わが植物研究の歴史」を添えて、読者のよりよき理解を図った。イルメナウ鉱山における鉱物学研究と同様に、彼の植物学研究は、ワイマールで最初に住んだガルテンハウスにおける身近な森の観察や市内造園工事のさいの実践的な仕事から始まったのである。

精神と物質のほか、ゲーテの基本的視点として認められるのは、内部と外部、部分と全体、統一と分裂、分離（分析）と結合（綜合）などである。このような言い回しは、アリストテレスが「全体は諸部分の総和以上である」と述べているのと同じである。そして「植物のメタモルフォーゼは植物生理学の基盤である。それは植物がそれに従って形成されるさいの諸法則を示す。それは二つの法則に注意を促す」として、㈠植物がそれによって構成される内的自然の法則、㈡植物がそれによって変化される外的環境の法則が指摘され、これらはゲーテの典型的な教養小説『ヴィルヘルム・マイスターの修業時代』に当てはまる人間形成ないし教養の定義「自我と世界の交互作用」と一致している（九頁）。また『形態学』誌第二巻第二冊の巻頭に掲載された晩年の思想詩「オルフォイス風の原詞」の第一節「ダイモン」の最後の行に、繰り返し引用される「生きて発展する刻印されたフォルム」という詩句が見出される。それは植物のメタモルフォーゼの理念と同様、彼の動物形態に関する理念の出発点とみなされる。さらに『形態学』誌第一巻第二冊に「コレクション」という意味のギリシア語「アトロイスモス」（Athroismos）という題名で発表された教訓詩「動物のメタモルフォーゼ」も人間学的にきわめて重要である。教訓詩「植物のメタモルフォーゼ」に対応するこの詩は、形式面で個人的な（ヴルピウス）感情をこめた「植物のメタモルフォーゼ」の抒情的な詩と異なり、ヘクサメターの叙事詩的で、感情の表現を避け、内容も断章におわっている。しかし、それは動物学ないし骨学についていろいろな論文で詳述されたことを思想詩のかたちで簡潔に要約しており、とくに「骨学から出発する比較解剖学総序論の第一草案」の第四章で述べられている補償の原理が、倫理的に解釈されて人間生活一般に適用されている。それはまた彼の古典主義的美学の理論的基礎ともなっている。

詩人および芸術家としてのゲーテは、もともと数多い文学作品のなかで自然との一体感を多種多様なかたちで言い表わしている。とりわけ青年時代のいわゆる芸術家詩あるいは『若きヴェルテルの悩み』がそのよい例である。しかし自然研究者ないし自然科学者としてのゲーテは、彼の最も重要な科学方法論的論文のひとつである「客観と主観の仲介者としての実験」(一七九三)の標題にすでに暗示されているように、研究対象としての自然と考察する主体としての人間を截然と区別することに留意していた。それゆえ彼の自然研究にはおのずから三つの側面ないし見地があった。すなわち、客観としての自然、それを見る主観としての人間、そして自然認識の表現手段である。詩人であるゲーテにとって、これはいうまでもなく多彩な言語であって抽象的な数式ではない。したがって、彼の自然研究そのものを考察するさいには、それぞれの存在のあり方と相互関係に注目しなければならない。

なお一七九二年四月二十八日の日付のあるこの論文は、『形態学』誌と平行して刊行された『自然科学一般』誌第二巻第一冊(一八二三年)において初めて公表された。ゲーテは、色彩学研究の方法論といえるこの論文を一七九八年一月十日にシラーに送り、同年七月十八日付のシラー宛の書簡でそれを「観察者の予防措置」と呼んでいる。ゲーテの論旨は、一七九四年十二月二十九日付ヤコービ宛の書簡のなかで的確に要約されている。

「私が私の光学研究を放棄してしまったと君に言った人は、私のことを何も知らず、私をよく知っていない。私の光学研究は他の仕事をおなじ歩調で進んでおり、私はこれまでおそらく集められたことがなかったような実験装置を徐々に取り揃えている。君がよく知っているように、研究テーマは最高に興味深く、研究そのものは、他の方法ではたぶんとうてい得られなかったような精神の鍛錬である。いろいろな現象をすばやく捉え、それらを実験へと固定し、いろいろな経験を整然と配列し、それに関するさまざまな物の見方に精通すること、第一の場合にはできるだけ注意深く、第二の場合にはできるだけ精確に、第三の場合には完璧を期し、第四の場合にはあくまで多面的にとどまること、そのためには自分の貧しい自我を鍛錬する必要がある。これが可能であることを、私はほかのやり方では夢想だにすることができなかった。」

さらにゲーテの自然研究は、科学史的に十八世紀の自然哲学から十九世紀のいわゆる精密科学への過渡期にあった。十七世紀のヨーロッパ啓蒙主義のなかで、イギリスではすでにニュートン（一六四三―一七二七）、フランスではデカルト（一五九六―一六五〇）、ドイツではライプニッツ（一六四六―一七一六）が近代科学への道を切り開いていた。古典力学の創始者ニュートンを客観主義、「われ思う、ゆえにわれ在り」のデカルトを主観主義とすれば、モナド説をとなえたライプニッツは精神と物質、神と人間、哲学と物理学、言語と数学を分離することはなかった。しかしカント・ラプラース星雲説のドイツ近代最大の哲学者カントは、いわゆる「物それ自体」を認識不可能とすることにより、客観と主観を事実上越えがたい溝でわけ隔ててしまった。「近代哲学の影響」その他の論文に述べられているように、ゲーテは彼の科学方法論において、主観のカテゴリー分析にもとづくカントの認識論につよい影響を受けている。しかし客観的存在である神と自然の認識をめぐって、ドイツでは啓蒙主義の無神論的唯物論にあきたらない人々が多く、ヘーゲルやシェリングを頂点とする観念論哲学やロマン主義的自然哲学が一世を風靡していた。ゲーテ自身は古代ギリシアの新プラトン主義の伝統にもとづくバロック時代の汎知学を基本に、あらゆる思想から自分に適したものを受け入れ、なにかある世界観的立場に固執することを決してしなかった。しかしながら、自然研究における彼の立場は、原則として、動的・発生論的であった。それは生物の「形成衝動」のように、事物の根底に本来的に備わっているモナド的エネルギーが、一定の規則に従い自然発生的かつ力動的に発現してくるという物の見方である。一言でいえば、これが彼の有機体および無機物の形態学である。

しかしながらゲーテの形態学思想は植物学や動物学に限定されるものではなく、人文学あるいは今日でいう文化学全般にわたるものであった。それは「形成」（Bildung）および「変形」（Umbildung）というドイツ語の彼特有の語法に暗示されている。とくに形成は、文字どおり、人間形成あるいは教養小説の教養を意味する同一の言葉なのである。その際、彼の狭義の形態学は、一方で伝統的な博物学ないし自然誌（Naturgeschichte）の超克をめざし、他方で地球史ないし自然史の一環としてのいわゆる植物生理学（Physiologie der Pflanzen）という補助科学を志向していた。しかしながら、その根底にある自然観はあくまでバロック時代の神的な精神と物質の相関関係にもとづく汎知学的世界像にねざし、したがって彼の形態学的方法も「精神の操作」による帰納と演繹の弁証法的な適用によって達成された。この意味で、ゲーテの『箴言的論文「自然」への注釈』に述べられている分極性と高進性に関する所見は、方法論的に決定的な意義をもっている。前者が物質の属性としてヨーロッパ十八世紀の自然研究における客観一般とかかわるのに対し、後者は精神の特性として個人的主観の問題である。また『色彩論』教示編において展開されている彼の認識論によれば、

「生成」(Werden)が理性と想像力ないし空想によって把握されるのに対し、悟性と感覚ないし感性は「既成のもの」(Gewordenes)に向けられていた。

そもそも地質学者としてのゲーテには、スイス旅行いらい二つの根本問題があった。一つは、自然界における事物の統一性とそれに対応する綜合的な物の見方の必要性をいかに確信していたとはいえ、彼は分析的な研究をないがしろにした安易な自然哲学にたいしてはあくまで批判的であった。さまざまな形態学的論文、とりわけ晩年の「動物哲学の諸原理」において明瞭に示されているように、彼にとって重要なのは、全体の関連を論ずる前提として個々の諸部分を精確に観察することであった。『形態学論集』植物篇の論文「著者は自己の植物研究の歴史を伝える」においては、以下のように詳述されている。「ここで考慮されるのは土壌の具体的な差異である。渓谷の湿潤により豊かに養われている、高地の乾燥により痩せている、適度に寒暖から守られているか、間断なく曝されているかなどで、属は種に、種は変種に、変種はまた他の条件により無限に変化する。にもかかわらず植物は、たとえ付近の固い岩石や、こちらあるいは向こうの運動する生物に隣接しているにしても、自分の圏内に隔離されている。しかしながら、そのなかで最も離れているものも明らかな親近関係を有し、無理なく相互に比較されうる。」

ゲーテの科学認識論において生成しつつあるものに理性、既成のものに悟性が対応しているように、次に問題となるのは発生論的な動的物の見方と原子論的物の見方の対立である。原子論的(atomistisch)ないし機械論的(mechanisch)にたいし動的(dynamisch)とは、内部からの法則的な穏やかな発展を意味している。外部から加わる激しい機械的な力ではなく、物質内部のデュナミスにもとづく内的法則の顕現がゲーテにとって多種多様な岩石と鉱物の起源である。これらの物の見方の対比はまた、フランス啓蒙主義的唯物論とドイツ・ロマン主義的観念論の対立を示唆しており、ゲーテの植物学および動物学研究においても方法論的に重要な役割を演じている。また発生論的（genetisch）とは現代生物学の発生学の意味ではなく、「植物生理学への予備的研究」の「発生論的取り扱い」で伝統的な目的論に対比されているように、ゲーテにおいてはもともと、自然を精神と物質の相関関係からその起源にまで遡って考えるというまだ多分に自然哲学的な面をもっている。『形態学論集』動物篇「動物哲学の諸原理」の論文末尾においても、「ドイツ人がとにかく脱却することのできない発生論的な考え方」といわれている。いずれにしても、十八世紀ヨーロッパにおいて植物と動物の化石が地層のあいだから発見され、古生物学が成立するにつれて、自然誌としての博物学をこえて地球および自然の歴史ということが科学的視野に入ってきた。フランスのいわゆるアカデミー論争におけるふたりの立役者キュヴィエとジョフロア・ド・サンティレールの確執にさいし、ゲーテは明らかにジョフロアの側に立っていたが、彼は古生物学者としてのキュヴィエをつねに高く評価していた。彼はヘルダーとともに、啓蒙主義者たちのように事物の根源への問いを無視することはできなかったのである。とくに地質学においては、地球の起源を考えずに、個々の現象である岩石や鉱物あるいは地層や鉱脈を観察し、考察し、精確に記述することはできないように思われた。それは、彼が動植物の形態学においてつねに発生論的な考え方をしていたのに対応している。

原子論的物の見方と動的物の見方そのものについてはどこにも詳しい方法論的説明はないが、とりあえず個別を分析する立場と、全体を直観的に把握する綜合の立場と理解される。これら二つの見方は必ずしも対立するものではなく、分析と綜合と同様に適用の仕方で両立しうるものとされているからである。そのうえ岩石生成の原子論的・機械論的な見方に対し、ゲーテは動的な物の見方のほかに化学作用を強調している。彼は水成論におけるたんなる堆積による成層に対しこの見地からしだいに批判的になり、しだいに火成論に接近していったのである。『箴言と省察』では、「多くの意義深い事物はさまざまな部分から成り立っていることが認められる。建築芸術の諸作品をみよ。多くのものが規則的また不規則に集積されているのを見る。それゆえわれわれには、原子論的把握の仕方がてっとりばやく思われる。われわれがそれを、有機物の場合にも遠慮なく適用しようとするのはそのためである」といわれている。また一七九九年十二月六日付の日記に「理論的なことにおいては動的なものだけが実り多いのであるが、経験的な考察においては発生論的なものだけがなにがしかの価値をもっている。なぜなら、両者は一致しているからである」と記されている。最終的に彼はすべての物の見方を相対的に認める総合的立場にたっているのである。光の作用を説明するさいに波長説と粒子説が必要に応じ援用されるように、彼は多種多様な自然現象を一つの見方では把握できないことを力説し、『色彩論』教示編一七五節に要約されている根源現象の概念に達したとき、それに至る思考プロセスを「適切な一語による著しい促進」（ヨハン・ハインロート）のなかで「導出」と呼んでいる。それは、個々の経験の帰納的分析ならびに直観によって得られた原理をふたたび個々の現象へ演繹的に適用していく、ゲーテ独特の綜合的方法である。分析と綜合を交互におこなうこの方法は、個々のものの精確な観察と記述から出発する限り帰納的である。しかし、それらから一般的法則を導き出すさい、彼は直観によりある時点で全体を洞察し、そこからまた個々のものを理解しようとする。これは理念にもとづく彼独自の演繹法である。そのよってくる見方は「形態学への予備的研究」のなかで次のように言い表わされている。

「自然のさまざまな作用を表象するわれわれの仕方はつねに不完全である。それゆえわれわれは、何かを見たり知覚したり発見したとき、その表象の仕方を拡大し、ある程度まで表現できるように、いろいろな手段を講じなければならない。どの人間もふつう物事を一面からしか見ないので、そこから種々異なる仮説が生ずる。これらは多かれ少なかれ自然のさまざまな秘密を表現するのに役立ち、実際、かなり長いあいだ役立ってきた。／私の意図は、自然のさまざまな関係と作用をいっそう明らかにすることにあるので、私には一つの仮説だけではすまない。私が考えることに応じ、種々異なったすべての物の見方を用い、適宜あれこれのやり方で表現することを許していただきたい。これは危険な道であって、不明確になったり、すべての関係者を敵に回したりしかねないのである。／しかしながらよく考えてもらいたいのは、ある対象をさまざまな、場合によって正反対の仮説にしたがって考察する人間も真理を愛する誠実な人々であって、両方とも物事の認識が問題であり、各人とも自分のやり方で最もよく確実に事をとらえることができると信じていることである。」

ゲーテが自己の動物学研究の最終成果として書いた論文「動物哲学の諸原理」は、一八三〇年九月と一八三二年三月の『ベルリン学術批評年鑑』第五二巻、五三巻に発表された。パリのアカデミー論争が始まったのは一八三〇年二月十五日、ゲーテが死去したのは一八三二年三月二十二日であるから、ゲーテが生前に執筆した最後の論文である。彼はすべての文学作品にまさり『色彩論』全三巻を主著とみなしていた、自然科学者ゲーテにふさわしい。主題も彼の最大の関心事である分析と綜合という科学方法論的な問題である。ワイマール公国の政治家として彼はもちろん、同年七月にパリで勃発した七月革命に無関心ではなかった。しかし、ジュネーヴ出身の晩年の友人ソレーの一八三〇年八月二日付の報告は有名である。ソレーが、ワイマールにも達したフランスの政治事件の知らせにゲーテもショックを受けていると思ったのに対し、ゲーテは同時期に勃発した原型をめぐるキュヴィエとジョフロア・ド・サンティレールの論争により興味があるかのように装ったのである（エッカーマン『ゲーテとの対話』第三部）。

4　反文学的時代思潮

以上に概略的に述べたことと比べると、十九世紀後半の因果律的・機械論的な実証的精密科学は、ほとんど正反対の様相を呈していた。ドイツにおけるその代表者のひとり、生理学者エーミル・デュボア・レイモン（一八一八—九六）の一八八二年に行なわれたベルリン大学総長就任演説「果てしのないゲーテ」は、そのような風潮を如実に示している。ほんらい彼は詩人ゲーテに心酔しているのであるが、それだけにいっそう、ゲーテがワイマール公国の高官になり、非生産的な活動と浅薄な科学研究に携わり、貴重な詩作の時間を浪費してしまったことが憤懣にたえないのである。彼はゲーテの形態学的認識がダーウィンの足下にも及ばないとけなし、とくに『色彩論』をニュートンを理解できない独学のディレッタントによる駄作として酷評した。その際、彼の有名なモットーは、ソクラテスの無知の知をひっくり返した「われわれは知らないであろう」(Ignorabimus)であった。「自然発生によりカント・ラプラース説に類するダーウィニズム、永遠から永遠に数学的に規定された原子の戯れにより人間が混沌から生じたという見方、地の果ての氷の極地、われわれの世代が、鉄道の旅のさまざまな難儀になれっこになり平然と見つめるようになったこれらの想念から、ゲーテはぞっとして顔をそむけたことであろう。」この見地から、デュボア・レイモンはさらに、学生は国家のために死ぬのはよいが政治活動などしてはならないと諌め、『ファウスト』を批判してことさら小市民的道徳を吹聴した。「いかに散文的に聞こえようとも、真実であることが間違いないのは、ファウストが宮廷へ出仕し、紙幣をこしらえたり、母たちのいる四次元の世界へ降りていったりせず、グレートヒェンと結婚し、自分の子供を認知し、電気器械や空気ポンプを発明したほうがよかったということである。」

このようなあらゆる分野におけるパラダイム(理論的枠組)の転換を容認する発言が時代の精神史的徴候といえる一八八〇年代は、さらに普仏戦争の勝利により成立したドイツ帝国(一八七一―一九一八)のカトリック教会に対する文化闘争および社会主義者鎮圧法を背景にしていた。とくに文化闘争は、ベルリンの医学者ルドルフ・フィルヒョウ(一八二一―一九〇二)の唯物論的世界観にささえられたビスマルクの国家的自由主義運動であった。そのさい実証主義的自然科学は、プロテスタントのプロイセン国家における富国強兵政策にもっとも役立つものであり、また精密科学と呼ばれる自然科学の諸原理を現在にいたるまで規定している。それればかりではなく、プロイセンの学術は戦前の日本に決定的な影響を及ぼしているので、当時の自然科学とゲーテの自然研究の対比は、後者の理解のためにきわめて啓発されるところ多いものである。前述（二二頁）のゲーテにおける客観と主観の関係に伴う三つの見地にたてば、前者の自然科学的思考の結果として認められるのが、今日まさに切実な問題となっている㈠脱自然、㈡非人間化、㈢精神の貧困という現象だからである。

それゆえ、これまで筆者は反時代的ゲーテをいつも詩人的科学者と呼んできた。たとえば一八二八年六月十四日にカール・アウグスト大公がベルリンからの帰途ライプツィヒ近郊の町トルガウで死去したとき、詩人はイェーナ郊外の風光明媚なドルンブルク城に七月七日から九月十一日まで引きこもり、ひたすら植物研究に専心した。自由闊達な自然の中で色彩現象を体験すると、一八二八年九月成立した次の詩のように暗室のなかでとは全く別の気分の芸術的な香りのたかい自然詩が生まれる。それは同年八月二十五日に成立した死の悲しみに翳った「登る満月に」と対照的にメタモルフォーゼとしての新生への希望に満ちている。このときゲーテは抒情詩人というよりは、科学者として作詩しているように思われる。

朝はやく、谷と山々と庭が
霧のベールを脱ぎ、
あこがれに溢れる期待で
花のうてなが多彩に満たされる。

大気のエーテルは、雲を荷いつつ
晴れた日と争い、
東風は雲を追い払い、
太陽の青い軌道をととのえる
この光景を愛でながら、
清らかな心で慈愛深い自然に感謝すると、
夕日は赤味をおびて別れを告げ、
地平線のまわりを黄金色に彩ることだろう。

上記ポーレンツの文学史的見方によれば（一四頁）、ゲーテは時代の担い手として先駆者ヘルダーのさまざまな人文主義的理想を綜合的に成就したということができる。またフンボルト兄弟も、結局、ヴィルヘルムがヘルダーの言語哲学を、アレクサンダーは彼の自然哲学を実践ないし実現したということができるであろう。詩人の直接の後継者であるアレクサンダー・フォン・フンボルトの遺言のように見えるのは、同僚の科学者エドワルト・ヒルデブラントの肖像画のために求められて書かれた八十七歳のフンボルトの自然に重点をおいた意義深い文章である。

「繊細な心情をもった人間が若々しくも大胆に、自然の意味を推し測りたいという希望を抱いて、崇高な神の国を研究しながら予感にみちて探し廻っていると、どの地帯においても高次の精神的な享受へと刺激されるように感ずる。眼差しを上の天体空間の永遠の光に向けようと、下の有機的植物組織の細胞のなかの種々の力の静かな営みに向けようと同じである。これらの印象はひじょうに強いので、個々ばらばらに作用する。長い波乱万丈の人生のあとで老齢と体力の減退により安息がふさわしいとしても、収集したものの内実を増大し豊かにするのは、みずから獲得した成果の堆積である。また以前の研究者たちが書き記した著作とそれらを苦労して比較することである。精神は（自然的）物質を自分のものにし、経験的知見が大量に築き上げたものを、少なくとも部分的に理性的認識に委ねようと努める。次の目標はそれから、自然の全体のなかに法則的なものを見つけだすことである。自然を理解しようとする科学的努力のまえで次第に、しかしたいてい後日ようやく、象徴化するさまざまな神話の積年の夢が消失していく。」

なお二十世紀に至り、特異な歴史哲学者オスワルト・シュペングラー（一八八〇—一九三六）はなるほど、ファウスト伝説発祥の地ハルツ山系の北麓にある故郷の町ブランケンブルクで第一次世界大戦のさなかに出版した往年のベストセラー『西洋の没落——世界史形態学通論』（一九一七）、一九二三年記念版の「まえがき」において、言語の起源に左右されない歴史一般の視点から「私はゲーテから方法を、ニーチェからさまざまな問題提起を得ている」と明言し、「後者との関係を一言で要約すれば、彼の眺望を概観とし、ゲーテはその全思考方法において、知らないうちに、ライプニッツの弟子であった」と述べている。彼はゲーテの自然形態学を歴史に適用し、ニーチェから反時代的批判を学んだのである。ライプニッツは一七〇〇年にベルリン科学アカデミーを創設して初代院長になり、ニーチェは一九〇〇年に死去して、善かれ悪しかれイギリス・フランスに続くいわばドイツの世紀を画している。シュペングラーはこの歴史の自然哲学の意味で自著を典型的な「ドイツ哲学」と呼んでおり、彼が巻頭に掲げているモットーもゲーテ晩年の形態学的思想詩（「穏やかなクセーニエン」VI、一八二七年）である（ハンブルク版第一巻三六七頁）。

無限なるもののうちに同一なるものが
繰り返し永遠に流れている。
千変万化の丸天井が
活発に交錯している。
最小の星から最大の星に至るまで、
生きるよろこびが万物から流れ出る。
あらゆる押し合いへしあいも、
主なる神のうちでは永遠の安息。

しかしながら、シュペングラーが人類のさまざまな文化の共通の発展に成長・開花・衰退の時期を認め、これには比較可能な一定の法則があり、古典古代のアポロ的文化に対し当時の西洋の「ファウスト的」現代文化は衰退の過程にあるとする世界史の見方は、ライプニッツではなくむしろヨハン・G・ヘルダーの歴史観に由来する。しかも、これはもともと、『近代ドイツ文学断章』第一集初版二番目の断章において「言語年齢についてのロマーン」すなわち、不可知の言語起源を前提にその形成を原始的歌謡、洗練された詩歌、哲学的散文への段階的発展として説明しようとする一種の人間学的仮説であった。そのうえシュペングラーが歴史に適用している「観相学」

(Physiognomik) はほんらい若いゲーテがチューリヒの神学者ラファーターから学んだ初期の形態学的見方であった(『ゲーテ形態学論集・動物篇』最初の諸論考)。

当然のことながら宇宙・地球・自然・歴史など、起源のない物事はない。しかし開闢以来、さまざまな神話のほか、それらに対するなんらかの科学的な解答がないのもほとんど自明である。人類の存続する限り子どもの誕生は自明であっても、生命の起源そのものは言語の起源と同じく永遠の謎であった。そこでヘルダーも言語の形成を人間の成長の比喩で考察しながら、ラテン教父アウグスティヌス以来の古いアナロジーに従ってそれを幼児・青少年・老人の段階になぞらえるだけに止めざるをえない。また「ロマーン」とは、十八世紀の語法において、若いゲーテの「宇宙についてのロマーン」(一七八一)と同様、フランス中世騎士物語のようなほとんど荒唐無稽な「仮説」の意味であった。

シュペングラーにより故意に誤った仕方で援用されてしまったとはいえ、自然科学者としてのゲーテを一言で特徴づけるとすれは、彼は動植物の形態学者である。この詩人的科学者において形態学(Morphologie)の概念は、有機体の形成および変形(メタモルフォーゼ)と同様に、ある程度まで無機物の形成と変形にも適用される。基本的にこれは鉱物学・地質学・気象学から成り立っているが、鉱物ないし岩石の結晶作用、地殻あるいは地層ないし岩脈による地形、大気圏の雲形なども動植物の形態とおなじく千差万別である。そこには植物のメタモルフォーゼや昆虫の変態とは異なる化学変化や褶曲や風化による形態変化が認められ、一定不変の骨学的原型にかわって、花崗岩というほとんど理念的に考えられた岩石が地球のあらゆる生成変化の原型とされている。また実際に石英・長石・雲母から成る花崗岩のメタモルフォーゼについても語られている。もちろんゲーテは、地質学においてはすべてが不確かであることを充分に自覚している。それゆえ彼は『地質学論集』のなかで、直接の観照と観察にもとづく記述をこえた推論ないし推理の多くが仮説であることを否定したりしない。しかし彼は古今東西あらゆる詩人のなかで、スイス・アルプスの冬山を踏破し、数万点におよぶ鉱石標本を収集し、テューリンゲンの森のなかでイルメナウ鉱山の坑道に入って実務にたずさわり、イタリアでヴェスヴィオ火山の登攀を敢行し、繰り返しボヘミアの森へ旅した恐らく唯一の詩人である。

十八世紀ヨーロッパにおいてはさらに、植物と動物の化石が地層のあいだから発見され古生物学が成立するにつれて、自然誌としての博物学をこえて自然史、すなわち地球の歴史ということが科学的視野に入ってきた。一八三〇年のかの「アカデミー論争」におけるふたりの立役者ジョルジュ・キュヴィエとジョフロア・ド・サンティレールの論争にさいし、詩人は明らかにジョフロアの側に立っていた。しかし彼は古生物学者としてのキュヴィエをつねに高く評価していた。彼はヘルダーと共に、啓蒙主義者たちのように事物の根源への問いを無視することはできなかったのである。とくに地質学においては、地球の起源を考えずに、個々の現象である岩石や鉱物あるいは地層や鉱脈を観察し、考察し、精確に記述することはできないように思われたのである。それは本来、彼が動植物の形態学においてつねに発生論的な考え方をしていたのに対応している。他方でそれには、原子論的（atomistisch）ないし機械論的（mechanisch）に対立する動的（dynamisch）のニュアンスがあり、内部からの法則的な穏やかな発展を意味している。外部から加わる激しい機械的な力ではなく、物質内部の動的エネルギー（デュナミス）にもとづく内的法則の顕現がゲーテにとって多種多様な岩石と鉱物の起源なのである。これらの見方の対比はまた、フランス啓蒙主義的唯物論とドイツ・イデアリスムス（観念論および理想主義）的生成論の対立を暗示し、ゲーテの植物学および動物学研究においても方法論的に重要な役割を演じている。

シュペングラーの反論にもかかわらず、いわゆるキリスト教的西欧はオリエントの初期文化を幼少年期、地中海世界のアンティーケ文化を青年期、中世の西ヨーロッパ文化を人類の成年期とみなす通常の発展史的・精神史的歴史観である。その途上にあるゲーテ時代のヒューマニズム（人間中心主義）は、歴史的にみて、封建的貴族社会と裕福な市民階級にささえられた人文主義的な教養理念であった。したがって、中世末期に成立した近代ヨーロッパ諸国のナショナリズムが第一次世界大戦において致命的なしかたで破綻をきたしたとき、シュペングラーが『西洋の没落』（村松正俊訳、第一巻、桜井書店、一九四四年）について語ったのは、あながち不当なことではなかった。そして一九四九年、ゲーテ生誕二百年祭の機会に、カトリック神学者G・ゼーニェンはミュンヘン大学主催の記念講演において、「キリスト教的西欧は第二次世界大戦の爆撃のなかで滅亡した。しかしゲーテ時代も消滅した」と明言した。

末筆ながら、筆者が母校上智大学でドイツ語・ドイツ文学を教えるようになってから、すでに半世紀以上たってしまった。ゲルマニストとしての私の学究生活をある程度まで観想的とすれば、ささやかながら青少年時代からゲーテと共に半世紀を過ごしてきた私にとって、研究と教育の軌跡そのものがある程度まで自分の人生の記録である。ほんらい、国内で大学と書斎のあいだを往復するだけのような私の学究生活など語るに足らなかった。また単なる研究者にすぎない私に、自叙伝としてことさら告白されるに値する文学的私生活などあろうはずもない。私が青年時代ドイツに留学して学んだことは、文献学（Philologie）、すなわちロゴスを文学的・哲学的・神学的に研究することであり、これまで学生たちに教えてきたことも、文学的テクストをいかに読むかということに尽きていた。ただ「われわれは教えることによって学ぶ」（Docendo discimus）というラテン語の諺どおり、私は実は授業をさせてもらいながら曲がりなりにも研究成果を上げてきたのである。その間、私は南窓社の初代社長岸村正路氏と編集者松本訓子氏に最初の研究書『ゲーテ研究――ゲーテの多面的人間像』（南窓社、一九七六年）いらい一方ならぬお世話になってきた。ここで改めて衷心から感謝申し上げたい。

二〇二三年三月七日　東京調布市の寓居にて

木村直司

ゲーテとフンボルト兄弟 ―― コスモスと人間性　目次

ゲーテとフンボルト兄弟

——コスモスと人間性——

序　章　詩人的科学者ゲーテへの関心

「植物学をやっているのか。光学までも。お前はいったい何をやっているのか。優しい心の人を感動させるのは、よりすばらしい有益なことではないというのか。」ああ、こころ優しい人々。へぼ詩人でも彼らを感動させることができる。自然よ、御身に触れるのは、私の唯一のしあわせだ。（ゲーテ「ヴェネツィア短唱」）

1　日本におけるゲーテ自然科学研究の隠れた伝統

わが国のゲーテ自然科学研究には長い伝統がある。その文献学的記録のうち古いものは、佐藤輝夫他編『近代日本における西洋文学紹介文献書目・雑誌編（一八八五―一八九八）』（悠久出版、一九七〇年）により把握することができる。ゲーテ研究全般について最も詳細なものは、天野敬太郎編「日本におけるゲエテ文献㈠―㈨」（日本比較文学会『比較文学』三巻―一一巻、一九六〇―一九六八年）であるが、手ごろなのは、潮出版社版ゲーテ全集第十四巻「自然科学論」の巻末に付された高橋義人編「ゲーテの自然科学文献書誌」である。その位置づけは、同じく第十五巻「書簡」巻末の木村直司・小泉進編「参考文献」から明らかになる。

日本におけるゲーテ研究書の嚆矢と言ってさしつかえないのは、明治二十六年(一八九三年)に民友社から「拾弐文豪」第五巻として刊行された高木伊作著『ゲ!テ』である。『早稲田文学』第五四号(一八九三年十二月)の新刊書書評によれば、ジェームズ・サイムが典拠であり、後年それを『学鐙』第五五巻第九号(一九五八年)において論評した碩学小牧健夫も「ところどころにある『詩歌の国』(ランド　オブ　ソング)とか『元形植物』(タイピカル　プラント)とかいうふうな英語のフリ仮名を見ても、英文のゲーテ研究書に拠ったのではないかと思われる」と指摘している。しかし、とにかく本書で注目にあたいするのは、「第三期　壮年時代」の叙述のなかに「其三　科学者としてのゲーテ」がすでに概説的に論じられていることである。文学作品の翻訳により人口に膾炙するまえ、ゲーテはわが国において、詩人よりもむしろ自然科学者だったのかも知れないのである。

一九一六年には早くも、小川政修著『自然科学者としてのゲエテ』が洛陽堂から上梓された。医学教授であった著者は、序によれば、主として医学者ルドルフ・マグヌスの先駆的著述『自然研究者ゲーテ』(ライプツィヒ、一九〇六年)とビールショウスキイおよびハールハウスのゲーテ伝を参考にして、本書を「訳述」したのである。この言葉は少なくとも、巻末に添えられた同じく医学者ルドルフ・フィルヒョウ(三〇頁)のベルリンにおける一八六一年の講演「自然研究者としてのゲーテ、とくにシラーとの関係において」の抄訳に当てはまる。「ゲエテの科学上の研究は有機無機の自然界を通じて其範囲頗広く、専門知識を有しなければ一々審にし難い所も実際尠くない。それ故概括的叙述を以て本旨とした」と断られているように、第一章「自然科学者としてのゲエテの閲歴」、

第二章「骨学及比較解剖学に於けるゲエテの業績」、第三章「ゲーテと植物学」、第四章「ゲエテの色彩学」、第五章「自然科学者としてのゲエテ」において「生理色」をふくめゲーテにおける有機的自然の研究が紹介され、マグヌスが言及している地質学と気象学はまだ扱われていない。

わが国最初のゲーテ全集聚英閣版にゲーテ自然科学論文はなるほどまだ翻訳されていない。しかし第一〇巻と第一一巻（一九二五年）に「伊太利紀行」「征仏記」「羅馬滞在」がすでに訳出されているので、イタリアにおけるゲーテの自然観察とハルツ山地踏破のさいの体験、フランス従軍のさいの色彩観察は知られていたことになる。本邦初訳は、大村書店版ゲーテ全集第十六巻「自然科学論集」（一九二九年）に収録されている。『色彩論』の「第一巻　第一教科の部」を訳出したアインシュタインの紹介者石原純は、解題の冒頭に次のように記している。「ゲーテの自然科学に関する論文集は、ルドルフ・スタイネルの編纂のもとに五巻の書物として刊行されてゐる。そのうちでゲーテが最も精力を費したものは『色彩論』であつて、それだけでもかなりの分量をもつてゐる。之に次いで主要なものは初期の研究に属する『植物の変態』及び『間顎骨』に関する論文である。本集に於ては主として分量の関係から、『色彩論』本論並びに『植物の変態』を収め、尚ほゲーテの自然科学一般に関する思想的断片の中から数篇の短文を選んだ。」もっとも「植物の変態」については、訳者がその専門科目に通じないことの理由で、植物学者の島地威雄が担当した。もし「間顎骨」に関する論文が翻訳されていたならば、動物学者か医学者が依頼されていたに違いない。付記されているように、岩石・地質・気象に関する諸論文が割愛されたのはある程度までやむをえないことであった。なお、ゲーテ自然科学論文のテクストも注釈も今日ではレオポルディーナ版が決定版となっているが、シュタイナー版の解説と注釈はその歴史的指標としての価値を失っていない。

専門の物理学者であった石原純がゲーテ自然研究の意義を正しく理解していたことは、簡潔な解題の文章に表われている。彼はまず、ゲーテがイタリア旅行のさい一七八七年八月十八日クネーベルに宛てて書いた手紙を引用する。「ネァペル、シシリアなどで私は植物や魚類を見たが、若し私が十歳も若かつたなら、インドへの旅行を企てて見たいものだと思つた。それは新奇を発見するためではなく、発見されたものを自分の方法で見やうとするためである。」そして、これについての所見として、「之が彼の自然科学研究に対する根本精神であると云つてよい。彼は常に個個の事物の発見よりも、世界全体を一つの観点に於て見やうとしたのである。彼の自然科学的業績は実に之に尽きる」と述べている。まことに的確な指摘かつ評価である。これに続く、シュタイン夫人宛て一七八五年五月十五日の書簡（イルメナウ、一七八六年六月十五日付の誤り）からの引用文、「自然の書物がどれ程多くを私に教へてくれるかをお話するわけにはゆかない。長い間私が書物で学んだことが今は一時にはたらいて来て、私の静かな歓喜はとても云ひあらはされないばかりです」も、自然研究におけるゲーテの生活感情をみごとに再現している。

石原純はまた、植物の変態というゲーテの「偉大な思想」について、「この点に於てゲーテは確かにダーウィンに先だつて進化論的観念を有してゐたのである。且つダーウィンが生物の変化のみに注目したのに反し、ゲーテはその変化する外観のなかに潜む不変なるものを探したのであつた」と明確に指摘している。ここには、ゲーテの自然考察の方法が、理念と経験、一者と万象、原型とメタモルフォーゼの相関関係にあったことが暗示されているのである。そして動物器官の構造に関して、「岩石から結晶に、結晶から金属に、金属から植物に、植物から動物に、動物から人類に至るまで、機官の形態が上昇し、之と共に亦創造物の力及び行動が多様になり、そして最後にすべてが人類の形態に於て合一する」というのが、彼の信ずるところであった、と記している。「経験的理想主義をもつて臨んだ」色彩研究については、「色彩知覚の多様性の根本にどんな精神的一義性が横たはつてゐるかと云ふことが、彼の解かうとした本来の疑問であつた」と要約し、ゲーテのニュートン批判について、「今日の物理学から見れば、この点に於てはニウトンがやはり正しいとしなければならないが、ゲーテがいかに強く自然を愛し之を慈母のやうに崇拝したかを吾吾は推察することができる」と結んでいる。純然たる自然科学者ならば、それゆえゲーテの謬説など一顧だにあたいしないと言うところを、日本の高名な物理学者はなお、ゲーテの自然研究における高次なもの、宗教的なもの、ひいてはこれらの精神的価値の文学的表現である詩作品を感知したのである。物理学者寺田寅彦が訳したアーレニウスの一九〇七年の著書『史的に見たる科学的宇宙観の変遷』（岩波文庫、一九四四年）の序においても、このスウェーデンのノーベル賞受賞者は『ファウスト』第一部から五七〇—五七三行を引用して、科学と文学の関連を示唆している。

「吾々は次のやうなことを歌つた彼の偉大なる自然と人間の精通者ゲーテと共に、未来は更に一層より善くなるばかりであらうといふ堅い希望を抱いても差し支へはないであろう。

げに大なる歓びなれや、
世々の精神に我を移し置きて、

昔の賢人の考察の跡を尋ね見て、
かくもうるはしく遂に到りし道の果見れば。」

日本のゲーテ研究は一九三二年の死後百年祭において最高潮をむかえ、その集大成である日独文化協会編岩波書店刊『ゲーテ研究』に、石原博士は「自然科学者としてのゲーテ」を寄稿している。その機会にフランスにおいて「普遍人」ゲーテを讃美し、とりわけゲーテの自然研究を称揚したのは、ポオル・ヴァレリイの『ゲエテ頌』（佐藤正彰訳、野田書房、一九三五年）であった。当時の日本におけるゲーテ崇拝がいかに大きかったかを如実に物語っているのは、「万象を抱擁して立つ巨匠ゲーテの魂に参ぜよ！」という趣意書である。

「今やゲーテは一独逸のゲーテではなく実に全人類の共有すべき精神史上の至宝である。此の曠世の偉人の業績は厖鴻として余りに偉大であり、其の鴻筆の燦然たる光輝、其の人格の超人的偉大さは宛も天空の太陽の如く吾人をして往々幻惑せしめ、一種近づき難い感を抱かしむる。而るに茲に彼は百年忌を迎へ多年日独両国文化の交換、相互普及に努力せる日独文化協会の手に依り此の人類文化の太陽の分光器（スペクトロスコープ）とも云ふべき本書の世に出づるを得た事は吾人の大いなる喜びとする所である。殊に遠く彼の生国より当代独逸文学の精華なる文豪トーマス・マン、慧敏の文学史家フリッツ・シュトリッヒの両巨匠が特に本書に其の該博犀利の論作を寄せられたるは正に錦上花を添ふるものである。本書をゲーテ研究必須の入門書として汎く江湖に薦むる所以である。」

ゲーテ自然科学研究の金字塔はその後、疑いもなく、改造社版ゲーテ全集三二巻（全三六冊）によって打ち立てられた。その第二六巻から第二八巻の二まで「自然科学論集」（一九三五―一九三八年）は実に四冊を占めているのである。しかも第二五巻の「哲学論集」（一九四〇年）は、「自然他六編」（恒藤恭訳）「箴言と省察」（堀安夫訳）「自然科学原論　其の他」（松山武夫）からなり、後者は地質学および気象学の論考も二、三収録しているので、事実上、科学方法論の巻である。これらの研究の先鞭をつけたのは、画期的な研究論文「Die Mütter Szene を中心として観たる Goethe の Faust」を一九二六年に発表した木村謹治博士であった。その研究サークルに属していた植物学関係論文と『色彩論』教示編の訳者村岡一郎は、第二六巻の解説のなかで貴重な記録を遺している。「可成り前から、下北沢の木村先生の御宅で先生を中心として九人ばかりの人々が月に一度づつ相集つてゲーテの自然科学の研究を続けて来た。私のこの仕事も実はこの研究会の結晶に他ならぬ。（中略）私達の研究会ではテクストとしてトロール（Troll）の Goethes Morphologische Schriften を用いたが、この書には著者自らの選択になる図解を可成り豊富に取り入れてあるので、植物学的知識の極めて貧弱な私にとつて色々と得る所が多かった。」拙訳『形態学論集』（ちくま学芸文庫）は、間接的ながら、この伝統を受け継いでいるのである。

個人的に幸いであったのは、筆者がその間にかつて改造社版ゲーテ全集に自然科学論文を訳出された菊池栄一博士の知遇を得、東京大学教養学部を定年退官されたあと晩年の十数年、親しく謦咳に接する機会に恵まれたことである。白髪痩身の真摯な学者で、師弟関係のない若いゲルマニストと同じように研究会に参加しながら、「桃李言わざれど下自ら蹊を成す」の趣があった。のちに比較文学研究に向かわれた菊池博士の全業績は『菊池栄一著作集』全四巻（人文書院、一九八四年）に集大成されているが、ゲーテの色彩研究を反映している『往復書簡ゲーテとシルレル』（桜井書店）の翻訳は、上巻と中巻が出たまま、下巻は残念ながら未刊におわった。岩波文庫の『色彩論――色彩学の歴史』（一九五二年）は一九九七年に復刊され、読まれつづけている。ほとんど知られていないのは、『西東詩集』の注釈版（研究社、一九五三年）である。

また同様に重要であったのは『蘭学事始』のことである。私は一九八二年における二回目のドイツ長期滞在のとき、『解体新書』の原著であるアダム・クルムスの本をミュンヘンのバイエルン州立図書館でコピーして序言の訳を原文と比較し、またシーボルトが宇田川榕庵に贈った植物研究書の原著者クルト・スプレンゲル（一七六六―一八三三）がゲーテのメタモルフォーゼ（形態変化）論をその『植物学史』のなかで称揚しているのを見て、『ナチュラリストの系譜――近代生物学の成立史』（中公新書、一九八三年）や『生物学論集』（八坂書房、一九八七年）の著者木村陽二郎教授の紹介で長いこと日本医史学会の会員になっていた。とくに感銘深かったのは、緒方洪庵がワイマールでゲーテの家庭医であったクリストフ・ヴィルヘルム・フーフェラント（一七六二―一八三六）の主著を邦訳し、その医学倫理が「医戒」として今日まで、ヨーロッパにおけるヒポクラテスの教えと同様に日本の医学界で尊重されているという事実であった。若いフーフェラントはゲーテからひじょうに深い精神的感化を受けたと記しているので、ゲーテは江戸時代にすでに、日本の蘭学者たちに間接的な影響を及ぼしていたことになる。

その後さらに数十年を閲した現在、医師で作家のかつてのハンス・カロッサにおけるように、ことさらドイツにおけるゲーテの精神的影響について語られることはない。これについては、私淑したカール・ローベルト・マンデルコウ教授の浩瀚な資料集と優れた解説書があり、その紆余曲折はドイツ近代の精神史そのものである。スイスに亡命していた哲学者カール・ヤスパースが第二次大戦後批判したように、以前のように「永遠のゲーテ」（トーマス・マン）について語るのは、むろん時代錯誤の誤りである。しかし真の古典の本質は、洋の東西を問わず不易流行である。かねて私はとくにフンボルト兄弟をゲーテの後継者的分身と見なしていた。旧稿のゲーテ論を一書にまとめて刊行したあと（『詩人的科学者ゲーテの遺産』南窓社、二〇一二年）、ゲルマニストとして私の人生最後の研究課題は、それぞれの個別モノグラフィーに基づき、彼ら三人の人間関係をできる限り明らかにすることである。とりわけ一七六九年九月十四日に生まれた弟のアレクサンダーは、九十歳ちかくまで存命でフンボルト家の城館のある広い家庭庭園の一角に兄とならんで葬られている（口絵表）。彼は三十歳をこえてフランス人医師エメ・ボンプランと敢行した初期の中南米探検旅行（一七九九―一八〇四）のあと、その研究成果の処理のため続く人生の三分の一をパリで過ごし、残りの三分の一を科学的主著『コスモス』の執筆に捧げた。本書副題の「コスモスと人間性」は、コスモスを東洋的ニュアンスのある天地と置き換えれば明白なように、彼ら兄弟を結びつける緊密な相関関係にある。

周知のように、ゲーテの自然研究は植物学・動物学・地質学・鉱物学・骨学・色彩学・気象学など多方面にわたっている。そして、それらに共通するものとして彼特有の自然観があり、その根底にはさらに「まえがきに代えて」で指摘した汎知学と呼ばれる十六世紀の神秘的・宗教的宇宙観がある。いま色彩学に限定すれば、偉大な自然科学者アレクサンダー・フォン・フンボルトが最後の博物学者と呼ばれるのと同様な意味で、それは博物学的な性格を有している。すなわち、ゲーテの色彩研究は一種の色彩の博物学であって、多種多様な色彩現象を丹念に収集・観察し、それらを一定の見地から考察し集大成したものなのである。彼はフランス革命軍に対するプロイセン・オーストリア同盟軍の一七九二年の軍事介入と敗北にさいしても八月三十日や十月最後の記述に見られるように色彩現象の観察と考察を怠らず、『詩と真実』『イタリア紀行』につづく自叙伝の第三部ともいうべき『滞仏陣中記』の中で『色彩論』に関し、「私の最初からの原則は、経験を拡大し方法を純化することである」（十月十四日）と明記している。自伝の補遺『年代記』一七九一年の記述では、プリズムによる主観的実験のために色彩現象を「無限にまで多様化した」とさえ言われている。

先の場合、経験とは色彩現象のことであり、方法とは根源現象からのいわゆる導出（演繹）の意味である（二七頁）。これらの事柄は科学方法論に関する諸論文において詳細に論じられているが、その際ゲーテが絶えずカントを念頭においていたことは、『滞仏陣中記』十月二十五日の記述からも明らかである。「カントがその『判断力批判』の中で美的判断力に目的論的判断力を対比させるとき、そこから帰結されるのは、カントが暗示しようとしているように、芸術作品は自然作品のように、自然作品は芸術作品のように取り扱われ、それぞれの価値はそれ自身の内から展開され、それ自身において考察されるべきであるということである。」同時にまた、このような芸術作品と自然作品の不即不離の関係から、ゲーテにおける自然研究の意義もおのずから明らかとなる。自然研究、とくに色彩の研究は彼にとって、究極において芸術の理解に資するものだったのである。『イタリア紀行』「第二次ローマ滞在」一七八七年九月六日の項における詩人の、台頭してきたロマン主義美術を明確に意識した有名な古典主義の宣言は、本来こうして行われたものである。

「確かにいえるのは、古代の芸術家たちが自然の偉大な知識を有していたと同様、何が描かれ、いかに描かれなければならないかをホメーロスと同じく確実に理解していたということである。／残念ながら第一級の芸術作品はごく少数である。しかし、これらだけでも鑑賞できたならば、それらをよく認識し、安んじて生きていく以上に願わしいことはない。これらの高遠な芸術作品は同時に最高の自然作品として、人間により、真の自然法則に従って生みだされた。すべての恣意的なもの、想像されただけのものは崩壊する。そこには必然性があり、神がある。」

自然と芸術のこの密接な関連は、『色彩論』教示編第六編「色彩の感覚的・精神的作用」に言い表わされており、芸術における彩色の問題はさらに「色彩のアレゴリー的、象徴的、神秘的使用」にまで敷衍されていく。この点に注目すれば、文学史的にはロマン主義文学全般との親近関係、美術史的にはルンゲ、カスパール・D・フリードリヒ、ターナーからパウル・クレーにまで及ぶ展望が開けてくる。しかしながら、自然の領域にとどまった場合でも、色彩研究はゲーテの自然科学において中心的な位置を占めていることが判明する。なぜなら、彼がそこで適用している科学方法論は、結局、動植物学をはじめとする他のすべての研究分野にも当てはまるからである。とくにカントの認識論は、「直観的判断力」の論文に見られるように、自然科学者ゲーテにとって決定的な意義をもっている。経験的な自然科学者は反省的・推論的判断力にもとづいて個々の分析を行ない、人間悟性の限界を越えた直観的・規定的判断力による綜合を試みようとはしない。それはカントによれば、神的知性にのみよくなし得る全体的認識だからである。これに対し、自然科学者であるよりも先に詩人であるゲーテは、カントが人間に拒否した神的綜合判断である「理性の冒険」をあえて行なうのである。こうして把握されたプラトン的イデアともアリストテレス的エイドスともいえる先験的理念が、根源現象あるいは原植物と呼ばれるものである。

2　ゲーテの科学的後継者としてのフンボルト兄弟

フンボルト兄弟は幼少のころ双子のように成長したとはいえ、素質・才能・性格の面でやはり著しく異なっていた。きわめて啓発に富むのは弟アレクサンダーの自己描写で、ゲッティンゲンでの学生時代一七八九年のライン旅行の折にデュッセルドルフ郊外ペンペルフォルトで面識を得ていた若いゲーテの親友フリッツ・ヤコービ（一七四三―一八一九）に宛てた同年の手紙のなかに記録されている。弱冠二十歳の彼は、自分を兄と対比させながら、当時すでに次のように書いている。

「彼と私のあいだにあなたが見出すのは非常に大きな違いです。われわれの全く同じ教育にもかかわらず、幼時から気質・性格・傾向、学問的な事柄における方向さえ互いに変わっていく一方でした。彼の頭脳は私のより敏捷で成果をあげ、彼の想像力はより活発で、彼の美的センス、芸術的感受性はより鋭敏です。たぶん彼自身熱心に実技を身につけ、素描や銅版画制作に励んでいるからです。全体として彼はあらゆる意味で新しい観念を理解し、事物そのものの本質を把握する力に秀でています。私により多くある能力は、さまざまな観念を展開し、互いに比較し、発展させていくことです。彼と私の差異を私はこのように確定し、他のすべての、些細な相違点をもここから説明したいと思います。」とくに、さまざまな観念の展開・比較・発展という表現は、晩年の科学的主著『コスモス』において「理念的結合」（コンビネーション）についてしばしば語る彼の自然研究者としての特徴を的確に言い表わしている。

注目すべきことに、二十六歳になったばかりのヴィルヘルム・フォン・フンボルトも一七九三年にすでに、弟を早くも新時代の天才として讃美していた。「人をほめたり感嘆したりするのは私の本領ではありません。しかし弟が自分の確信している思想を語るのを聞いていると、心から驚嘆せざるをえません。私は彼の天才を深く究めたと思いますが、この考察は私に人間研究そのものにまったく新しい展望を開いてくれました。（中略）物質的自然を精神的自然と結びつけ、そうして、われわれが認識している宇宙に初めて真の調和をもたらすこと、あるいは、これが人間の力を越えているとしたら、物質的自然の研究を第二の処置を容易にするための予備作業として行なうこと、それができるのは、私があらゆる時代の文献および自分の経験から知っているすべての人間のなかで、私の弟しかいないように思われました。」（スウェーデンの詩人カール・グスターフ・フォン・ブリンクマン宛）

あまり論じられることのない弟の宗教的態度については、兄のヴィルヘルムが一八一七年に書き残した手記がきわめて参考になる。「アレクサンダーは唯一稀有の学識と真に包括的な見解を有しているだけではない。彼はまた性格がよく、優柔で、慈悲深く、献身的で無私である。――しかし彼にとにかく欠けているのは、自己と思想についての静かな充足である。そして、そこから生ずる残りすべてのことである。それゆえ彼が理解しないのは他人である。いつも彼らと生活し、とりわけ彼らの感情を観察しているにもかかわらずである。芸術も理解しない。技術的なことはみなよくでき、自分で上手に描けるにもかかわらずである。そして、こんなことを言うのは大胆不敵であるが、自然も理解していない。そのなかで彼は日々新しい発見をしているにもかかわらずである。宗教については、彼が宗教をもっているのか、無宗教なのか、いずれも分からない。彼の頭脳と彼の感情は、これが決断される限界まで行かないようにみえる。」これに関連して、一八一一年当時におけるヴィルヘルムフォン・フンボルトの判断によれば、「弟は本来いつも自分の知見の中心におり、その限界領域のどこかに立ち止まることはなかった。彼は本当に、あらゆる方面から同時に接近できる一つのことを探究するため、すべてを包括しようとだけ努め、個々のものが孤立したままでいる限り、それを真から嫌悪していた。」

きわめて興味深いのは、年下の学友フライエスレーベンによる友人の性格描写である。

「彼の愛すべき性格の際立った特徴は、限りない善良さ、好意的な善行、思いやりのある無私の親切、友情と自然にたいする暖かい感情、寡欲、素朴かつ率直な人となり、いつも活発な話し好きな性質、明朗でユーモアがあり、時にいたずらっぽい気まぐれである。これらの特徴に助けられて彼は後年、長い間そのもとで暮らすことになった粗野な現地人たちをおとなしくさせ、市民社会では驚嘆の念と共感を呼び起こすことができた。これらの特徴のため、彼にはフライベルクの勉学時代にすでに人々の愛と恭順が寄せられた。粗暴と不正と薄情を彼は激しく憎み、センチメンタリズムと気取りに対しては辛辣となり、心に締りのないこと（彼はそれを優柔不断と呼んだ）と学をてらうことには我慢がならなかった。」

いずれにしても、フンボルト兄弟は二十世紀前半まで学者としてゲーテ＝シラーと同様に高く評価されていた。しかし第二次世界大戦後の西ドイツでは、兄ヴィルヘルムのゲーテ的教養理念の影響力が後退し、代わって弟アレクサンダーの自然知がその分ますます脚光を浴びてきた。その際、ヴィルヘルムはふつうプロイセンの公務時代と引退後の言語研究の時期に分けて考察されるのに対し、若いアレクサンダーの波乱万丈のイベロアメリカ探検旅行は、まず時間的に三つの部分に大別することができる。第一の時期は一七九九年七月十六日のクマナ到着から一八〇〇年十一月二十四日までのオリノコ川流域の探険期間である。第二の部分は一八〇〇年十二月十九日から二か月のキューバ滞在を含む、一八〇二年十二月五日ペルー・リマ滞在までの再度の南米探険のアンデス山脈探検期間であり、第三の部分は、一八〇三年三月二十三日から一八〇四年三月七日まで一年間のメキシコ滞在期間である。最後の北アメリカ滞在の時期は帰路の途中のいわば華やかなエピソードで、パリに帰還したときの盛大な歓迎を予想させるものであった。

探険旅行の全研究成果は『A・v・フンボルトとA・ボンプランによって一七九九年―一八〇四年に実施された新大陸赤道地方への旅の記述』という書名のもとパリで自費出版されることになったが、大判全三十巻のこの膨大な著作は一八三九年に初めて完成された。この学問的大事業のため科学研究の中心地パリに留まることにしたフンボルトは、ナポレオン戦争中のプロイセン王家崩壊の危機や解放戦争によるナポレオンの没落などに積極的に関与することなくひたすら研究に没頭した。この点でも彼は、ワイマールで詩作と自然研究に没頭していたゲーテに似ている。ただ、出版費用がかさむにつれ、彼は財政上の理由から、しだいに外交官的な政務に携わらざるをえなくなった。一八二七年四月、彼はプロイセン王の要請でついにドイツへ帰国し、ヴィルヘルム三世および後継者四世の侍従となった。

そのうえ「ドイツ自然研究者および医師協会」の最初の大会が一八二二年、動物学者ローレンツ・オーケン(一七七九―一八五一)の提案によりライプツィヒで初めて開催され、一八二八年秋にその第七回目がフンボルトを名誉会長にベルリンで行なわれたとき、六百人もの内外の自然科学者が参加した。この開催期間中、オーストリアの若い作家ダニエル・ケールマンの小説で取り上げられたように、ゲッティンゲンの著名な数学者カール・フリードリヒ・ガウスがフンボルト家テーゲル城館の客となっていた。その際フンボルトは、自分の目標が最終的に人類に向けられていることを、開会の辞において次のように言い表わした。「宗教の相違と市民憲章が生み出すかもしれないいかなる距離もここでは止揚されています。ドイツはいわば精神的統一体として呈示されており、真理の認識と義務の遂行が人倫の最高の目的であるように、統一体であるというかの感情は、各人に宗教・市民憲章・国法を貴重なものとしているいかなる絆をも弱めるものではありません。」少なくともここでは、封建社会において当時なお対立しているように見えたキリスト教の新旧宗派、立憲君主制と共和制、祖国と国際性などは、自然界の特殊性と普遍性の対立のように克服されていた。

住居を最終的にパリからベルリンへ移したフンボルトは一八二七年十二月から一般市民むけの六十一回に及ぶいわゆる「ベルリン講義」を大学に隣接するジング・アカデミーの講堂で始めた。

これが翌二八年三月に終わったあと行なわれたのがかの「自然科学者大会」で、しかも同年四月から十二月までロシア皇帝ニコライ一世の招待でロシア・シベリア旅行へ出かけることになった。この中間の時期をフンボルトの長い人生における第二期とすれば、「ベルリン講義」後これの文書化にもとづく晩年の科学的主著『コスモス』の執筆開始と出版完了までの最後の道程は、最終第六章に略述するように困難に満ちた長い第三期であった。

しかしながら、フンボルト兄弟にはほんらい兄の言語における地理学的視点、弟には自然考察における人文主義的見地という相互補完的な面があった。本書においても、わが国で比較的よく知られている言語学者の兄より自然地理学者の弟にどちらかといえば注目することになるが、そのさい両者を仲介する立場にあるのが、自然知による人間形成（教養）を実践した詩人的科学者ゲーテにほかならない。以前はベルリン大学の理念的創立者ヴィルヘルムに関する評伝的研究が主で、ふたりの文化的重要性のバランスを回復しようと試みたかに見える『フンボルト兄弟』（Manfred Geier: Die Brüder Humboldt. Eine Biographie. Hamburg 2009）という新しい伝記が書かれるのはようやく二十一世紀になってからである。フンボルト兄弟のうち、戦前のわが国においては少なくとも兄が言語学者として比較的よく知られていた。これに対し弟は、戦後せいぜいフンボルト・ペンギンあるいはフンボルト海流の名とともに呼ばれる程度であった。しかし欧米では中南米探検旅行者として周知のアレクサンダー・フォン・フンボルトは、畢生の科学的主著『コスモス』（一八四五—六二）の原著第一巻を次のように書き始めている。

「波乱万丈の人生の晩秋に私がドイツの読者たちに委ねる著作のイメージは、輪郭の不明瞭なまま、ほとんど半世紀も脳裏に浮かんでいた。いろいろな気分に襲われながら私はこの著作をしばしば執筆不可能とみなし、放棄してはまた、たぶん無分別にも再びそれに戻った。私がそれを同時代の人々におずおずと捧げるのは、自分の力が及ばないことへの当然な不信感に由来する。私が忘れようと思うのは、長いこと待望されていた著述が普通あまり寛大に扱われないことである。」

そして過去を振り返って次のように続けている。

「外的な生活事情と、種々異なった知識への逆らいがたい衝動により私は、多年にわたり一見すると個々の教科の研究にばかり携わってきた。大がかりな探検旅行の準備として記述植物学・地層構造学（地質学）・化学・天文学的な経緯度の測定、地磁気である。しかしながら、学習のほんらいの目的は、つねに高次のものであった。私を駆り立てた主要な動機は、物体である事物の諸現象をそれらの一般的関連において、すなわち自然を内部のさまざまな力により動かされた生命ある全体として把握しようとする努力であった。高い資質に恵まれた人物たちとの交友により、私が早くから到達した洞察は、個々のものの知見への真剣な傾きがなければ、すべての壮大かつ一般的な世界観も空中楼閣にすぎないかもしれないということである。」

しかし『コスモス』執筆当初のフンボルトの意図によれば、「自然知における個々のことがらはその内的本質により、あたかも同化する力があるかのように生産的に刺激し合うことを可能にする。記述植物学は、もはや種と属を規定するだけの狭い圏域に呪縛されてはおらず、遠い国々と高い山脈を踏破する観察者を、大地に広がる植物の地理学的分布が赤道からの距離と立地の垂直高度に比例しているという学理へ導いていく。さらにまた、この分布の錯綜した諸原因を解明するために、さまざまな気候風土により異なる気温と大気圏における気象学的プロセスの諸法則も探索されなければならない。このように、知識欲旺盛な観察者はどの部類の現象からも他の部類へ導かれ、その部類はこの部類に基礎づけられたり、これに依存したりしているのである。」ここには人文主義的自然科学者フンボルトのすべての問題、すなわち星辰の世界・動植物の有機体制・人間生命圏が包括的に言及されており、それらは彼により新たに見出された宇宙であるコスモス的大自然に対応する、近代における人間性のあり方を言い表わした諸規定である。

ところで、ゲーテの近代的自叙伝の典型『詩と真実』はアウグスティヌスの神への「告白」ではなく、むしろルソーの『告白録』の系統に属する人間的な著作としてリベラルな一般宗教学的テーマを含み、その思考パターンはあらかじめ基本的に言い表わされている。序言によれば、恐らくヴィルヘルム・フォン・フンボルトと思われるある篤学の友人は、詩人と共に詩人の手びきで自己を形成してきたので、詩人の経歴を改めて追体験したいと思った。彼はゲーテの最初の著作集に提示された多種多様な作品の関連がよく分からないため、「個々の作品成立のきっかけや、外面の特定の対象および内面の決定的形成段階、制作のさいの精神的および美学的原則」などを知ることを切望したのである。そのため作者はその前提として宗教的な事柄にもしばしば言及しなければならなかった。

しかしながら、宗教的関心のほとんどない弟のアレクサンダー・フォン・フンボルトは晩年の科学的主著『コスモス』第二巻の長大な文芸史的序論を臆することなく「自然研究への刺激手段」で始めることができた。彼はそのⅠ「自然記述―異なった時代と部族における自然感情」において詩人的科学者ゲーテにおける「哲学・自然学・詩歌を一つのきずなで巻きつけた緊密な盟約」について語り、教養小説『ヴィルヘルム・マイスターの修業時代』第三巻第一章の冒頭で、竪琴弾き老人のツィターの音に合わせてミニョンが歌う、「君や知る南の国」で始まるいわゆるイタリアの歌第一節からの詩句を引用している。彼は『若きヴェルテルの悩み』に言い表わされているゲーテの自然観に共鳴し、詩人の形態学思想に賛同し、『イタリア紀行』を愛読していたのである。

中南米（イベロアメリカ）探検旅行者としてのフンボルトは、とりわけ、熱帯自然の絵画的記述「自然絵画」にほかならない科学的エッセイ集『自然の諸相』（初版一八〇八年）により一般の読者に知られるようになった。彼の科学的意図はしかし最初から、個々の自然知を探求することではなく、自然の統一、すなわちコスモスとしての森羅万象を根底において支配している世界の一般的法則を把握することであった。「全体は部分の総和以上のものである」という周知のアリストテレスの意味で、それは自然の形而上学であり、経験主義的個別科学にたいし高次の自然哲学であった。同じ原則は後年の『コスモス』第一巻の扉に、プリニウス『自然誌』第七巻第一章から「自然の本質と尊厳が啓示されるのは、そのすべての部分が全体としても把握される場合である」として引用されている。

しかしながら、フンボルトの中南米における旅行体験と研究成果は、大部とはいえフランス語から訳出された『新大陸熱帯地方紀行』最初の三巻『アメリカ旅行記』の抄訳（岩波書店）と拙訳『自然の諸相』（ちくま学芸文庫）に尽きるものではない。フンボルトはドイツでも日本でも、南極に発し南米西岸を北上する海流やフンボルト・ペンギンの名まえで世上に喧伝されているほどには読まれていないのが偽らざる実情である。その一因として挙げられうるのは、一八〇六年にベルリンがナポレオン軍に占領され、プロイセン王家が領邦国家プロイセンの州都ケーニヒスベルクに亡命し、イェーナから移住してきたばかりの哲学者フィヒテがベルリンで愛国主義的な「ドイツ国民に告ぐ」の一連の講演をしていたにもかかわらず、中南米からの帰還後フンボルトが自然研究者として長年パリに留まったことである。十八世紀ヨーロッパにおける政治的権力の中心地パリは、科学的にも最も重要かつ中立的な場所であった。

アレクサンダー・フォン・フンボルトがゲーテ時代における自然科学の現状を包括的に叙述しようという考えを抱いたのは、十八世紀から十九世紀にかけての世紀転換期のことであった。ゲーテ＝シラーとイェーナで知り合ったばかりの少壮の自然研究者は、その中ですでに個々のことがらではなくコスモス論的に全体の統一的把握をめざしていたが、それは原理的に両詩人の文学的古典主義の考え方と一致するものであった。これによれば、研究主体である主観と客観そのものが、少なくとも内在的な神を含めた神・世界・人間の全体性を形づくっていた。また客体である自然は調和ある万有と感じられていたばかりではなく、主体である人間そのものもまだ知情意の分離しない全体から形成されていると考えられていた。それゆえ彼は、一方で人間の全能力を駆使して自然における個々のものを経験科学的に観察し、他方でそれらの統一性である全体の理念を自然哲学的に把握しよう、すなわちドイツ語で同一の語である「考えながら観察しよう」と努めたのである。そのためには、人間のあらゆる精神的能力、知性の分析能力である悟性と綜合的能力である理性だけではなく、構想力としての創造力と生産的ファンタジーさえ必要であった。それは後述するように、ゲーテがつとに科学方法論としてカントから学んでいた「理性の冒険」および詩人により詳細に書評されたエルンスト・シュティーデンロートのいう「精密な感性的空想」の合わさった研究方法であった。ゲーテは、個々のいかなる精神的表出をも個人の全体性へ還元して理解しようとする哲学者シュティーデンロートの努力に全面的に賛同し、この論評を『形態学』誌第二巻第二冊（一八二四年）に発表した（『ゲーテ地質学論集・気象篇』「科学方法論補遺」に収録）。彼は一八二四年六月二十七日、クリストフ・シュルツに宛てて書いている。「四週間まえから彼の本を読んで楽しんでいます。この論述には信じられないほどの全体性があります。」事実、ゲーテの蔵書中にあるこの書物には夥しい書き込みが見出され、彼がそれをいかに熟読したかが偲ばれる。

科学的エッセイ集『自然の諸相』が「ドイツ国民にもっとも愛好された本」と呼ばれるのに対し、晩年の主著『コスモス』は十九世紀ドイツ文学における「ベストセラー」であったといわれる。ボン大学教授でダルムシュタット版『フンボルト選集』七巻全十冊の刊行者ハンノー・ベックは、一九七八年に次のように記している。「『コスモス』は刊行後すでに百八十年たっているにもかかわらず、繰り返しその名が挙げられ引用される書物の一つである。古典主義的人間性の理想とその時代の有力な研究旅行家の世界像が合一したこの著作はドイツ文学史の一部分であり、地理学者と科学史家のあと文学史の研究者たちによっても重要視されなければならない。（中略）フンボルトは限りなく豊富な問題を秘めた地理学者かつ自然研究者であると同時に、世界史への道を照らしたヨーロッパの刺激的な歴史家のひとりである。彼は現代のしばしば偏狭にすぎるイデオロギーを免れており、彼が遭遇したあらゆる問題に対して心を開かれている。」

『コスモス』において自然の全体性ないし統一性への洞察を人間精神の「観念」、すなわち理念あるいは思想として書き記したのは疑いもなく、ゲーテの後継者フンボルトである。しかしアメリカから持ち帰った膨大な個々の資料を整理し科学的に利用するために、多数の植物学者・動物学者・地質学者・物理学者・化学者・画家たちが協力したように、その自然学的世界記述のためのさまざまな資料は、これら科学者の友人たちが彼自身の研究成果に加えて多かれ少なかれ提供したものである。この意味で『コスモス』も無数の専門家の科学的認識にもとづく一種の共同研究の成果であった。青年時代から最高齢にいたるまで、フンボルトは自然に関する最新の科学的認識を得ようとし、他者の知見と自己の考察により自分の自然科学的世界像をたえず豊富に拡大しようと努めていた。そればかりではなく、彼の多種多様な興味、彼の広い人文学的素養と自然についての広範な専門的知識により、フンボルトはこれら科学の進歩を受身に取り入れるだけではなく、それらをコスモス論という理念的考察により次の世代へと積極的に伝達することができたのである。

中南米探検旅行後のフンボルトのドイツ語による最初の研究報告書『植物地理学論考』（一八〇七）に添えて「ゲーテに捧げられた」ベルテル・トーヴァルセンの銅版画の中では、詩人ゲーテを暗示するアポロが、豊穣な母なる自然の象徴であるエフェズスのディアナのヴェールを、罰せられることなく持ち上げている。そして足許の石碑には、フンボルトが決定的な影響を受けたゲーテの自然科学論文「植物のメタモルフォーゼ試論」（一七九〇）の表題が刻まれている。一般に、フンボルトがヨーロッパにおける自然誌的研究最後の代表者とみなされるだけに、両者のこの精神的結びつきはきわめて重要である。「この描写の背後には、(自然科学的)ロマン主義者たちの新しい神話と自然哲学が暗示されているとも考えられる。」(トマス・リヒター)

フンボルトはこれに先立ち中南米旅行から帰った二年後、『植物地理学論考』の総論の中で「自然絵画」の思想を概念的に言い表わしたが(第四章)、それには植物の全領域をカバーする具象的な折り畳み図版が次の表題とともに添えられていた。「熱帯諸国における地理学、アンデス山脈の自然絵画、北緯一〇度から南緯一〇度にかけてなされた種々の観察と測定にもとづく、一七九九年から一八〇三年までアレクサンダー・フォン・フンボルトおよびA・G・ボンプランにより。」中央には全体の長さの半分を占める高山の断面図があり、高山の上と中腹に雲がかかっている。山の左の空間に上から、チンボラソの頂、ボンプラン、(ボゴタからの同行者)カルロス・モントゥファル、フンボルトが種々の器具を携行して一八〇二年一月二十三日に登ったチンボラソの高さ、ポポカテッペの高さ、ブーゲとラ・コンダミーヌが一七三八年に登ったカヤンベの高さ、テイデ峰の高さとある。山の右側には、コトパクシの頂、ピコ・デ・オリザバないしシトラテペテルの頂、ソシュールが一七八七年に到達したモンブランの高さ、キトの町の高さ、ヴェスヴィオの高さとある。そして断面図の左右にそれぞれ四分の一のスペースをとって個別の書き込みが見出される。それぞれの両端にメートルで〇から六五〇〇まで、対応するトアーズが〇から四〇〇〇まで記されている。これで海抜から二つの休火山と活火山の頂上までの高さが示されている(口絵裏)。

そして一八一三年に、フンボルトの『植物地理学論考』における植物地理学への「自然絵画」思想の対をなすものとして、ゲーテの素描にもとづく「新旧世界の高度比較図」が『一般地理学暦表』誌第四一巻にようやく印刷されたとき、詩人は発行者宛に次のように書いている。「一八〇七年にわれわれの卓越したアレクサンダー・フォン・フンボルトが植物地理学論考ならびに熱帯諸国の自然絵画を送ってきた。彼が私にこの貴重な書物を捧げてくれた、好意的な献呈の辞に私は満足し、感謝の気持に満たされた。私はこの著作を満喫し、自他にすぐ充分に享受し利用できるようにしようと思った。」しかもゲーテの『形態学論集・植物篇』所収の論文「他の友好的批評」に「アレクサンダー・フォン・フンボルトは彼の『植物地理学論考』のドイツ語訳を付録の熱帯地方の自然絵画とともに送ってくれ、それに添えた私の自尊心にこびるような絵で、詩歌は自然を覆っているヴェールを持ち上げるのに成功するだろうということを暗示した。ほかならぬ彼がそれを容認してくれるのであれば、誰がいったいそれを否認するだろうか。私は彼に公に謝意を表したいと思う」とある。この比較図では左側にスイスのアルプス、右側に南米アンデス山脈が対置されており、モンブランの最初の登頂者ソシュールとチンボラソの当時の最高点まで登攀した若いフンボルトが山頂ちかくの小人のよう点描された人物像として挨拶をかわしている。

『コスモス』執筆当初のフンボルトの意図によれば、「自然知における個々のことがらはその内的本質により、あたかも同化する力があるかのように生産的に刺激し合うことを可能にする。記述植物学は、もはや種と属を規定するだけの狭い圏域に呪縛されてはおらず、遠い国々と高い山脈を踏破する観察者を、大地に広がる植物の地理学的分布が赤道からの距離と立地の垂直高度に比例しているという学理へ導いていく。さらにまた、この分布の錯綜した諸原因を解明するために、さまざまな気候風土により異なる気温と大気圏における気象学的プロセスの諸法則も探索されなければならない。このように、知識欲旺盛な観察者はどの部類の現象からも他の部類へ導かれ、その部類はこの部類に基礎づけられたり、これに依存したりしているのである。」ここには人文主義的自然科学者フンボルトのすべての問題、すなわち星辰の世界・動植物の有機体制・人間生命圏が包括的に言及されており、それらは彼により新たに見出された宇宙であるコスモス的大自然に対応する、近代における人間性のあり方を言い表わした諸規定である。

精神界である人文学はほんらい偉大な兄ヴィルヘルム・フォン・フンボルトの研究領域であり、それは自然科学者の弟が自分にもうけた人文主義的境界線である。それは学術の二つの基本的分野を分離するものではなく、むしろそれらの両立をはかる研究・教育制度こそ十八世紀ヨーロッパにおける綜合大学 universitas の理念であった。コスモスのこれら二つの領域を調和的に結合している理想的人間性（フマニテート）を、筆者はかねてゲーテとフンボルト兄弟に見出していたが、かつてプロイセン国王フリードリヒ・ヴィルヘルムの名を冠したベルリン大学は、一九四九年、東西ドイツの分裂に伴い西ベルリンの自由大学に対抗して（マルクス主義的）フンボルト大学と改称された。この大学はもともと理念的に一八一〇年、ベルリン生まれの人文学者ヴィルヘルム・フォン・フンボルトによって創設されたので、新しい名称は当然彼に由来するようにみえる。しかし彼には二歳年下の彼に劣らず有名な自然科学者の弟がおり、むしろこのアレクサンダー・フォン・フンボルトが顕彰されているようにも思われる。なぜなら、分断されたドイツの東西いずれにおいても、弟の評価のほうがはるかに高かったからである。ゲーテ＝シラーの親友であった兄の古典主義的教養理念は、一九六〇年末ミュンヘンで始まった大学紛争のさい東西ドイツで激しく批判されたのである。そのため、一九六七年に発行された西ドイツの五マルク紙幣には、アレクサンダーが正面から、ヴィルヘルムは横顔しか印刷されていなかった。

中南米（イベロアメリカ）探検旅行者としてのフンボルトは、とりわけ、熱帯自然の絵画的記述「自然絵画」にほかならない科学的エッセイ集『自然の諸相』（初版一八〇八年）により一般の読者に知られるようになった。彼の科学的意図はしかし最初から、個々の自然知を探求することではなく、自然の統一、すなわちコスモスとしての森羅万象を根底において支配している世界の一般的法則を把握することであった。「全体は部分の総和以上のものである」という周知のアリストテレスの意味で、それは自然の形而上学であり、経験主義的個別科学にたいし高次の自然哲学であった。同じ原則は後年の『コスモス』第一巻の扉に、プリニウス『自然誌』第七巻第一章から「自然の本質と尊厳が啓示されるのは、そのすべての部分が全体としても把握される場合である」として引用されている。

『コスモス』において自然の全体性ないし統一性への洞察を理念あるいは思想として書き記したのは疑いもなく、ゲーテの後継者フンボルトである。しかしアメリカから持ち帰った膨大な個々の資料を整理し科学的に利用するために、多数の植物学者・動物学者・地質学者・物理学者・化学者・画家たちが協力したように、その自然学的世界記述のためのさまざまな資料は、これら科学者の友人たちが彼自身の研究成果に加えて多かれ少なかれ提供したものである。この意味で『コスモス』も無数の専門家の科学的認識にもとづく一種の共同研究の成果であった。青年時代から最高齢にいたるまで、フンボルトは自然に関する最新の科学的認識を得ようとし、他者の知見と自己の考察により自分の自然科学的世界像をたえず豊富に拡大しようと努めていた。そればかりではなく、彼の多種多様な興味、彼の広い人文学的素養と自然についての広範な専門的知識により、フンボルトはこれら科学の進歩を受身に取り入れるだけではなく、それらをコスモス論という理念的考察により次の世代へと積極的に伝達することができたのである。

3　鉱山町イルメナウにおける詩人

一八二四年三月十六日、ゲーテは官房長フォン・ミュラーとの対話において、五十年まえテューリンゲン地方へ移住してきた頃を振り返って、「私はすべての自然研究において何も知らずにワイマールへやってきた。公爵のいろいろな企画、建築や造園に実践的な助言をする必要にせまられて、私は自然の学習をせざるをえなくなった。イルメナウ鉱山のために私は多大の時間と労苦とお金をついやした。しかし、その代わり私はなにがしかのことを学び、かけがえのない自然観を獲得した」と語っている。また当時の自然体験を生きいきと伝えるものとして、たとえば、一七八二年四月十二日付シャルロッテ・フォン・シュタイン夫人宛の手紙がある。「野山をこえて騎行するのは、崇高なすばらしい光景です。地球表面の生成と形成、同時にまた人間がそこから得る食物が明白かつ直観的になるからです。戻ったとき、あなたを私のやり方にしたがって岩塊の頂上に案内し、さまざまな自然界とこの世の栄華を見せてあげるのをお許しください。」

「さまざまな自然界とこの世の栄華を見せてあげる」というのは、自然といってもどちらかと言えば地球史的な時間的契機を欠いた森羅万象、まして「この世の栄華」というのは新約聖書マタイ伝におけるイエスの悪魔による試みを暗示した、明らかに人間の歴史をさしている。しかし、それがほんらい先史時代・ヨーロッパ中世・ドイツ十八世紀までの自然史をも含んでいることは、一八二〇年五月二十三日、カール・フランツ・フォン・シュライバース宛の書簡に示されている。

「カールスバート周辺の地質学を研究し始めてからもう何年にもなります。医者たちが、読んでも書いてもいけない、しまいには考えてもいけないと言うからです。そうなると、自然を静かに眺めることだけが楽しい憩いになります。当地でわれわれの注意を引くのは、とりわけ岩山と岩石です。太古のもの、中古のもの、最近のもの、先史時代の深みに包み込まれているもの、それから日常起こることと正反対の産物、これらのものにより常に結果から原因へ、原因から高次のものへと導かれます。この意味で私はもう四十年近くカールスバートを訪れており、いつも新しいものに気づき、驚嘆にあたいするものを発見します。始原岩石にみられる千変万化の地質学的現象、とくに最後に炭層が堆積し、これがまた地底火災を惹き起こした作用が多種多様な考察をうながしてくれます。」

詩人が当地で直面していた自然学的根本問題はとりわけ岩石水成論と火成論の対立であったが、彼がその間、一貫して自分の地質学的メタモルフォーゼの見方を固持していたことも科学方法論的論文「適切な一語による著しい促進」に書き記されている。「数年前からすでに私は、自分の地層構造学的研究を再検討しようと努めている。それは特にこれらの研究とそれから得られた確信を、いたるところで広まっている新しい火成論にどうすれば少しでも接近させることができるかということを考慮してのことであるが、これまでそれは私にはとうてい不可能であった。しかし対象的という言葉によって私は思いがけず蒙を啓かれ、いまや次のことがはっきりとわかった。すなわち、私が五十年このかた考察し研究してきたすべての対象がまさに、私がいまさら放棄することのできない観念と確信を私の内部に喚起せざるをえなかったのである。しばしの間ならば私も火成論の立場に身を移すことができる。しかし、多少とも思うようにやりたいと思うならば、私はやはりいつも自分の昔からの思考方法に再び返らざるをえない。」

ゲーテはほんらい一七七五年十一月中旬に、若い領主カール・アウグストの招請をうけて一時的滞在のつもりでワイマールやってきただけであった。ところが、彼がワイマールに到着してから二年後の一七七七年十一月十四日に、ワイマール公国に常設の鉱山委員会がもうけられ、カール・アウグストはその全事業、とりわけイルメナウ鉱山の復興事業を詩人に委託した。彼も前年五月にイルメナウを初めて訪問したのち、七月から再度一か月そこに滞在し、イルメナウ鉱山再開発の準備をすすめていた。新しい生活環境のなかで彼は地質学に科学的な興味を持たざるをえなくなったのである。とくに一七七七年十一月末に行なわれた狩猟の機会に一行と別れて最初の冬のハルツ旅行を敢行した際に、彼は深い宗教的自然体験さえ経験した。一七八三年の第二次ハルツ旅行に地質学関係の記述がほとんどないのに対し、第三次ハルツ旅行には、写生のため画家クラウスが同行したことから分かるように、最初から明確な研究目的があり、彼は一七八四年二月の「イルメナウ鉱山再開記念演説」をはじめ、この鉱山に関するいくつもの報告書を書いている。しかし植物学におけると同様、彼はしだいに実地から専門的な研究へと進み、おもにハルツ山地、テューリンゲン地方、ボヘミアの森などへの旅行中の調査・観察にもとづき各地の岩石や地質や鉱物に関する数多くの研究論文を執筆するようになった。これらの論文のうち、ごく初期に属しているのは花崗石に関するものである。これらは「普遍的自然史への草案」の論文のために詳述されたものと考えられる。

もとより、ゲーテと山との関係でファウスト伝説のハルツ地方に劣らず重要なのは、ワイマールに近い、テューリンゲンの森の中にあるイルム上流の鉱山町イルメナウである。詩人はこの町を二十八回も訪れ、その深い結びつきを長詩「イルメナウ」(一八一五)において叙述している。しかし、はるかに有名なのは、二つの「旅人の夜の歌」のうち「すべての峰に憩いあり」の短い詩である。一七八〇年九月六日につくられたこの詩を、ゲーテはイルメナウの南西にあるキッケルハーンの猟番小屋の二階窓枠横に書きつけた。そして一八三一年八月二十八日、最後の誕生日をこの町で祝ったとき、再びキッケルハーンの山に登り、かすかに残っていた自分の筆跡をみて落涙したといわれる(表紙)。

余談ながら、何年もまえ筆者はこれが最後のドイツ国内旅行になるかも知れないと思いながら、東西ドイツ統一後果たしていなかったキッケルハーン登攀を決意した。標高八六一メートルとはいえ、イルメナウの町そのものが海抜約五〇〇メートルのところに位置しているので、その実質的な高低差三五〇メートルの踏破に耐えるだけの体力はまだあると自信をもてたからである。早朝九時に宿をでると、目抜き通りをしばらく行ったリンデン通りの中央に二頭のヤギのブロンズ像があり、台座に「ワルプルギスの夜」における悪魔と魔女たちの乱痴気騒ぎを暗示する「雄山羊は妻と踊った」という言葉が記されていた。またその前に立つ大きな昔風のホテル「獅子亭」の壁面に「ゲーテは最後の誕生日を祝うためこのホテルに泊まった」という碑文が取り付けられていた。

この通りのはずれを流れる細いイルム川の橋を渡ると「森の小道」がはじまり、私はハイキングのような気分で斜面の枯葉を踏みしめながら登っていった。途中、植林された松林や杉林にまざって明るい広葉樹林のところ、やや太い幹の片側だけの並木、イルメナウの町を見下ろす展望のよいところも二、三箇所あった。しかし、行けども行けども人影はない。落ち葉が時おりひらひらと舞い降りてくるほかは、風の音さえしなかった。林の上を黒い鳥が二羽飛んでいくのが見えたが、鳴き声は聞こえなかった。針葉樹林に囀る小鳥はいないのである。あとで聞いた話では、数年まえ大嵐に見舞われたとき、植林された樹木に大きな被害があったため、風につよい元々の広葉樹に植えかえていく計画だそうである。そうすれば朝夕は小鳥たちがまた楽しく歌い、牧神の午後には沈黙することであろう。いずれにしても、キッケルハーンの最初の感銘ふかい印象は、なによりも静けさであった。次に谷間から立ち昇ってくる、朝日をあびた霧あるいは靄の美しさであった。

二時間ほどたってようやく、降りてくる一組の男女に出会った。教えられたとおり、しばらく先からはゲーテ小屋まで森の小道ではなく、歩きやすい幅の広い道を辿っていくことにした。この深い山のなかにも、明らかに車道があったのである。しかし、ここを走る車は一台も見られなかった。そのうちに霧が小雨のようになり、傘を用意しながらすこし心細くなってきたところで遂に最後の道標らしきところにたどり着き、助手とともに測量の仕事をしている人を近くにみかけた。その主任のような人の話では、以前ここにあった狩猟用城館の廃墟を発掘調査しているとのことであった。彼は「よくここまで来てくれた」と言って、私をすぐ猟番小屋まで案内してくれた。何回か火災にあいながらも忠実に復元されたという通称「ゲーテ小屋」は、緊急避難用に鍵をかけず、いつも開けてあるとのことであった。天井の低い粗末な板小屋二階の壁面には、日本語訳と中国語訳を含む各国語の訳詩がパネル張りにして飾ってあった。「旅人の夜の歌」のほとんど判読できないゲーテ自筆の詩は、コピー写真が額縁に入れて二階の窓枠横にかけられていた。

山頂にはレストランのほか大きな円い石塔が立っており、山小屋ともどもその模型がイルメナウの駅前広場に設置されている。この町の鉱山業は廃れてしまったが、七千人の学生を擁する工科大学があり、繁栄しているとのことである。帰路は、イルメナウ・ゲーテ博物館を定年退職したばかりというかの主任のヴォルフガング・レン氏が、親切にも私を自分の車で乗せていってくれた。車道は林業関係者の業務用のもので、特別許可を得て使っているとのことであった。

4　形態学に始まるゲーテの自然研究

ゲーテの動物学研究は、有名な論文「上顎骨の間骨は人間と他の動物に共通であること」が書かれた一七八〇年の前半に遡る。すでに言及したように、彼は一七八一年にすでに統一的自然観にもとづく宇宙に関するロマーンを書く計画をたて、その一環としてまず地質学的な論文「花崗岩について」を構想していた。イタリアからの帰国後、植物のメタモルフォーゼ（形態変化）に関する論文を完成した彼が、顎間骨という特殊問題をこえた動物学関係の論文を執筆し始めたのは、観相学との関連からごく自然であった。一七九一年三月二十日、ゲーテは青年時代からの友人ヤコービに宛てて書いている。「君が私の植物学小論で見たであろうような仕方で、私は自然のあらゆる領域に関する考察をつづけている。私の精神に付与されているあらゆる技巧を用いて、生物がそれに従い有機的に形成されていく一般的法則をより詳しく研究しようとしているのだ。私に何ができるかは、時が教えてくれるだろう。動物の形態についての試論を復活祭に出したいと思っていたが、内容が熟するまでにあと一年はかかるだろう。」この論文は彼の予感どおり未完におわったが、未公表の論文で扱われている顎間骨が問題提起の例としてすでに言及されている。比較解剖学ないし骨学への予備的研究として注目にあたいする。

動物学における最初の試論であるこの研究論文の手稿をゲーテがヴァイツによる図版とともに一七八四年にオランダのカンペル宛てに送ったとき、それには「比較骨学試論」という標記が付けられていた。彼は同年十二月十九日、ダルムシュタットの友人メルクに医師のゼンメリングを経由して送るよう仲介を依頼し、オランダの解剖学者がこのドイツ語の試論を読めるようラテン語訳も添えた。それが一八二〇年の『形態学』誌第一巻第二冊に「骨学から出発する比較解剖学総序論の第一草案」とともに図版なしに初めて印刷されたとき、手記、参考文献の論評その他の資料により補充された。これらの論文は一八三一年にさらに、レオポルディーナ自然研究者アカデミーの年次報告に五枚の図版とともに収録された。このため、図版の説明に関しテクストに異同が生じたばかりではなく、全体はかなり浩瀚なものとなった。「共通であること」(gemein)というのは原題名にあるもので、ラテン語訳も commune となっている。なお『形態学』誌に発表されたオリジナル版は冒頭に次のように記していた。「骨学的写生図のいくつかの試みをここにまとめた意図は、比較解剖学の識者と愛好者に、私がなしたと信ずるささやかな発見を提示するためである。」

「比較解剖学総序論の第一草案」は、一七九五年一月、ゲーテがイェーナ大学の学生であった友人ヤコービの息子マクシミリアン・ヤコービに口述筆記させたものである。一七九五年の『年代記』に「アレクサンダー・フォン・フンボルトがイェーナに滞在していることは、比較解剖学のためになる。彼とその兄に促されて、私はまだある一般的図式を口述した」と記されている。この論文の目的は、哺乳動物の骨学的原型を図式的に設定し、それにより一七九〇年すでに発表されていた植物のメタモルフォーゼ（形態変化）に関する論文の場合と同様、多種多様な動物形成の迷路から抜け出る導きの糸を見出すことであった。その際、彼は高等動物だけではなく、形のない有機体の領域にも入っていくことを考えていた。しかしながら彼は、本格的な植物研究にさいしあまり原植物について語らなかったように、この論文においても原動物という言葉を用いていない。彼がもっぱら語るのは原型ないし範型（Typus）であり、これは、さまざまな種属の動物の比較を容易にするため構築・設定され、一般的な図式として提案されるものであった。そのため、彼は一方でしばしば思弁的かつ抽象的であると同時に、他方でいろいろな動物の個々の骨を倦むことなく無味乾燥な一覧表にして記述した。鉱物学におけると同様これも実にゲーテ的で、ある意味で敬服にあたいするのであるが、翻訳にあたり割愛せざるをえないテクストもある。

ゲーテのこれらすべての関心事をよく示しているのは、ワイマール版ゲーテ全集に「植物生理学への予備的研究」という表題で収録されている一連の断章である。それらは植物の考察だけではなく、ゲーテの意図する形態学一般に関係している。彼の自然認識が頂点に達するのは、あらゆる自然科学的研究を「精神の力」により一つの有機的全体像へと綜合しようとする自然哲学的努力においてである。この意味でそれは一種の自然の形而上学である。それゆえ、彼が理解する生理学は、今日における語法とは異なり、「種々異なった科学の要旨再説」に述べられているように、「精神的な」生命力にもとづく生命に関する綜合科学的学説の意味である。「生理学は、恐らくけっして到達されない目標のように人間の念頭に浮かんでくる。」この目標に近づく最適の手段としてゲーテの考えるのが形態学である。それは、とりわけ『形態学』誌への序論三編に言い表わされているとおりである。ギリシア語では、physis（からだ）とpsyche（心）を区別するが、ドイツ語では精神が物質ないし肉体の反意語となり、しかも精神という語は文脈により神と人間のいずれにも用いられるので、ゲーテにおける「精神的」という形容詞はしばしば二義的で曖昧である。それは究極的には新プラトン主義の霊（ヌース）の流出説にまで遡って解釈しなければならない。

前述のように精神と物質のほか、ゲーテの基本的視点として認められるのは、内部と外部、部分と全体、統一と分裂、分離（分析）と結合（綜合）などである。このような言い回しは、アリストテレスが「全体は諸部分の総和以上である」と述べているのと同じである。そして「植物のメタモルフォーゼは植物生理学の基盤である。それは植物がそれに従って形成されるさいの諸法則を示す。それは二つの法則に注意を促す」として、㈠植物がそれによって構成される内的自然の法則、㈡植物がそれによって変化される外的環境の法則が指摘され、これらはゲーテの典型的な教養小説『ヴィルヘルム・マイスターの修業時代』に当てはまる人間形成ないし教養の定義「自我と世界の交互作用」と一致している。また『形態学』誌第二巻第二冊の巻頭に掲載された晩年の思想詩「オルフォイス風の原詞」の第一節「ダイモン」の最後の行に、繰り返し引用される「生きて発展する刻印されたフォルム」という詩句が見出される。それは植物のメタモルフォーゼの理念と同様、彼の動物形態に関する理念の出発点とみなされる。さらに『形態学』誌第一巻第二冊に「コレクション」という意味のギリシア語「アトロイスモス」という題名で発表された教訓詩「動物のメタモルフォーゼ」（Athroismos）も人間学的にきわめて重要である（二一頁）。教訓詩「植物のメタモルフォーゼ」に対応するこの詩は、形式面で個人的な感情をこめた「植物のメタモルフォーゼ」の抒情的な詩と異なり、ヘクサメターの叙事詩的で、感情の表現を避け、内容も断章におわっている。しかし、それは動物学ないし骨学についていろいろな論文で詳述されたことを思想詩のかたちで簡潔に要約しており、とくに「骨学から出発する比較解剖学総序論の第一草案」の第四章で述べられている補償の原理が、倫理的に解釈されて人間生活一般に適用されている。それはまた彼の古典主義的美学の理論的基礎ともなっている。

もとより詩人ゲーテは、自然科学者として容易に認められることはなかった。「著者は自己の植物研究の歴史を伝える」の論文の末尾で彼は、「半世紀以上まえから、私は祖国でも、また恐らく外国でも、詩人として知られており、またそのような者としてとにかく認められている。しかし私が多大の注意をはらって、自然の物理的および有機的現象一般について熱心に研究し、真剣な考察を絶えず情熱的にひそかに行なってきたことは、あまり広く知られておらず、注意して顧みられることはさらに少なかった」と述懐している。さいわい我が国において、詩人的科学者ゲーテはゲーテ受容の最初期から比較的よく知られており、それほど嘆かわしい状況ではない。しかしなおかつ、文学作品の翻訳とその多種多様な研究とくらべると、彼の自然科学的業績そのものはまだ、ルドルフ・シュタイナーのごく初期の『ゲーテ自然科学論集』全五巻のようなかたちでその全貌が紹介されるまでに至っていない。「科学の歴史を明らかにし、その歩みを正確に知るためには、その最初の始まりをつまびらかにするのが習わしである。人間は研究しようと努力する。だれが最初に何かある研究テーマに注意を向けたのか。その際、彼はどのような態度をとったのか、どこで、いつ最初にある種の現象を考察したのかが問われる。やがて、いろいろな考えの中から斬新な見方が現われてきて、これらは適用により普遍的に確認されて遂に時代を画するようになる。そこでは、われわれが発明発見と呼ぶものが疑いの余地なく生じてきたのである。これに言及することは、人間精神のさまざまな力を知り、高く評価する実に多様なきっかけを与えてくれる。」

たとえば『年代記』一八〇六年の記述によれば、同年、ザクセンの森林官ハインリヒ・コッタ（一七六三―一八四四）の著述『植物体における樹液の運動に関する自然観察』が刊行され、ゲーテの植物研究に対する興味をあらためて呼び覚ました。「コッタの植物の生長に関する自然観察は、樹木の切断面標本が添えられていて、私にはひじょうに快い贈物であった。それらは、私が多年にわたり没頭していたかのさまざまな考察をふたたび喚起し、これがおもなきっかけで私はあらためて形態学の研究に着手した。とりわけ私は、植物のメタモルフォーゼ論とそれに関連した諸論文をふたたび印刷させようと企画した。」

こうして一八一七年から一八二四年にかけて出版されることになったのが、ゲーテのかの自家用機関誌『自然科学一般、とくに形態学のために』である。それは二系列各二巻からなり、その一つ

「形態学のために」にはとりわけ植物学と骨学関係、他の「自然科学一般のために」には地質学・気象学・光学関係の諸論文が発表された。時あたかもナポレオン戦争のさなかであり、ゲーテは自分の自然科学的遺産の確保を考えたのである。ワイマールの自宅がフランス軍の兵士たちにより略奪されそうになったことを念頭に、彼は一八〇六年十二月二十六日付でベルリンのツェルター宛てに書いている。「われわれが最悪の事態を憂慮していなければならない時勢に直面して、自分の書いたものを失う恐れは、私にとって最も苦しいものであった。この時から私は、できる限りのものを印刷に回そうとしている。色彩論は着実に進捗している。また有機的自然に関するさまざまな思想や着想もしだいに集大成されつつあり、私はこうして自分の精神的存在を可能な限り救いたいと努めている。ほかのことがどうなるか、誰にももう分からないからである。」この生活感情を如実に反映しているのは、『形態学』誌の序論に相当する論文「企画の弁明」と「意図の序説」の日付が一八〇七年になっていることである。

ゲーテがもっとも恐れたのは、積年の研究成果である『色彩論』の原稿と資料が、最悪のばあい灰燼に帰してしまうことであった。一七七六年イルメナウにおける地層構造学的研究の開始、一七八四年に執筆された哺乳類の顎間骨に関する論文、および一七九〇年に印刷公表された植物のメタモルフォーゼに関する試論に示されているように、彼の初期の研究はまだ自然の三界、すなわち具体的な鉱物・植物・動物に向けられていた。しかしながら、シラーとの交友をつうじ知り合ったフンボルト兄弟により、一七九四年いらい彼の自然研究は自然科学一般へと深められていった。「かなり前から期待されていたアレクサンダー・フォン・フンボルトがバイロイトから到着し、われわれを自然科学のより一般的なものに向かうよう促した。イェーナに滞在中の彼の兄も、あらゆる方面に明晰な興味をいだき、われわれの努力・研究・教示をともにした。」(『年代記』一七九四年)翌年の項に明記されているように、その最初の成果が「骨学から出発する比較解剖学総序論の第一草案」であった。「アレクサンダー・フォン・フンボルトの働きかけは特筆大書されなければならない。彼のイェーナ滞在は、比較解剖学をおおいに促進した。彼とその兄にうながされて私は、すでにできていた一般的図式を口述した。彼はバイロイトに滞在していたので、彼との文通はひじょうに興味深いものとなった。」

第一章　新時代の自然哲学としての「人間性哲学」

われわれが着想、高次の発見と名づけるすべてのものは、独創的な真理感情の重大な実施、実行である。この感情は人知れずとっくに形づくられていて、思いがけず電光石火のように実り多い認識へと導くものである。それは外部のものに触発されて内部から展開してくる一種の啓示であって、人間が神に似ていることを予感させる。それは世界と精神の綜合であって、至福のうちに実在の永遠の調和を保証してくれる。（ゲーテ「箴言と省察」から）

詩人ゲーテ（一七四九―一八三二）は十九世紀世紀末に、ベルリンの表現主義ではなく、ウィーンの保守的なシュレーア学派（ルドルフ・シュタイナー、四七頁）においてようやく自然科学者として再発見された。一八五八年の城壁撤去後に設置されたウィーンの環状道路のオーペルンリンクに老ゲーテの堂々たる座像が置かれているのはそのためである。詩人はオーストリアのこの首都をパリやロンドンと同様、一度も訪れたことはないのである。ゲーテ像と向かいあって、通り一つへだてた美術アカデミーまえの緑地には、なるほどシラーの立像も置かれている。実はこちらのほうがシラー生誕百年を機に先に立てられたのである。しかし国立歌劇場のすぐ左手、モーツァルト像のある王宮公園の入口近くにあるゲーテ座像は、明らかに若いシラーの立像よりはるかに目立つところに位置している。そこには、ウィーンの人々とゲーテの関係を暗示する何かがあるにちがいない。

詩人はもともと「すべての峰に憩いあり」や「月に寄す」などの美しい抒情詩を多数書いただけでなく、人間をとりまく自然環境のすべて、すなわち星辰・地球・気象・色彩・植物・動物・鉱物の森羅万象に興味を抱き、中世の占星術から天文学が、錬金術から化学が、博物学から生物学が発達してきた科学史的状況のなかでなおバロック時代の汎知学（パンゾフィー）的要素を残しながらも、近代的な自然研究にいそしんだのである。それゆえ、自然科学者ゲーテは自然哲学者から、これは詩人から切り離すことができない。それは彼の自然研究が文学的であったという意味ではなく、彼の著作全体が科学方法論「省察と忍従」の論文の末尾に引用されている詩「アンテピレマ」におけるように、いわば詩人性と自然研究という経（たて糸）と緯（よこ糸）から織り成されていたということである。前述のように（三二頁）、たとえばワイマール大公カール・アウグストの死後、ゲーテは一八二八年七月末から九月初旬にかけてイェーナ近郊のドルンブルク城に引きこもり、もっぱら植物学の研究に没頭した。その際、彼はソレーと恐らく自分の遺稿として『植物メタモルフォーゼ試論』のフランス語版作成の計画をも立てていたと思われる。

とりわけ植物学および動物学に関する多数の諸論文において詩人的科学者は、形態学（Morphologie）という斬新な科学部門（教科）を開拓しようと努力していた。それは師友ヘルダーの功績とともに十八世紀ドイツにおける新しい百科全書派の誕生ともいうべきものである。後継者の偉大な自然科学者アレクサンダー・フォン・フンボルトも中南米研究旅行から帰国後、一八〇七年パリで同時出版された研究報告書『植物地理学論考』のドイツ語版を詩人に捧げている。しかしながら、時代思潮である理神論のもとで経験科学のいう経験は原則として感覚的物質世界に限定され、実証的であろうとすればするほど、理念としての神と真善美の価値の担い手としての人間を軽視するか、極端なばあいは排除しようとさえした。これにより、ゲーテ的な綜合科学はさらに個別科学とも対立することになる。ゲーテは詩人としても科学者としても、新時代に対処するため独自の立場を確立しなければならなかった。

当時、宗教的・政治的旧体制に対して現われてきた批判的状況は、思想的に Deismus（理神論）という形で現われてきた。この神学的見解によれば、三位一体論の神は何よりも創造主であるが、この神は日本語でいう大自然、すなわち宇宙を含む全世界を精巧な時計のように作り上げ、無限の力を秘めたゼンマイ仕掛けで始動させたまま、どこか遠いところ、人間の運命や民族の歴史とはなんら関係のない宇宙のはるか彼方へ行ってしまった。若いシラーの詩「歓喜に寄す」は、ベートーヴェンの第九交響曲の合唱に一部使われているため非常に有名であるが、この詩の根底にはまだこのような理神論的世界像があり、そのため、天の彼方に慈父のようなイメージの神が現われてくるのである。そればかりではなく、最初に発表された草稿では、暴君に対する反抗精神と、死と来世の想念が色濃く言い表わされていたのを、後年の保守的傾向のつよいシラーは改作に際して弱めてしまった。理神論で好んで用いられる時計の比喩が出てくるのは、「創造主を星空のかなたに探し求めよ。星辰のかなたに神はいますに違いない」のあとの節である。地上の生命の営みも、宇宙空間の天体の運行も、人間生活、とりわけ愛し合う男女の結びつきも、すべてその起動力は喜びの中にある、というのである。しかし喜びよりも、さらに愛をすべてのものの原動力と考えたのは、はるか昔のアリストテレスであった。キリスト教もこの意味で、神は愛なりと言っており、若いゲーテは「牧師の手紙」という神学論文の中で、この教えがキリスト教の真髄である、とさえ述べている。

時代思潮として理神論が台頭してきた新時代におけるゲーテの自然研究を再検討することの意味は、主としてこの人間学的関連にあるように思われる。すなわち、詩人が自然のなかで何を認識したかよりも、多種多様な自然を人間としていかに体験し、生きた全体としていかに認識したかを学ぶことである。とくに重要と思われるのは、科学研究における主体としての人間性の復権である。ゲーテは自然科学に精通した友人カール・L・クネーベル(一七四四―一八三四)宛に、あるとき在来の科学にたいする自分なりの批判を歯に衣着せずに記している(一七九八年一月十二日付)。「いかに多くの死んだもの、生命を奪うものが科学の中にあるか、みずから真剣かつ自発的に足を踏み入れないうちは信じられないほどです。私には全く、ほんらい科学的な人間を生気づけているのは、真理を愛するというよりはソフィスト的な精神であるように思われます。しかし誰もが自分の仕事を自己流にやりたがります。」また世を去る一年まえには、親友の音楽家カール・F・ツェルター(一七五八―一八三二)に次のように述懐している。「自然科学の研究に従事しなかったならば、私は人間というものを知ることが決してなかっただろう。」(一八三一年一月二十九日付)「ドビュイッソン・ド・ヴォアサンの研究書への書評」に言われているように、ゲーテには「自然研究にたずさわるのが結局いちばん好きな理由は、自然がいつも正しく、誤謬が私の側にしかないからである。これに反し人間とかかわると、彼らが誤りを犯し、それから私、また彼らと、次々に誤りの連続できりがない。しかし私が自然の言うことをきくと、万事うまくいくからである。」

ゲーテの科学論文のうち今日最も高く評価されているのは、詩人の直観的洞察にもとづく『植物のメタモルフォーゼ試論』（一七九〇）ではあるが、自然科学者としてのゲーテの横顔を浮彫りしているのは、本来むしろ彼の『色彩論』教示編である。それは厳密にいえば、第一部教示編「色彩論草案」、第二部論争編「ニュートン理論の暴露」、第三部歴史編「色彩学史のための資料」から成り立っている。レオポルディーナ版『ゲーテ自然科学論集』でそれぞれ二六六頁、一九五頁、四二九頁の分量である。それはゲーテの全著作のなかで最も浩瀚なものであって、同時にまた彼の数多い自然科学論文のなかで唯一の包括的な著述である。しかし発表当初から専門の自然科学者のあいだでほとんど無視されたこともあり、ゲーテはこの作品をことさら誇りにしていた。

ゲーテの『色彩論』三部作が発表後一世紀近くも専門家の間で不評であった理由として、数学を用いない彼の研究方法が近代科学のそれと全く異質であったこと、物理学的に明白な判断の誤りが多々あること、そして偉大な自然科学者ニュートンを執拗に攻撃していることの三つが挙げられる。しかし、最初の注釈付ゲーテ全集ヘンペル版（一八六八—一八七九）およびキルシュナー版におけるルドルフ・シュタイナー（一八六一—一九二五）の画期的注釈いらいゲーテの『色彩論』に対する理解は徐々に深められ、現在では、ここにこそゲーテの精神のすべてが張っていること、また科学的にも正しい認識が少なからず含まれていることが、ますます認められてきた。

物理学者エーバーハルト・ブーフヴァルトによって特に高く評価されている「歴史編」の叙述は、事実、この十数年来わが国でも脚光をあびつつある科学史的研究の先駆的業績（ゲーテ著、菊池栄一訳、岩波文庫）であって、ゲーテはこの中で、太古からギリシア・ローマ時代および中世をへて、十六世紀、十七世紀、十八世紀にいたる人類の色彩現象に対するあらゆる観察と考え方の一大パノラマを展開している。それはたんに色彩に関する科学的な叙述であるばかりでなく、ゲーテの歴史観に裏打ちされた多彩なヨーロッパ精神史である。ゲーテは科学が宗教とともに人間精神の最も重大な営みであり、科学の歴史に世界史の本質的な一面が反映していることを認識した最初の人間の一人であるといっても過言ではない。地質学者カール・ヴィルヘルム・ノーゼの研究書にたいする書評には、『色彩論』全体のまえがきにおけると同様に、「科学の歴史は科学そのものである」と簡潔に言い表わされている。

次に、第一の頂点とされている「生理的色彩編」は、たしかに自然科学的に最も異論の余地のないゲーテの学問的業績である。ここに言い表わされている科学的認識の本質的な部分は初めから広く認められており、ヨハネス・ミュラー、プルキニエ、ショーペンハウアーから現在に至るまで色彩の生理学的研究はすべてゲーテによって拓かれた道を歩んでいるのである。ゲーテに特徴的なことは、生理的色彩現象が直ちに色彩の感覚的精神的作用と結びつくということであるが、この結びつきから展開される彼の色彩美学も、第二の頂点として、かの生理的色彩に対する洞察と同じく、現代においても少しもその妥当性を失っていない。ゲーテは、結局、キリスト教の神学者が聖書から神の言葉を読み取ろうとするように、多種多様な、しかし統一的な自然の言語をとくに色彩現象をとおして知覚し、自然をより深く理解しようとしていたのである。その際、自然の言語が象徴性および比喩と不可分に結びついていることは、ゲーテの自然研究と思索を結びつける精神的な絆である。

すでに指摘したように、ゲーテの自然研究は植物学・動物学・地質学・鉱物学・骨学・色彩学・気象学など多方面にわたっている。そして、それらに共通するものとして彼特有の自然観があり、その根底にはさらに汎知学と呼ばれる十七世紀の神秘的・宗教的宇宙観がある（八六頁）。いま色彩学に限定すれば、偉大な自然科学者アレクサンダー・フォン・フンボルトが最後の博物学者と呼ばれるのと同様な意味で、それは博物学的な性格を有している。すなわち、詩人的科学者ゲーテの色彩研究は一種の色彩の博物学であって、多種多様な色彩現象を丹念に収集・観察し、それらを一定の見地から考察し集大成したものなのである。彼はフランス革命軍に対するプロイセン・オーストリア同盟軍の一七九二年の軍事介入と敗北にさいしても八月三十日や十月最後の記述に見られるように色彩現象の観察と考察を怠らず、『詩と真実』『イタリア紀行』につづく自叙伝の第三部ともいうべき『滞仏陣中記』の中で『色彩論』に関し、「私の最初からの原則は、経験を拡大し方法を純化することである」（十月十四日）と明確に書き記している。自伝の補遺『年代記』一七九一年の記述では、プリズムによる主観的実験のために色彩現象を「無限にまで多様化した」とさえ言われている。

先の場合、経験とは色彩現象のことであり、方法とは根源現象からのいわゆる「導出」の意味である（二七頁）。これらの事柄は科学方法論に関する彼の諸論文において詳細に論じられているが、その際ゲーテが絶えずカントを念頭においていたことは、同書十月二十五日の記述からも明らかである。「カントがその『判断力批判』の中で美的判断力に目的論的判断力を対比させるとき、そこから帰結されるのは、カントが暗示しようとしているように、芸術作品は自然作品のように、自然作品は芸術作品のように取り扱われ、それぞれの価値はそれ自身の内から展開され、それ自身において考察されるべきであるということである。」同時にまた、このような芸術作品と自然作品の不即不離の関係から、ゲーテにおける自然研究の意義もおのずから明らかとなる。自然研究、とくに色彩の研究は彼にとって、究極において芸術の理解に資するものだったのである。序章で引用した『イタリア紀行』「第二次ローマ滞在」一七八七年九月六日の項におけるゲーテの、ロマン主義美術を明確に意識した有名な古典主義の宣言は、本来こうして行われたものである。

自然と芸術のこの密接な関連は、『色彩論』「教示編」の第六編「色彩の感覚的・精神的作用」に言い表わされており、芸術における彩色の問題はさらに「色彩のアレゴリー的、象徴的、神秘的使用」にまで敷衍されていく。この点に注目すれば、前述のように文学史的にはロマン主義文学全般との親近関係、美術史的にはルンゲ、カスパール・D・フリードリヒ、ターナーからパウル・クレーにまで及ぶ展望が開けてくる。しかしながら、自然の領域にとどまった場合でも、色彩研究はゲーテの自然科学において中心的な位置を占めていることが判明する。なぜなら、彼がそこで適用している科学方法論は、結局、動植物学をはじめとする他のすべての研究分野にも当てはまるからである。とくにカントの認識論は、「直観的判断力」の論文に見られるように、自然科学者ゲーテにとって決定的な意義をもっている。

「われわれは、不断に創造する自然を直観することによって、その生産の営みに精神的に参加するのにふさわしい者となるべきである。私は最初は無意識のうちに、内的衝動に駆られてかの原像的なもの、原型的なものをひたすら追求し、自然に即した叙述を築き上げることにさえ成功したので、ケーニヒスベルクの老碩学がみずからそう呼んでいる理性の冒険を敢行するのを妨げるものはもはや何もなかった。」

経験的な自然科学者は反省的・推論的判断力にもとづいて個々の分析を行ない、人間悟性の限界を越えた直観的・規定的判断力による綜合を試みようとはしない。それはカントによれば、神的知性にのみよくなし得る全体的認識だからである。これに対し、自然科学者であるよりも先に詩人であるゲーテは、カントが拒否した「理性の冒険」をあえて行なうのである。こうして把握されたプラトン的イデアともアリストテレス的エイドスともいえる先験的理念が、根源現象あるいは原植物と呼ばれるものである。

しかし詩は神話の世界により近く、コペルニクスの体系が近代における人間精神の発展に寄与したのはまさに、古い世界像を打破した自然に即した科学的認識のためであった。ゲーテはその意義を『色彩論』「歴史編」第四編「十六世紀」の最後の中間考察において自然科学者として充分に認めている。

「しかしながら、あらゆる発見と確信のなかで、コペルニクスの学説ほど人間精神に大きな作用を呼び起こしたものはないかも知れない。この世界が球形でそれ自身のうちに完結していると いうことが承認されるや否や、それは宇宙の中心であるという途方もない特権を断念しなければならないことになった。恐らく人類に対するこれ以上に大きな要求がなされたことは、いまだかつてなかったであろう。なぜなら、この事実を承認することによって、計り知れない多くのものが雲散霧消してしまったからである。すなわち、第二の楽園、無垢の世界、詩歌と信心、感覚のあかし、詩的・宗教的信仰の確信などである。なんら怪しむに足りないのは、人々がこれらすべてを手放したがらず、あらゆる方法でこのような学説に抵抗したことである。この学説は、それを受け入れた者に、これまで未知であったばかりではなく予測もできなかったような自由思想と広大無辺な情操を抱くことを正当化し、かつまた要請したのである。」

ゆえにゲーテが、自然科学者としてよりもむしろ賢者として高く評価しているのは、ヨハネス・ケプラーの功績である。『色彩論』「歴史編」第五編「十七世紀」の中で、彼は天文学者ケプラーをまず人間として称揚している。「ケプラーの生涯を彼の人柄および業績と一緒にして考察すると、喜ばしい驚嘆の念にかられる。真の天才があらゆる障害を克服したことを確信できるからである。彼の人生の始めと終わりは家庭の事情で難渋し、その中間は非常に政情不安な時代に遭遇したにもかかわらず、彼の恵まれた資質は貫徹される。きわめて重大な事柄を彼は明朗闊達に扱い、骨の折れる錯綜した仕事もやすやすと片付けるのである。」このような見方から初めて、『箴言と省察』におけるカントの『実践理性批判』の結語を示唆したゲーテの倫理的な讃美の言葉が理解される。「ケプラーは、私の最高の願いは外部の至るところに見出される神を内面的に私の内部でも知覚することである、と言った。この気高い人は無意識のうちに、まさにこの瞬間に彼の内なる神的なものが宇宙の神的なものと照応関係にあることを感じていたのである。」

ニュートンという人物についても、ゲーテはなるほど「歴史編」の中で冷静かつ敬意をもって語っている。「ニュートンは立派な身体に恵まれた、健康な、安定した情緒の人で、激しい情熱や欲望をもたなかった。彼の精神はきわめて抽象的な意味で構造的な性質であった。それゆえ高等数学は彼ほんらいの器官として与えられていて、これを用いて彼は自分内部の世界を築き上げ、外部世界をきちんと構成しようと努めた。」しかし、こと光学研究となると、ゲーテが罵詈雑言に近い口調でニュートンを執拗に攻撃しているのは常軌を逸していると言わざるをえない。上記のようにゲーテを敬愛するエーバーハルト・ブーフヴァルトのような専門の物理学者が、『色彩論』三部作のうち専らニュートン批判に当てられた「論争編」を最低と評価している以上、人文系の者がその科学的価値をいまさら云々する必要はない。

ニュートンの研究していたのが光学であるのに対し、ゲーテの研究対象はほんらい色彩であり、色彩学は光学とは異なる。ゲーテがこれを誤解したのは誤ったニュートン批判のために致命的であった。しかし、これをシラーとの出会いと対照的な過去の不幸な出来事として度外視すれば、ゲーテの著述のなかで最も浩瀚な『色彩論』は彼の主著とみなして差し支えないほどである。ゲーテはそれを一七九〇年頃から一八一〇年まで二十年間を費やして書き上げたばかりではなく、その出版後も一生のあいだ色彩研究をやめることはなかった。その科学的興味と執筆の努力の根底には、偏執狂的な「間違った直観的着想」ということでは片付けられない特別な動機と発想があったにちがいない。『イタリア紀行』一七八八年三月一日の項によれば、世界を色彩の面からよりよく理解したいというのが最初の動機であり、「歴史編」末尾の「著者の告白」に記されているように、「芸術の見地から色彩について何かを獲得しようとするならば、色彩が自然現象であるため、まず自然の側から迫っていかなければならない」というのが、当時のゲーテ的発想であった。

この自然に即した色彩研究は、ゲーテにおいて主観と客観、すなわち人間の眼と対象である事物のあいだに観察される多種多様な色彩の現象学というべきものになった。「最高のことは、すべての事実がすでに理論であるということを把握することである。空の青はわれわれに色彩学の根本法則を啓示している。さまざまな現象の背後に何かを探し求めてはならない。それら自らが学理である」とは、『箴言と省察』の中の有名な言葉である。しかしながら、『色彩論』「教示編」の目次に見られる色彩現象の整然たる分類は、この言葉に対する無言の反駁である。事実、ゲーテの自然観と方法論を原理的に述べている「まえがき」にさりげなく、「あらゆる熟視は考察へ、あらゆる考察は思念へ、あらゆる思念は結合へと移行し、それゆえ、われわれは対象世界を注意深く眺めるだけですでに理論化しているといえるのである」（二一頁）と言われているのである。思念の原語はSinnenで、感覚（Sinn）による知覚から理念的結合へと高まることを含意している（五七頁）。個々の経験ないし現象がそれだけでは無価値であることを指摘した言葉は、『箴言と省察』の中にむしろ数多く見出される。ゲーテが恐れていたのはただ、「理論というものが通常、さまざまな現象をなるべく早く処理してしまって、それらの代わりに比喩や概念ばかりではなく、しばしば単なる言葉を挿入しようとする性急な悟性の無思慮な試みにすぎない」ことであった。そのためにこそ、彼は他者への批判と自戒の念をこめて「客観と主観の仲介者としての実験」という、科学方法論的にきわめて重要な論文を書いたのである（ちくま学芸文庫『色彩論』に収録）。

しかし経験科学のいう経験は原則として感覚的世界に限定され、実証的であろうとすればするほど、理念としての神と真善美の価値の担い手としての人間を軽視するか、極端なばあい排除しようとさえした。「私が詩人としてやったすべてのことは、たいしたことではない。私の時代に優れた詩人はいくらもいたし、過去にはもっと優れた詩人たちがおり、私のあとにいくらでも優れた詩人が出るだろう。しかし私の生きていた世紀に、色彩論という難しい科学において、私がまともなことを知っていた唯一の人間であったことを、多少とも誇りに思っている。それゆえ私には、多くの人々に対し優越感がある。」（エッカーマン『ゲーテとの対話』一八二九年二月十九日）

1　世界観としてのコスモス論

フンボルトは「世界を観たことのない人の世界観ほど危険なものはない」と語っていたといわる。不幸なことに、「世界観」にはドイツ精神という言葉と同様、第二次世界大戦以後あまりよくないイメージないしニュアンスが纏わりついている。それは、一九三三年五月十日のナチス学生たちによる悪名高い焚書事件が「非ドイツ的精神に反対して」行なわれ、ナチズムの世界観があたかもドイツ精神そのものであるかのように喧伝されたためである。当時、追放されかかったワイマール共和国時代（一九一九―三三）のヒューマニスティックなドイツ精神が焼き払われることなくさまざまな仕方で存続したとはいえ、焚書という蛮行の記憶は消しがたく、ドイツ精神についてはどちらかといえばネガティブな批判的考察の中で語られることが多くなってしまった。ヘルマン・グラーザーが指摘しているように、ニーチェは『反時代的考察』の中ですでに、普仏戦争におけるプロイセンの勝利を「ドイツ精神の絶滅」の危機とみなしていたが、この危機は一九三〇年代に頂点に達したのである。しかしながら、戦後のドイツにおける「過去の克服」の誠実な努力は、同様の過去をもつ日本人の模範とすべきものであり、ドイツ精神史は今こそあらゆる先入見なしに改めて研究されなければならないであろう。いま精神史といっても、それはもちろんかつてH・A・コルフによって提唱されたような単に観念史ないし理念史的なものではなく、社会史との密接な関連から二十世紀前半をドイツ精神の危機の時代として把握し、その由ってきたる原因とキリスト教的ヒューマニズムによる克服の努力を解明し、十八世紀の理想的なドイツ精神をゲーテ＝シラーの精神的遺産を受け継いだフンボルト兄弟の中に見出そうとする人文学的な試みである。

もともとゲーテが自叙伝『詩と真実』の序言においてWeltansicht（世界の見方）として用いている世界観（Weltanschauung）という言葉は、ほぼ時を同じくして一七九〇年、カントの『判断力批判』において「世界についての主観的表象」の意味で初めて用いられたといわれる。すなわち、主観が客観である世界を自分の内部に思い浮かべる表象である。その後一七九九年にシェリングもこの言葉を、「われわれの世界観はわれわれの根源的な制約によって規定されている」と使っている。それは精神の基本的態度ないし立場の意味に一般化されたのち、大著『ゲーテ時代の精神』全四巻を書いたヘルマン・アウグスト・コルフ（一八八二―一九六三）によれば「大きな思想体系」すなわち哲学的体系一般を含意するようになった。現在、世界観とは「前科学的あるいは哲学的に定式化された統一的な世界および人間の総体的把握で、行動の指針となる志向を伴う」（マイヤー大百科事典）

と定義されている。ディルタイ以後、世界観はさらにヤスパースやマックス・シェーラーなどにより類型的あるいは批判的に考察されるようになるが、ゲーテ時代にそれはまだ問題にならない。

十九世紀前半においてフンボルトが自然観について語ることはあまりなく、天と地における森羅万象の観照の意味で世界観という言葉を、自然哲学的というよりはもっぱら思想史的、とりわけ文化史的見地から用いている。その限りで、彼のいう世界観はまだ前科学的な哲学体系をさしている。早くから若いゲーテの師友ヘルダーの『人類歴史哲学考』の見方に多かれ少なかれ影響され、言語学者である兄ヴィルヘム・フォン・フンボルトの薫陶を受けたアレクサンダーは、『コスモス』第一巻「自然学的世界記述の草案」および第二巻「自然学的世界観の歴史」においてゲーテと同様に多かれ少なかれ自然と人間の歴史全体に相対していた。

『コスモス』第一巻「自然のさまざまな種類の楽しみと世界法則の科学的探究に関する序論的考察」の序言に、「個々のものの知見への真剣な傾きがなければ、すべての壮大かつ一般的な世界観も空中楼閣にすぎないかもしれない」と、世界観は哲学的思想体系の意味ではなく、たんに個々の自然知の対立概念として用いられている。そのため彼は『コスモス』第二巻「自然学的世界観の歴史」において序論の文学史的および美術史的自然像から出発し、本論において航海術の発達に伴う世界像の拡大と、望遠鏡の発明による宇宙空間の再発見と数学によるさまざまな天体の探究および地球の宇宙論的発見のプロセスを八つの時期にわけて叙述している。これらの時期の世界観的特色は本書の最終第六章で詳細に述べるように、それらはまた同時に世界発見の「主要契機」として説明されている。通常の科学史が自然科学の個別分野の歴史であるのに対し、フンボルトのいう「自然学的世界観」は個別的自然認識から導き出された普遍的世界像の形成を呈示しようとしているのである。

自然科学から包括的な歴史的描写を導き出すフンボルトの手腕が遺憾なく発揮されるのは、とくに『コスモス』第二巻においてである。とりわけ植物が人間におよぼす精神的影響は、フリードリヒ・ムートマンによれば、次のような問いとして言い表わされる。「大地に広がる植物の分布とその光景は諸民族のファンタジーと芸術感覚にいかなる影響をおよぼしたか。」「植物界が観察者のこころの中に喚起する明朗あるいは厳粛な気分という印象は、何にもとづいているか。」「風景画と記述的文芸の一部がそのさまざまな作用を生み出すかの神秘的手段は、それと関連があるのだろうか。」これらのテーマは『自然の諸相』における「植物観相学試論」の末尾においてすでに論じられ、最後に『コスモス』第二巻の巻頭序論「自然研究への刺激手段」における文学作品に表われた諸民族の自然感情と風景画の成立の項において取り上げられることになる。フンボルトの創始した植物地理学は、ゆえに自然科学と人文学を両立させようとした哲学的人間学として、時代を先取りする最初の試みであったことが判明する。

「自然を精神的なものの領域に対比させ、あたかも精神的なものが自然全体のなかに含まれていないかのように思う人がいるかもしれない。あるいは自然と芸術を対立させ、後者を高次の意味で、人類におけるあらゆる精神的生産力の総体とみなすかもしれない。しかしながら、これらの対立するものは自然学的なものと知性的なものを切り離し、「天地を包括する」世界の自然学が経験的に集められた個々の事柄のたんなる堆積に貶められることになってはならない。科学が初めて始まるのは、精神が［素材としての］物質を自分のものにし、夥しい量の経験を理性的認識に屈服させようと試みるときである。科学は自然を志向する精神である。」（第一巻第二序論「自然学的世界記述の限定と取り扱い」）

このように、フンボルトにおいて自然と精神、世界と心情、外部と内部、科学史と文化史は生産的な相互作用で結びつけられ、自然絵画ないし世界絵画はともに一つの生きた全体となった。彼は研究旅行者として最初期から自然の個別的なものを分析すると同時に、多様な世界の事物を綜合的に結合してつねに理念的な統一性を探求していたので、彼を感激の乏しい偏狭な合理主義者と呼ぶことほど甚だしい誤解はない。フンボルトがイベロアメリカ旅行で充分に体験したことがまさに「無際限の充溢」（『コスモス』第三巻序論、三七七頁）であった。「人間が活発な感覚をもちいて自然を研究し、あるいは空想を働かせて有機的被造物のひろい世界を渉猟するならば、彼が受け取る多様な印象のなかで、最もゆたかに広がった生命の生みだすものほど深く強力に作用するものはない」（『自然の諸相』「植物観相学試論」）。観念論的にいえば自然の崇高な偉大さは、あたかも水中花のように人間の精神の深みあるいは芸術的表現の中で初めて真に開示されるのである。

しかしながら詩人的科学者ゲーテに際立っていることは、『色彩論』教示編第一編「生理的色彩」が二編おいて直ちに後半の三編、すなわち反復的な第四編「内的関連の概観」、展望的な第五編「隣接諸領域との関係」、美学的な第六編「色彩の感覚的精神的作用」と結びつくということである。この結びつきから最終的に展開される彼の色彩美学も、生理的色彩に対する洞察と同じく現代において少しもその妥当性を失っていない。このように連鎖のような構成が彼の自然概念そのものに帰着することは、かの「客観と主観の仲介者としての実験」（一七九二）の論文にすでに言い表わされていた。「私が『光学への寄与』の最初の二集において提示しようとした一連の実験は、互いに隣接し直接に触れ合うばかりでなく、それらを精確に知り見渡す場合には、いわばただ一つの実験を構成し、ただ一つの経験をきわめて多種多様な観点から示すものである。」

2　自然誌から自然史へのパラダイムの転換

ゲーテからアレクサンダー・フォン・フンボルトへの科学史的推移は、博物学の意味の Naturgeschichte ないし Natural History から語義の変遷に端的に示されているように思われる。一般に自然は天体の運行、四季の移り変わりのように循環、歴史は放たれた矢のように上昇あるいは下降の直線運動であり、前者はギリシア的思考、後者はキリスト教的思考の標識とみなされている。ところが、近代科学において地球史への関心から自然にも歴史性が認められるようになったのである。それゆえ『色彩論』のまえがきにおけると同様、同時代の地質学者カール・ヴィルヘルム・ノーゼに関する論評のさい簡潔に要約されているように、「科学の歴史は科学そのものである。また個人の歴史は個人そのものである」とさえいわれる。それればかりではなく、ゲーテは「科学、とりわけ地質学との関係」の中で、「われわれが言い表わすすべてのことは信仰告白である」とも記している。詩人にとり、自然科学的認識もまた一種の信仰告白であるとすれば、彼がとりわけ光学において自分の確信をめぐったなことでは人に譲れないのは当然である。ゲーテにおいて自然研究は、人間と自然のさまざまなかかわり方から始まる。そのさい各人は自分の個性と能力の限界をもっている。したがって、人間は自分の個性に従って、その限界内で自然を研究すべきである。詩人的科学者であるゲーテは自然と独自の関係をもち、それゆえまた自然に関し彼独自の真理を有していたということができる。

「それゆえ、自然科学の現状にかんがみ常に繰り返し話題にしなければならないのは、何がそれを促進し、何がその妨げとなるかということである。これ以上に促進することがないと思われるのは、各人が自分の持ち場を堅持し、おのれの分をわきまえ、自分にできることを実践し、他人に同じ権能をみとめ、彼らも活動し成果をあげられるようにすることである。しかし残念ながらこれは、実際には、争いと戦いなしには起こらない。世のならい、人のならいで、敵対するさまざまな力が作用し、排他的な所有物がいろいろ形成されていき、多種多様な頽廃現象が、こっそりなどではなく公然と現われてくるからである。（中略）しかし、すべてのいとわしい精神的抗争ができるだけ速やかに終息するように、われわれが行なう和解の提案は次のとおりである。誰であろうと各人は、自分の権能を検証し、自問していただきたい、自分は自分の持ち場でほんらい何をなしたか、自分の使命は何であるか、と。われわれはこれを毎日おこなっており、これらの冊子はそれに対する信仰の告白である。われわれはこれを、研究テーマと自分の能力が許す限り明瞭かつ純粋に、邪魔されずに続けていく所存である。」（『自然科学一般』誌第一巻第二冊、一八二〇年）

事実、詩人的科学者は『形態学論集』のなかで自分の植物学研究と動物学研究の歴史をそれぞれ独立の論文「著者は自己の植物研究の歴史を伝える」および「動物哲学の諸原理」として執筆しているほか、『色彩論』の成立についても、一八〇九年に『色彩論』歴史編の末尾に「著者の告白」という独立の章をもうけている。地質学関係のノーゼについての引用は、「地質学、とくにボヘミアの地質学のために」とともに、自分の地質学研究史のための図式の書き出しの一部である。それゆえ詩人ゲーテの自然研究の歩みを振り返ることにより、少なくとも十八世紀後半から十九世紀前半にかけての、ドイツにおける科学史的状況もある程度まで明らかになってくる。

ゲーテはテューリンゲン地方イルメナウにおける鉱山再開発のため岩石と植物の研究を始めるにさいし、もともとビュフォンの『博物誌』とカントの三大批判書以前の自然誌的諸論文から触発されていた。前者は自然の歴史を発生論的に宇宙まで遡らせて叙述し、後者は世界の生成を原理的にニュートンの重力法則によって解釈しようとしていたのである。しかしながらゲーテは一七八〇年九月十日、シュタイン夫人に自然に関する「大きなローマーン」を書き始めたと伝え（一六頁）、一七八一年十二月七日にはさらに、「宇宙に関する私の新しいローマーンを旅の途中でなおよく考え、あなたに口述筆記してもらえたらという願いを抱いた」と知らせている。この地球史的長編小説は完成されることはなかったとはいえ、執筆された冒頭部分とみなされるのが、ゲーテの書いた最も美しいエッセイのひとつ「花崗岩について」である。

またゲーテの『ファウスト』のなかには、山と関係する叙述がたくさんある。それは第一部冒頭の「夜」の場面から始まるが、詩的憧れの対象であるだけの月光に照らされた山々はまだ神秘的な霊たちに取り巻かれ、因襲的な知識にうずもれた書斎と対比されている（三九二―三九七行）。しかし、この自然と市民社会という対立のほか、ゲーテには地質学の研究がすすむにつれ長嘆息を禁じえないものがあった。それがかの岩石の水成論と火成論の対立であった。ある程度の紆余曲折があったとはいえ、一七八九年から彼はザクセン地方フライベルクの鉱山アカデミー教授アブラハム・G・ヴェルナー（一七四九―一八一七）の水成論をつよく信奉するようになっていた。明らかに火山性の諸現象もヴェルナーは、地下の褐炭や石炭の燃焼によるものとし、ゲーテはこの似非火山説で地球の継起的形成を解釈できると考えたからである。

しかしながら三篇のボヘミア地方カンマーベルク論文に見られるように、ゲーテの確信はフンボルトその他の海外における火山の研究によりしだいに揺らぎはじめ、一八二三年には次のように述べている。「地質学のシステムは水成論と火成論に二分される。これらを融合すべきではないのは、すべての折衷主義が二義的で不完全だからである。しかし理論は自立的であるべきである。」とはいえ彼は、『ファウスト』第二部「古典的ワルプルギスの夜」や第四幕「高山」の場においてザイスモスのほか、ターレスとアナクサゴラス、またメフィストとファウストを論争させたあと（七五一九―七六〇五行、七八五一―七八八〇行、一〇〇六七―一〇一二七行）、第二幕の終りにおいてターレスに「万物は水から生じた」（八四三五行）と叫ばせたあと、結局、全員が異口同音に四大（地水風火）すべての自然力を讃美することにより文学的に調停せざるをえなかった。

ゲーテの自然研究は、前述のように青年時代にまず動物学をもって始まった。ゲーテは第一次スイス旅行（一七七五）の機会にチューリヒの牧師ヨハン・カスパール・ラファーター（一七四一―一八〇一）の著書『観相学的断章、人間知および人間愛の促進のために』全三巻（一七七六）に協力して、いわゆる観相学において人間の形態研究にたずさわったのである。後年『色彩論』教示編の「生理的色彩」において彼はまたある程度まで人間に戻ってきたが、彼の出発点は最初から人間個性の多様性と、そのなかば直観的なかば自然科学的把握であり、形態は彼にここで初めて精神的・内面的内実の外面的表現として現われてきた。とくに頭蓋と表情において彼はそれを理解しようと努力した。その際、彼は哺乳動物の頭蓋をもそれぞれの種類の特徴把握のために参考にし、これが将来の骨学研究に移行していったのである。このような研究の仕方が、専門家から一見プリミティブとみなされたのは当然である。当時すでに、才知豊かな物理学者のリヒテンベルクや新進の思想家ヘルダーはそれを批判していたのである。しかし目にみえない内面のものを外面的現われから推し量り、後者がまたいかに前者に作用するかに注目する視点は、基本的原理として医学の診断や美術の図像学において今日もなお有効である。

ゲーテの動物学研究は、有名な論文「上顎骨の間骨は人間と他の動物に共通であること」が書かれた一七八〇年代の前半に遡る。イタリアからの帰国後、植物のメタモルフォーゼに関する論文を完成した彼が、顎間骨という特殊問題をこえた動物学関係の論文を執筆し始めたのは、観相学との関連からごく自然であった。次に「比較解剖学総序論の第一草案」は、一七九五年一月、ゲーテがイェーナ大学の学生であった友人ヤコービの息子マクシミリアン・ヤコービに口述筆記させたものである。一七九五年の『年代記』に「アレクサンダー・フォン・フンボルトがイェーナに滞在していることは、比較解剖学のためになる。彼とその兄に促されて、私はまだある一般的図式を口述した」と記されている。この論文の目的は、哺乳動物の骨学的原型を図式的に設定し、それにより一七九〇年すでに発表されていた植物のメタモルフォーゼ（形態変化）に関する論文の場合と同様、多種多様な動物形成の迷路から抜け出る導きの糸を見出すことであった。植物のばあい「著者は自己の植物研究の歴史を伝える」の論文に述べられているように、それは原植物という普遍概念であった。

「それらがいかに一つの概念に統合されうるか、私にしだいに明らかになってきたのは、この観念がさらに高次の仕方で生気づけられうるということであった。この要請は、当時、超感覚的な原植物という感覚的な形で私の脳裏に浮かんできたものであった。さまざまな変化を示しながら現われてくるすべての形態を調べているうちに、私の旅の最後の目的地シチリア島で、あらゆる植物部分の根源的同一性という着想がひらめき、私はこれをいまや至るところで追求し、ふたたび確認しようと努力した。」

その際、彼は高等動物だけではなく、形のない有機体の領域にも入っていくことを考えていた。しかしながら彼は、本格的な植物研究にさいしあまり原植物について語らなかったように、この論文において原動物という言葉を用いていない。彼がもっぱら語るのは原型ないし範型（Typus）であり、これは、さまざまな種属の動物の比較を容易にするため構築・設定され、一般的な図式として提案されるものであった。そのため、彼は一方でしばしば思弁的かつ抽象的であると同時に、他方でいろいろな動物の個々の骨を倦むことなく無味乾燥な一覧表にして記述した。鉱物学におけると同様これも実にゲーテ的で、ある意味で敬服にあたいするのであるが、翻訳にあたり割愛せざるをえない場合もある。

しかしながら『色彩論』（一八一〇）は、はるかに大きな労力と時間をかけたにもかかわらず専門家のあいだで酷評された。それだけに、ゲーテは自分の植物学論文の反響に注意をはらい、当然のことながら好意的な書評や友好的な批評を目にすると率直によろこんだ。しかし議論の対象になったのは主に植物の形態変化「メタモルフォーゼ」であって、植物の原型いわゆる原植物は問題にされることがなかった。ゲーテ自身、これについてはなぜか個人的な手紙や自伝の第二部『イタリア紀行』において言及するのみであった。それを前面に出していれば、この論文もあるいは不評であったかもしれない。

ゲーテのこれらすべての関心事をよく示しているのは、ワイマール版ゲーテ全集に「植物生理学への予備的研究」という表題で収録されている一連の断章である。それらは植物の考察だけではなく、ゲーテの意図する形態学一般に関係している。彼の自然認識が頂点に達するのは、あらゆる自然科学的研究を「精神の力」により一つの有機的全体像へと綜合しようとする自然哲学的努力においてである。それゆえ、彼が理解する生理学は、今日における語法とは異なり、「種々異なった科学の要旨再説」に述べられているように、「精神的な」生命力にもとづく生命に関する綜合科学的学説の意味である。「生理学は、恐らくけっして到達されない目標のように人間の念頭に浮かんでくる。」この目標に近づく最適の手段としてゲーテの考えるのが形態学である。それは、とりわけ『形態学』誌への序論三篇に言い表わされているとおりである。ギリシア語では、physis（からだ）とpsyche（心）を区別するが、ドイツ語では精神が物質ないし身体の反意語となり、しかも精神という語は文脈により神と人間のいずれにも用いられるので、ゲーテにおける「精神的」という形容詞はしばしば二義的で曖昧である。それは後述するように、究極的には新プラトン主義の霊（ヌース）の流出説にまで遡って解釈しなければならない。

ゲーテにとって光は究極においてこのヌースの可視的な現象であって、それゆえ、なんらかの意味で神的なものである。したがって、それは光学におけるように単なる物理学的研究対象ではない。注目すべきことに『色彩論』教示編序論の冒頭部分にすでに、「光と眼のかの直接的な親近関係を否定する者はいないであろう。しかし両者を同時に同一のものとして考えることは、ずっと困難である」という所見が言い表わされている。すなわち、光学は眼をとおして初めて色彩現象として展開され、人間とかかわりをもつのである。詩人はこのような思想的伝統と青年時代から親しんでおり、それは彼の自然哲学の基盤である。

「現代にまで及ぶ古人と近代人のあらゆる論争が生じたのは、神がその自然のなかで合一してつくりだしたものを分離したことからである。われわれがよく知っているように、人間の個別の本性のなかでは、ふつう何らかの能力の過重が現われ、そこから必然的にさまざまな一面的な物の見方が生じてくる。人間は世界を自分自身をとおしてのみ知っており、したがって素朴かつ僭越にも、世界が自分により自分のために造られていると信じているからである。それゆえまさに彼は、自分の主要能力を全体の先頭におき、彼の内部で少ししかないものをまったく否定し、自分自身の全体性から追放してしまおうとするのである。人間存在の開示された能力は、感性・理性・想像力・悟性であるが、たとえこれらの特性のうちの一つが彼の内部で優勢であっても、これらすべてを統一ある全体へと形成していかなければならないということを確信できない人がいる。そのような人は、人間存在の不愉快な制約のなかで労苦し続けるだけで、なぜそのように多くの執拗な反対者がいて、また彼がなぜ自分自身とさえたびたび一時的な反対者として衝突するのか決して理解しないであろう。こうして、いわゆる精密科学のために生まれ教育された人が、彼の理性ないし悟性の高みに到達しても、決して理解できないのは、精密な感性的空想（ファンタジー）というものがありえて、これなしには本来いかなる芸術も考えられないことである（ゲーテの科学方法論的論文「エルンスト・シュティーデンロートの精神現象解明のための心理学」から）。

さいわい我が国において、詩人的科学者ゲーテはゲーテ受容の最初期から比較的よく知られており、あまり嘆かわしい状況ではない。しかしなおかつ、文学作品の翻訳とその多種多様な研究とくらべると、彼の自然科学的業績そのものはまだ、ルドルフ・シュタイナーのごく初期の『ゲーテ自然科学論集』全五巻のようなかたちでその全貌が紹介されるまでに至っていない（四七頁）。「著者は自己の植物研究の歴史を伝える」の論文の冒頭にあるように、前述のように「科学の歴史を明らかにし、その歩みを正確に知るためには、その最初の始まりをつまびらかにするのが習わしである。人間は研究しようと努力する。だれが最初に何かある研究テーマに注意を向けたのか。その際、彼はどのような態度をとったのか、どこで、いつ最初にある種の現象を考察したのかが問われる。やがて、いろいろな考えの中から斬新な見方が現われてきて、これらは適用により普遍的に確認されて遂に時代を画するようになる。そこでは、われわれが発明発見と呼ぶものが疑いの余地なく生じてきたのである。これに言及することは、人間精神のさまざまな力を知り、高く評価する実に多様なきっかけを与えてくれる。」

ゲーテが何よりも恐れたのは、積年の研究成果である『色彩論』の原稿と資料が、最悪のばあい灰燼に帰してしまうことであった。形態学および地質学関係の論文が、ナポレオンに対する解放戦争後にゲーテの機関誌において問題なく印刷公表されたのにたいし、彼の浩瀚な自然科学的主著『色彩論』はまずもって戦乱のなかで出版されなければならなかった。そのための研究は、一七九二年、フランス革命軍にたいするプロイセン＝オーストリア連合軍の遠征に参加したときにも続けられた。『滞仏陣中記』十月四日の項に記されているようにゲーテはゲーラー（フィッシャーと誤記）の『物理学辞典』を携行し、危険な戦火のなかでも、色彩現象の観察を怠らなかったのである。

たとえば一七九二年八月三十日の項に、彼は翌三十一日の体験として、兵士たちが原っぱの漏斗状の陥没にある泉の中で魚釣りをしていた際、たまたま落ちた石の破片により清水の中で彩られた屈折現象が生ずるのを見たことを記述している。それは観察者の眼にプリズムにより惹き起こされる「主観的な」いわゆる生理的色彩のことで、のちに『色彩論』教示編二一三節に公式化された。「暗い境界を明るいもののほうへ移動させると、黄色の幅の広い辺《へり》が先行し、幅の狭い橙色の縁《ふち》境界とともにつづく。明るい境界を暗いもののほうへずらすと、幅の広い菫色の辺が先行し、幅の狭い青い縁がつづく。」この観察・記述・公式化のプロセスは、個々の現象を丹念に収集し、それらの連続性の直観からある理念に到達しようとするゲーテの研究態度を反映している。

ゲーテの本格的自然研究は本書序論の時期に先立つワイマール前期十年のあと、イタリア旅行（一七八六―八八）後まもなく始められた。『色彩論』歴史編巻末「著者の告白」にあるように、彼がゲッティンゲンからイェーナへ移住してきた物理学者ビュットナーから借用したプリズムをとおして白い壁を眺めたのは一七九〇年の冬のことであった。ニュートン学説の誤りを確信した彼はすぐ色彩研究に没頭し、一七九一年九月には早くも、「優雅と流行のための教養ジャーナル」第九号に「枢密顧問官ゲーテ著」という肩書き付きで「色彩に関するある著作の予告」を掲載した。文末の日付はゲーテ四十二歳の誕生日である。発行元のベルトゥーフ書店の経営者はワイマールの有力な出版者であったが、出版物の名称はまだ「光学への寄与」であった。

「私の友人たちと読者の一部によく知られているように、私は数年まえから自然科学の異なったさまざまな部分を愛好者としてしんぼう強く研究しており、そのためたびたび友好的な非難を浴びてきた。私は、誰もがよろこんでついて来る詩文の分野から、別の分野に入っていこうとしており、そんなところへ一緒に行こうなどと思う人はあまりいない、というのである。／植物のメタモルフォーゼを説明する小さな試論『植物変態論』により、この不満は減ったというよりはむしろ増大した。なぜなら、それによって私が植物学の識者たちに自分の努力のあかしをしようとしたのに対し、この著述は単なる愛好者たちにも読むに堪えなかったのである。」

ゲーテにとって光と色彩は狭義の物理学的な問題というよりは、むしろ博物学の伝統にもとづく一般物理学「自然学」（Naturlehre）の全人間的な問題であった。それゆえ「内部と外部の全体性」という古典主義的考え方の背景には、精神史的にフィヒテの観念論とシェリングの同一哲学があり、シラーの辛辣な二行詩「君たちの間に敵意あれ。同盟のできるのが早すぎる。／君たちが別れて探求すれば、真理ははじめて認識される」において含意されていたのは、フィヒテの『知識論』とゲーテであると言われる。しかし彼らに共通のドイツ十八世紀におけるイデアリスムス（観念論ないし理想主義）の考え方は、『色彩論』教示編の序論に見出される「もし眼が太陽のようでなかったら」という、かの有名な美しい詩のように新プラトン主義にまで遡るものである。

注目すべきことに、この詩句の引用の直後に「光と眼のかの直接的な親近関係を否定する者はいないであろう。しかし両者を同時に同一のものとして考えることは、ずっと困難である」という意味深長な所見が言い表わされている。ゲーテは青年時代からこのような思想的伝統と親しんでおり、それは彼の自然哲学の基盤である。しかし畏友シラーが自然科学者に観念論を禁じ、パリの天文学者たちと親交のあったフンボルトも多少とも詩人の色彩学研究から距離を置いていたこともあり、ゲーテは自然研究者としてこの哲学的見地をあまり前面に出そうとはしなかった。アルテミス版ゲーテ全集の解説によれば、眼が外部から光状のものをなんら内包しない粒子あるいは振動に刺激されて光をつくりだすというような近代物理学者たちの考え方を、ゲーテは予想だにしなかった。彼は客観的光と主観的光が同質であることを自明とみなしていたからである。彼らが総じて自然の諸現象から出発して、これらを惹き起す外界のさまざまなプロセスへ向かうのに対し、ゲーテから予期されたのは、それらを内面の精神的なものへ導いて行くことであった。『年代記』一八一七年の項において彼は、カント学徒シラーの死後はひそかにあらゆる哲学から遠ざかり、「これにより私に完全にかなえられたのは、神秘的に明瞭な光を最高のエネルギー、永遠で唯一の分割不可能なものと見なすことである」と宣言している。

実際、『形態学』誌第二巻第一冊の巻頭にゲーテは晩年の代表的思想詩「始原の言葉・オルフェウスの教え」を掲載した。その第一節「ダイモン」の最後の行に、繰り返し引用される「生きて発展する刻印されたフォルム」という詩句がある。

一八二〇年に自家用機関誌『形態学のために』第二号に発表された思想詩「オルフォイス風の原詞」において、ゲーテはその円熟した自然思想を、新旧のオルフェウスの教えとして五つの根源的なことばに要約して言い表わした。この難解な八行詩（スタンザ）には彼自身による注釈もあり、この意味でそれはあらゆるゲーテ解釈のアルファとオメガ（始まりと終わり）である。しかし決定的に重要なのは、最初の第一節「ダイモン（個性）」である。

汝をこの世に送り出したその日のままに、
太陽はもろもろの惑星を迎えるあいさつをした。
やがて生成発展をとげることだろう、
汝が歩みはじめた法則に従って。
現にあるがまま、汝は自分自身から逃れることはできない。
すでに古代の巫女たちも、予言者たちもこのように語った。
いかなる時間も、いかなる権力も破壊することはない、
生きて発展する刻印されたフォルムを。

それは植物のメタモルフォーゼの理念と同様、彼の動物形態に関する理念の出発点ともみなされる。その際、彼は昆虫のメタモルフォーゼと高等動物、とりわけ哺乳動物の骨格の比較研究という

二つの面から動物界における形態変化の秘密に近づこうとした。昆虫のメタモルフォーゼという概念は、ゲーテによって植物学に導入された植物のメタモルフォーゼあるいは形態学の概念と異なり、動物学においてすでに日常的概念であり、今日でも「変態」として周知の概念である。当時、オランダ人のヤン・スワンメルダムがその著書『自然という聖書』（一七三七）において、昆虫のメタモルフォーゼをきわめて精確に記述していたからである。ゲーテも一七九七年三月二日付でクネーベルに宛てて書いている。「著者は稀にみる美しい資性の人で、優れた観察者です。彼はさまざまな現象の忠実な観察により、信じられないくらい時代を凌駕しています。」一七九六年から一七九八年にかけて詩人は蝶のメタモルフォーゼを精確に観察し、植物のメタモルフォーゼの場合と同様くわしい手記に記録したのである。前出の論文「内容の序言」にも「以前の数年にわたる蚕の飼育から得られた私の知識は、記憶に残っていた。私はその知識を広げ、いろいろな種属を卵から蝶まで観察し、スケッチを描いてもらった」と記されている。『詩と真実』第一部第四章に彼の父親が趣味で蚕の飼育をしていた様子が描かれているが、それは子供のゲーテには迷惑だったようである。

ゲーテの生涯最後の論文は「動物哲学の諸原理」と題されていた。それは一八三〇年九月と一八三二年三月の『ベルリン学術批評年鑑』第五二巻、五三巻に発表されたが、パリのアカデミー論争が始まったのは一八三〇年二月十五日、ゲーテが死去したのは一八三二年三月二十二日であるから、詩人が生前に執筆した最後の論文である。彼のすべての文学作品にまさり『色彩論』全三巻を主著とみなしていた、詩人的科学者にふさわしい。主題も彼の最大の関心事である分析と綜合という科学方法論的な問題である（二一八頁）。

ちなみに、ジョフロア・ド・サンティレールは一八三〇年二月十五日の科学アカデミー例会において、軟体動物、とくにイカのような頭足類（Gephalopoda）を脊椎動物とみなすことができるかもしれない、という二人の若い自然研究者の見解について報告した。同年二月二十二日にキュヴィエが疑問を呈したのに対し、ジョフロアは次回の例会において彼自身のアナロジー理論を弁護することを約束した。彼がゲーテの論文「骨学から出発する比較解剖学総序論の第一草案」に言い表わされているような一つの原型を見出したように思ったのに反し、キュヴィエは四つの独立した基本型を想定していた。これはゲーテの原植物に対するアレクサンダー・フォン・フンボルトの立場に似ているが、深刻な論争は、個人的な確執が加わり、そこから始まったのである。ジョフロアの側に立つゲーテは、そこに自分自身とドイツ人自然研究者一般の発生論的考え方が問題になっていることを見出し、そのため重大な関心を示したのである。この意味で、論文の第二部は彼の骨学研究の総決算といえる。フンボルトがゲーテの親友であり、地質学研究において岩石水成論者のゲーテがフンボルトの火成論を受け入れようとしなかったように、「英知の最後の結論」は、すべての科学研究において分析と綜合が呼気と吸気のように交互に適用されることである（二六頁）。

もともとこの主題は、科学方法論的な問題である。ゲーテの科学方法論において、人間の認識能力は相関関係にある悟性と感性、理性と想像力の総体にもとづいている。悟性と理性による精密な科学があるのなら、同等の権利をもって感性と空想による精密な芸術ないし文学があってしかるべきだというのである。ただし、ここで空想とは荒唐無稽なファンタジーではなく、カッシーラーが強調しているように想像力すなわち構想力の意味である。『色彩論』教示編においていわゆる色相環の応用として暗示されているゲーテのこのような色彩美学は、フンボルトにおいて特別に論じられている訳ではない。しかしながら『コスモス』においてフンボルトは、「序論的考察」においてすでに決定的な仕方でゲーテの形態学を称揚している。「生きた形成物の多様性と周期的な変転のなかで、あらゆる形成の根源的秘密がたえず新たにされる。私の言わんとするのは、ゲーテによりあのように適切に取り扱われたメタモルフォーゼの問題で、この解決は、さまざまな形状をある種の根本的範型（原型）に理念的に還元しようとする欲求に対応している。洞察が深まるにつれ、自然の生命の計り知れないことに対する感情も増してくる。」

イタリアでこのような体験をしたゲーテの自然の見方は、かつて医学教授ヨハン・ハインロート（一七頁）により「対象的思考」と呼ばれ、「適切な一語による著しい促進」の論文において詩人の賛同を得た。「数年前からすでに私は、自分の地層構造学的研究を再検討しようと努めている。それは特にこれらの研究とそれから得られた確信を、いたるところで広まっている新しい火成論にどうすれば少しでも接近させることができるかということを考慮してのことであるが、これまでそれは私にはとうてい不可能であった。しかし対象的という言葉によって私は思いがけず蒙を啓かれ、いまや次のことがはっきりとわかった。すなわち、私が五十年このかた考察し研究してきたすべての対象がまさに、私がいまさら放棄することのできない観念と確信を私の内部に喚起せざるをえなかったのである。しばしの間ならば私も火成論の立場に身を移すことができる。しかし、多少とも思うようにやりたいと思うならば、私はやはりいつも自分の昔からの思考方法に再び返らざるをえない。」（科学方法論的論文「適切な一語による著しい促進」から）

もとより「対象的思考」は後代の自然科学において自明として、科学的考察におけるファンタジーの生産的役割はフンボルトによっても重視されている。『コスモス』第一巻の原著序言につづく二つの序論的考察は主に、たんなる個別的知識の集積にすぎない自然科学百科事典と異なるフンボルトの考えるコスモス論の説明に向けられている。これとの関連でフンボルトは序論的考察においてシラーの意義深い詩句「静止する極を移ろいやすい諸現象のなかに探し求める」を引用しているが、詩人は「素朴文学と情感文学について」という論文においてさらに、ドイツ美学思想上はじめて「ナイーヴとセンティメンタル」「現実的と理想的」「英雄的とロマンティック」のような概念的対比を行なった。ニーチェの古典古代（ギリシア性）をあえて分極化するための「アポロ的とディオニュソス的」もこの系列に属し（三島憲一『ニーチェ』第四章）、一世代まえのスイスの文芸学者フリッツ・シュトリヒはそれらに基づき古典主義を「完成」、ロマン主義を「無限」という言葉で特徴づけた。

しかしゲーテによればこれらの概念的対比は最終的に客観的と主観的の対立に帰着し、これは究極において、客観と主観そのものの相互関係の問題である。両者は根底において同一なのか、相反して互いに容れないものなのか、いずれでもない場合どのような関係にあるのかという根本的な哲学問題である。フンボルトにおいて、地球とさまざまな天体を合わせた「外界の自然」としてのコスモスが客観であり、主観である人間性は、綜合的理性と分析的悟性という知性だけではなく、芸術的な想像力とファンタジーをも働かせて「内面に映った自然」に感性的に反応する。それゆえ彼は『コスモス』第一巻第二序論の末尾にヘーゲルの歴史哲学を引いて、客観と主観、自然と精神の観念論的合一を示唆し、そのうえ想像力ないしファンタジーの創造的役割を強調しているのである。「外界のさまざまな現象はこうして内面の表象へと移し変えられる。」客観的世界はわれわれによって考えられ、われわれの内部へ反射されることにより、われわれの精神的実存の永遠かつ必然的な、すべてのものの条件である種々の形式（カントのいうカテゴリー）の支配下に置かれるのである（一〇六頁）。

ゲーテはなるほど事物の因果関係と数学的規定ではなく、もっぱらメタモルフォーゼ（形態変化）に重きを置いていた。しかし、対象を客観的かつ審美的に眺めることはフンボルトだけではなく、ゲーテ的な態度で自然を観照し研究する他の多くの自然科学者たちにも見出される精神的特性である。アレクサンダー・フォン・フンボルトも、自然観察の精確な科学的記述とともに、時折、『自然の諸相』における科学的エッセイのように自然景観を絵画的に描写する人文学的センスをも持ち合わせていた。まさにこの稀有の才能により、彼は自然科学の歴史に新時代を画した科学者であった。それは詩人的科学者ゲーテが動植物を統合する形態学という自然科学の新しい分野を開拓し、色彩学研究と科学史の研究においても卓越した業績を残したことに対応し、ここに両者の人間的かつ学問的交流の計り知れない精神史的意義があったと考えられる。

たしかに、詩人的科学者ゲーテは自然を単に文学的あるいは芸術的だけではなく、科学者としても客観的対象として眺めている。それは五官を用いたたんなる観察ではなく、すでに一種の理性的な理論化なのである。しかも、それは自然の必然性に必ずしも縛られないイロニーと呼ばれるある程度まで自由闊達な精神の営為である。とりわけ彼が恐れているのは数式という形の詩的形象と異なる抽象である。繰り返し引用するならば、「ある物事をたんに眺めるだけでは、われわれは裨益されることはない。あらゆる熟視は考察へ、あらゆる考察は思念へ、あらゆる思念は結合へと移行し、それゆえ、われわれは対象世界を注意深く眺めるだけですでに理論化しているといえるのである。これをしかし明確な意識、自己認識、自由、そして思いきった言葉を用いるならばイロニーをもって行なうためにはひじょうな熟練が必要である。とりわけ、われわれの恐れる抽象を無害なものにし、われわれの望む経験からの帰結をほんとうに生き生きとした有用なものにしようとする場合にそうである。」（ゲーテ『色彩論』教示編「まえがき」から）

数学的抽象を恐れるゲーテの論旨は、一七九四年十二月二十九日付ヤコービ宛の書簡のなかで的確に要約されている。

「私が私の光学研究を放棄してしまったと君に言った人は、私のことを何も知らず、私をよく知っていない。私の光学研究は他の仕事をおなじ歩調で進んでおり、私はこれまでおそらく集められたことがなかったような実験装置を徐々に取り揃えている。君がよく知っているように、研究テーマは最高に興味深く、研究そのものは、他の方法ではたぶんとうてい得られなかったような精神の鍛錬である。いろいろな現象をすばやく捉え、それらを実験へと固定し、いろいろな経験を整然と配列し、それに関するさまざまな物の見方に精通すること、第一の場合にはできるだけ注意深く、第二の場合にはできるだけ精確に、第三の場合には完璧を期し、第四の場合にはあくまで多面的にとどまること、そのためには自分の貧しい自我を鍛錬する必要がある。これが可能であることを、私はほかのやり方では夢想だにすることができなかった。」（二二二頁）

詩人的科学者はまず、人間による事物の自然な知覚のしかたと、事物の実験的知覚を明確に区別する。自然科学的実験は、知覚からできる限り主観的なものを排除し、事物それ自体と相互関係に注目することを要求するのである。「われわれ以前なされた、そしてわれわれ自身または多くの人々がわれわれと同時になすさまざまな経験を、われわれが意図的に繰り返し、偶然的に生じたり人為的に生じた諸現象を再現させるばあい、われわれはそれを実験と呼ぶ。／実験の価値は主として次の点にある。すなわち、それが簡単であるにせよ複雑であるにせよ、一定の条件のもとで既知の装置を用いて、また必要な熟練があれば、条件となるさまざまな事情が一つにまとめられ得る限りいつでも反復され得るということである。」ゲーテはシラーに「客観と主観の仲介者としての実験」の論文を送ってから一週間後、高次の経験ないし現象にいかにして到達すべきかがまだ充分に言い表わされていないことを感じて、一七九八年一月十七日付のシラー宛書簡にさらに小論文を添付していた。詩人の死後はじめて印刷された「経験と科学」と呼ばれているこの小論文の中でゲーテは経験を上述の三段階にわけ、色彩学における「根源現象」にほかならない最高の段階に近づくことをもって自己の自然研究の目標としている。最後の純粋現象は、ゲーテの色彩学における「根源現象」、形態学における「原植物」ないし「原動物」に相当していると考えられるが、それはまた「含蓄深い点」としてきわめて生産的である。その実例が、とりわけゲーテの『色彩論』第一部「教示編」である。専門の自然科学者の立場からみてそれが単なる自然の現象学にすぎないとしても、精緻な観察と確固たる方法論にもとづく研究成果であった限りにおいて、それなりに高く評価されてしかるべきであろう。

これと逆説的な意味で関係しているのが、かの有名な箴言的断章「自然」である。多くの精緻な文献学的研究の結果、それはゲーテの作品ではないばかりか、スイスの神学者トーブラー（Georg Christoph Tobler, 1757–1812）が後期ヘレニズムの第一〇のオルフェウス讃歌をドイツ語で散文訳したものにすぎないことが判明しているが、いずれにしても「今日、衆目の一致するところは、ゲーテのさまざまな自然科学的研究、彼の自然科学的著作と詩的作品が、唯一の認識および表現意志、倫理的普遍主義の両面だということである。彼の最初期における批評家のひとりとして一八三〇年にこれを確認したのは、多年にわたる親友かつ人生の同伴者ヴィルヘルム・フォン・フンボルトであった」（ベルント・ルッツ）。この意味で「自然」のテクストが詩人の死後何年もたってから『遺稿集』に収録されてしまったのは、エッカーマンあるいはリーマーなど誰の配慮であったにしても、やむをえないと容認せざるをえないであろう。

この論文はここではたんに一七八〇年当時の時代思潮の現われとして注目にあたいし、より重要なのはむしろ、箴言的論文「自然」への注解の方である。それはほんらい官房長ミュラーへの返信であって、表題はハンブルク版の編者エーリヒ・トゥルンツが付けたものである。成立のいきさつも日付も本文から明確であるが、問題はゲーテが最上級と呼んでいるものが晩年の最終段階を意味しているのか否か、そして比較級のまえの原級はどのような第一段階であったかということである。ゲーテがここで「自然の二大動輪」と呼んでいる「分極性」（Polarität）および「高進性」（Steigerung）の概念が、彼の青年時代における自然体験のなかに含まれているのか否かが、この問題を解く鍵である。

「敬愛する故アンナ・アマリア大公妃の遺された書簡類のなかにかの論文が含まれているとの知らせを、先日私は受け取った。それは一七八〇年代に私が書記として使っていた人間のよく見覚えのある筆跡で書かれていた。

これらの考察をみずから著述したことを私は実際に思い出すことはできないが、それらは確かに、私が当時つくり上げていたいろいろな観念と一致している。私は当時の洞察の段階を、まだ到達されていない最上級への方向を表出せずにはいられない比較級と呼びたいと思う。そこには一種の汎神論への傾きが見られ、世界のいろいろな現象の根底に、究めることのできない、絶対的かつユーモラスな、自己矛盾に富む存在があると考えられている。それはひじょうに真摯な思考のたわむれとして認められてよいものであろう。

ところで、この論文に欠けている最高の成就は、あらゆる自然の二大動輪の直観、すなわち分極性と高進性の概念である。分極性はわれわれが自然を物質的と考える限りにおいて、物質の属性であり、高進性はわれわれが自然を精神的と考える限りにおいて自然の属性である。前者は不断の牽引と反発、後者は絶えず高昇しようとする内的欲求にある。しかし、物質は精神なしには、精神は物質なしにはけっして存在せず、また作用することができないので、物質もまた高進することが可能である。同様に精神もまた牽引し反発することをやめない。結合するために充分に分離し、充分に結合したあと再び分離できる者だけが真に考えることができるのと同じである。

上述の論文が書かれたと思われる時期に、私は主として比較解剖学の研究に従事しており、一七八六年には、人間にも顎間骨の存在が否認されてはならないという私の確信に、なんとかして他の人々の関心を起こさせたいと言うに言われぬ苦労をしていた。この主張の重要性はひじょうに有能な人々でさえ認めようとせず、その正しさをもっとも優れた観察者たちさえ否定した。そこで私は、他の多くのことがらにおけると同様、黙々としてわが道を一人歩みつづけざるをえなかった。

植物界における自然の融通性を私は絶えず追求しつづけたが、一七八七年、ついにシチリアにおいて、植物のメタモルフォーゼを直観的にも概念的にも獲得することに成功した。動物界のメタモルフォーゼもこれと密接な関係があり、一七九〇年にはヴェネチアにおいて、脊椎骨からの頭蓋の起源が私にこつぜんとして明らかになった。私はますます熱心に原型の構造を追求し、図式を一七九五年にイェーナのマックス・ヤコービに口述し、やがてドイツの自然研究者たちが私に代わってこの専門分野で活躍してくれるのをうれしく見守っていた。

すべての自然現象が人間精神のまえで鎖のようにつなぎ合わされていった高度の研究を心に思い浮かべたのち、この小文の出発点となった上記の論文をもう一度熟読するならば、私が比較級と呼んだものを、ここで完結される最上級と比べて微笑を禁じえず、五十年間の進歩に大きな喜びを見出すであろう。

ワイマール、一八二八年五月二十四日」

ここで再度言及されているゲーテの科学方法論における三つの視点は、フンボルトの自然研究にもそのまま当てはまると思われるが、フンボルト晩年の科学的主著『コスモス』全五巻（一八四五

―六二）のうち、科学史においてその古典的価値をあまねく認められているのは、上記のようにとくに最初の二巻である。それらはボン大学教授ハンノー・ベックによる『フンボルト選集』全七巻（ダルムシュタット版全十冊、一九八九―一九九三）において、二分冊の第七巻に省略なしに完全に復刻されており、著作全体の理念として第一巻が「外界の自然」、第二巻が「内面に映る自然」を取り扱っている。それはもっぱら地上の人間に向けられた啓蒙主義的自然研究から、天地を包括するコスモスすなわち「宇宙」全体の考察への長い道程をそれまでと逆の順序で示している。遠い星雲の宇宙空間から惑星の周行する太陽系をへて身近な地球まで段階的に下って考察する『コスモス』第一巻は、比較的短い「序論的考察」および方法論的第二序論と詳細な本論「自然絵画」から成り立ち、この本論は天上と地上における自然現象の一般的概観として「書物のなかの書物」と呼ばれるほどの分量がある。

3　ゲーテ時代におけるコスモス論的見方

周知のように一七九九年六月、若いフンボルトは念願かなって中南米（イベロアメリカ）探検旅行へ出かけることになった。

「私に恵まれたような幸運を、同じ程度に私とともにした研究旅行者はあまり多くはない。この幸運により私は、地球周航におけるように沿岸諸国だけではなく、二つの大陸の広大な内部を、南アメリカのアルプス的熱帯風景と北アジアの荒涼としたステップ（草原）性自然のコントラストが顕著な空間において見る機会があった。このような探検旅行は、いま述べたばかりの私の努力における方向性を一般的な物の見方へと促さずにおかなかった。それらに勇気づけられて私は、コスモスの天文学的および地球学的諸現象に関する当今の知見を、その経験との関連において唯一の著作のなかで取り扱いたいと思うようになった。これまではっきり定義されていなかった〈自然学的地球記述〉の概念はこうして拡大された考察により、そればかりではなく、大胆すぎるかもしれないプランに従い地球空間および天体空間における創造されたすべてのものを包括しようとすることにより〈自然学的世界記述〉の概念へと移行していった。」(『コスモス』第一巻原著序言)

帰国後その科学的成果は浩瀚な「アメリカ旅行記」に次々に発表されていくが、世界研究旅行者の名をポピュラーにしたのは、とりわけ科学的エッセイ集『自然の諸相』(初版一八〇八年)であった。中南米探検旅行者としてのアレクサンダー・フォン・フンボルトが、ゲーテ時代における自然科学の現状を包括的に叙述しようという考えを抱いたのは、時あたかも十八世紀から十九世紀にかけての世紀転換期のことであった。ゲーテ＝シラーと一七九四年イェーナで知り合ったばかりの少壮の自然研究者は、すでに個々のことがらではなく全体の統一的把握をめざしていたが、それは原理的に両詩人の文学的古典主義の考え方と一致するものであった。これによれば、主体と客体そのものが少なくとも内在的な神を含めた神・世界・人間の全体性を形づくっていた。また客体である自然は調和ある万有と感じられていたばかりではなく、主体である人間そのものもまだ知情意の分離しない全体から形成されていると考えられていた。それゆえ彼は、一方で人間の全能力を駆使して自然における個々のものを経験科学的に観察し、他方でそれらの統一性である全体の理念を自然哲学的に把握しようと努めたのである。

それればかりでなく、フンボルトの研究旅行は、科学的目的をめざしていただけではなく、アメリカの先住民族の歴史的伝統に対する関心に深く根ざしていた。自然地理学は彼において明確に文化史的背景を顧慮した歴史地理学となったのである。彼の提起した新しい自然哲学的問題は究極において、いかなる法則と力が地球を現在の外的形態へと形成したのか、そしていかにその地表の内部と外部にある有機的生命を目覚ましたのかということであった。このような地球哲学的問題提起にさいし、フンボルトはゲーテ時代の精神を体現しており、兄と同様にゲーテの形態学思想を受け継いでいた。ただゲーテが経験的研究のなかに、すでに直観的に把握し詩的に表現していたものの科学的確認を求めていたのに対し、フンボルト兄弟は経験的知見にねざす生の全体が観察と比較および実験による考察によってのみ綜合的に認識されることを確信していたのである。

フンボルトは『自然の諸相』「第二版および第三版への序言」に「シラーは、青年時代の医学研究を思い出しながら、私の長いイェーナ滞在中、生理学（自然学）的研究テーマについて私と話すことを好んだ。われわれの対話にしばしば真剣な方向をあたえたのは、種々の化学物質との接触による筋肉繊維および神経繊維の刺激作用に関する私の研究であった。その頃にでき上がったのが生命力に関する小論〈生命力あるいはロードス島の守護神物語〉である」。フンボルトがのちに『自然の諸相』に再録したほど愛着を持っていたこの論文は、最初一七九五年六月にシラーの文芸雑誌『ホーレン』に掲載された。科学者フンボルトが書いたほとんど唯一の神話的文学作品で、しかも中南米探検旅行に出かけるまえに発表されたので、原著者にとって特に貴重な感慨深いものであったに違いない。成立史的に他の諸論文とはなんの関係もないようでありながら、フンボルトにおける科学的認識の美的傾向はゲーテ＝シラーのワイマール古典主義とやはり内的関連があると言わなければならない。

しかしながら、若いフンボルトは生まれながらのリアリストであった。かの寓話的論文における生命力のやや物質主義的解釈、たとえば次のような発言にイデアリストのシラーは最初あまり満足していなかったようである。「地上の物質はいまやその権利を発揮している。（生命）の束縛から放たれ、それは長い欠乏のあと荒々しく自分の仲間探しの衝動に従っている。（人間の男女の）死の日はそれにとって婚礼の日である。」詩人は一七九七年に知り合ったばかりのまだ若いアレクサンダーを、駆け出しの科学者をこの観点から手厳しく批判していて、ドレスデンの親友ケルナーに宛てて、まさに自然研究における感性と想像力の欠如を指摘しているのである。

「彼の抜群の才能と倦むことのない活動にもかかわらず、私の恐れるのは、彼が彼の科学において決してなにか偉大なことを成し遂げないだろうということである。落ち着きのない姑息な虚栄心が彼の活動全体を鼓舞しているからである。私は彼に、純粋な客観的興味のなんらの火花をも認めることができない。たとえいかに奇妙に響こうとも、素材の莫大な富にもかかわらず私が彼のうちに見出すのは、感覚の乏しさで、これは彼の取り扱っている研究テーマのばあい最悪のものである。彼はよく切れる剝きだしの悟性で、いつも不可測で、あらゆる点において畏敬にあたいし徹底している自然を、恥知らずに計測してしまおうとし、私の理解に苦しむ厚かましさで自分のさまざまな公式をその尺度にしてしまうが、それらは往々にして空虚な言葉、狭隘な概念にすぎない。（中略）彼には想像力がない。ゆえに彼には、私の判断によれば彼の科学に必須不可欠の能力が欠けている。なぜなら、自然はその個々の現象においてもその最高の諸法則においても直観され、感受されなければならないからである。」

自然科学者としてのフンボルトはなるほど何よりもリアリストであった。彼は自分が宗教的・教義的立場あるいは何かある特定の自然哲学から出発するのではなく、自分の自然研究の前提が現実体験であることを絶えず強調していた。しかし自然全体の統一性を確信している彼は、広義の文学的自然体験と経験的自然研究を問題なく両立させるすべをよく知っていた。たとえば、統一ある秩序という考えから、彼はカントのように美と崇高の概念を万有の中へもたらすことができた。かつてケプラーは、ゲーテが『箴言と省察』のなかで称揚しているように、外界の至るところに見出す神を自分の内面で同じように認めたいと希求していた。同様にフンボルトにとり、ドイツ古典主義のイデアリスムス（観念論かつ理想主義）の考え方ないし見方に同調するのは容易であった。

フンボルトの反応は、やはりシラーの期待に応えるものであった。問題提起は大部分なお動植物に限られた特殊なものとはいえ、すでに『コスモス』を予感させるかのように、中南米旅行出発まえの新進気鋭の科学者はシラー宛に研究計画をまもなく以下のように克明に返信しているのである。そして、あるとき兄からも芸術の理解がない（五八頁）と言われていたアレクサンダーはむしろゲーテの弟子として、中南米旅行における自然体験ののち、自然の理解におけるファンタジーの役割を重んじ、文学における自然感情の表出だけではなく、美術における自然描写にも大きな注意を払うようになる。

「これまでの博物学のやり方では、さまざまな形の差異に付着しているだけでした。植物と動物の観相学を研究しても、さまざまな標識の学、識別論を聖なる科学そのものと混同していた限り、例えばわれわれの植物学は、思弁的人間の考慮の対象となることはほとんどありませんでした。しかし私と共感していただけると思うのは、ある高次のものを探し求め、それを再発見すべきだということです。なぜなら、アリストテレスとプリニウス――後者は人間の美的感覚と芸術愛におけるその完成を自然記述へいっしょに導入したのですが――これらの古人はたしかに、われわれの哀れな自然記録者たちより広い視点を有しておりました。形における普遍的調和、千変万化の様相で呈示される根元的な植物形が存在するかどうかという問題、これら種々の形の地表における分布、植物界が感性的人間の内部に惹き起こす明朗やメランコリーのさまざまな印象、不動の死んだ岩塊や無機的にさえ見える樹幹と、いわば骸骨に緩和する肉を優しくまとわせる生気ある植物のカーペットの対照、植物の自然誌および地理学あるいは草本の地表における一般的分布の歴史的描写、一般世界史の未開拓の部分、最古の植生のその墓所における探索（化石・石炭・泥炭など）、地表の漸進的居住可能性、植物の遍歴と移動、群生的と孤立的、どのような植物が民族移動について行なったかの地図、農業の一般史、栽培植物と家畜の比較、その起源、さまざまな変種、一様な形の法則にしっかりと、あるいは緩やかに結び付けられた植物、栽培植物の野生化（たとえばアメリカとペルシアの野生植物〈イベリア半島の〉タヒョ川からオビイまで）、植民地経営による植物地理学の一般的混乱――私にはこれらが考慮にあたいする研究対象のように思われますが、これまでほとんど全く触れられておりません。」

そればかりでなく、後年のフンボルトは『コスモス』第一巻の本論「自然絵画」の末尾において、生命の起源を天地のあいだを浮遊する微生物のなかに見出すようにさえなる。

「『自然の諸相』のなかで私は、地表が至るところ生命を付与されていること、有機体のさまざまな形の分布を深さと高さの程度に応じて叙述した。それ以来、この方面におけるわれわれの知見もエーレンベルクの〈大海原および北極地方の氷の中における微生物の生態に関する〉輝かしいさまざまな発見により、思いがけない仕方で、しかも理念的結合による推論ではなく、精確な観察により増大された。生命の範域、生の地平線とでも言いたいものが、われわれの眼前で展開された。両極地方では比較的大きな生命は到底もはや繁栄しえないが、その近くに目に見えないほど小さな、顕微鏡的な、絶え間なく活動的な生命が存在している。南極海の顕微鏡的生命形式は、ジェイムズ・ロス船長の南極地方への旅のさいに収集されて、これまで未知のしばしば微細な形成物というまったく特別な財宝を含んでいる。」

啓発するところ多いまえがきを付けて『コスモス』の有益な短縮版をベルリンの「ドイツ叢書」のなかで刊行した科学者ヴィルヘルム・ベルシェが第二章のモットーにおいて強調しているように、まことに「アレクサンダー・フォン・フンボルトは先行する文学の黄金時代を鼓舞し鍛えた偉大な指導理念に共鳴した。それはヘルダーに始まりゲーテにおいて頂点に達するが、わが国の最高の遺産としてそこから究極的に文化全体に影響を及ぼすことになった。それが予期される精密科学の勝利により損なわれることは、重大な禍となりえたであろう。」ベルシェがとくにその人文学的内容について百年まえに下した判断は、今日なお通用するように思われる。

「これに反し、最初から高く評価されていた豊かな諸部分に、時代遅れになる傾向はまったく宿っていなかった。これらは第一巻と第二巻においてコスモス理念を基礎づけ、偉大な美的・文化史的な〈書物の中の書物〉を形づくったのである。それらにおいて真価が発揮されたのは、なんらかの形で美的なものに触れるものは永遠の青春の魔力を備えている、という古い格言である。ホメーロスが今日なおその最初の日々のように若々しく、ゲーテの小さな詩が千年たってもなお現在のように森の爽やかさをたたえ、泉のように新鮮に響くであろうように、頭に霜をおくことなく生き続けるのは、老大家が専心没頭して詩人の自然観照とコスモスのすばらしさに対する人間の魂の憧れについて語った言葉である。」

フンボルトの自然の見方は一貫して経験科学的かつ自然哲学的であり、これこそまさに彼の自然研究の高次の認識論的特徴であった。これは、とりわけゲーテの最も重要な科学方法論的論文のひとつである上記「客観と主観の仲介者としての実験」の論文に原理的に言い表わされていたが、ここにすでに明示されているように、ゲーテは研究対象としての自然と考察する主体としての人間を截然と区別することに留意していた。それゆえ彼の自然研究にはおのずから三つの側面ないし見地があった。すなわち、客観としての自然、それを見る主観としての人間、そして自然認識の表現手段としての言語である。詩人かつ科学者ゲーテにとって、これはいうまでもなく多種多様な言語であって抽象的な数式ではない。したがって、彼の自然研究そのものを考察するさいには、それぞれの存在のあり方と相互関係に注目しなければならない。とくに色彩学研究の方法論としてきわめて重要なこの論文をゲーテは一七九八年一月十日にシラーに送り、同年七月十八日付のシラー宛の書簡でそれを「観察者の予防措置」と呼んでいるのである（二二頁）。

詩人的科学者はまず、人間による事物の自然な知覚のしかたと、事物の実験的知覚を明確に区別する。自然科学的実験は、知覚からできる限り主観的なものを排除し、事物それ自体と相互関係に注目することを要求するのである。「われわれ以前になされた、そしてわれわれ自身または多くの人々がわれわれと同時になすさまざまな経験を、われわれが意図的に繰り返し、偶然的に生じたり人為的に生じた諸現象を再現させるばあい、われわれはそれを実験と呼ぶ。／実験の価値は主として次の点にある。すなわち、それが簡単であるにせよ複雑であるにせよ、一定の条件のもとで既知の装置を用いて、また必要な熟練があれば、条件となるさまざまな事情が一つにまとめられ得る限りいつでも反復され得るということである。」

4　フンボルトのゲーテ的科学方法論

ゆえにフンボルトも『コスモス』第一巻の序論的考察を書き出して間もなく、自分の全自然研究を以下のように特徴づけている。

「自然は考察（考えながら行なう観察）にとって多様性のなかの統一、外形と混合における多様なものの（理念的）結合（五七頁）、自然の事物と自然のさまざまな力の総体であって、生きた全体として存在する。明敏な自然学的研究のもっとも重要な成果は、それゆえ、次のようなことである。すなわち多様性のなかに統一性を認識すること、個別的なものから、比較的最近の時代のいろいろな発見がわれわれに提供しているすべてのものを包括すること、個々のことがらを検証して分離し、それらの膨大な量に屈服せず、諸現象のおおいの下に隠されている自然の精神を捉えるという人間の崇高な使命を自覚することである。このようにして、われわれの努力は感覚の世界という狭い限界を越えることができ、われわれは自然を把握しながら、経験的直観という素材をいわば観念により支配することに成功するのである。」

なるほど、アレクサンダー・フォン・フンボルトが自然研究において最初に興味を示したのは、前述のように植物学に対してであった。そのきっかけは、一七七六年以来テーゲルに近いシュパンダウに開業していた医師エルンスト・ルートヴィヒ・ハイム(一七四七—一八三四)が、たぶん父親の病気治療のためフンボルト家に出入りするようになったことである。ハイムはのちにゲーテの家庭医フーフェラントとともにベルリン大学医学部の初代教授となる高名な医学者であった。しかしハイムのつぎにアレクサンダーにとり重要となったのは、家庭教師のひとりで僅か四歳年長の植物学者カール・ルートヴィヒ・ウィルデナウ(一七六五—一八一二)であった。彼はベルリンの薬剤師の家に生まれ、ハレで医学を学び学位を得ていた。リンネの分類原理が花にもとづいていたのに対し、彼の隠花植物(コケ類・地衣類・キノコなど)および草本に関する植物学の授業は生徒を魅了してやまなかった。一七八九年に父親の薬局を受け継いだウィルデナウは若年ながらつとに『本草学の基礎』(ベルリン、一七九二年)を著わし、その一章のなかで、「植物の歴史ということでわれわれが理解するのは植生に及ぼす気候の影響、植物がその維持のために払われた自然の配慮により蒙ったに違いないさまざまな変化、植物の種々の遍歴、最後にその地球上の分布である」と書いていた。彼は後年、ベルリンの教授職と植物園長の地位も得、中南米から帰国後のアレクサンダーによる専門的な植物地理学研究に協力を惜しまなかった。

フンボルト兄弟が最初に入学した大学は、現在ポーランドと国境を接するオーデル河畔のフランクフルト大学であった。それは一五〇六年にプロイセンの官吏養成のため設立された旧態依然とした大学である。人文学的名門校ハレ大学がナポレオンにより閉鎖され、ベルリン大学が他ならぬヴィルヘルム・フォン・フンボルトによってようやく一八一〇年に創設されたため、兄弟は母親の希望でまず信任あつい家庭教師クントの同伴のもと、故郷に近い当地で学ぶことになったのである。しかしヴィルヘルムが一学期でゲッティンゲン大学に移籍してしまったのに対し、アレクサンダーは一七八八年の学期休みのあと一年間ベルリンに留まったのち、一七八九年の夏・冬学期をふたたびゲッティンゲンで兄とともに過ごした。一七三七年に設立されたイギリス系のゲッティンゲン大学「ゲオルギア・アウグスタ」は、中世以来のプラハ、ウィーン、ハイデルベルク、ケルンの諸大学と異なり、有名な古典語学者クリスティアン・ゴットロープ・ハイネ（一七二九―一八一二）のほか、まさに自然科学の諸学科においてブルーメンバッハ、リヒテンベルクなど優れた教授陣を擁していた。当時はまだ専門的自然学のための学部学科のようなものはまだ存在していなかったが、偉大な動物学者であっただけではなく、世界中の頭蓋骨を収集して人類学を創始する功績もあげ、カントにより高く評価されていた恩師ブルーメンバッハに対して、アレクサンダーは敬愛の念を抱いていた。ゲーテも比較解剖学との関連から彼にはたびたび言及している。

その間にしだいに不明確な地球の歴史に関心をもち始めたフンボルトは、フォルスターとのライン下流旅行中おもに野外観察を行なっていたようである。それは兄の人文学的研究領域とはまったく異なり、精神的自立化への試みの始まりであったようにも見える。彼はその後、ドイツの海外への門戸ハンブルクの商業アカデミーでしばらく近代外国語を学び、さらにザクセン・フライベルクの有名な鉱山アカデミーでアブラハム・ゴットロープ・ヴェルナーのもと地質学ないし地層構造学も学んだ。そのとき、親友となるベルリン出身のレオポルト・フォン・ブーフ（一七七四―一八五三）のほか、スペイン人アンドレス・マヌエル・デル・リオと交友があったことは、フンボルトにとり後年の中南米国内旅行のために重要であった。二人は一八〇三年にメキシコ・シティで再会しているのである。彼はまたオーデル河畔フランクフルトにおける最初の学生時代に、二歳年長の神学生で親友のヴィルヘルム・ガブリエル・ウェーゲナーとヘルダーの論文にもとづき宗教問題を論じたり、五歳年下の学友ヨハン・カール・フライエスレーベン（五八頁）とウィーン経由でボヘミアのミッテルゲビルゲ山地を踏査して共同の地層構造学的記録を作成したりして、一七九二年に学業を終えた。

アレクサンダー・フォン・フンボルトはすでに学生時代から、ゲーテのように全宇宙を包括するコスモス論的著作の構想を抱いていたようで、ハンブルクでスペイン人リオと交友があっただけでなく、ベートリングという学友とひそかに西インド（中米）へ行く計画を練っていたようである。それは彼が、自分以前のイベロアメリカ研究の先駆者テデウス・ヘンケ（一七六一―一八一七）に関する初期の専門的書評を書いていた時期と符合する。当時のフンボルトの構想は、アメリカ探検旅行後の『植物地理学論考』の中でたびたび言及されることになるヘンケの初期論文に対する彼の書評（一七九二）からその片鱗が窺われる。その中ですでに暗示されているように、若き学徒フンボルトの関心事は記述的な鉱物学・植物学・動物学からなる伝統的博物学をこえた新しい地理学的植物学であった。そこでは、彼自身が少年時代に習得したリンネの静的な分類体系はもはやなんの役割も演じていない。なぜなら、早くも彼の脳裏にあるのは新大陸南米の世界であり、そこで植物は広大無辺な熱帯の自然環境のなかで生きているからである。その場合、彼にとって自然は地質的に異なる高い山々と寒暖・乾湿に支配される大気圏、さらには植物の地理的分布と歴史的発展など空間的・時間的要素により規定されている。したがって彼はこれらの要素を「植物という温度計」によりできるだけ精確に観測しようとしているのである。とくに注目に値するのは、フンボルトの植物学研究において気温がすでに決定的な役割を果たしていることである。

しかし若いフンボルトはプロイセンの官吏になることを切望する母親の意向に従い、また恐らく兄から密かに独立するため、とりあえずアンスバッハおよびバイロイトのプロイセン鉱山監督局の鉱山官として実務に携わることになった。彼はナイラ近郊のシュテーベンという小さな鉱山町に住み、そこに私費で鉱山学校を設立さえした。一七九三年には早くも、植物学と鉱物学を媒介するものとして、フライベルクの坑道で発見された化石植物に関する彼の研究書『フライベルクの植生』が刊行された。彼は青年時代から地衣類を岩石にいちばん近い植物として、また後年のロシア・アジア旅行の頃には滴虫類と呼ばれた微生物にも原生動物として注目していたのである。アレクサンダー・フォン・フンボルトが早くから在来のリンネの植物分類ではなく「植物の遍歴（歴史）」のようなことを考えていたのは、ウィルデナウの影響であったにしても、フンボルト研究の権威であるハンノー・ベックによれば、青年時代のフンボルトは、そのほかカントがその『自然学的地理学』の序論において経験的知識の三つの方法論的階梯について行なった区別、㈠論理的（リンネ的）、㈡時間的（歴史的）、㈢空間的（地理学的）に学んだに違いない。彼は自分の自然研究を㈠自然記述、㈡地球記述、㈢地理学に分類し、後年それを植物地理学からさらに気候学と科学研究史を含む世界記述のほうまで発展させていったのである。

一七九六年十一月、念願かなって南アメリカへの探検旅行に出かけたフンボルトは、帰国直後の研究報告書『植物地理学論考』（一八〇七）の序文において、その最初の草案を「友情と感謝の念でかたく結ばれたゲオルク・フォルスターに示した」と明記し、「その名を私は深い感謝の気持なしに決して言い表わすことはできない」と述べている。彼がすでに一七九〇年に発表しフォルスターに捧げたのが「ライン河畔における若干の玄武岩についての鉱物学的観察」という論文であった。ボン近郊のウンケル石切場で見出した玄武岩切片に出所不明の水分が含まれていたことから、これはのちにフライベルクのアブラハム・G・ヴェルナーによる岩石水成論の有力な根拠の一つと見なされた。しかし後年、南アメリカ北部のコルディリエーラ山脈における火山体験により、フンボルトは学友のレオポルト・フォン・ブーフとともに断固たる火成論者になった。

のちに詩人的科学者ゲーテは、『地質学論集・鉱物篇』（ちくま学芸文庫）所収の「アレクサンダー・フォン・フンボルトの火成論」において言及されている『自然の諸相』中の論文「さまざまな地帯における火山の構造と作用の仕方」を読み、自分の水成論的見解が時代遅れであることを痛感した。しかし彼はフンボルトとの共通の自然観と対象的思考を確信し、謙虚に「私はなんら恥じることなく、むしろ名誉とさえ考えて、旧説を棄て新説を信奉する立場を卓越した人物、信頼する友人の手にゆだねるであろう」と記している。初版にはなかった冒頭の日付（一八二三年一月二十四日）はのちに追記されたものである。ここでフンボルトは明確に「比較地理学」について語り、火山理論よりもむしろさまざまな火山の観相学的レリーフを呈示している。しかし、この画期的な論文により、ゲーテもついに岩石水成論をみずから時代遅れとして断念せざるをえなかった。

アレクサンダー・フォン・フンボルトの自然の見方は一貫して自然哲学的かつ経験科学的であり、これこそまさに彼の自然研究の認識論的特徴であったが、それは前述のように、とりわけゲーテの最も重要な科学方法論的論文のひとつである「客観と主観の仲介者としての実験」の論文に早くも言い表わされていた。ここにすでに明示されているように、ゲーテは研究対象としての自然と考察する主体としての人間を截然と区別することに留意していた。それゆえ彼の自然研究にはおのずから三つの側面ないし見地があった。すなわち、客観としての自然、それを見る主観としての人間、そして自然認識の表現手段である。詩人かつ科学者ゲーテにとって、これはいうまでもなく多彩な言語であって抽象的な数式ではない。したがって、彼の自然研究そのものを考察するさいには、それぞれの存在のあり方と相互関係に注目しなければならない。詩人的科学者はまず、人間による事物の自然な知覚のしかたと、事物の実験的知覚を明確に区別する。自然科学的実験は、知覚からできる限り主観的なものを排除し、事物それ自体と相互関係に注目することを要求するのである。「われわれの前になされた、そしてわれわれ自身または多くの人々がわれわれと同時になすさまざまな経験を、われわれが意図的に繰り返し、偶然的に生じたり人為的に生じた諸現象を再現させるばあい、われわれはそれを実験と呼ぶ。／実験の価値は主として次の点にある。すなわち、それが簡単であるにせよ複雑であるにせよ、一定の条件のもとで既知の装置を用いて、また必要な熟練があれば、条件となるさまざまな事情が一つにまとめられうる限りいつでも反復されうるということである。」

もとより、人間性を排除できると信じた「客観性」の理想はしだいにその専有権を失った。この趨勢のなかで、個だけでなく全体性を重んじるフンボルトは、イベロアメリカ（中南米）研究の成果を刊行しおえ、兄が彼の腕のなかで死去したあと一八三五年に、早くも畢生の科学的主著『コスモス』の執筆を始めた。フンボルトは『コスモス』（一八四五―六二）の原著第一巻を次のように書き始めている。「波乱万丈の人生の晩秋に私がドイツの読者たちに委ねる著作のイメージは、輪郭の不明瞭なまま、ほとんど半世紀も脳裏に浮かんでいた。いろいろな気分に襲われながら私はこの著作をしばしば執筆不可能とみなし、放棄してはまた、たぶん無分別にも再びそれに戻った。私がそれを同時代の人々におずおずと捧げるのは、自分の力が及ばないことへの当然な不信感に由来する。私が忘れようと思うのは、長いこと待望されていた著述が普通あまり寛大に扱われないことである。」

そしてフンボルトは青年時代の過去を振り返って『コスモス』原著「まえがき」に次のように記した。「外的な生活事情と、種々異なった知識への逆らいがたい衝動により私は、多年にわたり一見すると個々の教科の学習にばかり携わってきた。大がかりな探検旅行の準備として記述植物学・

地層構造学（地質学）・化学・天文学的な経緯度の測定、地磁気である。しかしながら、学習のほんらいの目的は、つねに高次のものであった。私を駆り立てた主要な動機は、物体である事物の諸現象をそれらの一般的関連において、すなわち自然を内部のさまざまな力により動かされた生命ある全体として把握しようとする努力であった。高い資質に恵まれた人物たちとの交友により、私が早くから到達した洞察は、個々のものの知見への真剣な傾きがなければ、すべての壮大かつ一般的な世界観も空中楼閣にすぎないかもしれないということである。」

執筆当時のフンボルトの意図によれば、「自然知における個々のことがらはその内的本質により、あたかも同化する力があるかのように生産的に刺激し合うことを可能にする。記述植物学は、もはや種と属を規定するだけの狭い圏域に呪縛されてはおらず、遠い国々と高い山脈を踏破する観察者を、大地に広がる植物の地理学的分布が赤道からの距離と立地の垂直高度に比例しているという学理へ導いていく。さらにまた、この分布の錯綜した諸原因を解明するために、さまざまな気候風土により異なる気温と大気圏における気象学的プロセスの諸法則も探索されなければならない。このように、知識欲旺盛な観察者はどの部類の現象からも他の部類へ導かれ、その部類はこの部類に基礎づけられたり、これに依存したりしているのである。」

ちなみに、遠い星雲の宇宙空間から惑星の周行する太陽系をへて身近な地球まで段階的に下って考察する『コスモス』の原著第一巻は、比較的短い「序論的考察」および方法論的第二序論と詳細な本論「自然絵画」から成り立ち、この本論は天上と地上における自然現象の一般的概観として「書物のなかの書物」と呼ばれるほどの分量がある。「自然に関する書物は自然そのもののような印象を呼び起こさなければならない」（一八三四年十月二十四日付ファルンハーゲン・フォン・エンゼ宛）からである。若いゲーテの師友であったゴットフリート・ヘルダー（一七四四―一八〇三）もつとに、歴史学的主著『人類歴史哲学考』の第一巻（一七八四）の第一巻第一章「われわれの地球はさまざまな星のなかの一つである」を、「人類の歴史哲学は、この名称にある程度値しようとするならば、天空から始めなければならない」という意義深い言葉で書き始めている。そして「なぜなら、われわれの住んでいる地球はそれ自身によってではなく、全宇宙に広がっている天のさまざまな力によりその性状と形態、被造物を組織し維持する能力を受けているので、それをとりあえず孤立したものとしてではなく、そのただ中に置かれている周囲の世界のなかで考察しなければならないからである」と続けている。

いま本書第六章に先立ち『コスモス』第一巻のみに注目すれば、フンボルトは序論的考察を書き出して間もなく、自分の全自然研究を以下のように特徴づけている。「自然は考察（考えながら行なう観察）にとって多様性のなかの統一、外形と混合における多様なものの（理念的）結合、自然の事物と自然のさまざまな力の総体であって、生きた全体として存在する。明敏な自然学的研究のもっとも重要な成果は、それゆえ、次のようなことである。すなわち多様性のなかに統一性を認識すること、個別的なものから、比較的最近の時代のいろいろな発見がわれわれに提供しているすべてのものを包括すること、個々のことがらを検証して分離し、それらの膨大な量に屈服せず、諸現象のおおいの下に隠されている自然の精神を捉えるという人間の崇高な使命を自覚することである。このようにして、われわれの努力は感覚の世界という狭い限界を越えることができ、われわれは自然を把握しながら、経験的直観という素材をいわば観念により支配することに成功するのである。」

それは古典主義者であるとロマン主義者であるとを問わず、クロプシュトックに始まりヘルダーのシュトゥルム・ウント・ドラング文学運動をへてヘーゲルの観念論で終わる十八世紀ドイツのゲーテ時代における共通の歴史哲学の表白であった。この時代思潮はなるほど一九三〇年代まで「ドイツ運動」と呼ばれ、国粋主義的文学史記述のために歪められた（九七頁）。しかし自然に相対する人間の立場には、原則として宗教的・知的・美的・実用的の四つがある。実用的な立場は多かれ少なかれ知的立場を前提にしており、科学的認識の応用とみなされる。したがって、自然を全体として把握しようとする場合、知的だけではなく、宗教的および美的（文学と美術）を含む全人的アプローチの仕方が必要とされるのである。

ゆえに『コスモス』第一巻の本論「自然絵画」が外界の自然における種々の対象を客観的に眺め、天地の範域を認識論的に考察しているのに対し、第二巻「自然学的世界観の歴史」は、それらの人間の内部への反映をまず詩歌・風景画・異国趣味植物栽培という主観的表現の面から美的に分析している。そのさい主観と客観を媒介するのは感性、それにもとづく人間の創造的反作用が他ならぬ想像力ないしファンタジーである。それは言うまでもなく十八世紀にとくにロマン主義において高く評価されていたが、ゲーテは「エルンスト・シュティーデンロートの精神現象解明のための心理学」（一八二四）という書評的論文において、科学方法論的見地からもその意義をハインロートのいわゆる「対象的思考」という的確な一語とともに早くから評価していた。「いわゆる精密科学のために生まれ教育された人が、彼の理性ないし悟性の高みに到達しても、決して理解できないのは、精密な感性的空想というものがありえて、これなしには本来いかなる芸術も考えられないことである。」

ここで指摘されているフンボルトの原則的な意味での主観的見方による「歴史的叙述」は、彼のコスモス的科学史家としての特色かつ余人の追従を許さない人文学的特色である。しかし、この論考において時代を先取りする彼の科学史的卓見は、経験的知識を欠いた古代のピタゴラス学派やイオニア派の自然哲学が、近代の経験科学により取って代わられなければならなかったこと、しかしながらこの新しい自然認識はふたたびカントの批判哲学により考え直されなければならないという、深められた高次の自然哲学の要請となって言い表わされている。これに至る詳細な通時的説明が、『コスモス』第二巻の本論にあたる「自然学的世界観の歴史」である。それに対応して、この第二序論は原著第一巻の共時的「自然絵画」への直接の手引きと見なすことができる。絵画的記述にほかならないこの「自然像」の概念が美術的な風景画と異なるとはいえ、自然全体の知的かつ審美的見方により、自然科学者フンボルトの個人的友人ティークやグリム兄弟に体現された文学的ロマン主義への傾きは如実に示されている。

「自然学的世界記述の限定と科学的取り扱い」の論述は、このプランを歴史的に展開しながら、叙述するさいの本来果てしない研究範囲の限定と、その経験科学にもとづく高次の自然哲学的な取り扱い方の説明を目的としている。なぜなら、コスモスの星辰部分がケプラーやニュートン以来すでに確立されている古典的運動論でもっぱら説明されるのに対し、地上部分は急速に発達しつつある近代の物理学・化学・生物学的形態学の研究分野から多種多様な物質の性状に関する自然認識を得てこなければならないからである。そのうえ、いま挙げた諸教科が包括しているのは非常に複雑な物質的諸現象であるため、コスモス論の地球学的部門はまだ、天文学的部門が可能にしているのと同じ確実さで単純な取り扱いを受けることができない。また、自然の全体像を把握しようとする理念的考察は、自然現象の純然たる経験科学的観察および分析とはおのずから異なっているのである。

しかしながらフンボルトは、遠くのものに憧れるロマン主義者であっただけではなく、ゲーテおよびシラーと親交のあった客観性と全体性を重んじる古典主義者でもあった。彼は世界絵画を地上の世界で始めない。これは、主体の立場からは優先されるかもしれないが、それは天体空間を満たしているもので始まる。すなわち彼は自然絵画の記述を宇宙（万有）とその二つの範域、星辰と地上の部分に分け、万有引力の支配だけが認識される宇宙空間の深淵から、はるか彼方の星雲の領域をへて段階的に、われわれの太陽系が属する星辰の層をとおり、大気圏と海洋に取り囲まれた回転楕円体の地球へ降りてくる。もろもろの天体は凝縮して極めて異なった密度と体積の自転し周行（公転）する球状の天体になっていることもあれば、みずから発光しながら、靄のような形の光霧（星雲）となって分散しているものもある。それから、地球の形態・温度・電磁気が取り扱われて、その図形を測定する試みがなされる。有機的生命は光の刺激を受けてなんらかの形で成立し、その地表で生成発展する。諸現象の相対的相互依存への部分的洞察がなされるが、空間においてはすべてが変動しているので、さまざまな数学的平均値が最終目的である。それらが自然学的諸法則の表現、コスモスのさまざまな力の「人間性哲学」という新しい高次の自然哲学的発言形態である。

第二章　フンボルト兄弟の精神史的背景

『コスモス』は、新しい自然科学的コスモス像の人文学的価値と人文学との連結への省察の書となった。ゲーテとシラーの精神を、たとえばガウスとファラデーの精神と結びつけることは、執筆中にフンボルトの真の目標となっていった。

（ヴィルヘルム・ベルシエ）

一般に自然科学者は、研究対象である自然の起源について考えたりはしない。自然科学において自然そのものは自明の所与であり、多種多様な現象から法則性を導き出すことが研究の主目的である。同様に言語学者にとって、今日、言語はいわゆる自然言語として一種の自然現象のような研究対象とみなされているようである。H・シュタインタールは一八七七年になお言語起源に関する歴史的・批判的著述を公にしているが、一八六六年パリで創設されたフランス言語学会の規約第二項は、「本学会は、言語の起源や普遍語の創作に関するいかなる発表も許さない」と規定しているといわれる（渡部昇一『言語と民族の起源について』大修館書店、一九七三年）。現代において言葉の発生に対する関心がふたたび高まってきたことについては、坂本百大『言語起源論の新展開』（大修館書店、一九九一年）がある。

この規約の目的は、明らかに、研究対象を文献学的あるいは経験科学的に把握可能な言語現象に限定するということである。それは十九世紀後半以後の自然科学において能産的自然（*natura naturans*）の考察を自然哲学的として拒否し、所産的自然（*natura naturata*）の研究のみを科学的と認めようとする態度に対応している。このような見方が近代言語学成立のために必然的であったことに異論の余地はない。しかし「かつていかなる人間によって包括された以上に恐らく大量の言語の構造に深く精通していた」といわれるヴィルヘルム・フォン・フンボルトでさえ、言語の本質を既成のエルゴンよりはむしろ生成過程にあるエネルゲイアとして把握していた。そのうえ自然においても言語においても、現象の分析は必ずや綜合の試み、すなわち法則性を求める理論形成へと導かざるをえない。単なる実証的個別研究に対する綜合的考察の重要性はK・フォスラー学派が二十世紀初頭に強調していたことである。

1　ゲーテによるカント的「理性の冒険」

十八世紀ドイツの自然観は、デカルトに始まるフランスの機械論的自然観に対立して成立した。このいわゆるドイツ的文学革命は文学史的に「シュトゥルム・ウント・ドラング」（疾風怒濤）と呼ばれるようになったがここで自然は何よりも生気ある動的な有機体制として把握され、しかも内部に先天的共感と反感という分極性を有していると考えられた（今村武『十八世紀スイス文学とシュトゥルム・ウント・ドラング――源流としての美学的共和主義』春風社、二〇二二年）。そして、この客観に相対するものが精神と感性をもった人間の自我（主観）であった。ヨーロッパ哲学の基本概念である神・世界・人間のうち（三頁）、神は十七世紀の理神論によりしだいに精神的視野から姿を消してしまったので、哲学の関心事は事実上、世界と人間の問題に集約されていった。イマヌエル・カントが指摘しているように、啓蒙主義以後「人間の最大の関心事は、被造世界における自分の位置を適切に理解し、人間であるために何であらねばならないかを知ることである」。

自然には疑いもなく、『人間機械論』におけるようなメカニズムの一面がある（ド・ラ・メトリ著、杉捷夫訳、岩波文庫）。しかし、このような理論を考え出すのは、機械的に作用する万人に原則として共通な身体だろうか。自然のなかの生成するもの、形成するもの、精神的努力に類似した衝動などは精神からのアナロジーに由来するファンタジーの産物にすぎないのではないだろうか。それに代わる数学的悟性は、多種多様な自然現象から算定に適した面を見つけ出し数学的法則に従属させようとする。しかし自然がこの外面からのみ眺められるならば、人間精神にはその内面性と裏腹にますます疎遠なものとならざるをえない。

ゲーテ時代における最大の難問であるこの自然と精神の関係について、哲学者たちの多くが両者を少なくとも対立関係でとらえていた中にあって、異色の解決を試みた自然科学者がいた。それは電磁場単位の発見で知られたデンマークの物理学者ハンス・クリスティアン・エルステッド（一七七七―一八五一）である。彼は一八五〇年の『自然の内なる精神』という著作により、自然と精神の一致を理性の中で基礎づけようとしたのである。もとより、ドイツ語の Vernunft（理性）は分析的悟性と異なり、新約聖書ヨハネ伝のロゴスとも新プラトン主義のヌース（精神・理性）とも親近性のある多義的な言葉であって、とくにエルステッドの最初の章は「物体的なものの内なる精神的なもの」という表題のもとに、まずロマン主義のシェリングの同一哲学的考え方にもとづき、さまざまな物体がその内的活動によりわれわれの五官を触発することに注意を促そうとした。彼は両者の対立を止揚するため、自然現象のなかで最も確実と思われた側面から出発しようとしたのである。

われわれが感知するのは事物の空間を満たす作用であり、これはわれわれの活動に抵抗する。ゆえに、われわれがさまざまな物体について最初に知ることは、それらがなんらかの力に満ちた空間だということである。すでにこれにより物体は精神的なものに親和性を有していることが分かる。しかし更に物体というものは、生成であれ消滅であれ絶えず変化している。この変化の根底にある恒常的なもの、永遠なものはさまざまな法則である。しかし自然の諸法則は本質的に理性的であって、同時に理性法則である。これが明白になるのは、自然研究者たちが往々自然法則を理性的根拠から導き出し、これらが後から自然の中で実現されているのを見出すからである。そのさい彼らはなるほど経験から出発する。しかし、それにより獲得されたものを彼らは種々の推論により展開し、経験をさらに必要としない。これにとりわけ説得力のある証明をあたえているのは天文学である。光学においてもこのようにして、現象そのものをまだ知らないうちに、多くのものが理性的根拠と計算により発見された。しかしながら、これらの発見は必ずしも数学の適用だけに限られていなかった。

「避雷針、飛行船、ボルタの電堆（パイル）、土類における金属質部分などは、いうまでもなく極めて注目すべき発見である。よく知られているように、それらは偶然になされたものではなく、最後に挙げたものが偶然に起こったにしても、ラヴォアジエによりとっくに予言されていた。追記しなければならないのは、これらの発見のいずれにおいても種々のことがあらかじめ確認されており、これらは経験により確証された。シラーの表現を適用すれば、精神の約束したことを自然は守るのである。」(「身体的なものの中の精神的なもの」)

しかし近代において、自然の科学的認識がいかに成就されるかを徹底的に考えたのは誰よりもカント(一七二四―一八〇四)である(G・ジンメル『カントとゲーテ』谷川徹三訳、大村書店、一九二二年、のちに岩波文庫)。ゲーテが少年時代に手にした最初の哲学書は、『詩と真実』第二部第六章に述べられているようにブルッカーの哲学史であった。彼は晩年の論文「近代哲学の影響」(一八二〇)において、それを愛読したことに言及している。もとより哲学との関係について彼の立場は二面的で、冒頭に「ほんらいの意味の哲学に対して私はなんらの器官をも有していなかった」と明言している。自叙伝によれば哲学史上のさまざまな見解は大同小異で、当面の自分の問題を解決するのに裨益されるところは何もなかった。なぜなら彼には、「最古の思想家や学派でもっとも気に入ったのは、詩歌と宗教と哲学がまったく一つになっていたことで、自分が最初から披瀝していた意見、すなわち、(旧約聖書の)ヨブ記やソロモンの雅歌や伝道の書が(ギリシアの)オルフェウス讃歌やヘシオドスの詩歌と同様にその著しいあかしであるように」思われたからである。そのうえ、孤立した哲学が不必要なのは、それが宗教と詩歌の中に完全に含まれているからである。彼には啓蒙主義時代の哲学は、多かれ少なかれ常識哲学であって、あえて一般論に敷衍し、種々の内的および外的経験を論じただけである。またエッカーマンに向かってドイツ語の難解な用語を、「われわれドイツ人がそれを理解できないのだから、ましてイギリス人やフランス人はわれわれの哲学者たちの言語についてどう考えるだろうか」と批判している（一八二七年三月二十八日付）。

他方でゲーテはカントをきわめて高く評価し、G・パルテイが一八二七年八月二十八日付で伝えるところによれば、ゲーテは熱弁をふるい、カントは哲学のまともな基盤を築いた最初の人間だと語ったといわれる。より信憑性があるのは、一八二九年二月十七日付のエッカーマンの言葉である。「ドイツ哲学においてなお二つの大きなことが成し遂げられなければならないだろう。カントは『純粋理性批判』を書いた。これにより限りなく多くのことが達成されたが、これで考察範囲が完結したわけではない。いまや有能な人、卓越した哲学者が現われて、五官と常識の批判を書かなければならないだろう。これが直ちに行なわれるならば、ドイツ哲学に望む余地はもうあまりないだろう。」

実際、ゲーテはその「ヴィンケルマン論」（一八〇五）の「哲学」の項において、「いかなる学者も罰せられることなく、カントにより始められたかの哲学運動を拒絶することはできなかった。それに逆らいそれを軽視したのは（ヴィンケルマンのような）真の古代研究者たちだけであって、彼らは独自の研究により他のすべての人間より恵まれていたように見える」と記している。ショーペンハウアーの伝えるところによれば、ゲーテは彼に一度、カントを一ページ読むと明るい部屋へ入っていくような気がすると語ったといわれる。もっともカント学徒のシラーは親交をむすぶ以前、「ゲーテがきのう我が家に来て、間もなくカントが話題になった。興味深いのは、彼がすべてを自家薬籠中のものにして、読んだものを思いがけず再現する様子である。しかし共通の関心事について彼と争いたくはない」と述べている（一七九〇年十月三十一日付）。

それはたまたまゲーテの『植物変態論』が出版された年であり、シラーはのちにゲーテに、カント哲学を研究しないよう忠告したとのことである。エッカーマンも同じ一八二七年四月十一日付で次のように記録している。「カントが私に留意したことは決してなかった。しかしながら私は自分の天性から彼と似たような道を歩むことになった。私が植物のメタモルフォーゼ論を書いたのはカントについてまだ何も知らなかったときである。しかし全体は彼の意を体している。」詩人ゲーテの科学方法論については序章で略述したとおりであるが（五四頁）、彼が『純粋理性批判』から学んだ決定的なことは、カントが神的知性の事として人間に禁じた「理性の冒険」を詩人的科学者として、高次の自然哲学にほかならない「自然の形而上学」により易々と越えていったことにあると考えられる。「われわれは、不断に創造する自然を直観することによって、その生産の営みに精神的に参加するのにふさわしい者となるべきである。私は最初は無意識のうちに、内的衝動に駆られてかの原像的なもの、原型的なものをひたすら追求し、自然に即した叙述を築き上げることにさえ成功したので、ケーニヒスベルクの老碩学がみずからそう呼んでいる〈理性の冒険〉を敢行するのを妨げるものはもはや何もなかった。」（ゲーテ科学方法論「直観的判断力」から）

ほんらい「哲学はその本性からして最も普遍的なもの、最高のものを要請するので、それは世界の事物を自分のうちに包含されたもの、自分に従属するものと見なし取り扱わざるをえない」（ヴィンケルマン論）。ところが「カントは人間精神がどこまで認識に透徹できるか限界を引き、解決できない諸問題をそのままにしておくことにより、論争の余地なくもっとも利益をあげたのである」（エッカーマン、一八二九年九月一日付）。上記の「考察範囲が完結したわけではない」とはこの意味であり、とりわけ『判断力批判』の美学に対する功績が称揚される。「われわれの老カントの世の中にたいする、また私個人のためにも計り知れない功績は、彼がこの著作の中で芸術と自然を堂々と対比し、両者に大原則から無目的に振舞う権利を容認していることである。」批判的考察の範囲は純粋理性をこえ実践理性からさらに自然と精神ないし芸術の領域へ広げられていくのである。そのプロセスは「近代哲学の影響」の論文において、きわめて啓発にとむ仕方で要約されている。

「カントの『純粋理性批判』（一七八一）はもうずっと前に刊行されていたが、それはまったく私の関心事ではなかった。しかしながら私は、これに関する対話にしばしば同席した。そして少し注意することによって気がついたのは、われわれの自我と外界はわれわれの精神的存在に対して、それぞれどれほど寄与しているかという、古い根本問題が改めて取り上げられているということであった。私は両者を分離したことはけっしてなかったし、私なりの仕方でいろいろな対象について哲学したときにはいつも無意識の素朴さでそれを行ない、自分の見解をほんとうに眼前に見ているものと信じていた。しかし、かの論争が話題になるやいなや、私は人間にもっとも敬意をはらう側に味方することを好み、カントとともに、われわれの認識がすべて経験とともに始まるにしても、それだからといってあらゆる認識が経験から生ずるわけではないと主張するすべての人たちに全面的に賛意を表した。ア・プリオリな認識を私はア・プリオリな綜合的判断と同様に容認した。私は生涯を通じて、詩作と観察を行ないながらまず綜合的に、次にふたたび分析的なやり方をしたからである。人間精神の収縮と弛緩は私にとって、あたかも第二の呼吸のようにけっして分離することなく、つねに脈動をつづけていた。しかしながら、これらすべてに対して私は表現すべき言葉、まして用語をもたなかったが、いまや初めて一つの理論が私にほほえみかけてきたように思われた。ただ私の意にかなったのは入口であって、迷路そのものに私はあえて踏み入ることができなかった。それを妨げたのは私の詩才であったこともあれば、健全な常識のこともあった。こうして私はどこへ行っても、よりよきものが得られたようには感じなかった。」

（中略）「私の物の見方では必ずしもつねに著者についていくことはできず、ところどころ何かが不足しているように思われたにせよ、この著作の偉大な根本思想は私のこれまでの創作、活動および思索とまったく類似していた。芸術ならびに自然の内的生命、両者の内面からの相互作用はこの書物の中ではっきり言い表わされていた。これら二つの無限な世界の産物はほんらいそれ自身のために存在すべきであり、並び合って存立するものも、互いに相対しているのではあっても、意図的に相互のためにあるのではなかった。／目的因に対する私の反感は、いまや規制を受け正当化された。私は目的と作用の結果をはっきり区別することができたし、常識的な人間がなぜ両者をしばしば混同するのかということもわかった。私にとって喜ばしかったのは、文学と比較博物学がかくも近い関係にあるのは、両者が同一の判断力のはたらきのもとにあるからだということであった。（中略）私は再三再四かの書物を研究した。いまでもその古い冊子のなかに当時自分でしるしを付けた個所を見るのは愉快である。『純粋理性批判』についても同様であり、私はこの著作の深奥にも入っていくことができたように思っていた。なぜなら両方の著述は、一つの精神から生じたものとして、つねに互いに指示し合っているからである。」

ゲーテはカントとの関係を比較的詳しく述べた論文を以下のように閉じている。「このほかの進歩を、私はとくにニートハマーに負うている。彼はきわめて好意的にしんぼうづよく私に主要な謎をとき、個々の概念と表現を説明しようと努力したのである。私が同時にまた、その後フィヒテ、シェリング、ヘーゲル、フンボルト兄弟およびシュレーゲル兄弟に何を負うにいたったかは、私にとってかくも重大な時期である十八世紀の最後の十年間を私の立場から、叙述するとはいわないまでも、暗示し略述する機会に恵まれるならば、将来いつか感謝の念をもって述べたいと思う。」しかしながら、カントに始まるドイツ観念論の直接の後継者であるフィヒテ、シェリング、ヘーゲルについてはあまり多くを語っていない。とくにフィヒテは無神論の疑いのためワイマール公国のイェーナを去りベルリンへ行ってしまったので、ゲーテは関係書類を処分してしまったほどである。それゆえ、これら三人の哲学者については、たとえばアレクサンダー・フォン・フンボルト『コスモス』の初期解説者のひとりユリウス・シャラーに依拠して基本的な事項を理解しなければならない。

「カント哲学は、先行する時期の機械論的自然考察に一般的諸原則から反論し、精神的意識全体にも自然学的世界観の歴史においても画期的できごととして承認されなければならないものである。」カントが三大批判書以前の同時代の経験的自然科学をいかに熱心に研究していたかを示しているのは、『一般自然史と天体理論、ニュートンの諸原理による全世界構造の性状と機械論的起源についての試論』（一七五五）および多年にわたる『自然学的地理学講義』（一八〇二）である。彼以前の自然学は、人間の認識能力そのものについて反省することなしに哲学していた。これに反し彼の哲学が批判的と呼ばれるのは、人間の認識能力が真理を果たして認識できるのか否か検証するようになったからである。

重大な帰結を伴うことになった結論を先取りすれは、「物それ自体」は人間の理性には認識できないということである。もちろん、この未知の永遠なるものの存在を否定することはできない。しかし人間はそれを理性で把握するや否や、それを有限な精神の諸形式とさまざまな力で装ってしまうというのである。「われわれが認識するのは物それ自体でなく諸現象」であり、現象とは事物の本質の人間精神との関係にほかならない。ここには、ヘルダーが批判したように言語による表現という問題が潜んでいるが、カントが論ずるのは現象を構成するための二つの直観形式と一連の基本概念である。すなわち、人間は無規定の感覚的経験内容を処理するため、空間（並列関係）と時間（前後関係）という思考形式および悟性のカテゴリーを必要とするのである。しかしながら、事物は純粋理性の認識対象であるだけでなく、実践理性のために自由な精神的活動の余地が充分に残されている。ゲーテが「直観的判断力」のなかで慧眼にも見抜いているように、「この優れた人物はいたずらっぽくイロニーを弄んでいるのではないか、とたびたび思われてしかたがなかった。というのは、彼は認識能力をきわめて狭く制限しようとしているようにみえるかと思うと、みずから設けた限界の彼方を横目をつかって示唆していた」からである（一一九頁）。

カントのこのような批判哲学の帰結は、認識対象としての自然は混沌としていて、自然法則といわれるものが究極において人間精神が悟性を用いて造り出したものであり、自然知も人間の知識にほかならないという見方である。もちろん最後に残る疑問は、自然現象あるいは自然の事物の何にもとづいて物質の差異を確認するのかということである。これらについて哲学者の個性と理論的諸前提の違いにより生じてきたのがフィヒテ、シェリング、ヘーゲルの哲学体系で、前章で指摘したこの人間中心的主観主義が一般にドイツ観念論と呼びならわされていると思われる。これに対し伝統的な世界観は哲学的に素朴実在論と称される自然中心の客観主義である。

2　フィヒテにより創始されたドイツ・イデアリスムス

ドイツ十八世紀におけるイデアリスムスは一般に、哲学的にはカント以来の観念論、文学的にはゲーテ＝シラーの古典主義的理想主義をさし、厳密に定義するとなるといずれの場合にもきわめて難しい。まして両者の密接な関連となると、ドイツ語として問題になるのかどうかさえ分からない。しかし慣用に従い両者の混淆した漠然とした意味で用いるほかない。ザクセン奥地の貧しい手工業職人の息子であったヨハン・ゴットリープ・フィヒテ（一七六二―一八一四）はイェーナにおける観念論の「先験的方向性」を基礎付けたとみなされているが、それまでの「心理主義的傾向」に対して、それは悟性の純粋概念の演繹法により高い意義を容認したといわれる。すなわち、自然と文化のさまざまな現象をそれら自体の内的関連において把握しようとするのである。

幼少年時代から頭脳明晰であったフィヒテは領主の経済的援助をうけて進学できるようになり、

一五四三年に創立されたハレ近郊の寄宿制のギムナジウム、いわゆるシュールプフォルタの給費生をへてイェーナ大学で一七八〇年の冬学期から学んだ。「古いシトー会の修道院の建物を利用したこの学校はドイツの名門校中の名門校として、伝統を誇っていた。歴史を遡れば、卒業生のなかにはライプニッツ、クロップシュトック、ロマン主義のシュレーゲル兄弟、ドイツ観念論の大哲学者フィヒテ、歴史家のランケなどがいるし、ニーチェのすぐ下には、のちに『悲劇の誕生』をめぐって彼に論争をいどみ、やがて十九世紀から今世紀にかけてのドイツの古典文献学の最大の人物となるヴィラモーヴィッツ＝メーレンドルフがいる。また同級にはドイツのインド学の泰斗パウル・ドイッセンなどもいた。」（三島憲一『ニーチェ』岩波新書）

学業をおえたフィヒテは、一七八四年に家庭教師としてスイスへ行き、彼はこの地でギリシア古典古代の思想と親しんだだけではなく、フランスの政治的動向に触れることになった。フランス革命の勃発した一七九〇年に彼はライプツィヒへ戻り、ここでカントの著述を読みはじめ、翌年さらにケーニヒスベルクへ赴いた。彼がそこで書いた著書『あらゆる啓示批判の試み』（一七九二）は匿名で出版されたため、カントの著作と間違われた。しかし『判断力批判』（一七九〇）をもって三大批判書を完成したばかりのカントが本当の著者の名を挙げたため、フィヒテは一躍有名となった。

一七九三年、フィヒテはふたたびチューリヒに戻り、当地で「ヨーロッパ諸侯から思考の自由返還を要求する」および「フランス革命に関する世論を訂正するための論考」という二つの論文を公表した。同時に彼はギリシアの哲学者アエネジデムスに関する書評により、カント哲学の根本原理についての論争にも介入した。このような革命支持にも見える言動にもかかわらず、三十歳をすぎたばかりのフィヒテは、啓示批判に関する業績により一七九四年に、穏健な哲学者ラインホルトの後任としてイェーナ大学の教授に招聘された。同年五月に彼はシラーのあとの有名教授として講義を始めた。しかし、講義中あるとき「十年か二十年のうちに王侯などもはや存在しないだろう」とジャコバン党的発言をするなど最初から問題をはらんでいた彼は、五年後に無神論論争に巻き込まれてワイマール公国から追放の憂き目にあい、エルランゲンをへて一八一〇年に大学が創設されたばかりのベルリンへ移住することになった。もともとフィヒテに世界観的に多分に共鳴していたゲーテは、上述したように、文教政策的にそれと関わりのある関係書類を焼却処分してしまった。

当地でフィヒテはシェイクスピアの翻訳者アウグスト・W・シュレーゲルやルートヴィヒ・ティークあるいはハレ出身の主情主義的プロテスタント神学者シュライエルマッハーなど、イェーナの初期ロマン主義者たちと相容れない中期ロマン派の人々と交友するようになり、若いフンボルト兄弟とも遅かれ早かれ知り合うことになった。そしてベルリン大学の正教授として文筆活動を始め、一八一一／一二年に初代総長にえらばれた。一八一四年、彼はチフスに罹り亡くなった。理念的にヴィルヘルム・フォン・フンボルトにより創立されたこの新設大学は一八一〇年秋から正式に授業を開始したのであるが、その政治的背景としてナポレオンのヨーロッパ支配に対するドイツ・ナショナリズムの盛り上がりがあった。ベルリンは一八〇六年から一八〇八年までフランス軍により占領され、プロイセン国王ヴィルヘルム三世は辺境の州都ケーニヒスベルクへ亡命しなければならなかったのである。フィヒテは一八〇〇年の論文「結束した商業国」によって、国民主義的な社会主義的政治体制を描いたのち、有名な「ドイツ国民に告ぐ」（一八〇七／〇八）において愛国的かつ民族教育的講演をおこなった。のちに妻となるヨハンナ・ラーンに宛てて彼が書いていたとおりである。「私には唯ひとつの情熱、一つの欲求、自分自身の充実感だけしかない。私の外部にあるものに働きかけることである。こうすることが出来ればできるほど、自己満足をおぼえる。」

フィヒテは一面では冷徹な哲学者であったが、他面では既成の思潮、たとえばカントの先験的観念論やワイマール古典主義にさえ異論を唱えるいわば潜在的なロマン主義者であった。観念論を彼は全く主観的側面からとらえ、自我を非自我に対立させる根本原理から出発するイェーナにおける彼の認識論は、後述するようにヴィルヘルム・フォン・フンボルトの言語論にも大きな影響を与えることになる。大学の講義ないし斬新なゼミナールの聴講者あるいは参加者のあいだにはすでに、文学的ロマン主義の担い手となる若い世代のシュレーゲル兄弟、ノヴァーリス、シェリング、鉱物学者シュテッフェンス、教育学者ヘルバルトなどがいた。ゆえに、イェーナから始まった初期ロマン主義はフィヒテをその精神的中心とみなしていた。そしてこれに付随して、ロマン主義特有の社会現象として自由恋愛の問題が起こってきた。たとえば、アウグスト・W・シュレーゲルと結婚していた才媛カロリーネは離婚して一八〇三年ころシェリングの妻となった。また女流詩人ゾフィー・メローはイェーナ大学教授であった夫と離縁して、学生であった若い詩人クレメンス・ブレンターノと結婚してしまった。しかし、このような自由恋愛の問題はむしろドイツ文芸学の主題であって、ここには属していない。

フィヒテ自身の第一義的な関心事はほんらい、人間の自由意志、自我の主観的自由の絶対的確保であった。それゆえ彼の見解によれば、意識から独立したものは何もあってはならなかった。それゆえまた彼は、カントの「物それ自体」にとどまらず主観的イデアリスムスさえ超越しようとした。いわゆる「物それ自体」が人間の表象能力を超えているだけでなく、いかなる知性からも自立していてなんらかの現実性を有しているというのは、人間には考えることも不可能だからである。彼にとって、それは宗教に依存せずに道徳を基礎づけるための最大の難題であった。これについて彼は他の同時代の哲学者同様おおくの論文を書いており、必然的にワイマール公国のプロテスタント教会との難しい宗教論争に巻き込まれていった。

他方で、フランス革命の勃発したパリをかつて最初の家庭教師カンペとのいわゆる教養旅行で視察していたゲッティンゲン大学の学生ヴィルヘルム・フォン・フンボルトは、一七九〇／九一年に早くもベルリン高等法院の陪審判事となっていたが、一年足らずしか在職せず、母親の反対にもかかわらず、エルフルト出身の婚約者カロリーネ・フォン・ダッヘレーデンと早々と結婚しイェーナでの研究生活に戻ってしまった。彼が当時書いた国家哲学的な最初の論文「国家活動の限界を規定する試みへの論考」は、官僚主義と啓蒙的独断主義の領邦国家が人格の自由な発展のためには不要であることを論じたもので、この論旨にはすでにある程度までフィヒテ的なフランス革命観と、彼の社会批判的に理解された人間性という理想主義的思想が言い表わされていた。若いゲーテやシラーのばあいと同様、彼にとっても人間の真の目的は自分の有するさまざまな能力を調和的全体へと形成することだったのである。このような試論はもとより、当時の保守的な支配階級のあいだで物議をかもし、全文は死後一八五一年にはじめて公表され大きな反響を呼び起こした。若いヴィルヘルムがシラーと深い友情を結ぶとともに、ウィーン会議後一八一九年のカールスバートの決議にさいし、保守反動的なプロイセン政府と最終的に決裂し政界から引退せざるを得なかった真因はここに根ざしていたのである。

テーゲルに隠棲後のヴィルヘルム・フォン・フンボルトの言語学の主著で、近代言語論の源流とみなされる『カーヴィ語序論』は彼の晩年に属しているが、第三章で述べるように、言語思想の初期において彼はフィヒテ哲学の自我・非自我の認識論から決定的な刺激を受けたといわれる。言語の本質に関するフンボルトの最初の論文としては、なるほど一七九五／九六年の冬に書かれた「思考と発話について」という十六項目の短い手記が残されているのみである。しかしその執筆の動機は、彼がフィヒテの自我哲学的論文「言語能力と言語の起源について」（一七九五）によって自分自身の言語思想を体系的に整理する必要に迫られたためと推定されている。彼はこの手記の中で、思考の本質を（ヘルダーのように）反省という意味の理性的行為に求め、言語がこの内省の行為とともに成立したと考え、さらに言語記号がまず時間のなかで分節された音声として表わされたと論じている。そこには言語の伝達機能を強調するフィヒテと異なる、またヘルダーの理性ないし悟性と異なるあいまいな内省概念を超克する言語哲学的洞察が認められる。

もとより「本来の古典派作家であるゲーテとシラーが文章語における厳密な文構造を明らかにきわめて重視していたのに反して、レッシングと、そしてとくにヘルダーは、むしろ話しことばに近い、文相当句による生き生きとした、気楽な表現の可能性を、大いに活用した。」（ハンス・エガース）しかし、ヘルダーの『言語起源論』の先駆的意義は次の点にある。すなわち、彼の卓見は何よりもまず言語の起源を人間精神の内部に求めたことにある。彼のいう人間の魂は、伝統的にアリストテレス以来のエンテレヒー、ライプニッツのモナド、あるいはヴィルヘルム・フォン・フンボルト以来の近代的な概念「エネルゲイア」に相当すると考えられる。それに対して、この内的言語が分節されて音声と結びつき外的言語となる具体的な過程や書記言語の成立、すなわちエルゴンとしての言語の構造は、ヤーコプ・グリムが批判していたように、まだ経験的資料にもとづいて説明されていない。まして、外的言語の完成を人間精神の発展と平行させる哲学的な洞察は、まだ言語史的事実によって少しも裏付けられていないのである。もちろん言語哲学的には両者を媒介するものは何かということがさらに問題になるが、この区別は、究極において自然そのものの二面性、すなわち上記「能産的自然」（*natura naturans*）と「所産的自然」（*natura naturata*）に由来すると考えられる。

しかし内的言語に関するヘルダーの洞察は、ヴィルヘルム・フォン・フンボルトをとおして、いわば匿名で現代にまで深い影響を及ぼすことになった。イルムシャーによれば、言語の本質に関する彼の思想は、『言語起源論』の出版後半世紀の間にドイツではほとんど哲学的な通念となっていたために、「ヴィルヘルム・フォン・フンボルトは、一八二〇年から一八三五年のあいだに執筆した彼の言語哲学的著作において、ヘルダーの基本的な思想を再生し、適用し、展開することができ、そのさい自分が彼の後継者であることを意識しなかったか、あるいはとにかくそれを明言する必要もなかった」のである。もちろんフンボルトは、ゲーテの人間観と同様、主としてライプニッツのモナド論にもとづくヘルダーの新しい言語哲学を、カント＝シラー的な思考方法と該博な言語の知見によって深め、独自の人間学的かつ歴史哲学的な言語哲学を築き上げた。そこに彼の学問的偉大さがある。しかし他方で、「ヘルダーが経験的裏付けなしに、天才的な直観と活発な結合能力によってすでに本質的な説明要素を確実にそして正確に把握できたということは、彼にとっていっそう名誉なことである」（ルドルフ・ハイム）と言わなければならない。フンボルトの言語思想における主要概念である㈠言語の世界像（エネルゲイア）、㈡エルゴン（所産）、㈢内的言語形式の諸概念は、フィヒテの自我哲学に触発され（一六〇頁）、たとえば次のような形で言い表わされている。

㈠「すべての客観的知覚には主観性が避けがたく混和されているので、言語とかかわりなしにも、人間のそれぞれの個性を世界観の独自の立場とみなすことができる。しかし、それは言語によって更にいっそうそうなる。言語は魂に対してもまた自律的意義を賦与された客観となり、新しい特性を付加するからである。言語音の特性としてそこには同一の言語において必然的に一貫したアナロジーが支配し、また同一の国民の言語には同種の主観性が作用を及ぼすので、それぞれの言語には特有の世界観がある。」（レクラム版五三頁）

㈡「言語は、その実質において把握するならば、どの瞬間にも絶えず過ぎ去っていくものである。それを文字によって保持することさえ常に不完全なミイラのような保存にすぎず、したがってまた、その際に生きた話しことばを具象化しようと改めて努力する必要がある。言語そのものは決して所産（エルゴン）ではなく、活動（エネルゲイア）である。それゆえ、その真の定義は発生論的なものでしかありえない。すなわちそれは、分節された音声を思想の表現たらしめようとする精神の永遠に繰り返される作業である。」（同三六頁）

㈢「精神的能力の存在はその活動の中にのみある。それは継続して燃え上がる力のまったき全体性であるが、方向性は個々に規定されている。法則とはそれゆえ、精神的活動が言語産出にさいし

て進行する軌道、あるいは別の比喩を用いれば、精神的活動が音声を刻印するときの形式にほかならない。」（同八三頁）

ヘルダーは無論、人間の理性も言語も不完全なものであることを充分に知っている。「発話によってのみ、まどろむ理性は目ざまされる。あるいは、そのままでは永遠に死んでいたであろう赤裸々な能力は言語によって初めて生きた力および作用となる。」（決定版全集XIII、138）そして人間の社会も学芸も伝統もすべて理性的認識の集積である言語によって築き上げられていった。「ある神が人間に観念を刻印して音声に変え、諸形態を音韻によって表示し、大地を自分の口の言葉で支配する技術を教えた。このように人間の理性と文化は言語から始まるのである。」（XIII、141）それゆえ、「ある民族は対応する言葉のない観念を持つことはない。最も生き生きとした観照内容でさえ、魂が一つの標識を見出し、それを言葉によって記憶・追想・悟性、最後に人類の悟性である伝統に同化してしまうまでは、暗い感情に留まっている。言語なしの純粋理性などは、この地上ではユートピア的国土である」（XIII、357）したがってまた一国の言語は、個々の概念ないし言葉を手段として新しい理性的認識を得られるようになるため、絶えず改良されていかなければならない。しかし、言語について言語で考えなければならないメタ言語がすでにそうであるように、数学的あるいは記号論理学的認識以外のすべての認識は、ある意味内容と理念的結合（コンビネーション）を内包する特定の言語によって言い表わされる限り、その言語の外的および内的形式によってなんらかの形で制約されている。言語が広く人文学の道具・容器・形式とみなされうることを、ヘルダーは『近代ドイツ文学断章』第一編改訂版の中でいち早く指摘していたが、その後の彼の言語哲学的努力は、この直観的認識を詳述し再検討することに尽きていた。ヴィルヘルム・フォン・フンボルトの言語哲学がいかに雄大であっても、その根本的認識はすべてヘルダーの天才的な洞察に負っていると言わなければならない。逆にヘルダーが言及しているF・ベーコン、ロック、ヒューム、ルソー、ライプニッツ、ズルツァー、ルター、ニュッサのグレゴリウスなどを考慮しようとするのは、ヨーロッパの全言語思想史を繙くのと同じであり、一ゲルマニストの能力を超えているといわなければならない(ヘルダー以後、現代に至る諸問題については、麻生建『ドイツ言語哲学の諸相』東京大学出版会、一九八九年がある)。

3　シェリングのロマン主義的自然哲学

フリードリヒ・ヴィルヘルム・ヨゼフ・シェリング(一七七五―一八五四)はもともとシュワーベン神秘主義の中心地テューービンゲンで神学と哲学を学び、同じ神学生寮においてヘーゲルとヘルダーリンの親しい学友であった。彼は自分を徹底してフィヒテの弟子と感じていたが、すでに「哲学の原則としての自我」(一七九五)の論文により師を凌駕していたといわれる。彼が翌年イェーナへ来たのは学生としてではなく、家庭教師としてであった。ここで彼は、「独断主義と批判主義に関する哲学書簡」(一七九六)につづいて自然哲学的主著「自然の哲学論考」と「世界霊」を公表した。一七九八年にふたたびイェーナへ来たとき彼はゲーテの知遇を得、とくに彼の世界霊思想に共鳴していた詩人から、弱冠二十三歳にしてイェーナ大学のシラーと同様に員外教授に推輓された。

彼はカロリーネ・シュレーゲルとの恋愛トラブルによりイェーナを去り（一六〇頁）、一八〇三年以後ヴュルツブルク、ミュンヘン、エルランゲン、ベルリン（一八四一年以来）で正教授として教鞭をとり、夥しい数の論文を書いた。しかし神秘主義的傾向のためかその大部分を印刷公表せず（刊行は現在も続いている）、それらは遺稿として残された。一八五四年八月二十日、彼はスイスの保養地ラガツで死去した。

イェーナにおける教授時代以前、シェリングは家庭教師としてライプツィヒにいたことがあった。彼はそこで数学および自然科学と出会う機会があった。自然科学はまさに当時、バロック時代の汎知学にねざす博物学的自然観を克服しつつあった。電気や化学的化合のさまざまな問題と生命現象の解明が科学的関心事の中心を占めていた。シェリングの努力はいまや、フィヒテ知識論の体系をこの方向で基礎づけることに向けられていた。しかし、それにもかかわらず、フィヒテに依拠しようとするのは、形式的なものにすぎなかった。なぜなら、シェリングにより自然には自主独立の生命が作用しているとされたからである。ゲーテの共感を呼んだ「世界霊」という観念も結局そのために考え出されたのである。

こうしてイェーナにおけるシェリングの講義題目は主として自然哲学に関わるものとなった。それに関連した特殊問題は以下のようなものであった。「自然哲学の諸原則による有機的自然学」「自然哲学の体系の第一草案」「思弁的自然学の概念」「動的プロセスの一般的演繹法」「自然哲学の真の概念」など。なるほど彼は最初のうちはフィヒテの知識論の枠内で考えようとしていた。しかしこのような問題提起により彼がいずれその埒外に出てしまうことは目に見えていた。自然学者たちの間では至るところで、自然がさまざまな固有の法則に従って作用し、独自の生命を有しているという見方が普及していたのである。それによりシェリングの自然哲学はロマン主義者たちに、イェーナを去らねばならなかったフィヒテの自我／非自我の難解な認識論よりも親しみ深いものになりつつあった。

イェーナ時代シェリングをノヴァーリスなど初期ロマン派の人々に近づけたのは、とりわけ彼の神秘主義的神話的思想であった。もとより彼には、プロイセン王ヴィルヘルム四世治下のようにキリスト教中世を讃美する保守的な後期ロマン主義の政治的・社会的傾向はまだ全然なかった。しかし自然現象の二面性と自然プロセスの客観性と統一性に直面して、彼は弁証法的かつ世界観的に揺れ動かざるを得なかったので、「哲学のプロテウス」とも呼ばれた。いずれにしても若い学生たちは、フィヒテのばあいと異なった意味でシェリングの講義を感激して聴講したようである。たとえばデンマーク女性を母親にもつロマン主義の自然哲学者ヘンドリーク・シュテッフェンス（一七七三―一八四五）は、「神的現象の無限の充溢に沈潜させた聖なる感涙」について書き残している。初期ロマン主義者たちはこうして、ワイマールと直結したドイツ十八世紀の代表的二重都市イェーナに招きよせられた。彼らが集った赤い塔のある建物は現在も残存しているといわれる。

しかしながら若い世代に対しより重要な役割を演じたように見えるのは、むしろシェリングが注目したゲーテの『ファウスト断片』（一七九〇）である。詩人の生前、第一部に関する、まして『初稿のファウスト』に関するめぼしい解釈などほとんどなかった。第二部は彼の死後初めて公表されたが、十九世紀末になると夥しい数の多種多様なファウスト解釈が現われ、二十世紀になると更にその数が増した。しかしファウスト論を含むシェリングの「芸術哲学に関する講義」（一八〇二／〇三、一八〇四／〇五）の草稿は一八五九年に初めて遺稿から出版され、彼の解釈が後世に及ぼした重要な点は次の諸点である。

㈠ファウスト素材はドイツ国民的素材、

㈡ゲーテの『ファウスト断片』は時代精神の発露、

㈢ロマン主義の意味で神話的な作品（アンティーケとキリスト教以外の現代の神話）。

市民社会を素材にした『ヴェルテル』や『修業時代』と比べるとファウスト素材はほんらい古くさいはずであるが、ゲーテの『ファウスト断片』においてそれはドイツ的普遍性を獲得したのである。しかし、当時たまたまイェーナ大学教授となった歴史家ハインリヒ・ルーデンがその『回顧録』（一八四七）の中で伝えている、一八〇六年八月のゲーテとの対話と称するものが決定的なファウスト像を形成したようにみえる。「ここにある精神を見ると、ファウストと呼ばれるこの断章が、偉大で崇高な、否、神的な悲劇の断片であることが分かるし、分かるにちがいない。この悲劇がいつか完成して出版されるならば、そこには全世界史の精神が描かれているであろう。それは人類の生活を真に写しだしたもので、過去・現在・未来を包括しているであろう。ファウストの中に人類が理想化されており、ファウストは人類の代表者である。」

一七九六年五月には、シラーの『ホーレン』にすでに寄稿していたアウグスト・W・シュレーゲル（一七六七—一八四五）が文筆で生計を立てられることを期待して当地に現われた。三か月後には才気煥発な彼の妻カロリーネも「ロマン主義詩歌の体現」とうたわれた初婚からの娘アウグステと共にやって来た。そして弟フリードリヒ・シュレーゲル（一七七二―一八二九）もその夏に短い期間様子を見にきた。しかしやや奇矯なところのあった若いフリードリヒは、シラーともゲーテとも知己となることができなかったため、とりあえずベルリンへ去って行った。そのころ彼は、ポーランドのゲルマニストであるカロル・ザウアーラントが指摘しているように共和主義者らしく、かつてフランス革命を支持したマインツのゲオルク・フォルスターと同調するような論文を書いていた。一七九九年秋に彼はイェーナに戻り、兄のもとに住むことになった。数週間後、のちに彼と再婚する哲学者モーゼス・メンデルスゾーンの娘ドロテア・ファイト（一七六三―一八三九）が現われた。彼女も長編小説『フロレンティン』（一八〇一）を書いたり、のちにウィーンで文芸サロンを開くなど文学活動を行なったが、カロリーネほどの才能はなかったと評価されている。

一七九九年十月に、さらにルートヴィヒ・ティーク（一七七三―一八五三）も妻子とともにこの文芸の町に移住してきた。その年の夏に彼はここでノヴァーリス（一七七二―一八〇一）と親交を結んでいたのである。一七九九年いらいほど遠くないヴァイセンフェルスに鉱山監督補佐官として赴任していたこの詩人はしばしばイェーナを訪れ、ロマン派の人々のあいだで中心的な役割を演じていた。彼は一七九〇年から九二年まで当地で法律学を学んでいたので、ロマン主義成立だけでなく学生時代の愉しい追憶の場所でもあった。ここにはまた、ヴォルタと関係なくガルヴァーニ電気の発見に成功した自然学者ヨハン・ヴィルヘルム・リッター（一七七一―一八一〇）がいた。アレクサンダー・フォン・フンボルトとアレッサンドロ・ヴォルタに捧げられた著述「絶えざるガルヴァニズムが動物界における生命現象に随伴していることの証明」（一七九八）はシェリングの講義の支えとなり、自然学と自然哲学を仲介する有力な手がかりとなった。シュレーゲル兄弟は短期間ではあったが、イェーナ大学の哲学あるいは文芸学の教授であった。シェリングは、フィヒテに報告しているように、旅行のため彼の不在中に行なわれたフリードリヒ・シュレーゲルの体系を欠いたアフォリズム的な哲学講義にははなはだ不満であった。

もとより教壇で得られなかった名声を、フリードリヒ・シュレーゲルは文学評論の領域ですぐに取り返した。彼の試みた創作「ルチンデ」が未熟で不評であったのはともかく、一七九八年、ロマン派のベルリンにおける機関誌『アテネウム』に発表されたゲーテの教養小説『ヴィルヘルム・マイスターの修業時代』についての評論は、彼に絶大な名声をもたらした。フリードリヒによればこの画期的な長編小説はフランス革命とフィヒテの知識論とならんで時代の三大傾向であった。またアウグスト・W・シュレーゲルはティークとのシェイクスピア戯曲の翻訳だけではなく、「美文学と芸術について」「戯曲芸術と文学について」「絵画についての対話」などの文芸学的諸論文によりドイツの国境を越えて高く評価された。ティークは『聖女ゲノフェーファの生と死』や『皇帝オクタヴィアーヌス』のような戯曲のほか、「長靴をはいた牡猫」など数多くのメールヒェンを書いた。

フィヒテの哲学と袂を分かったばかりのシェリングとの違いを明らかにしたのは、たまたまイェーナにきた五歳年長のヘーゲルの詳細な著述『フィヒテの体系とシェリング体系の差異』（一八〇一）であった。その中では、観念論の「先験的」方向性から「形而上学的」方向性への進歩が明確にされ、そこから生ずる帰結が論じられていた。シェリングは自然だけでなく歴史の理念をも考慮するようになったのである。彼はまた芸術にも高い意義を認めるようになり、自分の体系を精神と物質の一体性を説く「同一哲学」と名づけた。その後ヘーゲルはシェリングと「哲学の批判的ジャーナル」を刊行し、友人の意にそった多くの論考をみずから寄稿した。しかし彼本来の意図は自己の哲学体系を築くことにあったので、彼も間もなく独自の道を歩むことになった。そればかりでなく、シェリングのヤコブ・ベーメ的神秘主義を批判するようになった。彼はシェリングのフィヒテから客観的イデアリスムスへの転換の功績をあくまで認めてはいたが、理性ないし悟性を離れていったことは攻撃せざるを得なかったのである。これはアレクサンダー・フォン・フンボルトの場合も同じで、彼はシェリングの自然哲学を称揚しながらも、この哲学者からつねに一定の距離をおいていた。

シラーの死後、孤独なゲーテにふたたび接近を図ったのは、かつてイェーナで学んだハイデルベルク・ロマン派の詩人ブレンターノとアルニムであった。アントン・ブレンターノの息子クレメンス・ブレンターノは、初期ロマン派のいたイェーナで学んだのち、ハイデルベルクでドイツ国民主義的文筆家ゲレスと出会い、中期ロマン主義の代表的詩人となった。彼はなによりも妹ベッティーナ(一七八五―一八五九)の夫となるアーヒム・フォン・アルニム(一七八一―一八三一)と、ライン・ロマンティークの先駆けとなる民謡集『少年の魔法の角笛』全三巻を刊行したことで知られている。その第一巻(一八〇六)をゲーテに捧げたことからも分かるように、彼は自分の母親マクセに愛着をもっていたワイマールの詩人と近い関係にあった。母が十二番目の子の産褥で死んだとき、彼はまだ十五歳で、母の死を深く悲しんだ。アントン・ブレンターノはさらに三番目の妻を迎えたが、この継母は詩人の実母のようではなかった。クレメンスのため先夫のイェーナ大学教授と離婚した妻ゾフィー・メローとの関係は、亡き母のかわりを求める詩人の代償作用であったと考えられる。

アルニムの文学観は、次の発言からよく窺われる「私がいまや深く感じるのは、強烈な文学の息吹が全自然をつらぬいて吹いており、これは歴史として現われてくることもあれば、自然のできごととして生起することもある。詩人はそれらを個々のかすかな余韻のうちに捉えさえすれば、無限の明晰さで心の奥深くに入っていくことができる。」また、才気煥発なベッティーナ・フォン・アルニムはボヘミアの湯治場でゲーテとベートーヴェンを引き合わせたり、フィクションに近いとはいえ『ゲーテとある子供の文通』を刊行するなどして老詩人に対する多大の関心を示していた。ゲーテもナポレオン軍がベルリンを占領した一八〇六年に内縁の妻クリスティアーネと正式に結婚したり、一八〇八年に『ファウスト』第一部を急遽出版するなど世間の耳目を集めていた。このような状況の中で出版されたのが、同時代のロマン主義的離婚の問題を扱った長編小説『親和力』（一八〇九）であった。

4　挫折した革命的思想家ゲオルク・フォルスター

これまで、ゲオルク・フォルスター（一七五四—九四）のアレクサンダー・フォン・フンボルトにおよぼした人格的感化は、ヴィルヘルムの教養思想への影響とくらべ比較的よく知られていた。イギリスの探検家ジェイムズ・クック（一七二八—七八）は、一七六八年と一七七二—七五年に船長として二回の世界周航をおこない、第二回目の世界旅行に随行牧師ヨハン・ラインホルト・フォルスター（一七二九―九八）とともに参加していたのが息子ゲオルクである。バルト海沿岸ダンツィヒに生まれた彼は、父親と一緒にすでに子供のときヴォルガ河下流と西モンゴルのカルミュッケン草原へ行ったことがあった。クックの再度の周航のさい彼も乗船して、遠洋航海が主とはいえ、種々の自然体験をともにして太平洋の島々と南極地方を生きいきと記述した。これはミュンヘンの植物学者カール・フリードリヒ・フィリップ・フォン・マルティウス（一七九四―一八六八）の、一八五九年五月六日に死去したフンボルトに対するバイエルン科学アカデミーにおける追悼演説のなかで想起されている。

このように当代随一の自然研究者と認められていたフォルスターは、二十四歳にしてカッセルのいわば藩校「カロリーヌム」の博物学教授となり、六年後にはポーランドのヴィルナ大学に教授として招聘された。一七九六年十一月母親の死後、まもなく中南米への探検旅行に出かけたフンボルトも、帰国直後の著作『植物地理学論考』（一八〇七）の序文において、その最初の草案を「友情と感謝の念でかたく結ばれたゲオルク・フォルスターに示した」と明記し、上記のように「その名を私は深い感謝の気持なしに決して言い表わすことはできない」と述べている。「岩石類の鉱物学的知見が山岳学と区別されるように、個別的自然記述と異なるのは一般的記述、ないし自然の観相学である。ゲオルク・フォルスターは種々の旅行記を著し、ゲーテは不滅の文学作品の中に含まれたさまざまな自然描写を遺しているが、ビュフォン、ベルナルダン・ド・サン＝ピエール、シャトーブリアンも真似することのできない真実性で個々の地帯の性格（相貌）を叙述した。」（『自然の諸相』「植物観相学試論」）

まだ学生であったヴィルヘルムはゲッティンゲンで、古典文献学者ハイネ教授の娘テレーゼと結婚していたゲオルク・フォルスターと知り合ったが、当時、この有名な旅行記の著者はマインツの選帝侯図書館司書をしていた。このような人間関係もあり、それでなくても魅力的な彼の妻テレーゼに心を惹かれていたヴィルヘルムは、ゲッティンゲン大学在学中に、マインツ在住のフォルスター夫妻を訪問し、アレクサンダーとともに親交を深めることになった。一七八八年八月の婚約者カロリーネ・フォン・ダッハーエーデンの父の領地訪問の旅がわずか三日間であったのに対し、引き続き行なわれたヴィルヘルムのライン・マイン旅行は同年九月十九日から十一月四日までの長期にわたっていた。その前後のすべての旅におけると同様、彼はそれを日々克明に記録している。今回の「（神聖ローマ）帝国への日記」はゲッティンゲンからマインツをへてゲーテの青年時代の親友フリードリヒ・ヤコービ（一七四三―一八一九）のいるデュッセルドルフ・ペンペルフォルトに至るまでの行程を記したものである。

帰還後、彼は一七八八年十一月十日付でフォルスターに当地での歓待にたいして衷心からの感謝の手紙を認めている。「あのマインツにおける四日間が実際に感じていたように躍動的にお伝えできればよいと思います。それは本当に旅行中のもっとも幸せな日々でした。貴君が示してくれた親しみのある友情は思いがけず快いもので、未来への喜ばしい展望をあたえてくれるものでした（後略）。」彼に紹介されたヤコービもヴィルヘルムの日記によれば、快く迎えてくれた。宗教観のちがいもあり親密な交際とはならなかったが、文通はヤコービの死までつづいた。

アレクサンダーがフォルスターに主として自然学との関係から言及しているのに対し、ヴィルヘルムの関心事はほんらい古典文学であって、フランス革命、とりわけフォルスターの政治思想にはあまり興味がなかったように見える。積極的な革命支持者のフォルスターがのちに「マインツ共和国」から国外追放され、パリで極貧のうちに客死したとき、テレーゼは彼を見捨て、旧知の著述家ルートヴィヒ・F・フーバーとすぐ再婚してしまった。ヴィルヘルムはかつてベルリンのヘンリエッテ・ヘルツ夫人サークルに属し、憎からず思っていたテレーゼにいまや批判的となり、フォルスターとは自由の理想と教養理念の面で多分に共通性があったにもかかわらず完全に関係を断ってしまった。弟のほうが自然研究者としてフォルスターに対し感謝の気持を絶えず持ちつづけたのに反し、兄はプロイセンの高級官吏として、ライン左岸をフランスに容認しようとした「祖国の裏切り者」を到底許すことができなかったのである。なおテレーゼはのちにアレクサンダーのアメリカ旅行記をフランス語から翻訳するなどの文筆活動を行なったが、訳業の評価はあまり高くない。

その間に、フランス革命軍とプロイセンおよびオーストリアの同盟軍との戦争が勃発し、フランス革命の余波がドイツ人とフランス人の友好関係を掻き乱すことになった。それはゲーテの『滞仏陣中記』に記述されているプロイセン・オーストリア連合軍の対仏遠征のためである。ライン河をめぐる独仏とドイツの軍事的葛藤は、ナポレオン戦争において頂点に達した。平和主義者のゲーテは、フランス革命の初期を振り返り、「一七九二年と一七九三年の恐ろしいさまざまな状態にふたたび身を移して」伝記的に叙述することをあまり好まなかった。自伝の第一部『詩と真実』三巻と第二部『イタリア紀行』の前半は一八一一年から一八一七年までに出版されていたが、それらが未完のうちに続編に取りかかるのは時期尚早だったのである。しかし一八一九年十月二十四日の日記に「途上でさまざまな伝記的断片、とくに一七九二年の最初のフランス遠征を詳述することを考えた」という記入があり、『滞仏陣中記』と『マインツ包囲』は一八二二年にすでに刊行された。フランスの外交官カール・フリードリヒ・フォン・ラインハルトは、前者の読後感を同年八月二十二日付でゲーテに次のように伝えている。「あなたの人生のあらゆる断章のなかで、この最新の部分は最も感動的な、最も普遍的な興味を惹くものです。時代の歴史は、さまざまな個人的できごとに繋ぎ合わされているのではなく、これらの中へ編みこまれています。部分は全体を含んでおります。」

フランス革命がフランス内部の政治問題にとどまらず、ライン河の右岸にまで飛び火したのは、新しいフランス共和国が一七九二年四月二十日に、ハンガリーとボヘミアの王フランツ（一七六八―一八三五）に宣戦を布告してからである。彼は神聖ローマ皇帝レオポルト二世（一七四七―九二）の死後、フランツ二世として皇位を継承してから、まだ二か月にもなっていなかった。マリア・テレジアの息子であったレオポルト二世が、一七九〇年の即位後、翌年プロイセンとフランス革命にたいする防衛同盟を結んでいたからである。フランツ二世は最後の神聖ローマ皇帝（即位期間一七九二―一八〇六）となる運命にあり、ナポレオンに一七九七年、一八〇一年、一八〇五年、一八〇九年に敗れた。のちに娘マリー・ルイーズを彼に嫁がせて同盟を結んだものの、この同盟は短命におわった。それ以前、かの宣戦布告がなされたのは、マリー・アントワネットによるブルボン王家とハプスブルク家の姻戚関係と君主同士の連帯感によりフランスの自由が危険にさらされていたためとか、ライン左岸の領地を失った亡命貴族たちや反革命をほのめかしたジロンド党員の陰謀によるとかいうようなことは、高度の歴史的知識と判断を必要とする専門的な問題である。

もっとも、内憂外患の政情にあったオーストリアには戦う意思はあまりなく、好戦的であったのはむしろプロイセンであったといわれる。参戦には恐らく、ルイ十六世の悲運にたいする同情が心理的にかなり作用していたように見える。遠征のまえには、フランツ二世のフランクフルトにおける神聖ローマ皇帝への選出および戴冠と、プロイセン王フリードリヒ・ヴィルヘルム二世との出会いがあった。いずれにしても、ベルリンとウィーンからはるばるライン河を渡り、マース川沿いにシャンパーニュの平原をこえてパリへ向かっていく遠征が軍事的にいかに難渋であるかは、たとえ中間のブラウンシュヴァイク公国の大公が将軍として指揮をとっていたにしても想像にかたくない。彼の脅迫的な宣言は、八月十日に、フランス王制の廃止を招いた。進攻プランによれば、国王みずから率いるプロイセン軍はロートリンゲンを経由してパリへ進軍し、オーストリア軍はベルギーとライン上流で支援する予定であった。ゲーテの『滞仏陣中記』は一七九二年八月二十三日、ライン河畔マインツ到着にはじまり、同年十一月ミュンスター経由ワイマールへの帰国で終わっている。記述は十月二十九日トリーアの日付のあと、十月末の「中間報告」をもって明瞭に前後にわかれ、前半が政治家ゲーテの従軍記、後半はラインを渡河したあとデュッセルドルフ・ペンペルフォルト以後の忙中閑ありといった気分の文学的叙述になっている。

プロイセン軍はマインツのあと、かつてのローマ軍とは逆に、コブレンツからモーゼル川ぞいにトリーアに着き、ルクセンブルクをへてフランス領に侵入していった。ヴェルダンを簡単に攻略するまではプロイセン側の戦局有利であった。ところが、デュムーリエの指揮するフランス側の作戦は、遠路の敵が疲労と飢餓と悪天候に阻まれるのを待つことであった。そのうえパリにちかいアルゴンヌ地方の高台にあった指揮官ケラーマンの陣地はいちばん攻撃しやすく見えた。しかし、このような地勢におびき寄せられた八万人の連合軍はヴァルミーの野で、一七九二年九月二十日、五万人のフランス軍の激しい砲撃を受け決定的な敗北を喫することになった。休戦条約をむすび退却を余儀なくされた行軍は、さらに悪天候に見舞われたため困難をきわめた。これをつぶさに体験したゲーテは、その致命的な敗北と悲惨な退却の記録を、ほとんど傍観者的な観察者として『滞仏陣中記』のなかに残している。意気阻喪した味方を鼓舞するため、そのさい、彼は警句のように「ここから、また今日から世界史の新しい一時期がはじまる。そして諸君は、その場に居合わせたということができるのだ」と言ったと付記している。それは『マインツ包囲』の一七九三年五月二十六日でも、傍注のように、「不思議なことにこの予言は、一般的な意味だけではなく、特殊な文字通りの意味で成就された、フランス人は彼らの暦の日付をこれらの日々（一七九二年九月二十一日）から始めたからである」と繰り返されている。ここで衝突したのは、フランスとドイツというよりは、究極においてむしろ旧体制の王権神授説と啓蒙主義にねざす民主主義であった。

フランス軍は退却するプロイセン・オーストリア連合軍の退路を断とうとするかのように、マインツやフランクフルトを占領した。彼らには革命思想をドイツでも貫徹しようとする使命感のようなものもあった。しかし、やがて戦局に転機がおとずれた。

「フランクフルトはふたたびドイツ人の手に戻った。マインツをふたたび征服するための可能な準備は念入りに行なわれた。マインツに接近し、まずホーホハイムを占領した。ケーニヒシュタインは降伏しなければならなかった。今やとりわけ必要であったのは、ライン左岸への先発隊の進軍により後方を確保することであった。それゆえタウヌス山脈沿いにイドシュタインへ移動し、ベネディクト会修道院シェーナウをこえてカウプまで進み、それから頑丈な船橋をわたってバッハラハへ行った。それから先はほとんど間断なく前哨戦で、これにより敵は退却を余儀なくされた。ほんらいのフンスリュック山塊を右にして進撃をつづけてシュトールベルクに出、そこでノイヴィンガー将軍を捕虜にした。クロイツナッハを奪回し、ナーエ川とライン河の合流点を一掃した。こうして安全にこの川のほうへ移動できるようになった。皇帝軍はシュパイアーでライン河を渡った。四月十四日、マインツの包囲を完了し、少なくとももとりあえず、住民たちを兵糧攻めまえの窮乏で不安におとしいれた。」

もとよりゲーテは、全記述を一篇の小市民的な抒情詩でむすんでいる。しかし、この実例から分かるように、『滞仏陣中記』の叙述には、個人的な印象や考察の合間に独仏間の一時的な国境ライン河をめぐる多くの貴重な客観的事実が含まれている。フランス革命軍が一七九二年十月二十一日にマインツを占領したとき、同調する市民階級の知識人たちにより、自由と平等の友たちのジャコバン派協会「マインツ・クラブ」が結成された。そして血気にはやるゲオルク・フォルスターを議長とする国民議会が「マインツ共和国」の設立を宣言した。一七九三年七月にマインツがプロイセン軍により奪還されたとき、以後彼が長いことドイツで売国奴の烙印を押されてしまったのは言うまでもない。これには、もともと彼を個人的に知っていたゲーテの「マインツ包囲」という文章が残っている。しかし『滞仏陣中記』と異なりゲーテは、フランス革命軍に対する『マインツ包囲』

をほとんど唐突に擱筆している。恐らく、旧知の友人フォルスターのことが念頭にあったためと考えられる。

ゲーテは一七九二年、主君に従いフランス革命軍に対して出征しなければならなかった日々の記録『滞仏陣中記』後半の「中間報告」において、ペンペルフォルトに旧友のフリードリヒ・ヤコービをふたたび訪ねた折に、青年時代の（ラファーターとの）ライン旅行を追憶している。

「思い出の中でライン河を下っていく自分の姿を見ると、当時の思想感情をとても精確に言い表わすことができない。穏やかな水面を眺め、そのうえの快適な船旅を心地よく感じていると、過ぎ去ったばかりの時は悪夢からさめたように思い返される。私は旧交を温める日々が間もなく到来する楽しい希望にふけった。（中略）私はかの友人たちと多年にわたり会わなかった。彼らが自分の進むべき人生行路を誠実に守ったのに対し、私には、さまざまな段階の試練・活動・隠忍に堪えるという不可思議な運命があたえられていた。そのため私は、自分の自我に固執しながら全く別人になり、旧友たちの前にほとんど未知の人間として現われることになったのである。」

そのさいゲーテは、フランス革命の諸相をラブレー風に諷刺したアレゴリー小説『メガプラゾンの息子たちの旅』を朗読したが、不評のため執筆を中断した。かのフランス従軍のとき彼はモーゼル川を遡ってトリーアまで遠征し、翌年さらに、革命的に共和国を樹立しようとしたマインツ攻囲のため出征しなければならなかった。ここには旧知のゲオルク・フォルスターが図書館司書として勤務していた。しかしフランス革命に共鳴していた彼は集会のためパリに滞在していたため、プロイセンとオーストリアの連合軍によるマインツ包囲を経験することなく異郷で客死したのである。

第三章　ヴィルヘルム・V・フンボルトの人間学的言語考察

自然がその公然の秘密を明らかにし始めた人は、その最も尊敬すべき解釈者である芸術に逆らいがたい憧れを感じる。

（ゲーテ「箴言と省察」から）

主題が異なるためあえて繰り返し述べるならば、自然科学において自然そのものは自明の所与であり、多種多様な現象から法則性を導き出すことが研究の主目的である。同様に言語学者にとって、今日、言語はいわゆる自然言語として一種の自然現象のような研究対象とみなされているようである。H・シュタインタールは一八七七年になお言語起源に関する歴史的・批判的著述を公にしているが、一八六六年パリで創設されたフランス言語学会の規約第二項は、「本学会は、言語の起源や普遍語の創作に関するいかなる発表も許さない」と規定しているといわれる（渡部昇一『言語と民族の起源について』大修館書店、一九七三年）。現代において言葉の発生に対する関心がふたたび高まってきたことについては、坂本百大『言語起源論の新展開』（大修館書店、一九九一年）がある。この規約の目的は、明らかに、研究対象を文献学的あるいは経験科学的に把握可能な言語現象に限定するということである。それは十九世紀後半以後の自然科学において能産的自然（*natura naturans*）の考察を自然哲学的として拒否し、所産的自然（*natura naturata*）の研究のみを科学的と認めようとする態度に対応している（一四七頁）。

前章においてフィヒテとの関連から詳述したように、ヴィルヘルム・フォン・フンボルトは遍歴時代パリに滞在中、スペイン旅行をきっかけにバスク語の研究をはじめた。この国民性から国民語へ、そして言語一般への学問的関心の転回をもたらしたフランスでの生活体験ののち、彼はバスクの民族と言語に関する著述を計画した。それは記述的・文法的・歴史的・語彙的な四部から成る予定であったが、執筆は遅々として進まず、一八一二年十二月にいたりフリードリヒ・シュレーゲルの主宰する雑誌『ドイチェス・ムゼーウム』にようやく論文の予告が発表された。その表題「バスク語とバスク国民に関する著述の予告、その視点と内容の記述を含む」からも知られるように、フンボルトの関心はなおバスク民族の風俗・言語・歴史の全体に向けられていた。しかし言語全般の重要性に対する洞察はこのときすでに明瞭に言い表わされていた。「諸国民の差異は最も明確かつその言語の中に表現されるので、このような記述においては言語の研究は、風俗および歴史の研究と一緒に行なわれなければならない。」

フンボルトによれば、諸言語の親族関係を規定するための確実な原則がなお欠如している。そこで彼は、たんにバスク語について報告するだけでなく、言語一般に対する彼の考察を披瀝しようとした。その際、彼が確実な原則として考えているのは、まず第一に、「言語においてはすべてがアナロジー（類比）にもとづいており、その構造は微細な部分に至るまで有機的構造をなしている」ということである。それゆえ解剖学との比較がゲーテの形態学のばあいのように現われてくる。

「言語の考察は人間性の最深最奥のところまで導いていく。しかし妄想的にならないために、言語の身体的かつ構造的なものの全く無味乾燥な機械的でさえある分析から始めなければならない。」他の箇所で彼は「言語というほんらいの有機体」についても語っているが、ゲーテの科学方法論において分析されるのは個々の部分ないし経験的現象であって、有機体を一つの全体へ結びつける綜合的原理として、当然そこに理念的なものが前提にされていると考えられる。

言語の比較を可能にするための一般的比較基準の問題は、「予告」の小論文においても二、三度言及されている。しかし言語研究のこの新しい問題について、フンボルトはすでにマドリードから、一七九七年十二月二十三日付ヴォルフ宛の書簡の中で次のように抱負を述べていた。「いくつもの言語の徹底的かつ哲学的に行なわれる比較は、数年間の真剣な研鑽のあとでは私が恐らく背負うことのできる仕事のように感じます。」そして彼は、バスク語に関する論文の一環として書かれた一八〇一／〇二年の「言語研究について、または、あらゆる言語の体系的百科事典の草案」において実際に、言語比較の諸問題に立ち入って検討している。それはフリードリヒ・シュレーゲルが一八〇八年に「インド人の言語と英知について」を発表し、言語比較に対するサンスクリットにもとづく厳しい学問的要求を出す以前のことであった。それゆえ、フンボルトが草案の冒頭で「注目すべき現象は、われわれの時代に見られる多種多様な学問的努力のなかで、思索と研究の豊かで大きな万人に裨益する分野がまったく未開拓のまま残されていることである。それは古代および近代の種々異なった言語の比較である」と自信に満ちて書いていたのは決して不当ではなかった。

もちろん、諸言語の比較研究の重要性は、ヘルダーによりすでに指摘されていた。彼はその主著

『人類歴史哲学考』の第二部第九巻二（一七八五）において、たとえば次のように述べていた。「人間の悟性と心情の歴史および多様な性格描写に関する最もすばらしい試論は、それゆえ、諸言語の哲学的比較であろう。なぜなら、どの言語の中にも、ある民族の悟性と性格が刻印されているからである。」そしてまた彼は種々の民族の言語史についても注意をうながし、次のように書いている。「各民族の種々の激変を経験した種々異なった文化的言語を比較対照すれば、それは光と影のひと筆ごとに、いわば人間精神の多様な継続的形成の次々に変わる一幅の絵となるであろう。」しかしながら彼は最後に、「諸民族の一般的観相学を彼らの言語から導き出してほしいというベーコン、ライプニッツ、ズルツァーなどの願望をある程度まで満たすような著作をまだ一つも挙げることができないのは、なぜだろうか」と自問せざるをえなかった。

ヘルダーにとって、言語の多様性は人間性の多様性にほかならず、言語の経験的・歴史的研究が充分に行なわれない限り、人間性の哲学的解明も充分に行なわれえなかった。これに対してヴィルヘルム・フォン・フンボルトは、ヘルダーがまだ夢想していただけの学問的理想を、該博な言語の知識とゲーテから学んだ強靭な原型思考によって実現しようと意識的に努力した。彼が言語の比較研究にさいして常に、人間の普遍的本性に対する哲学的省察と諸民族の運命に対する歴史的顧慮を重視しているのはその表われである。初期のヘルダーは『近代ドイツ文学断章』のなかで、「真の言語研究者は哲学・歴史・文献学を結合する三つの頭をもった者でなければならない」と述べているが、まことにフンボルトこそ、ヘルダーが待望していた理想の言語研究者だったのである。事実、フンボルトは最初のスペイン旅行の意義を一七九九年十一月二十八日付ゲーテ宛の手紙において次のように要約している。「万事予定どおりいけば、私が旅の特別な目的としたのは、これらの種々の文学（フランス・スペイン・バスクの広義の文学）の精神をかの世紀（十五世紀および十六世紀）にわたり比較することです。」

しかしながら、このような文化学的言語研究中心の充実したパリ滞在は一八〇一年で終止符が打たれることになった。外国経験の豊富なヴィルヘルムは、帰国後、翌年五月に思いがけずヴァチカン駐在のプロイセン公使に任命されたからである。ギリシア・ローマの古典研究には好都合とばかりに彼はそれに唯々諾々と従い、彼の平穏なローマ滞在は一八〇二年から一八〇八年まで続いた。彼の公使官邸は当然、イタリアにおけるドイツ人芸術家と学者文人たちとの社交の中心となった。しかし一八〇五年五月九日のシラーの死という衝撃的な報せが届いたほか、長男がローマで悪疫のため死亡し、感染した次男は転地によりかろうじて助かったものの末娘まで犠牲になり、また南米から帰国したアレクサンダーが予期されたヴェスヴィオ噴火観察のためフランスから友人ゲイ＝リュサックを伴って来訪するなど多事多難な面もあった。しかもドイツではやがてフランス革命軍に対する同盟戦争が始まり、一八〇六年には「ライン同盟」により神聖ローマ帝国がついに崩壊し、ベルリンもナポレオン軍に占領されてしまった。オーストリアと同盟していたプロイセンはその結果、旧首都ケーニヒスベルクに亡命政府を移さざるを得なかった。「シュタイン改革」によるプロイセン国家回復のための復興運動が始まると、フンボルトは短期間ケーニヒスベルクに呼び戻され、ふたたびベルリンで政治活動に従事するのはウィーン会議をはさむ一八〇八年から一八一九年の反動的な「カールスバートの決議」までである。古典主義者ヴィルヘルムにとり最重要案件は、ほんらい一八〇九年から一〇年にかけての、東京帝国大学の模範となるベルリン大学の創設および人文主義的ギムナジウムの設置という短期の学制改革的課題であった。

クラウス・ルーメル著『自由教育思想の系譜――プラトンからモンテッソーリまで』(南窓社、一九七六年)
クラウス・ルーメル著『英知と自由の人間育成　続自由教育思想の系譜』(南窓社、一九八七年)
クレメンス・メンツェ編著『人間形成と言語』クラウス・ルーメル、小笠原道雄、江島正子訳（以文社、一九八九年）

1　ゲーテにおける自然と言語の比較の原理

一八二〇年から一八三五年までの晩年、フンボルトは政界から完全に引退し、テーゲルで言語研究者および言語哲学者として執筆に専念することになる。ヴィルヘルムの最初の著作集全九巻は、イェーナのドイツ文献学教授であったアルベルト・ライツマン（一八六七―一九五〇）により、一九〇三年から一二年にかけて刊行された。その他、日記二巻（一九一六―一八）、シラー（一九〇〇）、A・W・シュレーゲル（一九〇八）、婚約者カロリーネとの往復書簡全七巻（一九〇七―一八）、ケルナー宛書簡集（一九三九）、カール・グスターフ・フォン・ブリンクマン書簡集（一九三九）が追加された。最後の決定版全集全十七巻は、プロイセン科学アカデミーの委託により、一九〇三年から三六年にかけてライツマンの版にもとづき完成された。これには一九六八年のリプリント版もある。ゲーテやシラーの場合のように純然たる文学作品は習作程度の多数のソネットのほかは見出されないとはいえ、少なくともドイツ古典主義の人間研究を補充する、考えられうる限りの十全な記録である。一九六〇年に始められた注釈付き研究用全集五巻が完成されたのは、ようやく一九八一年のことである。フンボルトの言語哲学および言語学関係の諸論文は約三十篇あるが、そのなかで最大かつ最後のものが『カーヴィ語について』(Über die Kawi-Sprache auf der Insel Java)と題する著述である。彼が一八三〇年いらい心血を注いで完成したこの畢生の大著は、一八三六年から四〇年にかけて、弟アレクサンダー・フォン・フンボルトの序言を付された三巻の四つ折版本(20㎝×26㎝)としてベルリンで出版された。しかし全体の序論である第一巻は一八三六年にすでに『人間の言語構造の差異性と人類の精神的発展に及ぼせるその影響について』という四三〇ページの別刷として刊行され、それ以後、これがフンボルトの主著とみなされるようになった。アレクサンダーの全集は恐らくその膨大な図版のため、現在に至るまで除外された。

　このいわゆる『カーヴィ語序論』の原版は、現在、オリジナル版の出版社デュムラー書店が一九六〇年四月八日のフンボルト没後百二十五年を記念して覆刻し、一九六七年六月二十二日の生誕二百年祭の機会に再版したファクシミリで入手することができる。しかしながら、フンボルトの遺稿を整理して出版したブッシュマンの校訂本には本文批判的に種々の難点があり、したがってまた、この原文を踏襲している旧全集(Gesammelte Werke. Hg. von Carl Brandes. Bd. 1–7. Berlin 1841–1852)の第六巻、シュタインタールの刊本(Die Sprachphilosophischen Werke Wilhelm's von Humboldt, herausgegeben und erklärt von H. Steinthal. Berlin 1884)およびポットの編著(A. F. Pott: Wilhelm von Humboldt und die Sprachwissenschaft. 2 Bde., 2. Aufl. Berlin 1880. Nachdruck in 1 Band: 1974)のテクストはもはや厳密な学問的使用に堪えないとされている。現在一般に使用されるのはアカデミー版全集（Gesammelte Schriften. Hg. v. d. Kgl. Preuß. Akad. d. Wiss. Abt. 1–4=Bd. 1–17. Berlin 1903–1936. Fotomech. Nachdruck: 1967–1968）第七巻のテクストである。これは一九六〇年いらい刊行され一九八一年にようやく完結した五巻本選集（Werke in fünf Bänden. Hg. von Andreas Flitner und Klaus Giel, Darmstadt 1960–1981）の第三巻（Schriften zur Sprachphilosophie）にそのまま転載されており、またレクラム文庫本（Wilhelm von Humboldt. Schriften zur Sprache. Hg. von Michael Böhler. Reclam Nr. 6922–24. Stuttgart 1973）にその主要部分が採録されている。

　このようなテクストの歴史からも知られるように、『カーヴィ語序論』はフンボルトの名を言語学史上に不朽のものとした記念碑的な労作である。しかし、それはまた言語的および思想的に難解をもって知られ、引用されること多くして実際には読まれることの少ない幻の名著である。これまでに試みられた日本語の抄訳は、岡田隆平訳『言語と人間』（創元社、一九四八年）であるが、先駆的業績とはいえ、これは底本にシュタインタール版を用いた極めて不充分なものである。フンボルトに関する包括的な研究書としては泉井久之助著『フンボルト』（弘文堂、一九三八年）があり、これは一九七六年に『言語研究とフンボルト――思想・実践・言語』として改訂増補された。同書の新しい序言によれば、『カーヴィ語序論』の英訳が一九七一年にアメリカでついに現われた（Linguistic Variability and Intellectual Development, by Wilhelm von Humboldt, translated by George C. Buck and Frithjof A. Raven. Univ. of Miami Press. Gables, Florida, 1971）。それは恐らく、『言語と精神』（川本茂雄訳、河出書房新社、一九七六年）などに見られるようなチョムスキーによるフンボルト再評価の気運によって促されたものである。また「言語学の古典」として一九七四年には、フランス語の抄訳版も刊行された(Wilhelm von Humboldt. Introduction à l'œuvre sur le kavi et autres essais. Traduction et Introduction de Pierre Caussat. Éditions du Seuil. Paris 1974)。そしてその後十年にして遂に出たのが本邦初訳『フンボルト 言語と精神――カヴィ語研究序説』(亀山健吉訳、法政大学出版局、一九八四年)である。しかしながら、ロシア語訳はすでに一八五九年に出版され、ロシアあるいはソビエト言語学に早くから影響を与えたようである(エネルゲイア刊行会『言語における思想性と技術性』朝日出版社、一九七五年参照)。

ヴィルヘルム・フォン・フンボルトの言語研究は、通常、三期にわけて考えられる。第一期はバスク語、第二期はサンスクリット語、第三期はカーヴィ語とこれに関連した南島諸語の研究の時期である。フンボルトが政界から引退し言語研究に専念した一八二〇年代はすでに第二期に属し、彼のバスク語に対する関心は、一七九九年六月の第一回スペイン旅行に始まっている。そして、南島の言語と文化に関する彼の最初の論文は、一八二八年一月二十四日、ベルリンの科学アカデミーで朗読された「南洋諸島の諸言語について」であった。彼の遺著『ジャヴァ島のカーヴィ語について』全三巻が出版されたのは、彼の死後、一八三六年から三九年にかけてである。スペイン旅行以前のフンボルトは、イェーナでどちらかと言えばギリシア古典に傾倒する文学青年であり、宗教・国家・芸術・文学に関する初期の諸論文のあと、とくにシラーの精神的影響のもとで種々の美学的試論を書いていた。言語の本質に関するフンボルトの最初の論考としては、一七九五/九六年の冬に書かれた「思考と発話について」という十六項目の短い手記が残されているのみである。しかし彼がまさにこの時期に言語の本質について考えたということには、フィヒテの自我哲学のほかゲーテの科学方法論の影響が充分考えられるのである（一六二頁）。

ヴィルヘルム・フォン・フンボルトは一七八九年十二月にすでにゲーテの知己を得ていた。しかし彼がゲーテと親しく交際する機会に恵まれたのは、一七九四年二月、彼がイェーナに移住し、しかも同年七月に友人のシラーが有名な「幸福な出来事」によってゲーテとの友情の絆を結ぶことができてからであった。当時ゲーテは自然科学研究のためたびたびイェーナに滞在し、とりわけユストゥス・ローダー教授（一七五三―一八三二）のもとで比較解剖学の研究に従事していたのであるが、それはフンボルト兄弟との出会いによって著しく促進されることになった。この間の事情についてゲーテは『年代記』一七九五年の項で次のように報告している。「同年の暮れにフンボルト兄弟がイェーナに現われたときには、私は（美術から）全く方向転換をさせられて、再び自然観察へひき戻された。彼らは二人ともこの頃ちょうど自然科学に大きな関心を持っていたので、私は、比較解剖学とその研究方法に関する私の考えを会話のさいに述べざるを得なかった。すると二人は私の叙述に脈絡があり、またかなり完全であるのを認めて、それを文章にするよう私に切望した。そこで私もすぐそれに従い、比較骨学の基本的図式を私の念頭にあるがままマックス・ヤコービに口述し、友人たちを満足させるとともに、私自身でも一つの支点を得て、それに爾余の観察を結びつけることができるようになった。」口述のさいの情景は、マックスの父親であり、かつゲーテの青年時代の友人であるフリードリヒ・ヤコービ宛一七九五年二月二日付のゲーテの書簡の中で生きいきと描写されている。「マックスと一緒に私はほとんど二週間、解剖学に対する私の興味を一新させました。彼は毎朝七時に私のベッドの側へやってきて、私は彼に八時まで口述しました。最後の数日間、われわれは十時にまたこの題材に取り組みましたが、そのさいにはフンボルトも現われました。」

ゲーテが、当時イェーナ大学医学生であったマックス・ヤコービに筆記させた論文というのは、いわゆる「骨学にもとづく比較解剖学総序論第一草案」である。それは一八二〇年に、ゲーテの自家用機関誌『形態学のために』の第一巻第二冊においてはじめて印刷公表され、次のような八つの章から成り立っていた。

Ⅰ　比較解剖学の長所および、この科学を妨げる障害について
Ⅱ　比較解剖学を容易にするために設定すべき原型について
Ⅲ　原型の最も普遍的な叙述
Ⅳ　原型の普遍的叙述の特殊なものへの適用
Ⅴ　特に骨学的原型に関して
Ⅵ　骨学的原型の分類された各部分の合成
Ⅶ　個々の骨の記載にさいしてあらかじめ注意すべきこと
Ⅷ　骨格を観察する順序と、その種々異なった部分にさいして注意すべきこと

これらの標題からわかるように、ゲーテの「第一草案」は、比較解剖学の研究方法を「原型」ないし「範型」（Typus）という統一原理から基礎づけることを意図していた。彼がめざしていたのはとりわけ骨学的原型の設定であったが、このような科学方法論は、ほんらい彼の最初の自然科学論

文である「上顎の間骨は動物と同じく人間にも認めらるべきこと」（一七八四）や、彼の最初に印刷公表された自然科学論文『植物変態論』（一七九〇）にまで実質的に遡るものである。彼は顎間骨の研究にさいしてすでに、「メタモルフォーゼをとおして現われてくるある普遍的な原型は全有機物をとおして存在しており、ある中間段階においては、その各部分までかなりよく観察されうるだけでなく、人間という最高の段階において控え目に姿を隠している場合でもなお承認されなければならない」（『年代記』一七九〇年）ということを確信していたのである。

このような普遍的原型は植物のばあい「原植物」と呼ばれ、植物界の多種多様な現象を統一的に説明するための手がかりとされている。同様の原理は『色彩論』（一八一〇）においても「根源現象」として多彩な色彩現象を解明するために適用されている。しかしながら、ゲーテの独特の科学方法論は世人からなかなか理解されず、彼自身「第一草案」の最初の三章のために更に詳しい「論述」を書いているほどである。いまフンボルトの言語哲学との関連から必要最低限のことを述べるならば、詩人の「骨学から出発する」比較解剖学の方法論はおよそ次のようである。

一般に、博物学の基礎をなすものは比較である。比較解剖学はいろいろな視点から諸種の有機体を観察する機会をあたえてくれるが、たんに経験にとどまる限り、その研究には際限がない。多くの研究者によって動物と人間が比較され、動物相互間の比較がなされたが、このような数多くの比較研究で得られたものは常に個別的なものにすぎず、関連のない個別研究が増大すればするほど、全体の概観というようなことはますます不可能となる。そこで現象にもとづきながら現象を超越する解剖学的類型ないし普遍的原型というものを概念的に構成する必要が生じる。それはいわゆる

「比較の第三者」(tertium comparationis) であり、これを設定したならば、これを基準にして更に種々の比較を行なうことができる。この普遍的原型は全体として不変的であるとはいえ、部分の相互関係においては無限の可変性をもっている。すなわち、それは理念として単一であるが、現象形態としては多様である。

原型のこの二面性を規定するのは、ア・プリオリな二つの法則である。第一の法則は有機体の内的自然すなわち本性に関するもので、自然の形成力には一定の限界があり、この国家の予算の支出総額はあらかじめ定められている。その際、予算の各項目にどれだけ支出するかは、ある程度まで自然の形成力の自由である。しかし、ある項目により多く支出するならば、必然的に他の項目の支出を減少しなければならない。第二の法則は外的自然すなわち生活環境に関するもので、有機体は種々のエレメントもった環境に順応するために自然的形成力の一部をさまざまの分量で支出し、それに伴って隣接する他の諸部分に支出減少というかたちの連鎖的変化を惹き起こす。両者を合わせて定式化すれば、「動物は環境によって環境に対して形成される」ということになる。たとえば同じ哺乳類であっても、気候・高山・温暖・寒冷は、空気や水とともにその有機的形成に強力に作用する。このような見地にもとづく比較解剖学がとくに骨学から出発するのは、骨格が形態全体の明瞭な足場だからである。

ゲーテの科学方法論はもちろん、比較解剖学からだけでなく、彼の深遠な自然観および色彩学その他の研究領域との関連から包括的に取り扱われなければならない問題である。しかし彼の原型的思考の有効性は、人間の顎間骨の発見により比較的早く実証された。彼の功績は人間の顎間骨の経験科学的「発見」よりは、むしろそれに導いた彼の方法論にあったと言わなければならない。十八世紀の著名な解剖学者たちが、猿と人間との差異を、前者の上顎には顎間骨が賦与されているのに対し後者にはそれが欠如している点にあるとみなしていたときに、詩人的科学者は原型の普遍性にもとづいて哺乳動物としての人間にも顎間骨があることを断固主張し、これはのちに経験的に確認されることができたのである。

ちなみに、アレクサンダー・フォン・フンボルトは最初期の『自然の諸相』において、比較の原理を自然地理学にも適用している。「困難ではあるが、有益な一般地理学の課題は、遠隔地における自然の性状を比較し、この比較研究の結果を概略的に叙述することである。部分的にまだほとんど知られていない多種多様な原因から、新大陸の乾燥と温度が少なくなるのである。」（「草原と砂漠について」）ただ純然たる自然学者として彼は、Typus という言葉をゲーテのように「原型」の意味の単数ではなく、「類型」の意味で複数で用いている。

「このように自然を一目で包括し、ローカル現象を捨象することのできる人が認識するのは、生命を付与する気温の上昇とともに、極地から赤道にかけて、有機的な力と充溢する生命もしだいに増大していくことである。しかし、この増大にさいし、どの地帯にも特殊な美が予定されている。熱帯には植物の形の多様性と大きさ、北には草地の眺め、春風が最初に吹く頃の自然の周期的に繰り返される目覚めである。どの地帯もそれに特有の長所のほか独特の性格も有している。有機組織の根源的な力は、個々の部分の異常な発達をある程度まで許容するにもかかわらず、すべての動物と植物の形態を、永遠に再来する堅固な原型（範型）に縛りつける。個々の有機体を見れば一定の相貌が分かる。記述植物学と動物学は言葉の狭い意味で動物と植物のさまざまな形の解剖である。同様に自然の相貌というものがあり、これはどの地帯にももっぱら当てはまるものである。」(「植物観相学試論」)

2　ヴィルヘルムの比較人間学

人間はもとより動物以上のものであり、精神的・社会的存在としての人間は、理性によって言語を、そして言語を媒介として歴史をつくり上げてきた。しかも注目すべきことに、両者は自然現象とほとんど同じく多種多様である。いまゲーテの比較解剖学的方法を、言語・社会・歴史などの人間的現象に適用したらどうなるであろうか。少なくともドイツ近代思想史において、このような考え方の偉大な先駆者はヘルダーであり、ゲーテも青年時代にヘルダーの決定的な影響を受けていた。しかしながら、すでに指摘したように、広く人間学的および言語哲学的に直接フンボルトに影響を及ぼしたのは、一七九五年に確立されたゲーテの比較解剖学的科学方法論のようにみえる。一七九七年十一月、母の死後まもなくパリに移住したフンボルトは、事実、友人の古典語学者フリードリヒ・A・ヴォルフ(一七五九―一八二四)に宛てた同年十二月二十三日付の書簡の中で、「異なった種族の人間と個人の精神的組織の差異性を、比較解剖学において人間と動物の身体的組織を相互に比較するのと同様に比較対照したい」という意図を告げている(一八四頁)。

しかしながら、より決定的な記録は、翌年の四月フンボルトがゲーテに宛てて書いた下記のような文章である。「私がほんらい当地滞在の実りとみなすことのできる重要なことは、私の頭の中をぐるぐる廻っているばかりで、恐らくいつまでもそこに留まったままでしょう。それはフランスの国民性の研究とドイツ人のそれとの比較です。実際私は、しばらくの間それを続けたばあい、両者のうちどちらが私に生きいきと明瞭になり、他人にとっても叙述が可能になるのか、はなはだ不確かです。私たちは非常に多くの興味深い事柄について語り合いましたので、私は貴方に対してまだ二つの大きな草案、すなわち、われわれの世紀の描写と、ほんらい新しい科学である比較人間学の創始についてお話ししていなかったのではないかと思います。しかし特に、貴方は見逃されなかったと思いますが、私はどこででも主として人間に関する個々の知識をひたすら目ざしており、しかもそれは、完全に真実であるために充分経験的であり、それぞれの時間以上に妥当するために充分哲学的であるような知識です。」

この書簡の中で言い表わされているフンボルトの人間に対する強い関心は、ヘルダー、ゲーテ、シラーに共通に認められるドイツ古典主義の本質的特徴であるが、人間を理解するための経験的かつ哲学的な見方もまた明らかにゲーテの科学方法論に対応している。彼は同じ書簡の中で、「優れた観察者は、不可欠の眼さえ持っていれば、万象が万象と関連しあい、いかに小さな点にも全自然が存在しているありさまを感じます。しかし、貴方以上にそれを確信している人はいないでしょう」と述べており、彼がゲーテ的自然観察の本質を一七九四年八月二十三日付ゲーテ宛書簡におけるシラーと同様、明確に把握していたことが窺われる。一七九六年十二月二十三付ヴォルフ宛書簡の中で打ち明けられているように、彼自身の精神構造がゲーテ的であった。「私が大多数の人々よりも何かあるものに対して素質を有しているとすれば、それは、通常切り離されているとみなされている事物を結合したり、いくつもの面を一緒に把握したり、多様な現象のなかに統一性を発見する能力です。」この素質ないし能力は、アレクサンダーのばあい理念的結合（コンビネーション）と呼ばれ、自然現象のコスモス論的把握に適用されるものである。

このような物の見方から得られた、人間の個性や国民性に関するフンボルトの認識そのものは、彼の遺稿から公表された一七九五年の論文「比較人間学草案」のなかで詳述されている。それはゲーテの「骨学にもとづく比較解剖学総序論第一草案」との密接な関連を示唆する次の文章で始まっている。「比較解剖学において人間の身体の性状を動物の身体の研究によって解明するように、比較人間学においては、異なった種族の人間の精神的性格の諸特徴を対比し、比較することによって判断することができる。」

フンボルトの比較人間学の目的は究極において人間研究であり、生活全体が提供してくれる豊富な材料を収集・整理し、科学的認識へ高めることである。しかしながら自然研究におけると同様、ここでも普通あまりにも一般的経験的な知識か、哲学的抽象的な議論しか見当たらない。そこで「現にあるがままの人間を精確に知ると同時に、人間が何にまで発展しうるかを自由闊達に判断するために、実践的な観察力と哲学的精神が共同してはたらかなければならない」。そのさい哲学的精神が追求するのは、個々の経験に統一性をあたえるある理念的なものにほかならず、それはゲーテ的に「普遍的原型」と呼ばれている。「これら両者の結合が著しく容易にされるのは、個々の性格の知識が比較人間学において科学的思索の対象へと高められ、そこにおいて、異なった種族の人間の諸特徴と、外的境遇が内的性格におよぼす通常の影響について明確な描写にであう場合である。そうすれば、比較人間学が提示する普遍的原型は、自己の経験を用いてさらに記述され、比較人間学がある性格に対してそもそも可能であるとして指示する領域において、この原型がいずれの瞬間においても本当に占める位置が規定されることができる。」

フンボルトの草案において、原型の概念はとくに説明されていない。しかしそれは「人間性の理想」すなわち理想的人間像をさしており、これそのものは現実に見出されることはないが、個人および諸国民のもとで多種多様なかたちで、ある程度まで実現されている。したがって、ここで問題になるのは、実生活における理想と現実の関係である。人間は自然と境遇をとおして、いったん受け取った自分の性格を保持すべきである。「この性格のなかでのみ彼は容易に生活することができ、活動的かつ幸福である。しかし、それに劣らず彼は、人間性の諸要求を満足させるべきであり、自己の精神的形成になんらの制限をも設けてはならない。」これら二つの互いに矛盾する要求を結びつけ、それぞれの課題を同時に解決することは、教育者・宗教家・立法者だけでなく、あらゆる人間に必要なことである。

比較人間学はこうして全く古典主義的に、人間形成に寄与することをその最終的な使命とする。それは人間の種々異なった性格の知識だけでは満足せず、より高度の人間学を生み出すことに貢献しようとする。ただそこには、理念的人間性が現実の個性においては融通性をもっているという暗黙の前提がある。それは前述したゲーテにおける自然の形成力の予算支出に関する考え方の適用である。フンボルトはゲーテの形態学的術語である「形成衝動」という言葉を実際に一度使っている。

「精神的組織には、身体的組織におけると同様、同化する形成衝動が備わっている。これはしかし、自己の性格がある程度の既定性を得さえすれば直ちに、類似ではなくむしろ二つの個性の相互の均衡関係をめざすようになる。」

比較人間学の目標は要約すれば、「人間性の現実にありうる差異性をその理想性において測定すること」である。それゆえフンボルトの比較人間学は、ゲーテの比較解剖学と同様、二重構造を示している。すなわちそれは、一方で理想的人間像を設定する規範的性格をもっている。他方でそれは、現実のできるだけ精確な観察から出発しなければならない。なぜなら、「この理想は、あらゆる方向に拡大された、あらゆる制限的障害から自由にされた自然にほかならない」からである。こうして比較人間学は、「男女・年齢・気質・国民などの不変の性格を、自然研究者が動物界の種族や変種を規定しようと努力しているように、綿密に探求しなければならない」。もとより、博物学的考察方法と哲学的考察方法を結合することには、人間を自然的存在として強調しすぎる危険がある。しかし比較人間学の意図はあくまで、理想的要請とも両立しうるような種々の個性的差異を探求することであって、人類を博物学的に分類することでは決してないのである。

以上のように、フンボルトの比較人間学とゲーテの比較解剖学との方法論的一致は歴然としている。しかし決定的に重要な問題は、それがフンボルトに始まる本格的な言語の比較研究にいかに作用したかということである。フンボルトがゲーテ的見地から人間生活の多様な諸現象を考察したとき、彼は経験において認められる種々の差異を三つに分けて考えていた。第一は人間が従事する対象、彼らの勤労の産物、彼らの欲求を満たす仕方のちがいである。第二は人間の姿、顔や頭髪の色、容貌、言語、歩き方、身振りなど、人格の外面的表現のちがいである。そして第三は、これら二種類の差異から推し量られる思想・感情における内面的差異性である。言語については第二の差異との関連から、わずかに一度簡単に言及されるのみであって、当時彼が詳細に論じているのはむしろ男女の性格的精神的相違である。事実フンボルトは一七九四年と九五年に男女両性に関する二つの論文を発表している。

なるほど彼は、一七九五年九月十四日付および十一月二十日付シラー宛の書簡の中で、ある与えられた言語の諸特徴に適用し、これらの特徴をそれに従って記述できるようなカテゴリーを見出したいという希望をすでに述べている。しかし彼の場合、フランス、スペイン、イタリア滞在が機縁となってまず最初につよい人間学的関心が呼びさまされ、国民性理解のために言語研究が最も有効であることを真に自覚するようになったのは比較的あとであった。一八〇〇年十二月六日、彼はパリからゲーテに、「私はずっと以前から国民性と言語の差異ならびに言語が国民性にたいして与える影響に関する論文を考えていました」と書き送っている。しかしながら、彼が言語研究を自己の学問的使命として感ずるようになった旨、ローマからハレのヴォルフに告げたのは、「比較人間学草案」執筆から約十年後の一八〇四年六月十六日のことであった。「私が現在やっているすべてのことは、結局、言語研究です。私は全世界の最高最深なところと多様性を通行するために言語を乗物として利用する技術を発見したと思いますし、この見解をますます深めて意を強くしております。」

3　ヴィルヘルムにおける言語の形態学

言語哲学者としてのヴィルヘルム・フォン・フンボルトにおける言語思想の形成にさいして、ヘルダー、カント、シラーおよびゲーテのそれぞれ言語論、批判哲学および美的ヒューマニズムが大きな影響を及ぼしていることは、現在に至るまで最も包括的なフンボルト研究書の著者ルドルフ・ハイムによってつとに指摘されている。それはフンボルトがドイツ・イデアリスムスおよび古典主義の系譜に立つ思想家であることを示しているが、ゲーテ自身ヘルダー、カントおよびシラーから強い影響を受けているので、ゲーテとの思想的関連を充分に考察しさえすれば、フンボルトの言語思想の古典主義的特徴もおのずから明らかになってくるように思われる。

ゲーテの古典主義とは、一言でいえば、彼の宗教的かつ科学的な自然観にねざした文学的ないし芸術的人間中心主義である。したがって、フンボルトの言語哲学において問題になるのは、ゲーテの自然観とりわけ形態学との関連である。これについては拙訳『ゲーテ形態学論集・植物篇および動物篇』（ちくま学芸文庫）があり、エーリヒ・ループレヒトやヘルムート・ギッパーなどがすでに言及している。最近ではレクラム版の『フンボルト言語論集』の編者ミヒャエル・ベーラーが以下のように強調している。

「ところで〈範型〉（Typus）の概念は、〈内的形式〉（innere Form）のそれよりはるかに分かりやすい。なぜなら、それは概念史的にゲーテへ、すなわち彼の自然科学的有機体概念へと通じているからである。（これは伝記的にも、ゲーテがフンボルト兄弟と一緒に彼自身の形態学および骨学研究について対話をしていることの指摘により、確認されることであろう。）実際、有機体概念はたんなる隠喩ではなく、それはフンボルトにおいて言語との関連から恐らく最もしばしば用いられる概念である。とにかくそれは〈エネルゲイア〉や内的言語形式のような概念よりもしばしば用いられている。」「〈言語という有機体〉〈有機的構造〉〈言語はあらゆる有機的なものの本性を共有している〉〈言語という有機体は知性的人間の生理学的部分である〉〈言語は有機的存在であり、内的に関連し合った有機体である〉、これらの表現は言語の本性を規定するために繰り返し現われてくる。」「ゲーテの自然科学的研究とフンボルトの言語学的研究の原則的な一致を細部にわたって証明することは、魅力的な企てであろう。」

もとより、有機体の概念はゲーテの形態学思想における最上位概念であり、これには原型・変形（メタモルフォーゼ）・分極性・高進性などの基本的下位概念が属している。またフンボルトの言語思想においても、有機体としての言語の概念にはエネルゲイア・内的形式・言語の世界像などの主要概念が随伴している。そして有機的なものに対する考察方法として両者に共通なのは、発生論的な見方と類比的思考（アナロジー）である。それゆえ「ゲーテの自然科学的研究とフンボルトの言語学的研究の原則的な一致」を解明するためには本来、これらの諸概念の対応関係を個別に検討していかなければならない。しかしながら、複雑多岐をきわめる言語思想の中からゲーテの形態学思想と対応しているように思われる箇所を細大洩らさず引用することは、いまとうてい不可能である。

ゲーテの自然科学的研究における大前提は、いうまでもなく、自然全体が一つの生きた有機体だということである。「自然は体系などというものを持たない。自然は生命をもつというよりは、生命であり、未知の中心から認識不可能な限界にいたる経過である。自然考察はそれゆえ、もっとも個別的なものまでも分析的に研究しようと、全体においてその広がりと高さを追究しようと無限である。」(「種々の問題」)「自然が絶えず分析的なやり方、すなわち神秘的な生きた全体からの発展ということを遵守するのを私は見逃さなかったが、自然はまたそれから再び綜合的なやり方をするようにみえた。というのは、まったく異質にみえる諸関係が相互に接近させられ、それらがすべて一つに結び合わされたからである。」(「近代哲学の影響」)「生きた自然の中では、全体と結びついていないものは何も起こらない。いろいろな経験が孤立したものとしてしか現われず、種々の実験をわれわれが孤立した事実としか見なさざるをえない場合でも、それによってまだそれらの経験や実験が孤立しているとは言えない。問題はただ、われわれがこれらの現象、これらの出来事の結びつきをいかに見出すかということである。」(「客観と主観の仲介者としての実験」)

しかも詩人的科学者にとって、自然はつねに二つの面をもっている。すなわち、あらゆる生命の根源である精神的・霊的な一者と、個別的には認識可能ではあっても全体としては認識不可能な物質的な万象、自然の生命の営みの分析的なやり方と綜合的なやり方の二面性である。したがってゲーテは自然研究にさいして、一と全、精神と物質、理念と現象、個と全体、分析と綜合、認識の可能性と不可能性ということに対して、絶えず注意を払っている。それらは彼の自然における基本的な視点である。

これに対して、ヴィルヘルム・フォン・フンボルトの世界観あるいは自然観はきわめて不明瞭である。終生キリスト教的なものと深いかかわりを持っていたゲーテと比べると、フンボルトは古代ギリシア的という意味ではるかに異教的である。フンボルトの言語思想におけるいわゆる「言語の世界像」は言語のなかに反映された各民族の世界観であって、個人の宗教的あるいは道徳的な態度決定をせまる思想的な立場ではない。「すべての客観的知覚には主観性が避けがたく混和されているので、言語とかかわりなしにも、人間のそれぞれの個性を世界観の独自の立場とみなすことができる。しかし、それは言語によって更に一層そうなる。／後述するように、言語は魂にたいしてもまた自律的意義を賦与された客観となり、新しい特性を付加するからである。言語音の特性としてそこには同一の言語において必然的に一貫したアナロジーが支配し、また同一の言語には同種の主観性が作用を及ぼすので、それぞれの言語には特有の世界観がある。」

そもそもフンボルトにとって、自然の神秘的な本質はほとんど問題ではない。自然はゲーテの場合のように、必ずしも神的な精神（世界霊）との形而上学的な相関関係のうえに成り立っているものではない。彼の言語思想においてはむしろ、ゲーテの自然研究における「生きた全体」としての自然と同様に、人間精神一般が未知のものとして大前提にされている。「言語というものは、いわば諸民族の精神の外的現象である。彼らの言語は彼らの精神、彼らの精神は彼らの言語であり、両者を同一と考えてもそれに過ぎることはない。それらがわれわれの理解を超えた同一の源泉の中で、実際にどのように一致し合っているのかは、われわれに隠されたままで説明することができない。」ここで言われている民族の精神とは世界霊をさす神的な精神とも個人の精神あるいは魂とも異なる不明瞭な集合概念である。

しかし言語が精神と同一であり、しかも自然的な有機体とみなされるのであれば、精神もまた有機体ということになり、精神と自然の厳密な区別は、ゲーテの自然観におけると同様に究極において解消してしまう。一般にこれが、ゲーテの「箴言的論文『自然』への注釈」に言い表わされているように、ドイツ古典主義の根本的特徴とさえ見なされている。フンボルトの遺著『カーヴィ語序論』の第二章「人間の発展過程の一般的考察」の中でも、事実、精神と自然を同一の源泉から導き出す新プラトン主義の霊ないし精神の「流出」(Emanation)という言葉が使われている。

「言語はたとえその本質においては説明しえなくても、われわれの目に見えるように自己を開示する自律的活動を有しており、この面から考察すると、活動の産物ではなく精神の不随意な流出、諸国民の作品ではなく彼らに内的な運命によりあてがわれた一つの賜物である。彼らは言語をみずからいかに形成したかを知らずに、それを用いているのである。」

いずれにしても、ゲーテの自然研究が経験的事実から理念を志向する自然の現象学であるとすれば、フンボルトの言語研究はどちらかといえば精神の現象学であり、それは最終的に内的言語形式としての「原型」の解明をめざしている。しかしその出発点は、自己を目に見えるかたちで表現するために人間存在の奥底から必然的に生じてくる精神の自律的活動である。ほんらい僅か一度しか使われていないとはいえ、フンボルトの言語論における基本的術語としてあまりにも有名な「エネルゲイア」の概念は、言語表現に対する人間のこのような精神的衝動を意味しているのである。「言語は、その実質において把握するならば、どの瞬間にも絶えず過ぎ去っていくものである。それを文字によって保持することさえ常に不完全なミイラのような保存にすぎず、したがってまた、そのさいに生きた話し言葉を具象化しようと改めて努力する必要がある。言語そのものは決して所産（Ergon）ではなく活動（Energeia）である。それゆえ、その定義は発生論的なものでしかありえない。すなわちそれは、分節された音声を思想の表現たらしめようとする精神の永遠に繰り返される作業である。」（二六頁）

フンボルトがここで言語をエルゴンとエネルゲイアの二つの面に分けていることは、ゲーテが「形態学序説」において有機体を「出来あがった形」（Gestalt）ではなく「形成されつつあるもの」（Bildung）という見地から考察しようとしていることに対応している。この見方は『箴言と省察』においては「理性は生成しつつあるもの」（das Werdende）に、悟性は生成してしまったもの（das Gewordene）に依存している。理性は何のためにということを気にかけず、悟性はどこからということを問わない。理性は解明することを喜び、悟性は利用することができるようにすべてを固持することを望む」と言い表わされているが、生成の由って来る「どこから」を解明しようとする理性の立場はまた「発生論的」（genetisch）と呼ばれるものである。もとよりゲーテによれば、「発生の概念はわれわれには徹底的に拒まれている。それゆえわれわれは何かが生成するのを見ると、それがすでに存在していたと考える。入れ子説がわれわれに理解しやすく思われるのはそのためである」。

しかし存在の次元が本質的に異ならないばあい、発生論的考察方法とならんで、未知のものを既知のものとの類比から推測するアナロジーの方法がさらに適用される。ただここにも、同じく『箴言と省察』に述べられているように方法論的な難点がある。「個別の存在はすべての存在するものの類似態（Analogon）である。それゆえ、われわれには、存在は常に同時に分離され結合されつつあるものに見えてくる。アナロジーにあまり従いすぎると、すべてが同一のものに帰着する。アナロジーを避ければ、すべては無限に分散する。どちらの場合にも考察は停滞する。一方では考察が活発すぎ、他方ではそれが減殺されるために。」ゲーテの自然研究において、同一の対象に対して発生論的な見方とアナロジーの方法、あるいは生成中のものに対する理性による綜合と生成し終わったものに対する悟性による分析が交互に適用されるのは、それぞれに長所と短所があるために他ならない。

ヘルダーないしゲーテが、自然を結局、存在と生成に分けて考察しているように、フンボルトも言語をそれを生み出す精神的活動およびこれにより生み出された個々の言語の二つの面から把握している。そしてゲーテと同様、フンボルトも前者に対しては発生論的な見方、後者に対してはアナロジーの方法を適用している。換言すれば、フンボルトの言語研究の方法は思弁と経験、理論と実践のあいだを絶えず揺れ動いている。一般言語学への彼の序論の構想はこれを端的に示している。

「このような序論はそれゆえ、最深のものにできるだけ近づくために最も普遍的なものを包括すると同時に、特殊なものへも降りて行き、悟性がアナロジーと関連を見出し、その仕事を記憶と練習だけに委ねなくともすむようにしなければならない。」彼が「特殊なもの」すなわち個々の言語に精通していたことはよく知られている。それは『カーヴィ語序論』の初版(一八三六)に付された弟アレクサンダーの「まえがき」における誇らしい言葉にも示されている。「その死をわれわれが悼んでいる故人は、彼の知性の力とそれに劣らぬ意志の力によって、また恵まれた外的境遇と、滞在地のたび重なる変更および公務によっても中断されることのなかった研究により、恐らくかつていかなる人間によっても包括されなかったほど多種多様な言語の構造に深く透徹することができた。」

しかしながら、みずからの該博な言語の知識にもかかわらずヴィルヘルムがあくまで強調していたのは「全体性」ということであった。個々の言語に関する経験科学的な研究を重んじながら、それだけに終わってしまうことなく常に言語の全人間的地平や言語の本質を追究していった点でも、彼は自然科学者としての詩人ゲーテと相通じるものを持っていたのである。

「この全体性の条件なしには多様性は混乱させるだけである。違ったもの、遠く離れたもの、類似していないものを故意にあるいは偶然的につなぎ合わせることほど慰めのないものはない。その行きつくところは、一連の奇妙な諸現象を並列すること以外の何物でもない。現にあるいかなる資料もすべて徹底的に処理されなければならないにしても、歴史的素材が完備していることは考えられない。すでに知られているすべてのものも永遠に断片にすぎない。しかし、かの全体性の条件が満たされるのは、研究方法が体系的であり、親近性のあるものを結合し、互いに異質のものを分離しようと努める場合である。また精神が絶え間なく活動して、経験的データに従ってつねに可能な全領域をおおい、充填されないままの諸分野を暗示し、現にあるものを決して偶然的に切り取られた断片としてではなく、全体の補完的部分として眺める場合である。このようにして集成されるのは、人間があらゆる大陸においてあらゆる時代を通じて言語の面で試みかつ達成したこと、および、言語をもちいて学問芸術、思想感情においていかなる領域を征服し耕作し結実させたかの哲学的な歴史である。この研究の種々の成果はそれから再び、気候的、年代的あるいは政治的にそれらに作用した諸原因に従って総括される。要するに、真実の研究方針によって個から全体へ、全体からまた個への道がほんとうに拓かれさえすれば、可能かつ有益な具体的結合の数はまことに計り知れないのである。」（アカデミー版第四巻二五〇頁以下）

4 方法論的親近性の帰結

フンボルトの言語学的方法論の叙述は、本書「まえがきに代えて」において言及したゲーテの科学方法論的な論文「客観と主観の仲介者としての実験」および「動物哲学の諸原理」のなかの次の引用箇所をすぐに思い出させる。「この機会にわれわれの誰もが、分離と結合は二つの不可分な生命行為であると言えばよいと思うのであるが、恐らく次のように言えばさらに適切であろう。人がそれを欲すると否とにかかわらず、全体から個へ、個から全体へ行くことは絶対に必要であり、精神のこの両機能が呼気と吸気のように生きいきと関連を保てば保つほど、科学とその友にとって有益となるであろう。」しかし、これらの言葉以上にゲーテとフンボルトの緊密な精神的親近性を感じさせるのは、『色彩論』第一部「教示編」序論の冒頭の文章である。

「知識に対する欲求が人間の心の中で最初に惹き起こされるのは、彼の注意を引く顕著な現象を知覚することによってである。ところで、この欲求が持続的なものとなるためにはいっそう深い関心が生じなければならず、これによってわれわれはしだいに種々の対象を知悉するようになる。そのとき初めてわれわれは、群をなして押し寄せてくるものの大きな多様性に気がつく。そこでわれわれは分離し、区別し、再び集成することを余儀なくされるのであるが、それによって最終的に、多少の満足をもって見渡されうるような一つの秩序が成立する。／これを何かある専門分野においてある程度まで達成するためだけでも、しんぼう強い厳密な研究が必要である。だからこそ人間は、むしろ一般的な理論的見解や何かある説明の仕方で現象を片づけてしまい、個をよく見きわめ全体を構築しようとする労を惜しむのである。」

最近は言語学者のあいだで「自然言語」という術語がよく使われるが、空間的・時間的に言語の多様性が自然のそれに匹敵することを身をもって体験したフンボルトは、この広大な言語現象を、自然科学者ゲーテが自然現象を見ていたのと同じ目で見ようとしていたに違いないのである。

そのほか、フンボルトの言語思想において方法論的にゲーテの『色彩論』を思い起こさせるのは、以下の引用箇所における「仲介」の考えである。

「思考は一つの精神的行為である。しかしそれは、言語に対する欲求によって、身体的行為をうながすものとなる。それは漸進的発展、純然たる内的運動であって、そこには停滞するもの・恒常的なもの・静止したものは認められないが、しかし同時に闇から光へ、制限から無限へと向かう一つの憧憬の念である。二つの本性が一つに融合してでき上がった人間存在の中で、この内的欲求はごく自然に外部に向かい、発声器官の仲介により、あらゆる元素のなかで最も自然な最も運動しやすいものである空気の中に、自分にすばらしく相応しい素材を見出す。この素材の中で、（ヘルダーのいう）直立歩行の人間にあっては、話し言葉は自由にかつ穏やかに唇から耳へと流れ出る。またその素材は星辰の光を導き入れ、目に見える制約なしに無限の彼方へ広がってい

く。」（アカデミー版第六巻一五四頁以下）

この美しい文章には、ゲーテ的な表現がいくつも含まれている。まず、人間存在を構成する一つに融合した「二つの本性」という表現は、『ファウスト』第二部終幕の「合一した二重の自然」(geeinte Zwienatur) とほぼ同じである。次に言語の成立をうながす精神的運動が不断の「内的欲求（努力）」であって、しかもそれが「闇から光へ、制限から無限へと向かう」というのも、きわめてゲーテ的である。そして最後に「発声器官の仲介により」という表現は、色彩と言語の発生論的な類比的性を考えさせずにおかない。詩人的科学者において、普遍的かつ単一な光は、曇った媒体によって仲介され、闇あるいは「光ならざるもの」と相接することにより多様な色彩現象となって現われる。これと同様フンボルトにおいては、ほんらいすべての人間において共通の精神が個人差のある発声器官を介して対象世界と触れ合い、そこに多種多様な言語現象を出現させるように思われるからである。

もちろん、この比較はあくまでアナロジーであって、それ以上のものではない。『箴言と省察』の「神と自然」の項で、ゲーテはアナロジーの限界を繰り返し強調している。しかし「仲介」という考え方がゲーテにおいてもフンボルトにおいても決定的な役割を演じていることは確かである。遺稿「気象学試論」の「アナロジー」の項においてゲーテは次のように述べている。

「色彩学において私は、光と闇を対比させた。両者は、それらの間に物質が介在しなければ、お互いに永遠になんの関係もないであろう。この物質は不透明、透明、あるいは生命あるものでもかまわない。明暗はこの物質のもとで開示され、色彩は直ちに百千の条件のもとでそこに生ずるであろう。同様にいまや、牽引力とその現象である重力が一方の側にある。これに対し、他方の側にあるのは加熱力とその現象である拡張である。両者はそれぞれ独立して対置されているが、それらの間に介在するのが大気圏すなわち、いわゆる具象性のあるものが本来ない空間である。われわれの見るところ、これら二つの力が精妙な空気の物質性に作用すると、気象と呼ばれるものが生じ、われわれがその中で生き、それによって生きているエレメントが多種多様きわまりない、しかしきわめて法則的な仕方で規定される。」

他方でフンボルトにおいて、言語はそれみずから仲介の機能を果たすものと考えられている。「言語は至るところで仲介者である。まず無限な自然と有限な自然、次にある個人と他の個人のあいだの。そして同時に同じ行為によって言語は結合一致を可能にし、この結合一致から成立する。その本質全体は決して個々のものの中にはなく、つねに同時に他者から推測されるか予感されなければならない。しかし言語は両者からも説明されえない。それは（真の仲介が行なわれる場合いつもそうであるように）何かある独自なもの、不可解なもの、われわれとわれわれの物の見方にとっては徹頭徹尾分け隔てられているものの結合一致の理念によってのみ与えられたもの、この理念の中でのみ把握されたものである。」（アカデミー版第三巻二九六頁）

フンボルトにとって言語とは主体にも客体にも属するものではなく、両者の中間に成立すると同時に、また両者に規定的な作用をおよぼす独自の「中間的世界」なのである。この意味で言語は、ゲーテの考えている芸術にきわめて近いものとなる。なぜなら、『箴言と省察』に述べられているように、「芸術とは言い表わすことのできないものの仲介者」だからである。

言語が主体と客体を仲介しつつ成立する独自の存在であるとすれば、それは主体すなわち人間の精神的活動と、客体すなわち対象世界の両者の刻印を帯びていることになる。この関係は形式と素材のそれであり、形式はゲーテの詩「変化のなかの永続」に簡潔に言い表わされているように、究極において人間精神に由来するものである。フンボルトの言語思想がヘーゲルの美学思想におけるように審美的であるといわれるのは、ゲーテのこのような芸術思想との親近性のためである。フンボルトにおいても上述のように「原型」を含意する「内的言語形式」は精神の特性に深くねざしている。「精神的能力の存在はその活動の中にのみある。それは継続して燃え上がる力のまったき全体性であるが、方向は個別に規定されている。かの（言語のうちに現われる）法則とは、それゆえ、精神的活動が言語産出にさいして進行する軌道、あるいは別の比喩を用いれば、精神的活動が音声を刻印するときの形式にほかならない。」そもそも、「精神的能力の存在はその活動の中にのみある」というエネルゲイア的実態概念そのものが、『色彩論』の「まえがき」で述べられているゲーテの考え方とまったく同じである。「われわれが事物の本質を言い表わそうとするのは、ほんらい徒労である。われわれが知覚するのは種々の作用であり、これらの作用をもし全部記述すれば、その事物の本質をどうにか包括することになるであろう。われわれがある人間の性格を叙述しようとしても、むだな努力をするだけである。これにたいして、彼のいろいろな行為や活動を寄せ集めてみると、その性格のイメージが浮かび上がってくるであろう。」

ゲーテのこの見解をいま言語に当てはめるならば、人間の精神そのものは把握されえない。しかし思考あるいは言語表現として現われてくる種々の精神的作用を総括することにより、その本質をどうにか知ることができる。「諸言語を精神の労作と呼ぶことが全く正しい充分な表現であるのは、精神の存在はもっぱらその活動の中で、もしくは活動としてのみ考えられるからである。」しかもこれらの精神的作用は、有機体としての言語についてはゲーテの形態学における代表的思想詩「オルフォイス風の原詞」と同様、すべての言語的素材に形式をあたえる力、「能産的自然」に対応する「形成的形式」(*forma formans*)として現われてくる。「精神的活動が音声を刻印するときの形式」とは、このような内部からの形成力を意味しているのである。その際、「言語の真の素材は一方では音声一般、他方では感覚的印象と精神の自律的運動の総体であり、これらの運動は言語の助けをかりて概念を形成することに先行している」。それゆえ、特定の言語の音韻や文法などの外的形式は「所産的自然」に対応する「形成された形式」(*forma formata*)であり、それらを刻印する精神の内的形式により深く特徴づけられているのである。ポーレンツからの引用にいわれている(一四頁)フンボルトのいう言語の「世界像」とはある民族の精神が共有するこのような内的言語形式のことであって、すでにでき上がった言語によって形成される個人の世界観を意味しているのではない。

人間精神の内的および外的形式としての言語はこうしてゲーテの原型概念に近づいてくる。なぜなら、ゲーテが動植物の形態を理念的原型の現実における多種多様な現象形態とみなしているように、フンボルトは諸言語を、ある基本的構造の変化形態として類型論的に考察しているからである。「言語の本質は、現象界の素材を思想の形式の中へ流し込むことにある。言語の全内的欲求は形式的であるが、個々の言葉が種々の対象の代わりをつとめるので、それらの言葉にも素材として、それらを支配する形式が対立していなければならない。」(アカデミー版第四巻一七頁)この原則から生じる言語の「始原型」（Urtypus）は、素材が形式によって完全に浸透されている場合であり、その両極端に純然たる素材性と純然たる形式性が位置している。これら三つの類型を生み出す原因は、発話と思考の相反する傾向である。「発話は素材的かつ現実的欲求の結果なので、直接、事物を表示することにのみ向かい、思考は理念的なので形式に向かう。」両者の作用にもとづく素材と形式の浸透の度合いから諸言語を分類して㈠素材に支配され、孤立した単語をつなぎ合わせるだけの言語、㈡語順や接合辞文法的関係を示すいわゆる膠着語、㈢形式によって支配された屈折語という三つの類型が成立することになる。㈠の代表的なものは原始的な諸言語と中国語、㈡に属するのは日本語・朝鮮語・トルコ語など、㈢を構成するのは印欧語、とりわけサンスクリットと古典ギリシア語、さらにセム語族である。「両方の言語（サンスクリットと中国語）はその文法構造において全くあい対立しているので、全領域はそれらによって分有され、第三の言語は同一の系列に入ることができない。」

これら三種類の言語のうち、サンスクリットと古典ギリシア語は最も始原型に近く、したがって民族の知性的文化を促進するのに最適と考えられる。そればかりでなく、これらの言語には特有の美が備わっている。「言語の芸術的な美は、言語に偶然的な飾りとして付与されるのではない。それはむしろ反対に、言語の爾余の本質的な内部的に必然の結果であり、その内的および一般的完成の偽ることのない試金石である。なぜなら、精神の内的作業が絶頂にまで飛翔したといえるのは、美的感情がその明晰さをその上に注ぎかけたときだからである。」しかしながら、中国語によっても宗教・哲学・文学の分野で高い精神性が表現されているだけでなく、印欧語に属する諸言語がたとえば英語のように言語形式を減少させていった事実から、先の三つの類型は、フンボルトが最初考えていたように、言語の発展段階とみなすことはできなくなる。ゲーテの原型思想が進化論的時間性を欠いているように、フンボルトにおいても個々の言語はそれぞれの歴史的時間の中における形式と素材のたんなる相互関係、すなわち、精神あるいは思考が自己をいかに経済的かつ効率的に表現するかという観点から眺められるようになるのである。

「言語に働きかけるすべてのもののなかで、もっとも躍動的なものは人間精神そのものであって、しかしたがってまた言語は、精神のきわめて生きいきとした活動から大多数の変形をこうむる。しかし精神の進歩にまさに対応しているのは、自己の内面の見方の確立に対する信頼が高まるにつれて、あまりにも綿密な音韻変化を余計なことと見なすようになることである。まさにこの原則から、屈折語のひじょうに後期の言語段階において、その本質にふかく及ぶ重大な変化が起こりうる。」（アカデミー版第七巻二三九頁）

有機体としての言語のなかに精神が自由に作用しているということのような見解は、「骨学にもとづく比較解剖学総序説第一草案」に述べられているようなゲーテの原型思想と同じ発想であると言ってさしつかえないであろう。フンボルトの言語論は、ゲーテ的な意味で言語の形態学と考えるとき、最も理解しやすいのである。

第四章　アレクサンダー・V・フンボルトの創始した植物地理学

先行者の追憶を重んずるのは、快くも義務にかなっているとも思う。実生活においても旅行中も私は将来の他者の先駆者だからである。（ゲーテ『イタリア紀行』一七八七年四月十三日）

形態学が詩人的科学者ゲーテにより樹立されたように、「植物地理学」（三頁）という在来の植物学を気象学と地質学と結合した新しい教科を創始したのはアレクサンダー・フォン・フンボルトであった。最初期の伝記を書いたヘルマン・クレンケと比べあまり知られていないようにみえるフンボルトの翻訳者ユリウス・レーヴェンベルクは、それまでのあらゆる探検旅行と異なる彼の中南米における研究旅行の意義を的確に要約して述べている。「以前の旅行者たちは単に素朴な好奇心から、提供されるすべてのものを同じように重視し、できるだけ多くのものを、できるだけ多種多様なものを収集し、自分のさまざまな個人的体験を長々と詳細に物語っただけであった。これに対しフンボルトは、すべての個人的なものを意図的に避けながら、地表の基盤全体、全自然をその諸現象の相互関係において、種々異なった地方と絶えず比較しながら、全体として自分の研究対象とした。」まさにその卓越した実例が、彼の最初の科学的旅行記『植物地理学論考―ならびに熱帯諸国の自然絵画、さまざまな観察と測定にもとづく』（一八〇七）である。在来の地誌的地理学はフンボルトの普遍的地球哲学によって初めて本格的な科学となったのであり、彼はこの地球上で繰り広げられるあらゆる自然現象をその関連全体において把握し解釈しようと努めた最初の人間であった。

もともと地質学者かつ植物学者のフンボルトは、中南米旅行を通じ両者を統合した植物地理学を創始し、自然地理学者から不世出の人文地理学者へと進展していった。探検旅行中、彼は地表のさまざまな形態、それらの成立と変化にさいし作用している種々の力を探究し、地図を作成し、天文学的な経緯度の測定および気温と地磁気の測定を行ない、それらの動植物界への影響を研究しただけではなかった。それに劣らぬ綿密さで彼は、自然環境に規定された人間の生活様式をも研究するようになったのである。彼が注目していたのは、一定の面積に対する人口、ある地方の住民の人類学的・社会的構成、耕作面積と未利用土地の割合、交易範囲とその拡大の可能性、政治的支配体制の国家の繁栄とその住民に対する効用などであった。ベネズエラとペルーにおいては原始林と山岳の探検が主であったのに対し、キューバとメキシコにおいて彼はむしろ、これらの国々の政治的状態について関心をよせ、統計的な数字を考慮しながら初めて経済的・政治的問題を論ずるようになった。人間社会の面においても彼は、たんなる個々の事実の報告に終わらず、それらに関する包括的な考察を行なったのである。そのさい彼が身をもって教えたのは、自然をたんに支配して技術を発達させることではなく、自然を研究することによって人類の福祉に寄与することであった。

そのうえ彼の研究旅行は、アメリカの諸民族の歴史的伝統にふかく根ざしていた。自然地理学は彼において明確に文化史的人文地理学となったのである。彼の提起した新しい問題は究極において、いかなる法則と力が地球を現在の外的形態へと形成したのか、そしていかにその地表の内部と外部にある有機的生命を目覚ましたのかということであった。その際、フンボルトはゲーテ時代の精神を体現しており、とくにゲーテの形態学思想を受け継いでいた。ただゲーテが経験的研究のなかに、すでに直観的に把握し詩的に表現していたものの科学的確認を求めていたのに対し、フンボルトはあくまで経験的知見と観察と比較および実験による考察によってのみ生の全体が綜合的に認識されることを確信していたのである。

イベロアメリカ探検旅行の五年後、一八〇四年三月七日、フンボルトは同行者ボンプランとメキシコからヨーロッパへの帰途につき、ふたたびキューバに寄り、四月末になおアメリカ合衆国を訪れるためフィラデルフィアへ向け出帆した。二人は同年七月九日にアメリカを出発し、八月三日にボルドーに入港、パリに到着したのは八月二十七日であった。この年には、フンボルトのよい友人となるゲイ＝リュサックがジャン・バプティスト・ビオ（一七七四―一八六二）とともに軽気球で七三〇〇メートルの上空に昇り、磁気と空気の成分などの研究を行なうという、画期的なできごとが起こった。ビオは一八〇六年には、同じくフンボルトの親友アラゴーと共に気体の屈折性の実験を行なったり、各層の地理的測量をしたりしたほか、光学とくに偏光に関する研究を行ない、一八二〇年にはさらに、電流が磁石に及ぼす力の法則「ビオ＝サヴァールの法則」を発見した物理学者であった。

一八〇五年三月、フンボルトはこのゲイ＝リュサックを伴って、パリから兄のいるローマへ向けて旅立った。途中で学友のレオポルト・フォン・ブーフも加わり、ナポリでヴェスヴィオの噴火を体験できることを期待したが、いつまでも待っていることはできず、彼らは九月末にローマを出発し、同年十一月十六日にベルリンに到着した。その間にフンボルトは兄のもとで『植物地理学試論』のフランス語版を執筆し、ほとんど同時に出版されたドイツ語版の序言の日付は「ローマ、一八〇五年六月」になっている。フンボルトのこの旅行記は確かに文学的な紀行文ではなく、さまざまな自然体験にもとづく研究論文であって、彼による自然の絵画的記述は以後繰り返し「自然絵画」という用語で表示されている。彼がフランス語に由来するこの表現をはじめて用いたのは、ゲーテに捧げられたドイツ語版『植物地理学論考』（一八〇七）においてであり、その意図は彼のもっとも読まれた科学的エッセイ集『自然の諸相』初版への序言において、「自然の全体像の展望、さまざまな力の相互作用の実証、熱帯諸国の直接の観照が感知する人間にあたえてくれる喜びを新たにすることが、私の追求している目的である」と言い表わされている。中南米探検旅行まえにすでに詩人と親交のあった彼は、帰国後の一八〇六年五月十四日付で、一八〇五年に死去したシラーの妻の姉カロリーネ・フォン・ヴォルツォーゲン宛てにその意義について以下のように書いている。

「私の普遍的教養のことを冗談にいろいろ言っていただきましたが、私にドイツ的センスが充分あると認めてくださるので、心から感激して日々あなたのこと、ゲーテのこと、故人のことを思い出しております。私にとって偉大で光栄なことと感じられますのは、あなたとこれら二人の人物たちの間で私がまったく無視された存在ではなかったことです。山塊と海洋、それればかりでなく、もっと高くもっと深いもの、ほとんどぞっとさせるほど生きたありのままの自然が、たとえ過去と現在のあいだにあり、それ以来、たとえ幾千のすばらしい形のものが私の五官に語りかけてきても、〈温故知新〉のひそみにならい、外面的に疎遠なものも比較的古い幻想に難なくつながっていきます。アマゾン河畔の森の中でも高いアンデス山脈の山の背でも、私が認識したのは、一つの息吹に生気を吹き込まれて極地から極地へただ一つの生命が石の中、植物の中、人間の高鳴る胸の中にも注がれていることです。至るところで私がつくづく感じたのは、イェーナにおけるかの人間関係がいかに強力に私に作用し、私がいかにゲーテの自然の見方により高められ、いわば新しい器官を付与されたかということです。」

ゲーテ自身も「近代哲学の影響」に関する一八二〇年の科学方法論的論文の結びにおいて、この時代のドイツにおける自然研究の広く深い哲学的背景を称揚している。自然の綜合的理解は、自然科学の個別研究だけでは得られないのである。「私がいかにフィヒテ、シェリング、ヘーゲル、フンボルト兄弟、シュレーゲル兄弟のお陰を蒙ったかは、いずれ感謝の念をもって記すであろう。かの私にとってかくも重大な時期、十八世紀の最後の十年間を、私の立場から叙述するとはいわないまでも、せめて暗示し、略述する機会に恵まれるならば幸いである。」（一五五頁）

フンボルトにより創始された植物地理学は、このように、表面的には地球上における植物の分布を記述している。植物は動物と異なり、気候風土の性状と諸大陸の形態に従い、植物の厚いあるいは薄いカーペットとしてあまねく地表を覆っている。その眼差しは、地下の洞穴と湿気の多い鉱山の隠花植物から、万年雪の雲のうえ高くにある、これらと親和性のある似たようなスギゴケ類と地衣類にまで及んでいる。しかし動物界と同様、植物も二つの部類にわかれる、すなわち、孤立し分散して生きるものと、アリやハチのように群生するものである。地球上における植物の今日の分布は、大部分、植物の何千年にわたる遍歴の結果である。この現象の原因とこの大きなプロセスの多様性のためフンボルトは地球の太古の歴史奥深くまで導かれる、すなわち、その表面のもともとの形態と、こんにち海により分け隔てられている諸大陸の連関、さらには山岳と岩石類の研究へのさまざまな問いである。

しかしながら、『コスモス』第一巻において詳述されている個々の事物がすべて自然絵画の中に含まれるとしても、「コスモスの星辰部分」と「コスモスの地上部分」は概念図にしかならず、人間の目に具体的に映るのはせいぜい「地球表面の陸と海」「大気圏と比較気候学」「動植物の地理学」くらいである。しかもゲーテに捧げられたドイツ語版には完成した図版がまだ添えられていなかったため、詩人はほとんど折り返し、自分の想像する三次元的地形の図解「新旧世界の高度比較図」を素描してフンボルトに送った。これにもとづく彩色された銅版画は一八一三年に印刷されたので、両者を比較するのは極めて興味深い。フンボルトみずから描いた南米コルディリエーラ山系の理念的自然画にたいし、ゲーテの両大陸比較図は、一幅の象徴的風景画のように見えるのである。前者の絵においては、陸地と接する海面から濃い空の青にかこまれた万年雪の高峰までが描かれ、山の構造だけではなく、夥しい植物の分布の仕方と植生の限界が綿密に示されている。

そして植物の全領域をカバーするフンボルトの意義深い研究書に添えられていた横長の大きな折り畳み図版（六八頁）には、「熱帯諸国における地理学、アンデス山脈の自然絵画、北緯一〇度から南緯一〇度にかけてなされた種々の観察と測定にもとづく、一七九九年から一八〇三年までアレクサンダー・フォン・フンボルトおよびA・G・ボンプランにより」という表題が付けられている。

中央には全体の長さの半分を占める高山の断面図があり、高山の上と中腹に雲がかかっている。山の左の空間に上から、チンボラソの頂、ボンプラン、キトからフンボルトに同伴したモントゥファル、フンボルトが種々の器具を携行して一八〇二年一月二十三日に登ったチンボラソの高さ、ポポカテッペの高さ、ブーゲとラ・コンダミーヌが一七三八年に登ったカヤンベの高さ、テイデ峰の高さとある。山の右側には、コトパクシの頂、ピコ・デ・オリザバないしシトラテペテルの頂、ソシュールが一七八七年に到達したモンブランの高さ、キトの町の高さ、ヴェスヴィオの高さとある。そして断面図の左右にそれぞれ四分の一のスペースをとって個別の書き込みが見出される。それぞれの両端にメートルで〇から六五〇〇まで、対応するトアーズが〇から四〇〇〇まで記されている。これで海抜から二つの休火山と活火山の頂上までの高さが示されている。各項目は左から順に以下のとおりである。本文中に記入されている細目は技術的な理由から省略せざるをえない。

水平の光線屈折
山々が海面で見える距離（光線屈折を顧慮せず）
異なった大陸における高度測定
大気層の高さによる電気現象
高さの差異による地面の栽培
振り子の振動による重力の減少、真空空間における示度
キャノメーター度数における空の青さ

湿度の減少、ソシュールの湿度計の示度
バロメーター高度における気圧
大気層による気温、温度計の最高気温と最低気温の示度
大気圏の化学成分
万年雪の下限、緯度の差異による
種々の動物、住処の高さによる
水の沸点、高度の違いによる
熱帯世界の地層構造学的見地
光線の希薄化、大気層通過のさい

なお、これらの項目とは別に「熱帯諸国の自然絵画」には、そこに包括される個々の視点として「植生、さまざまな動物、地層構造学的な諸関係、農業、気温、万年雪の限界、大気圏の電圧、引力の減少、空気の密度、空の青さの強度、大気層通過のさいにおける光の希薄化、地平線における光線屈折と海抜の高度の違いによる水の沸点」などが列挙されている。しかし、これはそれらと一致していないだけでなく、本文の叙述そのものとも厳密に同じではない。いずれにしても、それらは動植物と自然現象との関連およびその相互作用を目に見えるように描こうとする未曾有の試みであった。

それればかりではなく、それらの地球史的原因を尋ねているうちにフンボルトは、おのずから人間

の歴史的領域へ入っていった。なぜなら、それは人間生活との関係によっても惹き起こされるからである。もとより秋風・海流・渡り鳥は植物の種子が歩みはじめる自然的な遍歴を促進するに違いない。しかし植物の分布に持続的な影響をおよぼすのは人間である。遊牧民がいろいろな理由から放浪の生活を放棄し定住するようになると、彼が必要とするのは、食生活のささえとなる動植物である。こうして何世紀もまえから、耕作と栽培に適した植物、とくにブドウと穀類は、遍歴する人類とともに遍歴していった。フンボルトが好んで辿るその道は、ブドウの場合、カスピ海からギリシアへ、ギリシアからシチリア島、そこから南フランス、さらにライン河とモーゼル川までである。穀類のばあいその由来は、動物の乳を飲みチーズをつくる習慣と同様はるかに闇に包まれている。するとと解明の手がかりとされるのは、多種多様な神話である。至るところ自然学者フンボルトには、農業の起源、諸民族の性格、さまざまな植民地、海上交易、戦争、歴史的伝承などの文化史的諸問題について考察するきっかけが生じてくる。「このように植物は、いわば人間の精神的および公共の歴史に介入してくる。もちろん、自然のさまざまな事物の歴史が自然記述としてのみ考えられうるのに対し、ある深遠な思想家の発言（シェリングの超越的イデアリスムスの体系において）によれば、自然の種々の変化さえ、人間のさまざまな出来事に影響を及ぼすばあい、歴史的性格をおびる」からである。

ここで自然科学から包括的な歴史的描写を導き出すフンボルトの手腕がすでに示されているとすれば、それが後に遺憾なく発揮されるのは、とりわけ『コスモス』第二巻の「自然学的世界観の歴史」においてである。最終的に植物が人間におよぼす精神的影響は、フリードリヒ・ムートマンによれば（一〇〇頁）、次のような問いとして言い表わされる。「大地に広がる植物の分布とその光景は諸民族のファンタジーと芸術感覚にいかなる影響をおよぼしたか。」「植物界が観察者のこころの中に喚起する明朗あるいは厳粛な気分という印象は、何にもとづいているか。」「風景画と記述的文芸の一部がそのさまざまな作用をうみだすかの神秘的手段は、それと関連があるのだろうか。」このテーマは「植物観相学試論」の末尾においてすでに論じられ、最後に『コスモス』第二巻の巻頭論文「自然研究への刺激手段」における文学作品に表われた諸民族の自然感情と風景画の成立の項において取り上げられることになる。フンボルトの創始した植物地理学は、このように自然科学と人文学を両立させようとした、時代を先取りする最初の試みであったことが判明する。

自然科学者フンボルトはもともと、純然たる科学的認識という前提がなくても、たいていの問題は充分に論じられると考えていた。「すべての個々の部分において大きな自然絵画がはっきりとした輪郭で描写されないとしても、それはやはり真実であり、充分に魅力あるものとなり、精神を観念で豊かにし、想像力を生きいきと実り多く刺激することができる」からである。彼の特色は、事実、自然研究にさいし自然のあたえる美的印象とその倫理的作用を、豊かな文学的感受性により誰よりも鋭敏に受け取っていることである。『コスモス』第一巻の「自然のさまざまな種類の楽しみと世界法則の科学的探究に関する序論的考察」において彼は、それらをロマン主義的遍歴者として強調している。

その際、フンボルトが個人的に好んで思い出すのは、とりわけ中南米探検旅行における最初の停泊地カナリア群島テネリフェにおける美的自然体験である。「テネリフェ島のテイデの頂から円錐形火山を下の大地から分け隔てている棚引く雲の層に上昇気流により突如隙間ができると、オロタバのぶどう畑と海岸のりんご園を見晴るかすことができる。これらの光景においてわれわれに語りかけてくるのは、もはや静かに創造する自然の生命、その穏やかな作用の営みではなく、風景の個性的性格、雲・海・岸辺が朝靄に包まれた島々の中で見せるさまざまな輪郭の重なり合いである。それは、さまざまな形をした植物とその群落の美である。なぜなら、ロマンティックな地方において、自然の中にある際限のないもの恐ろしいものさえ、われわれの理解力を超えるすべてのものは、われわれの楽しみの泉となるからである。」

フンボルトによれば、われわれは無意識に、あらゆる有機体の形態が神秘的なしかたで関連しており、それが必然的であるという感情を抱いている。これにより熱帯自然における異国趣味の形はわれわれのファンタジーに、幼年時代われわれを取り囲んでいたさまざまな形が高められ洗練されたかのように立ち現われてくる。「こうして、暗い感情とさまざまな感性的観念連合から導き出されるのは、のちの結合する理性的活動と同様つぎのような認識である。すなわち、それは人間性のあらゆる教化段階を貫くもので、共通かつ法則的、それゆえ永遠のきずなが全自然を囲繞しているということである。」自然絵画はこのような指導理念に従って連結され、われわれの精神を快く刺激する。彼は『コスモス』の読者を、かつて『植物地理学論考』の自然絵画的図解および他の数量的データで疲れさせてしまったようなことがないよう、熱帯地方の自然絵画からのさまざまな描写を随所に挿入していく。しかしながら、「熱帯諸国が繁茂する自然の豊かさにより心情にとって印象深いとすれば、それらが同時にまた、著しく適しているのは、大気圏の気象学的プロセスと有機体制の周期的発展における一様な規則性により、また地面の垂直の高まりに従いさまざまな形態を厳密に分離することにより、天体空間の規則的秩序を、地上の生活に反映されているかのように人間精神に示すことである。」彼が自然絵画を描きながら、時折、数量的関係にさえ結びついている このような規則性のイメージのもとに留まらざるをえないのは、そのためである。

1　『植物地理学論考』への序言

前述のようにアレクサンダー・フォン・フンボルトは、旧大陸と多くの面で著しく異なる新世界ラテンアメリカへ出かけるまえ、充分な準備を整えていた（一二七頁）。彼はイギリスの大学を模範に創立されたゲッティンゲン大学で博物学から脱皮しつつある近代的自然学全般に触れただけでなく、ライン下流オランダからロンドンをへてフランス革命以後のヨーロッパを師友フォルスター（一七五四―九四）とともに体験し、さらにハンブルクで近代語、ザクセン地方のフライベルクで有名なヴェルナー教授のもと鉱山学を学んだ。その後のフランケン地方バイロイトにおけるプロイセン鉱山監督局の仕事は、実習のための絶好の機会であった。その間に彼は、ウィーン経由でボヘミア地方とザルツブルクからスイス・アルプスへの自然研究旅行をおこない、計測機器の取り扱い方に習熟した。彼はまたイェーナでシラーおよびゲーテと親交を結ぶ幸運に恵まれた。そのうえ一七九六年十一月の母の死後、莫大な遺産が彼のものとなり、不動産取り分をすぐ現金化してメンデルスゾーン家の銀行に預金することができたのは、重要な財政的準備であった。

フンボルトが中南米探検旅行（一七九九―一八〇四）からヨーロッパへの帰還後に発表したもっとも早い論文は、「植物観相学試論」（一八〇六）である。フンボルトは一八〇六年一月三十日、プロイセン科学アカデミーにおいて新会員としてこの「植物観相学試論」という論文を朗読していた。そしてそれは同年のうちに、テュービンゲンのコッタ書店から同じ表題で出版されたのである。それはのちに科学的エッセイ集『自然の諸相』（初版一八〇八年）に収録され、発表当時、もっとも注目された論文であった。翌年テュービンゲンとパリでドイツ語およびフランス語で同時出版された学術的研究報告書『植物地理学論考』冒頭において「有機的被造物の観相学的学習」としていわば専門的植物学の前段階のように言及されているこの研究は、本来ここで初めてフンボルトの造語「植物観相学」の言い替えとして表示されていた。若いフンボルトの学界へのデビュー作は正式には『植物地理学論考ならびに熱帯諸国の自然絵画』といい、高らかに述べられた「序言」は自信にみちていた。

ヨーロッパを五年間不在にしたあと、そして自然学者たちがいまだかつてその多くを訪れたことのない国々に滞在したあと、私は自分の旅の短い叙述をいそいで公表することが許されると思われる。われながらそう望んでさえよいと思われるのは、このように急ぐことが読者の願いにも適っているだろうということである。大方の人々が、私の個人的な無病息災と、私が無事に探検旅行をおえて帰ってきたことを率直に喜んでくださったからである。しかし私が信じていたのは、私自身と、かの遠隔の地で克服しなければならなかったさまざまな障害について話すまえに、私が観察した種々の現象の主要成果を一枚の普遍的絵にまとめるほうが科学のために有益であるということである。この自然絵画は、私が現在、自然学者たちにあえて提示する著作で、その個々の部分は、私が今後発表する諸論文のなかで詳述する予定である。

私がこの自然絵画のなかで集大成するすべての現象は、地球の表面と、これを包み込んでいる大気圏が呈示するものである。われわれの経験的知識の当今における状態、とくに気象学の状態を知っている自然学者たちは、かくも多くの研究テーマがかくも少ないページ数で扱われていることを見ても訝しく思われないであろう。それらの処理にもっと長い時間をかけることができたならば、私の著作はさらに短くなったことであろう。なぜなら、私の自然絵画は一般的な見方、数字により表現される確実な事実だけを提起すべきだからである。

ごく初期の青少年時代から私は、このような著作への論考を集めてきた。植物地理学への最初の草案（一七九〇）を私はクックの有名な同伴者、友情と感謝の念で固くむすばれ、その名を衷心からの感謝の気持なしに言い表わすことができないゲオルク・フォルスター氏に提示した。物理学的・数学的科学の諸部分の学習に私はその後没頭したが、それは私に、自分の最初のさまざまな観念を広げる機会をあたえてくれた。しかし私は、この論文の材料をとりわけ、熱帯諸国への私の旅行に負っている。叙述するさまざまな対象を眼前に見ながら、強烈ではあるがその内的争いによってさえも有益な自然に取り囲まれ、チンボラソの山麓で、私は本書の大部分を書き下ろした。私はそれに「植物地理学論考」という表題を付けたままにしておかなければならないと思った。それ以外のあまり控え目ではない表題は私の試論の不完全さを目立たせるだけで、読者の寛大な評価に値しなくさせたであろう。

私のこれまでの人生が捧げられてきた経験的研究分野に忠実に、私はこの著作においても、多種多様な現象を、事物の本性に透徹しながらこれらをその内的協調において叙述するよりは、並列的に列挙した。この告白は私が判断されることを希望している立場を表示するもので、それによりまた同時に私が指摘したいのは、いつか全く別種類の、いわば高次の自然絵画を自然哲学的に描くことが可能になるだろうということである。すなわち、このような可能性を私はヨーロッパへ帰還するまえにはほとんど自ら疑問視していたのであるが、すべての自然現象、すべての活動と形成物を物質の対立する根本的力の決して終わることのない争いへ還元することは、われわれの世紀の最も深遠な人物のひとりの大胆な企てにより基礎づけられた。シェリング体系の精神を全く知らない訳ではないので私は、真に自然哲学的研究が経験的調査をそこなうことがある、という意見にくみすることからはほど遠い。それはあたかも、経験論者と自然哲学者があい争う対極として、永遠に反目し合っているかのようである。私ほど声高に、これまでの種々の理論とその比喩的言語が不充分であることを嘆いた自然学者は少ない。ごく僅かの人々しか、いわゆる根本物質の特殊な違いにたいする不信感を明確に表明しなかった（「刺激された筋肉繊維と神経繊維に関する試論」第一巻三七六頁と四二一頁および第二巻三四頁と四〇頁）。それゆえ、私ほど次のようなシステムに喜ばしく内的に参加したいと思わない者はいない。そのシステムは、原子論を失墜させながら、また物質の差異を空間占拠と密度のたんなる差異に還元する、かつて私も従っていた一面的な物の見方から遠ざかって、有機体制・気温・電磁気現象、これまでの自然学にはほとんどアプローチ不可能な諸現象に明るい光を広げることを約束している。

私がここで提供している自然絵画は、私が独りであるいはボンプラン氏と共同で行なったさまざまな観察にもとづいている。親密な友情の絆により多年にわたり結ばれ、教化されていない国々で、悪性の気候風土の影響にさらされつつ多種多様な難儀を分かち合いながら、われわれは、われわれの探検旅行の果実とみなされるすべての論文を同時にふたりの名前で発表することに決めた。

この著作の原稿をパリで整理している間に、私は卓越した人物たちの助言を必要とした。私は彼らと緊密に結ばれて生活する幸いに恵まれた。ラプラース氏――その名は私の賞讃のことばを必要としない――は、私がフィラデルフィアから帰還していらい私の赤道直下で集めたさまざまな観察の整理に多大の関心を示された。自分の周囲のものを解明しつつ、彼の豊富な知見と天才の力により、彼との交際は私にとり有益な活気づける影響力を発揮すると同時に、またあらゆる若い人々にとってもそうであり、彼は彼らに貴重な余暇の時間をよろこんで捧げた。

友情の義務から私が促されるのは、同じく感謝の念をもって、フランス科学アカデミー第一部会会員ビオ氏の名前を挙げることである。彼のなかで明敏な物理学者と優秀な数学者が見事に一致しているので、彼も私の旅行中のさまざまな観察の整理にさいし私に大いに有益となった。彼はみずから、水平線上の光線屈折と光線減衰の表を計算した。

さまざまな果樹の遍歴（歴史）についてのいくつもの事実を私は、ジックラー氏の優れた研究書から借用した。ド・カンドル氏とラモン氏は私に、スイスの山々とピレネー山脈における植物の現状に関するさまざまな興味深い観察を知らせてくれた。他のものは私の多年にわたる師友ウィルデナウの古典的著述のお陰である。重要でなくはないと思われたのは、温帯も顧慮して、ヨーロッパの植物分布を南アメリカのそれと比較することである。

デランブル氏は、私の山岳標高表を、これまで公表されなかったいくつもの自分の測定値で増やしてくださった。私自身の表の一部はラプラースの新しいバロメーター公式に従いプロニー氏により計算された。同氏はきわめて快く、四〇〇以上の高度測定の計算を引き受けてくれた。

私がいま従事しているのは、私の種々の天文学的観測を含む予定の巻の上梓である。その一部はすでに、パリの経度局に検証のため提出された。この天文学の巻を完成するまえに、私の描いた種々の地理学的地図あるいは旅行記そのものを出版するのは、早計にすぎるであろう。ある場所の位置と高度は、ほとんどすべての物理学的あるいは精神的諸現象に遠近いずれかの影響を及ぼすからである。オリノコ川、カシキアーレ、ネグロ川の難儀をきわめた舟行のあいだ私は経度を規定する機会があったが、とくにこれらの測定値は、南アメリカ奥地の地理学の欠陥状態を知っている人々には興味があるに違いないと自負している。コーリン神父がカシキアーレについて提供した精確な記述にもかかわらず、昨今の地理学者たちは再び、オリノコ川とアマゾン河の結合の仕方について大きな疑念を表明した。私自身これらの地方において天文学的機器をもちいて仕事をしたので、私はもちろん次のことを予期していなかった。すなわち、私が山の向きと川の流れを、自然のなかでは必ずしもラ・クルスの地図に記入されているように見出さないと、賛同されないことである。しかし旅行者たちの通常の運命は、因襲的な意見に異論をとなえると気に入られないことである。私の天文学的観測およびバロメーターと測地学上の測定値が完成し出版されるならば、私の残りの諸論文は急いで次々に読者に提示されうるであろう。現在あるすべての材料を処理したあとで初めて私は、新しい探検旅行に取りかかるであろう。その計画はすでになされており、私が望んでいるのは、その旅行が重要な磁気現象と気象学的現象についての大きな解明を広めてくれることである。

熱帯諸国への旅について私の最初の研究成果を発表するにあたり、私はこの機会を利用して、五年間にわたり私の企画に特別な保護をあたえられたスペイン政府に、衷心からの深甚なる感謝を申し上げたい。それ以前いかなる外国人あるいは一私人にかつて認められたことのない自由のもとで仕事をしながら、またいかなる波乱の出来事に遭遇してもその特有の国民性を維持してきた気高い国民のもとで、私がかの遠い方角の世界で知った障害といえば、自然そのものが人間に抵抗して差し出すもの以外になかった。新大陸における私の滞在への追憶は絶えず、両半球のスペイン植民地および北アメリカ共和国においてすべての階級の住民たちから受けた好意ある取り扱いにたいする感謝の気持ちに伴われていることであろう。

ローマ、一八〇五年七月

アレクサンダー・フォン・フンボルト

2　『植物地理学論考』（本論の「熱帯諸国の自然絵画」に先立つ総論）

自然研究者（植物学者）の調査研究はふつう、植物学の僅少部分を包括する研究テーマにのみ限定されている。彼らが携わるのはほとんど、新しい種の探索、その外面的形状の記述、さまざまな標識のみである。これらの類似性にしたがい、それらは綱あるいは科にまとめられる。

この有機的被造物の観相学的学習は（形状の認知）異論の余地なく、あらゆる自然記述のもっとも重要な基盤である。それなしには、植物学の、人間社会の安寧により多く直接の影響を有しているように見える諸部分さえ、たとえば植物の薬効、その栽培と技術的使用についていかなる学理も長足の進歩をとげることができない。したがって、多くの植物学者がもっぱらこの学習に身を捧げることがいかに願わしいことであっても、またさまざまな形の連鎖がいかに哲学的に取り扱われえようとも、それに劣らず重要なのは、植物地理学を開拓することである。この教科については名称くらいしか存在していないが、地球の歴史にきわめて興味深い材料を含んでいる。

それは植物を種々異なった気候風土におけるその分布の事情に従って眺める。その取り扱う対象がほとんど無際限であるとはいえ、それはわれわれの目に果てしない植物のカーペットをあらわにする。これは薄くあるいは厚く織られていて、すべてを生気づける自然がむき出しの地球体のうえに広げたものである。それは植生を永遠の氷河（万年雪）の空気の希薄な高所から、海の深淵あるいは地球の内部深くまで追跡していく。ここでは地下の洞穴に隠花植物が生きており、それらを養っている蠕虫《ぜんちゅう》と同様に未知のままである。

この植物カーペットの上の縁（上限）にあるのは、万年雪のそれのように、場所の緯度によりあるいは暖める太陽光線の傾斜により高低がある。しかし植生の下限はわれわれには全く未知である。なぜなら、両半球の地下植物について行なわれた精確な観察の教えるところによれば、地球の内部は、有機的萌芽が発展の余地と栄養のための酸素を含む液体を見出した至るところで生気をおびているからである。雲の層をこえて高く聳えるかの氷に閉ざされた絶壁には、スギゴケ類とさまざまな地衣類がはえている。それらに似た隠花植物は、色とりどりになったり真っ白になったりしながら、その柔らかい繊維質の織物を地下洞窟の鍾乳石の壁と鉱山の湿った材木のうえに広げていく。このように植生の両極限はいわば接近し、さまざまな形を生み出していくが、それらの単純な構造は生理学者たちによりまだほとんど研究されていない。

しかし植物地理学は植物を、それらが見出される気候風土と山の高さの違いに従って分類するだけではない。それは植物を、それらがそのもとで発展する気圧・気温・湿度・電圧の変化する度数に従って考察するだけではない。それは地球体の無数の植物を、動物と同様に、二つの部類に区別する。これらはその相互関係において（そしていわばその生活方法において）大いに分離している。

あるものは個別に分散して成長する。たとえば温帯のヨーロッパにおいて、ソラナム・ズルカマラ、リュヒニス・ディオイカ、ポリゴナム・ビストルタ、アンテリクム・リリアゴ、クラテグス・アリア、ウェイシア・パルドサ、ポリトリクム・ピリフェルム、フクス・サッカリヌス、クラヴァリア、ピスティラリス、アガリクス・プロセルス。両回帰線のあいだ（熱帯）、新大陸において、テオフラスタ・アメリカナ、リュシアントゥス・ロンギフォリウス、ヘヴェア、たいていのキナ皮の木（チンチョナ属）、ヴァレア・スティプラリス、アナカルディウム・カラコリ、クワシア・シマルバ、スポンディアス・モンビン、マネエッティア・レクリナタ、ゲンティアナ・アフュラ。

他の植物は群生して、アリやハチのようにさまざまな地域全体をおおい、そこから他のすべての彼らと異なる植物を締め出す。それらに属するのはヒース（エリカ・ヴルガーリス）、オランダイチゴ（フラガリア・ヴェスカ）、ヴァツィニィウム、ミュルティルス、ポリゴヌム・アイクラーレ、ツィペルス・フスクス、アイラ・カネセンス、ピヌス・スュルヴェストリス、セスヴィウム・ポルトゥラカストゥルム、リツォフォラ・マングレ、クロトン・アルゲンテウム、コンヴォルヴルス・ブラジリエンジス、ブラティス・ユニペリナ、エスカロニア・ミュルティロイデス、ブロメリアカラタス、スガグヌム・プルストレ、ポリトリクム・コムーネ、フクス・ナタンス、スフェリア・ディジタータ、リーヒェン・ヘマトンマ、クラドニア・パシャーリス、テレフォラ・ヒルズタ。

これら群生植物のあいだに多くの南アメリカのものを一緒に列挙したとはいえ、それらの熱帯諸国における産出は全体として温帯におけるよりも稀である。ここでその量は植生の光景を単調に、それゆえ絵に描かれたようにはしていない。オリノコの川岸からアマゾン流域とウカヤリ川まで、三〇〇マイル以上の平原において、国土は間断のない密林である。分離するさまざまな川がもし妨げなかったら、この荒野のほとんど唯一の住民であるサルは、地面に触れることなしに、枝から枝に飛び移りながら、北半球から南半球へ移行することができるであろう。しかし、これらの森林は目に群生植物の退屈な光景を呈示していない。どの部分も他のさまざまな形のもので飾られているからである。ここに密生して、吐根、樵の葉のようなオジギソウ、年中花の咲くメラストマが立っているかと思うと、あそこでは高い枝々が、ツェザールピニア属、ヴァニラのまつわりついた無花果の木々、レツューティス類、乳液で充満したゴムの木々をもつれさせている。ここではいかなる植物も他の植物を排除するような支配を及ぼしていない。

植物は、ニューメキシコおよびルイジアナと境を接する熱帯諸国地方において全くちがった仕方で分布している。北緯一七度と二二度のあいだで、海抜二〇〇〇メートル（六〇〇〇フィート）の高さのある寒い高原には（原住民はこの土地をアナフアクと呼んでいる）樫の木と欧州赤松に近い樅の木が生えている。フウの木、アービュータスその他の群生植物は、ジャラパの優美な谷々でメキシコ山脈の東斜面を覆っている。土壌・気候風土・植物、さまざまな形、それればかりでなく国土の全景観がここではある性格をおびていて、これは温帯に属しているように見える。それを両回帰線の内部で、同じ山の高さで、南アメリカのどこにも観察することができない。この奇妙な現象の原因は、恐らく大部分、新大陸の形態にある。新大陸は緯度が過度に増すにつれ、北極のほうへ高く上がっていくのである。それによりアナフアクの気候風土は、国土の位置と高さに従って本来あるべきよりも寒くなるのである。カナダの植物はこうして高い山の背でしだいに南へ遍歴した。夏至線の近くでいまや見られるのは、メキシコのさまざまな火山に、ギラとミズーリの北方の泉に特有のものと同じ樅の木が生えていることである。

ヨーロッパにおいて、大災害が内海の突然の氾濫によりまずダーダネルス海峡、つぎにヘラクレスの柱を突破し、地中海という広大な谷を掘りくずしたが、それはアフリカの植物が移行する妨げになった。ナポリ、シチリア、南フランスに見出されるごく少数の植物だけが、ジブラルタルのサルのように、恐らくこの突破が起こるまえに移住してきた。ピレネー山脈峠の寒さは、それらが直接南から、ベルベル人の国からであって、スペインを通り南西からきたのではないことを証明している。つづく数千年のあいだに、国土を分離する、しかし航海、相互の交流、人類の知的文化にとってかくも重要な地中海は、この移住を不可能にした。南ヨーロッパの植生は、それゆえ、下エジプトおよび北大西洋沿岸と著しい対照をなしている。そうではないのは、カナダとメキシコ地峡のあいだの植物分布である。両国はいわばそれらの植物を互いに交換し合ったのである。テノクティトランの谷を限っている丘陵は、ほとんど同じ樹木で覆われており、これらは北緯四五度のもとで、クラニヒ山脈とティンパノゴスの塩湖の北で生育している。もし画家たちが熱帯地方のこのメキシコ部分を訪れ、そこで植生の性格を学ぼうとするならば、彼らはそこに、赤道地方植物の華麗と形態の相違を求めてもむだであろう。彼らは平行した西インド諸島に樫や樅や対生の糸杉を見出すであろう。それはカナダ、北アジア、ヨーロッパの群生植物の退屈な単調さをほうふつとさせる森である。

興味深い企画と思われるのは、特殊な植物地図に、一様な植物の地表におけるこのような群生を結合する一連の諸国を暗示することである。それらが描かれるであろう長い帯は、不毛を広げながら、周囲のあらゆる文化を駆逐し、荒れ地として、果てしない草原（シュテッペ、サバンナ）として、人跡の及ばない森林として、人類の交通に山と海よりも大きな障害をなしている。こうして荒野、エリカ・ヴルガーリスのグループ、エリカ・テトラリックス、地衣類イクマドフィラ、ヘマトンマがユトランド半島の北端から始まり、南にホルシュタインとリューネブルクをとおって北緯五二度まで伸びている。そこからそれは西に向かい、ミュンスターとブレダの花崗岩平地をとおってイギリス太西洋の沿岸にまで達している。何世紀もまえからこれらの植物は北の諸国を支配している。現地に住む人々の勤勉をもってしても、かの単独支配に対して戦いながら、それらからほんの少しの空間しか獲得できなかった。しかし、これらの新耕地、これらの技術的熱意の獲得物、人類にとってこれだけが有益なものは、寂寞とした荒れ地のなかで新鮮な緑の島々を形成している。それらが思い出させるのは、リビアの死んだ砂漠の真っ只中で植物の生命の萌芽を維持しているオアシスである。

スギゴケ類の一種、ミズゴケ属は熱帯でも温帯でも同じで、かつてドイツのかなりの部分を覆っていた。バルト海沿岸諸国と西ドイツ諸国でしばしば産出されるミズゴケがあかしているのは、かの群生植物がそこでかつていかに広まっていたかということである。比較的新しいコケ植物はその起源を、二つの沼沢隠花植物、ミズゴケとムニウムに負っているからである。これに対して、比較的古い地層系統の泥炭は、堆積したアオサ属（緑藻）と食塩を含むヒバマタ属（褐藻）から成立し、それゆえしばしば小さな貝殻層の上にある。森の根絶により耕作する諸民族は気候風土の湿気を少なくした。沼沢はしだいに干上がってしまった。古代ゲルマニアの遊牧民に一連の諸国を大々的に居住できなくしてしまったミズゴケ属は有用植物により駆逐されてしまった。

群生植物の現象が温帯に主として、ほとんど専有的に属しているにもかかわらず、熱帯諸国もその例をいくつか提供している。アンデス山脈の長い山の背を、海抜三〇〇〇メートル（ほとんど九三〇〇シュー）の高さで、単調な帯をなして覆っているのは、黄色い花を咲かせているブラティス・ユニペリナ、シティマニ、ジァラヴァ――パッポロフォールムと親近性のある草本――コケモモの葉状のエスカロニア、数種類の灌木状モリニア、トゥレッティアである。トゥレッティアの滋養にとむ髄のためインディアンはしばしば窮乏のため争いになる。チンチペとアマゾン河のあいだの燃えるように暑い平原に群生するのは、銀色の葉をしたトウダイグサ属、ゴドヤ、色とりどりの苞葉でおおわれたブーゲンビリアである。オリノコ川下流の草原で成長するのは、カヤツリグサ、刺激に敏感なミモーサ、泉が湧き出るところでは、深紅の毬果状の実をつける扇葉のマウリツィアヤシの木である。われわれは、コロンビア王国のトゥルバコとマハテスのあいだで、マグダレナ河畔で、キンデュウの雪山アルプスの西斜面におけると同様、ほとんど絶え間のないアシ状竹林とバナナの葉をしたヘリコニアの森を見出した。しかし、これらの群生植物のさまざまなグループは両回帰線のあいだで、北の地球の温帯と寒帯におけるより広がりが絶えず少なく稀である。

近接している諸大陸がかつて結合していたことを決定するために、地層構造学者が基礎を置くのは、沿岸の似たような構造、それらの岩石類の集積と成層、そこに居住している人種と動物の種類、境を接する海の浅瀬である。植物地理学はこの種の調査にたいして、それに劣らず重要な材料を提供することができる。それは東アジアがカリフォルニアおよびメキシコと共有する植物を考察する。それが真実らしくするのは、南アメリカが地表における有機的萌芽の発達まえにアフリカから分離し、両大陸の東海岸と西海岸がかつて北極に向かって関連していたことである。それらに導かれて進入していくことのできるのは、地球の最初期の状態を包んでいる闇の中へである。そうすることにより、混沌とした洪水のあと乾いた地殻が多くの場所で同時に種々異なった種類の植物で覆われたのかどうか、あるいは（多くの民族における太古の神話に従い）、植物のすべての萌芽が最初ある一つの地方で発達し、そこからそれらが、究めがたいさまざまな道をとおって、気候風土の違いにさからいながらあらゆる方角に遍歴していったのかどうかを決定することができる。

植物地理学が精査するのは、地球の無数の植物のあいだにある種のさまざまな原形が発見されるか否か、その特殊な差異を変性作用、ある一つの元型（Prototypus）からの離脱とみなすことができるか否かということである。それは重要な、しばしば異論がとなえられた問題、すなわち、すべての気候風土、すべての高さ、すべての地帯に特有の植物が存在するかどうかという問題を解決する。

両半球の僅少部分でみずから観察したことからあえて種々の一般的な推論を引き出すことが許されるならば、私が推測するのは、いくつかの隠花植物が、自然が至るところで生みだす唯一のものだということである。スギゴケ類ディクラヌム・スコパリウム、ポリトリクム・コムネ、ヴェルカリア・サンギネア、ヴェルカリア・リミタータ・スコポリはあらゆる緯度のもとで生長する、ヨーロッパでも赤道直下でも、高山の山の背でも海の沿岸でも、それらが日陰と湿気を見出す至るところで。

マグダレナ川の沿岸、オンダとエギプティアカの中間、温度計が間断なく二五度から二八度を示す平原、オクロマと大葉のマクロクネムの根元で、われわれは蘚苔類のカーペットを見出した。それは密に織られ、スウェーデンあるいは北ドイツの森でしか観察できないような新鮮な苔緑色をしていた。他の旅行者たちは、スギゴケ類とあらゆる隠花植物がそもそも熱帯ではめったにないと主張しているが、この主張の理由は異論の余地なく、彼らが森の奥深くにまで入って行かず、乾燥した沿岸あるいは耕作された島々しか訪れなかったことにある。地衣類の同種の多くのものは、寒帯と熱帯のあらゆる緯度のもとでさえ見出される。それらはほとんど、その上に生長する岩石類など――そのいずれも地球のある一部分にのみもっぱら属することはない――あらゆる気候風土の影響に依存していないように見える。

顕花植物のなかで私は、その諸器官が柔軟であって、立地のすべての地帯とすべての高さに適合できるものを知らない。不当にも三つの植物、タカネツメクサ属、アービュータス、ソラヌム・ニグルムに、人間のみと周囲にいる二、三の動物に備わっているこの柔軟性の長所があるとされた。すでにペンシルヴェニアとカナダのオランダイチゴがわれわれヨーロッパのものと異なっている。後者の種類についてはなるほど、キンデュウの雪山をこえて徒歩でマグダレナ谷からカウカの川谷へ差しかかったとき、われわれボンプランと私は、いくつかの植物を南アメリカで発見したように思った。アンデス山脈のこの地域の荒々しい自然、カルナウバヤシ、芳香のあるエゴノキ、樹木状トケイソウ属の森の寂寥、隣接する地方の未開地、これらすべての事情が排除しているように見えたのは、鳥やましてて人間の手がたまたまこれらのオランダいちごの種子をばら撒いたのではないかという嫌疑である。しかし、われわれは本当にフラガリア・ヴェスカを見出したであろうか。もし見たとして、その開花はむしろアンデスとヨーロッパのフラガリアの違いを示したのではないだろうか。この属の他の多くの種類が微細なニュアンスで互いに相違するからである。以前フェゴ島、シュターテン島の花崗岩絶壁で、マゼラン海峡の沿岸で観察したように思ったいくつものドイツおよびスウェーデンの植物は、性格を詳細に精査したところ、ド・カンドル、ウィルデナウ、デフォンテンにより、類似してはいるがヨーロッパのものとは異なる種類であることが認識された。

私が少なくとも自信をもって主張してさしつかえないと思うのは、両半球の南アメリカにおいて植物を採集していた四年間に、その発見まえ新大陸に属していたヨーロッパの野生の植物をただの一つも観察しなかったことである。多くの植物、たとえばソラヌム・ニグルム、タカネツメクサ属、ソンクス・オレラツェウス、パセリ（セロリ）、スペリヒユ属について主張することが許されるのは、それらが、コーカサス人種の諸民族のように、北方地帯のかなりの部分に広がっていることだけである。それらが、これまでまだ発見されていないより南の国々においても存在しているかどうかは、答えられない問いである。自然研究者たちはこれまで、アフリカ・南アメリカ・オーストラリア大陸の奥地にまだほとんど入って行っていない。われわれはとても、これらの国々の植物区系を完全に知っているなどと言えない。他方ヨーロッパでは日々、未記述の草本植物が、訪れる人の多いペンシルヴェニアでは未記述の木々さえ発見されるので、この点に関してはあらゆる一般的な疑いのないことを言うのを差し控えたほうが無難である。さもなければ植物学者は地層構造学者たちの誤りに陥りかねない。彼らの多くは、地球全体をいちばん身近にある丘陵をモデルにして構成するのである。

植物の遍歴という大問題に決着をつけるため、植物地理学は地球の内部へ下りていく。そこで、地球最初の植生の墓場である石化した木材、植物体の押型、泥炭層、石炭、地下水平層、腐植土など太古の時代の記念碑に問うためである。それを発見して驚愕するのは、南インドのさまざまな果実、ヤシの木の幹、樹木状のシダ類、バナナの葉、熱帯諸国の竹が寒い北方の地層に埋まっていることである。また精査するのは、暑い気候風土のこれらの植物が、昨今ヨーロッパで発見されたゾウの歯、バク・ワニ・フクロネズミの骸骨のように、広範な大洪水の時代に海流の威力により赤道から温帯へ押し流されてきたのかどうか、あるいはかつて北方の気候風土がバナナの叢林、ゾウ、ワニ、樹木状竹林を生み出したのかどうかということである。

かのインドの種々の産物はしばしば科ごとに層をなして静穏な状態で見出される。それは前者の仮説に反論し、天文学的根拠は後者の仮説に異論をとなえているように見える。しかし気候風土の大変化は、地軸の烈しい運動と揺動ということに逃げ道を取らなくても可能かもしれない。これは物理学的天文学の現状に照らしてあまり真実であるように見えない。

あらゆる地層構造学的現象は、地球の地殻がかなり後になっても流動的であったことを証している。また岩石類の本性と成層から推論することが許されるのは、岩塊の沈殿と硬化が地表全体において同時には起こらなかったことである。これらの場合に納得されるのは、物質が液体状態から固体状態へ移行するにさいし、岩石類の凝固と共通の核のまわりへの結晶のさいと同様に、莫大な量の熱素が放出されることと、このローカルな放熱が少なくとも暫定的に、個々の地方の気温を、太陽の位置とかかわりなく、高めることができたことである。しかし、気温のこのような一時的上昇は、説明すべき諸現象の本性が必要とするような長いあいだ持続したのであろうか。

何世紀もまえから、いくつもの星辰における光度中に観察されたさまざまな変化により示唆される推測は、太陽系の中心をなすところのものが、時折、似たような変化に委ねられていることである。太陽光線の強度が増したことがかつて熱帯気温を北極に近い国々のうえに広げたということがありえないだろうか。熱帯の諸地域を荒廃させ、ラップランドを熱帯植物、ゾウ、ワニたちに対し居住可能にするこれらの変化は周期的だろうか。それとも、それらは惑星系の一時的揺動の作用だろうか。これらすべての精査は、植物地理学を地層構造学へ結びつける。地球の太古史に照明をあたえながら、それは人間のファンタジーにほとんど未開拓の広い分野を呈示する。

諸器官の刺激感受能力および刺激能力の本性という点で動物と親近性のつよい植物は、動物とそのさまざまな遍歴の時期により本質的に区別される。後者は幼少期において移動することはほとんどなく、成長したとき初めてその故郷を離れる。前者はその発達のあと地面に根をおろすが、その旅をまだ種子のうちに始める。いわば卵の中でのようで、これは冠毛・胞嚢・翼弁・弾糸（ゼニゴケ類の）などにより空や水の旅に送り出される。秋風・海流・鳥がこの遍歴の手助けをする。しかし、それらの影響はいかに大きくても、人間が植物を地表上に広める影響力と比べれば微々たるものである。

遊牧民は、あとから来る大群により（フィヨルドのような）奥地に入り込んだ湾に追い詰められたり、他の越えることのできない自然の障害により阻止されたりして、いつかそのさ迷える生活を放棄する。するとそれは直ちに、食物と衣服に役立ついくつかの有用動植物を身のまわりに集め始める。これが農耕の最初の痕跡である。北方の諸民族の場合この狩猟生活から植物栽培への移行は緩慢である。より早いのは、熱帯諸国の多くの住民たちにおける植民である。森の多いかの河川地帯において、オリノコ川とマラノーン川のあいだでは、うっそうと繁茂する植物は、未開人がもっぱら狩猟で食べていくのを妨げる。深く速い水の流れ、度重なる洪水、貪欲なワニ、ニシキヘビ（ボア）は、漁獲をしばしば徒労にも難儀にもする。自然はここで人間を植物栽培へと強いる。やむをえず彼は何本かのバナナの木、パパイアの木、キャッサバ、滋養になるアルムを自分の小屋のまわりに集める。少数の植物をひとまとめにしただけのものを畑と呼んでよければ、それはインディオにとり何か月も、狩猟、漁獲、森の野生の果樹が与えてくれなかったものの代わりとなる。このように気候風土と地面は、血統よりもなお、未開人の境遇と風俗習慣を変えていく。それらは、ベドウィン人的牧人民族と古代ギリシアの樫の森にいたペラスゲル人、またペラスゲル人とミシシッピ河畔の狩猟好きの遊牧民との違いを規定していく。

造園と農耕の対象であるいくつかの植物は大昔の世紀から遍歴する人類に伴ってある地帯から他の地帯へと移動した。こうしてヨーロッパではブドウはギリシア人、穀類はローマ人、木綿はアラビア人のあとをついて行った。新世界においてトルテック人は、北方の未知の国々からジラ川を越えて侵入し、トウモロコシをメキシコと南の諸地方に広めた。ジャガイモとアカザ属は昔のコロンビア王国の山岳住民たちが通過したところでは至るところに見出される。これら食用植物のさまざまな遍歴は確実である。しかし、それらの最初の元々の祖国がわれわれにとり謎めいた問題に留まるのは、種々異なった人種の祖国と同様である。これらをわれわれは、諸民族の伝説が遡るすでに最初期に、ほとんど全地上に広がっているのを見出す。カスピ海の南と東に、オクスス河畔に、その山々が万年雪で覆われているクルディスタンの谷々に、レモンの木、ザクロの木、ナシの木、サクランボの木の見事な叢林が見出される。われわれの庭園を飾るすべての果物はそこでは野生しているように見える。私が、そう見えると言うのは、これがそれらの元々の祖国なのかどうか、あるいはそれらがそこでかつて栽培されていて、あとで野生化したのかが不確実なのは、人類の文化が、ゆえに造園術もこれらの地方においてきわめて古いからである。

しかしながら歴史が少なくとも教えているところによれば、ユーフラテス河とインダス河、カスピ海とペルシア湾のあいだのかの肥沃な野は、ヨーロッパに植物の貴重な産物を供給してくれた。ペルシアはアンズの木、小アジアは甘いサクランボの木とクリの木、シリアはイチジク・ザクロ・

オリーブの木・クワの木を贈ってくれたのである。カトーの時代にローマ人は、甘いサクランボもモモも、クワの木も知らなかった。ヘシオドスとホメーロスはすでに、ギリシアとエーゲ海の島々で栽培されていたオリーブの木に言及している。初代タルクイニウスのもとでその幹はイタリアでもスペインでもアフリカでも存在しなかった。執政官アピウス・クラウディウスのもとでオリーブはまだひじょうに高価であった。しかしプリニウスの時代にオリーブの木はすでにフランスとスペインに移植されているのが見られる。

われわれがいま栽培しているブドウは、ヨーロッパに知られていなかったように見える。それはカスピ海の沿岸、アルメニア、カラマニアで野生している。それはアジアからギリシアへ、ギリシアからシチリアへ遍歴した。ホカイア人はブドウを南フランスへもたらし、ローマ人はそれをライン河とドナウ河の岸辺に植えた。ニューメキシコとカナダにおいて野生で見出されるヴィティス種も、アメリカで最初にノルマン人によって発見された地域にヴィンランドという名称をもたらしはしたが、いまやペンシルヴェニア、メキシコ、ペルー、チリに広まっているヴィティス・ヴィニヴェラとは種類が異なっている。

熟した実のたくさん生ったサクランボの木は、ルクルスの凱旋を飾った。イタリアの住民たちは、独裁者がミトリダーテスに対する勝利のあとポントゥスから持ち帰ったこのアジアの産物を当時ははじめて見た。一世紀後にはすでにサクランボは、フランス、イギリス、ドイツにおいて普通であった。

このように人間は恣意的に植物のもともとの分布を変更し、遠隔の気候風土のさまざまな産物を身のまわりに集める。東西のインドにおいて、ヨーロッパ人の植民地において、狭い空間がイェーメンのコーヒー、シナのサトウキビ、アフリカの洋アイを、その他おおくの両半球に属する植物を呈示している。この光景がいっそう興味深くなるのは、観察者のファンタジーの中に、人類が海陸をこえて地球のあらゆる部分で行なったさまざまな素晴らしい出来事の連鎖を呼び起こすからである。

しかし農耕民族の根気づよい勤勉は一連の有用植物を祖国の大地からもぎ取り、あらゆる気候風土のもと、あらゆる高さの山々で住むように強制した。それにもかかわらず、この長い奴隷状態にもかかわらず、その元々の形態は目に見えるような形で変化させられなかった。チリで海抜三五〇〇メートル（ほとんど一万一〇〇〇シュー）のところで栽培されるジャガイモは、シベリアの平地へ移植したのと同じ花をつける。（神話の）アトリーデンの馬を養った大麦は、疑いもなく、われわれが今日もなお収穫するのと同じである。現在地上に住んでいるすべての植物と動物は、何千年来、その特徴的形を変化させなかったように見える。エジプトの地下墓場にある蛇と昆虫のミイラのあいだに見出されるトキコウの年齢は、ピラミッドの年齢さえ越えているかもしれない。この鳥は現在ナイル河のぬかるみの岸辺で魚をとっているのと同じである。これらの一致の事例、形のこの持続性が証明しているのは、動物の巨大な骸骨、地球の内部に閉じ込められている素晴らしい形態の植物が、いまある種類の仕上げられたものではなく、むしろ地球のある状態を予感させることである。この状態は事物の今ある配置と異なっており、あまりにも太古に属するので、あとから成立したと思われる人類の種々の伝説はそこまでとうてい遡ることができない。

農耕は移住してきた異国の植物の土着の植物に対する支配を基礎づける。それにより原住の植物はしだいに狭小な空間に押し込められてしまう。そこで栽培はヨーロッパの大地の光景を単調にし、この単調さは風景画家の願いにも、野外で研究する植物学者の願望にも同じく反している。しかし両者にとって幸いなことに、この外見的な禍は、民衆の数と人間の精神的教養がもっとも増大した温帯の小部分に制限されている。熱帯世界において、人間の力は植生に打ち勝つには弱すぎる。植生はわれわれの目から大地を奪い、太洋と河川のほか何も覆いなしにしておかない。

人類をその最初の幼児期から伴っているように見える植物のもともとの故郷は、たいていの家畜の祖国と同じような闇に埋もれている。われわれが知らないのは、コーカサスとモンゴルの諸民族の食物がおもにその澱粉質にとむ種子にもとづいているかの禾本科植物がどこから来たかということである。われわれは穀物、小麦・大麦・燕麦・ライ麦の故郷を知らないのである。この後者の禾本科植物はローマ人によってさえ栽培されていなかったように見える。なるほど古代ギリシアのさまざまな神話は、小麦の起源をシチリアのエンナの平原に求めている。旅行者たちも、大麦を北アジア、ヴォルガ河に注ぐサマラ川の河畔に、スペルト（ドイツ小麦）をペルシアのハマダンで、ライ麦をクレタ島で野生しているのを発見したと主張している。しかし、これらの事実はより精確な調査を必要とする。土着の植物は外国の植物ときわめて混同しやすい。これらは人間の世話と支配をのがれて、森の中に昔の自由をふたたび見出して野生化するのである。熱帯のあらゆる住民の富のもとである植物、バナナ・パパイア・ココヤシ・キャッサバ・トウモロコシはいまだかつて、もともとの野生しているものを観察されたことがない。もちろん私は、前者の幾本もの幹をカシキアーレとツアミニの森の中で見たことがある。しかし、それらをやはり人間の手がそこへ移植したかも知れない。なぜなら、これらの地域の未開人は陰険で、きまじめで、不信感をもっているので、自分の小さな栽培地をもうけるために辺鄙な渓谷を選ぶからである。これらの栽培地を彼は、子供っぽい気まぐれからすぐまた去り、他のものと取り替える。野生化したバナナの幹とパパイアの幹はすると間もなく土地の産物のように見え、この地でそれらは土着の植物と共生するようになる。同じく私が見聞することができなかったのは、新大陸において野生のジャガイモがどこで成長しているかということである。その栽培に不毛な北ヨーロッパの住民がおもに生活基盤を置いているこの有益な植物は、どこにも栽培されない状態で見出されたことはなかった。北アメリカ、コロンビアのアンデス山脈、キト、ペルー、チリ、チキトスのどこでもそうである。にもかかわらずスペイン人は多くの山岳平野に「ジャガイモの荒れ地」という紛らわしい名をつけている。

これと似たさまざまな調査により植物地理学は、農業の起源に照明を当てる。これの対象は諸民族の血統、彼らの技術上の熱意、彼らの住んでいる気候風土のようにさまざま異なっている。この科学の領域に属しているのは、多かれ少なかれ刺激的な食物の性格・エネルギーにおよぼす影響の考察、遠隔の国々が植物生産物をわが物にしたり広げようと努めたりする長い航海と戦争についての考察である。このように植物は、いわば人間の精神史と政治史に介入してくる。なぜなら、自然におけるさまざまな対象の歴史がもちろん自然記述としてのみ考えられうるのに対し、ある深遠な思想家の発言によれば、自然のさまざまな変化も、それらが人間の出来事に対しても影響力をもつ場合、真に歴史的性格を帯びてくるからである（二二六頁）。

出しの輪になった蛇のように曲がった幹のうえに持ち上げている。
五　ポトス形：アルム、ポトス、ドラコンティゥウム。光沢のある、大きな、しばしば槍や矢のような形の、穴だらけの葉。長い、淡緑色の、液汁の多い、たいてい絡みつく茎。厚みのある長めの花。肉穂花序、白っぽい葉鞘から突き出てくる。
六　針葉樹形：すべての針葉植物、ピヌス、クプレッスス、いくつかのプロテアツェ、バンクジアさえ。エリカの種類、（遺伝した奇形の大きさのため？）羽毛のないオーストラリア原産のミモーサはピーヌス形に接している。樹冠はカラマツやイトスギのようにピラミッド型であったり、ピーヌス・ピネアのように傘のように、ほとんどヤシの木のように広がっている。
七　ラン形：エピデンドゥルム、セラピアス、ハクサンチドリ属。単純な、多肉質の、淡緑色の葉、多彩なすばらしい形態をした花、しばしば寄生質。熱帯植生の最大の飾り。
八　ミモーサ形：オジギソウ、グレディチア、タマリンドゥス、ポルリエリア。すべて柔らかい羽状の葉。それらの間で青い空が心地よくほのかに光っている。広い葉陰のある樹冠、しばしば傘のように圧しつぶされている。
九　ゼニアオイ形：ステルクリア、タチアオイ、オクロマ（バルサ材）、カヴァニレジア（Flor. Per.）。幹の太い樹木、大きな柔らかい、たいていたるんだ葉をして、華麗な花をつける（リンネのColumnifera）。
一〇　ブドウ形：蔓植物、ヴィティス、パウリニア、クレマチス、ムティジイア。ひびのある木質の幹と幾重にもなった複葉をもっている。花はたいてい繖房花状と繖房花序をしている。

一一　ユリ形：パンクラティウム、フリティラリア、アヤメ属（アイリス）。幹のない植物で、長い、単純な、淡緑色の、細い縞のある、しばしば剣形の、対生の、まっすぐの葉があり、繊細で華麗な花をつける。葉鞘があったり（リンネのSpatheceæ）なかったり（リンネのCoronariæ）する。

一二　サボテン形：種々の柱状サボテン。角の多い、多肉質の葉のない、しばしば刺のある、柱のように直立した、シャンデリアのような形に枝分かれた植物。花は美しい色合いをして、ほとんど無機物のように見える量塊から突き出てくる。

一三　トキワギョリュウ形：トキワギョリュウ、トクサ属。葉のない植物、外的構造はきわめて簡単で、茎は柔らかく、薄く、節目があり、長く伸びている。

一四　草本形・アシ形：

一五　蘚苔形：

一六　葉地衣類形：

一七　キノコ形：

これらの相貌による区分は、植物学者たちが彼らのいわゆる自然体系において提起するものとしばしば相違している。前者において肝要なのは大きな輪郭だけである。すなわち、植生の性格と、したがって、植物の光景とそのグループ分けが観察者の心情にあたえる印象である。これに反し、植物学ほんらいの分類が基盤を置くのは、通常の感覚にはまったく目立たない最小の、しかし極めて持続的かつ重要な結実部分である。たしかに、訓練をつんだ芸術家にふさわしい適切な企画は、その記述のために充実した言語にさえさまざまな表現が欠けているかの植物グループの種々の相貌を書物や温室の中ではなく、自然そのものの中で、彼らの祖国で学び、それらを忠実に生きいきと描くことである。背の高いヤシの木が羽毛のようにちぢれた逞しい葉を食用バナナの叢林のうえにゆさぶる様子、蛇のように直立した刺のあるサボテンの幹が花咲くユリ科植物の真っ只中にあり、樹木のようなシダがメキシコの樫の木に取り巻かれている様子、感受性豊かな芸術家の絵筆にとって、何というすばらしい絵画的な対象だろうか。

ある地帯の植生の性格は、個々の形の美に、それらの自然なグループ分けから生ずる調和あるいは対照に、有機体の大きな量塊と緑の色彩の強度にもとづいている。多くの形態、もっとも美しいもの、すなわちヤシの木、バナナ、樹木のようなシダ類とさまざまな草本の形態は、北方のさまざまな地帯には全く欠如している。そのほかの形態、たとえば羽毛のある葉の形態はそこでは稀であり、あってもあまり繊細ではない。樹木のような植物の数はそこでは熱帯諸国におけるよりも少なく、その樹冠はあまり高くなく、葉も密生しておらず、華麗な大輪の花で飾られることも稀である。熱帯諸国においてだけ形成する自然は、すべての植物形を一まとめにする喜びを見出した。一見欠如しているようにみえる針葉樹の形さえ、アンデスの高い山の背だけではなく、ジャラパのもっと暖かい谷々の中で、ロハの周辺でさえ見られる。

植生の相貌は、赤道直下で全体として、温帯におけるよりも壮大さ・威厳・多様性を有している。蝋による葉の光沢は、そこではより美しく、柔組織の織物はゆとりがあり、繊細で、汁液に満ちている。巨木はそこで永遠に、われわれの許における草本のような低い灌木より大輪の、多彩な、香しい花を咲き誇っている。光で炭化した幹はパウリニアの新鮮な葉、ポトス、ラン科植物で巻きつかれている。ランの花はしばしば、蜜を提供する（渡り鳥）コリブリスの形態と羽根を模倣する。

これに対し熱帯は、広い草地と牧草地の柔らかい緑をほとんど全く欠いている。その住民たちは、春にふたたび目覚め、すみやかに発達する植物生活の快適な感じを知らない。慎重な自然はどの地帯にも独自の長所を付与したのである。植物繊維は目がきつくあるいはゆるやかに織られたり、汁液に充満して伸びたり、早期にちぢんで瘤のような木質に硬化したり、刺激する光線が惹き起こす脱酸プロセスの程度に従い色の強度に大小が生じたりする。これらと、似たような事情は、それぞれの地帯における植生の性格を規定する。

赤道直下で大地が雲の領域にまで隆起する大きな高さのため、この地方の住民たちが目にする異様な光景は、自分たちがバナナ植物とヤシの木のほかに、ヨーロッパと北アジアの気候風土に特有としばしば思い込んでいた種々の植物形によっても取り囲まれているということである。アンデス山脈の暑い谷々は食用バナナと細い葉のミモーサで飾られている。それから高くなると、成長しているのは樹木のようなシダ類と、その樹皮が有益な解熱剤を含んでいる植物である。チンチョナのこの穏和な地域とその上のほうに、聳えているのは樫の木、樅の木、糸杉、目木属、キイチゴ、ハンノキその他、北ドイツの相貌に帰されるのが常である多数の植物である。このように熱帯の住民はあらゆる植物形を見て楽しむことができる。地球は彼に一度にそのすべての形成物を開示するのであるが、それは星をちりばめた夜空が極から極へ彼にその光る世界のいかなるものも隠さないのと同じである。

ヨーロッパの諸民族はこの長所を享受しない。多くの植物形は彼らにいつまでも未知のままである。贅沢あるいは知識欲が温室のなかへ押し込んでしまう病んだ植物たちが想起させるのは、われわれがそれ無しでいなければならないものに他ならない。それらが呈示するのは、華麗な熱帯植生の不完全な歪められた像である。しかし豊かな言語文化の中に、詩人と画家の活発なファンタジーの中にヨーロッパ人は、満足させてくれる代替物を見出す。模倣芸術の魔力は彼らを地球の最果ての部分に移し変えてくれる。誰であれ、その感情がこの魔力に活発に反応する人、その精神が充分陶冶されていて、自然をそのすべての活動において包括できる人は、寂寞とした荒れ地の中でいわば内面の世界をつくり上げる。彼が自分のものにするのは、勇敢な自然研究者が海と空を遠洋航海しながら、万年雪でおおわれた山の頂上で、あるいは地下の洞窟の内部で発見したものである。ここでわれわれが到達したのは、諸民族の文化と科学が異論の余地なく個人の幸福に働きかける地点である。それらにより、われわれは同時に、過去の世紀と現在の世紀の中に生きている。人間の勤勉さによりさまざまな遠隔地帯で発見されたものを身の周りに集めながら、われわれは等しく万人の近くにいる。そればかりでなく、自然のさまざまな力の秘められた内部の戯れの知見は多くの人々のもとで、われわれにみずから未来への種々の推測をあえて試みさせ、われわれは、偉大な諸現象が戻ってくるのをあらかじめ規定することができる。こうして世界有機体への洞察は精神的な楽しみと内的自由をあたえてくれる。この自由は運命のさまざまな打撃をうけても、いかなる外的権力によっても破壊されえないものである。

3　中南米探検旅行の準備

フンボルト本来の研究計画は漠然と大西洋のかなたに向けられていた。後年のアメリカ旅行記『新大陸熱帯地方紀行』第一章にも次のように記されている。

「青少年時代のごく初期から私には、ヨーロッパ人がほとんど訪れたことのない遠くの国々へ旅したいという切なる願望があった。この衝動は人生の一時期に特徴的なものである。人生はわれわれの前に果てしない地平線のように横たわり、そこで何よりもわれわれの心を引きつけるのは、心情の激しい高揚と身体を襲うさまざまな危険のイメージである。東西両インドにおける植民地となんらの直接交渉のない国（プロイセン）に成長し、のちには海岸から遠く離れた、鉱山業の盛んなことで有名な山岳地帯（バイロイト）で生活していたため、遠くまで航海したいという海洋への情熱が心のなかで日増しに大きくなっていくのを私は感じた。」

一八〇四年八月三日、五年間に及ぶイベロアメリカ探検旅行からヨーロッパへ帰ると、フンボルトは前述のように翌年春にパリからまず、プロイセン公使としてローマのヴァチカンに赴任していた兄を訪ねた。それは南米で体験したさまざまな火山との比較のため、ナポリでフランス人の親友ゲイ＝リュサックおよび学友フォン・ブーフと合流してヴェスヴィオ火山を調査するための研究旅行の一環であった。彼は一八〇五年四月三十日から七月十六日までと、八月十九日から九月十八日までローマに滞在した。（一八二二年に彼は、ヴェスヴィオ火山に再度登る機会があった。）それから彼はベルリンへ一八〇五年十一月十六日に帰郷した。彼は「レオポルディーナ」会員につづいて、一八〇〇年八月四日にすでにプロイセン科学アカデミーの准会員にも選ばれ、一八〇五年二月十九日には正会員に選出された。そこで彼は慣例にしたがい同年十一月以後アカデミーでいくつかの学術講演をおこなった。

これらのアカデミー論文はもともと、「偉大な自然のさまざまな対象を目の当たりにしながら、大洋の上で、オリノコの森林のなかで、ベネズエラの草原（ステップ）のなかで、ペルーとメキシコの人跡稀な山脈の中ででき上がった」ものであるが、それらのうちの一つ「植物観相学試論」だけは、一八〇六年、テュービンゲンのコッタ書店から単独で刊行された。その前年にはすでに、中南米探検旅行の最初の成果で『新世界赤道地方紀行』第二七巻にあたる『植物地理学試論、熱帯諸国の自然絵画をそえて』がフランス語で発表されていた。原題名は、Essai sur la géographie des plantes; accompagné d'un tableaux physique des régions équinoxiales であった。フランス語の tableaux physique とはドイツ語の Naturgemälde（自然絵画）にほかならず、この概念は『コスモス』において中心的な役割を果たすことになった。二年後にフンボルトはその論文をみずからドイツ語に翻訳し、「ローマ、一八〇五年七月」付の序言と、ローマ在住のデンマーク人芸術家ベルテル・トーヴァルセン（一七六八―一八四四）の銅版画を添え、『植物地理学論考ならびに熱帯諸国の自然絵画』（Ideen zu einer Geographie der Pflanzen nebst einem Naturgemälde der Tropenländer）としてゲーテに捧げた。トーヴァルセンはスイス・ルツェルンの「ライオン記念碑」（一八一八）を制作した当代随一の擬古典主義的彫刻家であった。また、テーゲルの広大なフンボルト家庭園の一隅にある墓所を飾る石柱の上に立つ希望の女神像も彼の手になるものである。

上述のアカデミー講演と三つの追加論文を収録した『自然の諸相』が出版されたのは一八〇八年以後のことで決定稿は一八五九年出版の第五版である。その間にベルリンはナポレオン軍に占領され、王家は辺境の州都ケーニヒスベルクに亡命し、フィヒテが愛国主義的講演「ドイツ国民に告ぐ」を行なわなければならない事態になっていた。しかしフンボルトは研究上の便宜のためパリへ戻り、二十年間そこでアメリカ旅行記の完成に専心した。彼はフランス科学アカデミー八人の外国会員のひとりであった。フンボルトのアカデミー講演「植物観相学試論」がもともと一八〇六年に僅か二八頁の抜き刷りのような小冊子として出版されたのに対し、『植物地理学試論』は、フランス語による単独の研究報告書として「自然絵画」という標題の大版の図表を添えて刊行された(二二三頁)。

注目すべきことに、そこでは植物観相学という表示は用いられておらず、まだ十六の植物形に言及される概論的論文の末尾において、せいぜい「相貌的差異」「植物の相貌」「北方的相貌」という表現を用いているだけである。チンボラソの山麓で大部分書かれた「植物地理学への最初の草案」について語った後、彼はむしろ「私はこれらの草稿に〈植物地理学へのさまざまな論考〉という題名をそのままにしておかなければならないと思った。他のいかなる不遜な題名も、私の試論の不完全さをより目立つものにし、これを寛容な読者に対してさえより価値のないものにしたことであろう」と記している。本来「と共に」としてそれに添えられた、本文の三倍ちかい分量の総論「熱帯諸国の自然絵画」は、事実上、『自然の諸相』に付けられた詳細な「注解」に相当するものである。

その控え目な言い方から窺われるのは、チューリヒの牧師ラファーターの著書により理解しやすい「植物観相学」という名称が、必ずしも植物学者あるいは動物学者ではないアカデミー会員たちのまえで行なわれた最初の学術講演において、より一般的な人文学的表示であったに違いないということである。新しい研究分野にたいする彼の見方・見解が学界で広く認められたため、「植物地理学」という自然科学的名称はやがてそのまま用いられることができたのである。なお一八一一年には、注解を付した『植物地理学論考』の抜粋がウィーンで刊行された。フンボルトは一七九二年秋にシェーンブルン植物園の園長ヨゼフ・フォン・ジャックインの知遇を得て以来、ウィーン自然史博物館の前身施設と関係が深かったのである。

『自然の諸相』は自然の見方が即物的であると同時に文学的、静穏ではあるが刺激的に、自然の一連の絵画的記述を都会の人間のまえに繰り広げている。彼が細心の注意をはらって努めていたのは、のちの『コスモス』におけると同様「種々の生きいきとした描写により自然観照の楽しみを高めると同時に、科学の到達した現状にしたがい、さまざまな力の調和的相互作用への洞察を深めること」であった。それが当時のドイツ人読者のあいだでいかに好評を博したかを証しているのは、たとえばミュンヘンの植物学者カール・フリードリヒ・フィリップ・フォン・マルティウス（一七九四―一八六八）である。動物学者スピックスとみずからブラジルを探検旅行していた彼は、一八五九年五月六日に死去したフンボルトに対するバイエルン科学アカデミーにおける追悼演説のなかで「フンボルトの著作の作用は筆紙に尽くしがたかった」と述懐している。

実際、自然研究者としてのフンボルトには、客観的対象である外界の自然のいかなる個別現象をも知覚し、それを宇宙の全体と関連させる思考能力があっただけではなかった。彼には、詩人ゲーテのように、心情におよぼす自然の内面的作用を感知する鋭い感受能力もそなわっていた。そして『自然の諸相』に収録されているさまざまな科学的エッセイにおけるように、眼で見たものをこの体験から取り出して一幅の絵のように記述することができた。そこにはロマンティックな感激や自然の神秘化ではなく、生きいきとした自然感情を美的に取り扱い造形する力が作用していた。彼の記述するのが、熱帯雨林であれ果てしない大草原であれ、アンデス山脈の高山地帯であれ山頂からの海洋の眺望であれ、常にそれは体験された現実であった。科学的洞察にもとづき自然の全体像を把握するこの見方と記述の仕方こそ、フンボルトの自然描写を地理学的自然記述の比類ない範例としたものである。

浩瀚な『新大陸赤道地方紀行』全三十巻の完成後パリからドイツへ帰郷したフンボルトは、一八二七／二八年の冬に二つのコースに分けて、六十一回の自然学的・地理学的公開講義をベルリン大学で、さらに十六回の講演を隣接したジング・アカデミーの大講堂でおこなった。このベルリン最大のホールは若いメンデルスゾーンが、一八二九年三月十一日にバッハのマタイ受難曲を再発見して上演した記念すべき場所である。このいわゆる「ベルリン講義」は、「国王から石工の親方まで」聴講したといわれるほど盛況であった。コッタ書店はそれらの草稿を速記にもとづき直ちに出版しようとしたが、たまたま同年四月十二日から同年十二月二十八日まで、フンボルトはロシア皇帝の委嘱で、動物学者クリスティアン・ゴットフリート・エーレンベルク（一七九五―一八七六）および鉱物学者グスターフ・ローゼ（一七九八―一八七三）と西南シベリアの中国国境まで、長途の研究旅行を行なうことになった。この時の科学的成果が、『アジアの地質学と気候学についての断章』（I・レーヴェンベルク訳、ベルリン、一八三二年、二一八頁）と『中央アジア ―― 山脈と比較気候学』全三巻（マールマン訳、ベルリン、一八四四年）である。その間に『新世界の地理学的知見の歴史的発展および十五世紀と十六世紀における航海天文学に関する批判的研究』（ユリウス・ルートヴィヒ・イデラー訳、ベルリン、一八三六―三九年）が出版された。これによりフンボルトは、アメリカ発見史の歴史家ともなったのである。

こうして科学的主著を書くには遅すぎる七十五歳になったフンボルトは、一八三四年十月二十四日付で年下の親友ファルンハーゲン・フォン・エンゼ（一七八五―一八五八）に、畢生の著作第一巻の印刷を始めると伝えた。

「私が思いついたとてつもない着想は、物質世界の全体、われわれが今日、宇宙空間から地上の生活のさまざまな現象について、星雲から花崗岩の上にまといつく苔の地理学にいたるまで知っているすべてのことについて、すべてを一つの著作のなかで叙述し、これが同時に生きいきした言葉で刺激をあたえ、心情を楽しませることです。大きな重要ないかなる理念も、どこかで閃いたならば、個々の事実とならんでここに記録されなければなりません。それは人類の精神的発展における一時期を（自然に関する知識との関係において）描写しなければならないのです。」このような態度は、結局、『コスモス』第二巻の「自然学的世界観の歴史」の末尾に記されているように、彼が自分の自然科学的研究にも適用していた歴史的な見方に通じるものであった。

「十九世紀における認識の進歩を格別に促進し、時代の主要性格をかたちづくった一般的努力の成果は、新たに獲得されたものにだけ眼差しを限定するのではなく、以前に触れられたすべてのものの鼎の軽重をきびしく問い、たんにアナロジーによって推論されたものを確実なものから分離し、そうすることにより知識のあらゆる部分を同一のきびしい批判的方法に委ねることです。」

彼が最初考えた「自然の書」から「コスモス」という書名に至るまで逡巡した様子も、それまでの書簡の往復から窺われる。「コスモスはひじょうに高尚で、ある種の気取りがなくはありません。しかし題名は一言で〈天と地〉を表わしています。（中略）兄もコスモスという題名に賛成です。私は長いこと迷いました。」

4　『自然の諸相』における人文学的研究成果

アレクサンダー・フォン・フンボルトの中南米における自然研究には、自然の合理的認識のほか、自然観照の楽しみという審美的な見地も付け加わっている。彼が『自然の諸相』のなかで読者に提示する一連の科学的エッセイは、初版への序言にいわれているように、偉大な自然のさまざまな対象を目の当たりにしながら、大洋の上で、オリノコの森林のなかで、ベネズエラの草原（ステップ）のなかで、ペルーとメキシコの人跡稀な山脈のなかででき上がったものである。個々の断章は現地で書き下ろされ、あとで一つの全体へと纏め上げられたにすぎない。彼の追求している目的は「自然の全体像の展望、さまざまな力の交互作用の実証、熱帯諸国の直接の観照が感知する人間にあたえてくれる喜びを新たにすること」である。どの論文も一つのまとまった全体をめざしているが、すべてに共通して言い表わされることになるのは、同一の傾向である。「さまざまな博物学的研究テーマのこの美的な取り扱い方は、ドイツ語の柔軟な表現能力にもかかわらず、構図という大きな困難を伴っている。自然の豊かさに促されて、個々の画像は積み重ねられざるをえず、この堆積は自然の絵画的描写の静謐と全体的印象を妨げる。感知能力と想像力に訴えようとすると、文体は詩的散文になってしまう恐れがある。」一方で彼がいつも望んでいたのは、彼の描く自然絵画が多数の事実の集大成を学ぶ労をいとわない人々のなかに、新しい思いがけない観念を生みだすことができることであり、他方でまた彼が思っていたのは、自分の草案が想像力に働きかけることができ、それに、驚異にみちた、しばしば恐ろしいが絶えず有益な大自然の観照から生ずる楽しみの一部をもたらしうることである。参考のため『自然の諸相』の内容をあえて要約すれば以下のとおりである。

ドイツでさまざまな形で繰り返し出版されてきた本書『自然の諸相――熱帯自然の絵画的記述』（第一、第二、第三版、一八〇八年、一八二六年、一八四九年）の事実上の初版は、現在入手しうる“Ansichten der Natur, mit wissenschaftlichen Erläuterungen. Von Alexander von Humboldt. 2 Bände in einem Band. J. G. Cotta'scher Verlag. Stuttgart und Augsburg 1859”である。実際、ハンノー・ベックもこれを、一九八七年の決定版全集第五巻の底本にしている。フンボルト自身が本文中でときおり「自然絵画」（Naturgemälde）という表現を用いているのに対応して、フランス語版の題名はすでに一八〇八年以来“Tableaux de la nature”となっている。

フンボルトは六年間の準備後五年を要した中南米探検旅行の成果を、一八〇五年から一八三四年まで三〇ないし三六巻（版によって数え方が異なる）の旅行記『新大陸赤道地方紀行』という美しい図版入りの膨大な著作に纏め上げたが、そのフランス語の第一巻が刊行されたのは一八一四年のことであった。旅行の概要は、刊行年が明記されていないとはいえ、彼の主著『コスモス』全四巻の初版（第一巻一八四五年、第二巻一八四七年、第三巻第一部一八五〇年、第二部一八五一年、第四巻前半一八五八年、後半は遺稿から一八六二年）の出版後ほとんど同じ体裁で、"Alexander von Humboldt, Reisen in Amerika und Asien. Eine Darstellung seiner wichtigsten Forschungen von H. Kletke. 4. Aufl." 全四巻において、一八二九年のロシア旅行とともに叙述されている。現代のオットマール・エッテ訳ドイツ語版テクストによれば、中南米旅行記の「序論」冒頭に次のように記されている。

「私が新大陸奥地を踏査するためヨーロッパを去って以来、いまや十二年が過ぎ去った。少年時代から自然研究にいそしみ、高い山々に貫かれ、太古の森に覆われた、野生の美に溢れる国土のさまざまな魅力に心を躍らせて、私はこの旅行中よろこびを充分に味わい、しばしば落ち着く暇もない難渋な生活と切り離すことのできないさまざまな苦難をなんとも思わなかった。『草原と砂漠について』および『植物観相学試論』に関する考察の読者たちと分かち合おうと試みたかの多様な楽しみは、ところで、探検旅行の唯一の成果ではなかった。この旅行の目標は、科学の諸領域を広げることに向けられていたからである。多年にわたり私は種々の観測の準備をおこたらず、主にそれらのためにこの探検旅行はおこなわれたのである。私は、熟練の技師たちが製作した容易にまた素早く操作することのできる種々の機器を装備していた。私を特別に支援してくれた政府は、私の研究の邪魔をするどころか、絶えず理解と信頼を示してくれた。そのうえ私は、実り多い共同研究に不可欠の、博識で勇気ある友人（エメ・ボンプラン）の協力をえる幸いに恵まれた。ときおり襲い掛かってくるいかなる苦難と危険にさいしても、彼は沈着冷静に覇気を失わなかった。」

『自然の諸相』はこのような中南米旅行の直後に書かれた七つの科学的エッセイから成り立っている。それは自然の全貌を絵画のように描くことを目指しているため、上記二つの論文で論及されている大陸の比較地理学と植生のほか、河川と動物の生態、火山の観察、自然哲学的考察、さらには考古学的地政学の視点を加えて一書にまとめている。しかしエッセイの本性上それは見方と描写の仕方において多分に文学的である。若いフンボルトは思想的にルソーの自然観のつよい影響を受けていただけではなく、『新大陸赤道地方紀行』第二十章において感嘆されているベルナルダン・ド・サン＝ピエールの『ポールとヴィルジニー』が愛読書だったのである。そこで科学者フンボルトは、『自然の諸相』の決定版に詳細な注解を付け加えたが、それらは逆に「科学的」という形容詞が付されているように、多くの傍証のほか、動植物のラテン語学名や精密な観測データあるいは人類学的臆測を含むある程度まで無味乾燥なものである。またそれらは十九世紀初頭の知見を反映したもので、必然的に時代遅れとなったものも少なくない。

草原と砂漠について

【注解】一八〇七年一月二十九日、ベルリンのプロイセン科学アカデミーで「砂漠について」という原題名で朗読された。気候の違いにもとづく風景の差違を強調するこの序章の目的は、後続の論文「オリノコ川の滝について」の冒頭に指摘されている。

後年の『新大陸赤道地方紀行』は副題にある「年代順の旅行記」（Relation Historique）として、総論的な序論につづき、叙述はいかに詳細であっても、第一巻第一章「さまざまな準備―種々の器械―スペインからの出発―カナリア諸島での滞在」、第二章「テネリフェ滞在―サンタ・クルースからオロタヴァへの旅―ピック（ピコ・デ・テイデ）登攀」、第三章「テネリフェから南米沿岸への航海―トバゴ島の精査―クマナ到着」と順を追って進んでいく。第二巻の第四章と第五章、第三巻の第六章から第九章まで、第四巻の第十章までがクマナ滞在中最初の南米体験の記述で、第十一章から第十三章までが海路グアイラへ渡り、この外港からベネズエラの首都カラカスに達したさいの滞在記である。ここで第五巻第十四章において「編訳者まえがき」で引用したカラカスの大地震が詳述される。こうして第十五章から初めてカラカス出発の記述が始まる。「草原と砂漠について」の論文においてはまだ覚え書程度の描写にすぎなかったものが詳述されるのである。たとえば冒頭に言及されているインディオ語の「タカリグア湖」は第十六章において「バレンシア湖」として説明される。しかし新鮮な自然景観の印象は薄らぎ、本質的なことは『自然の諸相』におけるほうが生きいきと的確に把握しやすいのである。なお以下の「要旨」は、現在のレクラム版に付録のように掲載されているもので、戦前の版にはない。

【要旨】カラカスの沿岸山脈と山峡。タカリグア湖―有機的生命の充満した繁茂と樹木のない植物の乏しい平原の対照―空間的印象。太古の内海の地底としての草原―少し高く横たわる、露出した層、堆積層―地面が呈示する諸現象の普遍性。ヨーロッパの荒れ地地方、南アメリカのパンパスとリャノス、アフリカの砂漠、北アジアの草原―植物の覆いが有する性格。動物の生活―世界を震撼させた遊牧民。

南アメリカの平原と大草原の自然絵画―その拡張とその気候―後者は新大陸の輪郭と測高計的に把握される形態により制約されている―アフリカの平原および砂漠との比較―アメリカにはもともと遊牧生活が欠如―マウリティア椰子の提供する食物、木々の上の揺れる小屋。グアラウネン。リャノスはアメリカの発見いらい住みやすくなった。野生の牛・馬・騾馬のめざましい繁殖―乾季と雨季の叙述。地上と蒼穹の眺め。動物の生活、その受苦と闘争。適応させる自然がある種の動物と植物に付与した柔軟性―ジャガー・ワニ・電気魚。電気うなぎと馬の不釣合いな戦い。

草原と砂漠を限る地帯を回顧―オリノコ川とアマゾン河森林地帯の荒野―部族は言語と風俗のふしぎな違いにより分離されている。難渋して生活し、いつも仲たがいしている種族。岩に彫られた種々の絵は、これらの人跡稀な所もかつて没落した文化の発生地であったことを実証している。

オリノコ川の滝について――アトゥレスとマイプレスの急流地帯

【注解】一八〇七年八月六日、プロイセン科学アカデミーで朗読された。ベネズエラの首都カラカスから遠く離れたオリノコ川上流のアトゥレスとマイプレスの瀑布の描写は現在もそのまま当てはまるといわれる。

『新大陸赤道地方紀行』第六巻も第十七章がカラカスから奥地へ入っていく「リャノスすなわち

大草原」の描写と、第十八章のアプーレ川の舟行記が中心である。オリノコ川の記述が始まるのはようやく第七巻第十九章からで、滝あるいは瀑布と呼ばれるアトゥレスの奔流（ラウダル）は第二十章、マイプレスのラウダルは第二十一章で扱われる。第二十二章と第八巻第二十三章で扱われているネグロ川はスペイン統治下のベネズエラとポルトガル支配のブラジルの国境線になっているので、隠密におこなわれたに違いない調査活動はこの論文ではほとんど触れられていない。しかしながら、最も重要なことはこの章で詳しく報告されているネグロ川とオリノコ川を二叉のように繋いでいる自然水路（Bifurkation）カシキアーレ川の確認である。これが本来、今回の探検旅行の主目的であった。カシキアーレを通りオリノコ川に舟で出て、源流にちかいエスメラダの町からアトゥレスとマイプレスの急流地帯をへてアンゴストゥラまで戻る舟行記が第八巻第二十四章である。「オリノコ川の上流、エスメラダからグアヴィアーレの流入点まで—アトゥレスとマイプレス瀑布を経由して二回目の舟行—オリノコ川の下流、アプーレ川の合流点とスペイン領ギアナの首都アンゴストゥラの間」。『新大陸赤道地方紀行』はヌエヴァ・バルセロナをへてクマナへ戻り、ベネズエラを去ってハバナへ赴くまでを記述した第九巻と第十巻をもって完結する。オリノコ川のいわゆる滝について、『紀行』第二十章ではエッセイと異なり次のように詳述されている。

「アナヴェニ川の上流、ウニアナとシパプのあいだの山間で、マパラとクイトゥナの大瀑布あるいは宣教師たちの通常いうアトゥレスとマイプレスの急流地帯にさしかかる。一つの岸から他の岸に及ぶこれら二つの流れの隘路は、全体として同じ情景を呈している。無数の島々、岩礁、やしの木の茂る積み重なった花崗岩の岩塊のはざまで新世界最大の川のひとつは、一面泡立つ流れとなる。外見がこのように一致しているにもかかわらず、二つの滝のそれぞれに特有の性格がある。北にある最初のは、水位が低いので、通過しやすい。第二のマイプレスの滝の場合、インディオたちには洪水の時期のほうが好都合である。マイプレスとカメジ水路の流入点の上部で、オリノコ川は一六七マイルの区間にわたってまた舟行可能になり、その源流の近く、すなわちグアハリボの急流地帯、チグイレ水路とユマリクインの高い山々の東まで行けるようになるからである。」

【要旨】オリノコ川、その流れの一般的展望―その河口を眺めたときコロンブスのうちに喚起された想念―高いドゥイダ山とベルトレティア川の灌木林の東に不明の水源地が横たわっている―川の主要な湾曲の原因―さまざまな滝、マイプレスの奔流は四つ細流により限られている―この地方の以前の状態、ケリ岩塊とオコ岩塊の島のような形―雄大な眺め、マニミの丘から降りてくると。何マイルにもわたり泡立つ水面が思いがけず眼前に展開される。鉄のように黒い岩塊が城砦のように川床から屹立している。蒸気を発散する水煙のあいだに高いヤシ科植物の梢が聳えている。

アトゥレスの奔流、またもや島々の世界―岩の堤防が島と島を結んでいる。それらは金色をした好戦的なイワドリたちの生息地である―瀑布の中にある個々の川床部分は乾いている、川の水が地下の洞穴に水路を開いているからである。夜の帳のおりる頃、暴風雨のなか、そこで過ごす。予期せぬワニの接近。あまねく知られたアタルイペの洞窟、絶滅したある部族の墳墓。

原始林における動物の夜間生活

【注解】草原地帯の川や湖に沿った幅の狭い森林をフンボルトはここで初めて「熱帯雨林」と名づ

け、その性格を動物の生活との関連から的確に描いている。「古今のいかなる民族も〈原始林における動物の夜間生活〉や〈草原と砂漠〉に比肩しうる作品を残していない。」（オスカール・ペッシェル）

それまで動物は、ビュフォンの理想にもかかわらずなお死んだ博物標本として博物館のなかで眺められ、主としてリンネにおける「自然の体系」のように構造の見地から分類されてきた。もちろん、世界最初の動物園はすでにウィーン・シェーンブルン宮殿の庭園内に設けられており、フンボルトはそれを見ていた。しかし南アメリカにおける彼のさまざまな体験と生きいきとした描写により、博物学的動物学は初めて機能に注目する生態学へと発展していった。彼の記述しているさまざまな野生の動物たちのなかでとくにゲーテの興味を惹いたのはサルのようで、フンボルトを称揚している『親和力』第二部第七章の「オッティーリエの日記から」にネガティブな意味でまさにこの動物が挙げられている。「いやらしいサルの絵をあえてあのように念入りに描くなど、よくできるものだ。それらを動物として眺めただけでもう、品位を貶められたような気がする。しかし本当にもっと性悪になるのは、知っている人々をこの仮面のうしろに探し求めようとする誘惑に屈するばあいである。」なお、わが国ではファーブルの『昆虫記』とシートンの『動物記』が有名であるが、ドイツでヴィルヘルム・ブッシュの漫画物語と同じく知らない人のいない民衆の愛読書のひとつは、フンボルトに触発された動物学者アルフレート・ブレーム（一八二九―八四）の浩瀚な図鑑的著述『動物の生活』である。

【要旨】さまざまな自然現象を明確に表示するための語彙における諸言語の豊かな多様性、すなわち植生と植物形の状態、さまざまな雲の輪郭とグループ分け、地表と山岳形態に対して。諸言語がこのように表示する種々の言葉にこうむる損失。スペイン語のある単語を誤解したため地図上で山脈が拡大されたり新しいものが形成されたりした―「原始林」という表示はしばしば濫用される。樹木の種類の合成が単調ではないことが熱帯森林の性格、それらの密林の原因。種々のつる植物（Lianen）はしばしば少量の下ばえを形成しているだけである。

アプレ川下流の眺め―川辺の森が、庭園のように低いトウダイグサ属植物（Hermesia）の生垣で閉ざされている。森の野獣たちは仔を連れてあちこちの開口部から川岸へ出てくる―大きなミズブタ（Capybara）の群れ―淡水イルカ―動物の荒々しい叫び声が森にこだまする、夜の喧騒の原因―対照的な静けさ、熱帯地方では暑い日々の正午にみなぎっている―バラグアンにおけるオリノコ川岩礁による隘路の記述―昆虫のブンブンいう唸り声。どの藪の中、樹皮の裂け目、膜翅目（昆虫）により掘り返された地面のどこにも生命の動きが聞こえてくる。

植物観相学試論

【注解】先行する論文の冒頭において「山塊の観相学」として用いられていた術語はここで初めてフンボルトにより創始された「植物観相学」の名称として表示される。目にみえる外面的な特徴にもとづき目にみえない内面的性格を直観的に把握しようとする観相学（Physiognomik）という斬新な科学は、ほんらいチューリヒの牧師ラファーターにより創始され、若いゲーテは『スイス紀行』に述べられているようにその研究に積極的に協力した。神学者の考え出した科学とみなされたためか、リヒテンベルクもヘルダーも多かれ少なかれ自ら実践しながら、それを過小評価していたきらいがある。しかしフンボルトはラファーターの著作をよく知っており、『植物地理学論考』（一八〇七）においてすでに、岩石そのものにほかならない山々の動植物の世界に見られるさまざまな現象を自然の多種多様な相貌（Physiognomie）としてとらえ（二五六頁）、とくに植物界を森林やサヴァンナなど十七のパターンに分類し、それらを観相学的「自然絵画」として精確に描写しながら自然の奥深い営みの本質に迫ろうとしていた。彼が費用を惜しまず多数の動植物の絵を描かせ、山々の様相を精緻に記したさまざまな図表をみずから作成したのはそのためである。自然を生きた全体として眺め、たんに分析的ではなく常に綜合をめざしていた点において、彼の自然研究はまさにゲーテ的である。また自然を認識対象としてだけではなく、それを美的に体験し芸術的に表現しようとした点でも、フンボルトはゲーテ時代にふさわしい人文学的自然科学者であった。自然絵画とは結局、主著『コスモス』（一八四五—五八）の序論において強調されているように、自然科学と人文科学の一致、自然と歴史の調和にほかならない（一七頁）。

【要旨】最高の山頂の斜面、大洋、大気圏にも溢れる生命が広がっている。地下の植物、極地の氷塊のなかにいる珪石質甲殻の微生物、アルプス氷河の氷穴に見出される一種のミジンコ（Desoria glacialis）。砂塵のなかのさまざまな微小有機体—植物の覆いの物語。むきだしの岩肌の上にしだいに広がる植生。地衣類・苔類・肥厚植物。一定の地方にいま植生が見られない原因。

どの温度地帯にも特有の性格がある。動物と植物のすべての形態は、永遠に回帰する確固とした種々の原型に結びついている。自然の観相学。ある地方の全体的印象の分析。この印象の個々の要素。山脈の輪郭、空の青さ、雲の形態。主要な決定的要素は植物の覆い。動物の有機体制には量塊が欠けている。さまざまな個体の運動性としばしばそれらが微小であるため、われわれはそれらを見ることができない。

さまざまな植物形の列挙、これらが主に自然の相貌を規定し、赤道から両極地方にかけて、すでに究明された諸法則により増減する。

ヤシ科植物、バナナ形、ゼニアオイ属、ミモーサ属、エリカ属、サボテン形、ラン科　植物形、トキワギョリュウ、針葉樹、ポトス＝アロイデーン形、リアーネンつる植物、アロエ植物、草本形、羊歯類、ユリ科植物、ヤナギ形、ミルテ科植物、メラストマセ、月桂樹形。

自然なグループ分けとこれらの植物形のさまざまな対照から生ずる喜び。風景画家に対する植物の相貌研究の重要性。

さまざまな地帯における火山の構造と作用の仕方

【注解】初版にはなかった冒頭の日付はのちに追記されたものである。ここでフンボルトは明確に「比較地理学」について語り、火山理論よりもむしろさまざまな火山の観相学的レリーフを呈示している。しかし、この画期的な論文により、ゲーテもついに岩石水成論をみずから時代遅れとして断念せざるをえなかった。

植物学と動物学にくらべ、古典的博物学のなかで近代科学への脱皮がいちばん遅れたのは鉱物学である。若いフンボルトがフライベルクの鉱山アカデミーで学んだときは、まだ岩石水成論にもとづくヴェルナー学説の全盛時代であった。自然科学の当時の発展段階では、地質学は地球の起源と生成を考えはじめたばかりで、さまざまな仮説を裏付ける地球科学的観察も実験もまだ大幅に欠如していた。ふたしかな科学としての地質学に代わって、より一般的に用いられていたのは地層構造学という名称で、南仏オーヴェルニュの火山地帯やヴェスヴィオ火山の踏査もこの分野の研究テーマとみなされていた。フンボルトやフォン・ブーフなどはこれらの火山の研究をとおして次第に断乎たる火成論者になっていくのであるが、たとえば同じく断乎たる水成論者のゲーテは『イタリア紀行』にあるようにヴェスヴィオ登山を敢行していたとはいえ、オーヴェルニュの山々を見たことがなかった。まして、新大陸で数々の火山を体験したフンボルトとは、論拠の点でもはや比較にならなかった。彼は世界旅行者のこの論文を読んだとき、自分がすでに時代遅れであることを認識し、地殻の生成をめぐる不毛な論争からいさぎよく撤退したのである。『ゲーテ地質学論集・鉱物篇』地質学所収の断章「アレクサンダー・フォン・フンボルトの火成論」を参照。しかし事この問題になると、いつもは讃辞を惜しまないフンボルトに対しても、彼はなかなか手厳しかったようである。ワイマールの官房長フリードリヒ・フォン・ミュラーは、一八二三年九月十八日付で次のような批判的発言を伝えている。「火山に関するフンボルトの最近の講演があまり良くないことについて。彼にはほんらい〈高次の方法〉がなかったという。あるのは常識と熱心と不屈の精神だけだという。美的なことにおいては各人好きなように信じたり感じたりしてもかまわないが、自然科学においては間違ったこと、不条理なことは全く堪えがたいという。」

【要旨】遠い地帯へのさまざまな旅行は、思想の普遍化と本来の物理学的山岳学の進歩に影響を及ぼす。地中海の形態が火山の諸現象に関する最初期の思想に及ぼした影響―「火山の比較地層構造学」、自然の一定の諸変化は周期的に回帰する。それらの原因は地球体内部の奥深くにある。さまざまな火山の高さとそれらの火口丘の高さとの関係、ピチンチャ、テネリフェのピック、ヴェスヴィオで―火山の頂の高度変化。一七七三年から一八二二年までのヴェスヴィオ火口の縁の測定。著者の測定は一八〇五年から一八二二年までの時期を含む―一八二二年十月二十三日から二十四日にかけての夜に起こった爆発の特殊な記述。四〇〇フィートの高さのある、火口の内部にあった火口丘の陥没。十月二十四日から二十八日までの火山灰の噴出は、大プリニウス時代から確実な記録を有しているもののうちで、最も記念すべきものである。

形態がひじょうに異なった「永続的火口」のある火山と、歴史時代にはめったに観察されない諸現象の違いは、粗面岩の山々が突然口をあけ、溶岩と火山灰を噴出し、たぶん永遠にまた閉じる場合である。後者の諸現象が地層構造学に対しとりわけ教示に富んでいるのは、鳴動し、隆起し、裂けた地表におこった最初期のさまざまな激変を思い出させるからである。それらは古代において、「劫火の流れ」(Pyriphlegethon) という見解が生ずるもとになった―火山というものは間欠的な地中噴泉で、われわれの惑星の内部と外部の絶えざる一過性の結合の結果、流体の内部地殻に対する反応の結果である。それゆえ無益な問いは、どんな化学物質が火山のなかで燃えていて、火への材料を提供しているかというようなことである。地下熱の始原的原因は、すべての惑星におけると同様、形成過程そのもの、霧状の宇宙的流体から渦巻く量塊が分離するプロセスである。熱放射の力と影響は、太古の時代における地球に開かれた割れ目とまだ充填されていない岩脈に由来する。気候〈気温〉は当時まだ地理学的な緯度、中心的物体である太陽にたいする惑星の位置に全く依存していなかった。現在の熱帯世界のさまざまな有機体は、凍てつく北方に埋没している。

生命力あるいはロードス島の守護神物語

【注解】『自然の諸相』第二版および第三版への序言で言及されているように、この論文は一七九五年六月にシラーの文芸雑誌『ホーレン』に掲載された。科学者フンボルトが書いたほとんど唯一の文学作品で、しかも南米探検旅行に出かけるまえに発表され、『自然の諸相』第二版にはじめて収録された哲学的エッセイなので、著者にとって特に貴重な感慨深いものであったに違いない。

「『自然の諸相』の第二版を私は、一八二六年、パリで出版するばかりにした。二つの論文〈さまざまな地帯における火山の構造と作用の仕方〉と〈生命力あるいはロードス島の守護神物語〉はそのとき初めて追加された。シラーは、青年時代の医学研究を思い出しながら、私の長いイェーナ滞在中、生理学的研究テーマについて私と話すことを好んだ。われわれの対話にしばしば真剣な方向をあたえたのは、種々の化学物質との接触による筋肉繊維および神経繊維の刺激作用に関する私の研究であった。その頃にでき上がったのが、生命力に関する小論である。シラーが『ロードス島の守護神』に愛着を示し、彼の文芸雑誌『ホーレン』に掲載してくれたことに励まされて、私はそれを再び印刷させる決心をした。つい最近になって印刷公表されたある書簡の中で兄は、同じ主題にかすかに触れているが、適切にも次のように付記している。〈論文全体の目的はある生理学的理念を展開することにあるのですが、あの論文の書かれた時代には、現在なされたであろうよりも、種々

の真面目な真理をあのように半ば詩的な言い回しで表現することが好まれたのです。〉」（一二七頁）

この論文は科学者フンボルトが書いたほとんど唯一の神話的文学作品で、しかも南米探検旅行に出かけるまえに発表され、『自然の諸相』第二版にはじめて収録された科学的エッセイである。成立史的に他の諸論文とはなんの関係もないようでありながら、フンボルトにおける科学的認識の美的傾向はゲーテ＝シラーのワイマール古典主義とやはり内的関連があると言わなければならない。

彼の生命力の概念はこの物語の文脈では、無機物との関係において必ずしも明確ではなく、彼も間もなくそれを放棄して顧みることはなかったように見える。しかしゲーテは生命の哲学的概念規定に関し『滞仏陣中記』ペンペルフォルト、一七九二年十一月の項において「物活論」（Hylozoismus）について語り、死んだ物質（無機物）が刺激により生気を帯びうるという啓蒙主義的物質主義の考え方に執拗に反対していた。彼は形態のないものに形態をとって形成されたものを対比させ、「生命を与えることのできるのは生命のみ」、「生あるものは生あるものからのみ生ずる」という見解に固執したのである。彼は当時フンボルトに対しても、「あなたのさまざまな観察はエレメント（物質としての四大）から、私のは形態から出発する」と異論をとなえた。彼の生命あるいは生活原理はあくまで「生きることを思え」であって、死さえ無限のエネルギーである生の延長線上において把握していたのである。

古典的な「生命主義」（Vitalismus）はハレの医学教授でプロイセン宮廷の侍医であったゲオルク・エルンスト・シュタール（一六六〇―一七三四）により提唱された有力な学説であったが、フンボルトは一七九七年にすでに疑念をいだくようになったと言われる。それにもかかわらず三十年後に

『自然の諸相』に採録したのには何か特別な理由があったに違いない。しかし、それとの関連からのちに生命の「全体論」(Holismus)というシェリング的な見解が唱えられ、学界を支配するようになった。非常に専門的な学説なので、ここではこれ以上その議論に立ち入ることはできない。

カハマルカの高地 —— インカ皇帝アタウァルパの古都アンデス山脈山の背からの南海最初の眺望

【注解】フンボルトの大著『アメリカ旅行記』には記載されていない自然描写が含まれた貴重なエッセイ。南アメリカのかつてのインカ帝国におけるさまざまな旅行体験にもとづく臨場感あふれる文章なので、描写されている情景には、優れた文学作品「ロードス島の守護神物語」と同じく解説はほとんど必要ないと思われる。

これらの報告のうち少なくとも注目にあたいすると思われるのは、ペルーの高原のいくつかが太古の湖底であったとか、アンデス山脈の高い白亜期の地層から始原的貝類の化石が出土したという指摘である。ここから推測されるのは、ヨーロッパのアルプスと同様、新大陸のコルディリエーラ山系も想像を絶するほどの高潮や氷河で一面覆われていたということである。もしそうならば、ペルーの高い山々の中腹に舗装道路網や堅固な要塞都市を建設したり、山頂に神殿を築いたりしたとき、必ずしも重い切石を運び上げたわけではなかったのではないかと考えられるのである。フンボルトの時代にはまだ発見されていなかったペルーの都市遺跡マチュピチュの城塞は、標高二五〇〇メートルの山の鞍部にあるとはいえ、建設されたときはまだそれほどの高さの海抜がなかったのではないかというような気もする。また世界中、とくに大西洋岸に散在しているいわゆる巨石記念物の謎も、人間の生活空間のこのような高度の差異から説明されるような気がする。

【要旨】ロハの谷々にあるキナ樹の森。ヨーロッパにおけるキナ皮の最初の使用。副王夫人のチンチョン伯爵夫人。

パラモのアルプス植生―古代ペルー舗装道路の廃墟、それらはアスアイのパラモにおいてほとんどモンブランの高さに達する―コミュニケーションの奇妙な手段。「泳ぐ郵便配達夫」。

アマゾン流域へおりる。チャマヤとトメペンダの植生。ブーゲンビリアの赤い灌木林―アマゾン河を貫く岩礁の列。瀑布。ポンゴ・デ・マンセリチェの水の隘路、そこでは強大な川も、ラ・コンダミーネから測ると、一五〇フィート足らずの幅しかない。レンテマの岩礁堤防の陥没、それにより何時間の長さにわたり川床が干上がり、原住民たちを驚愕させた。

アンデス山脈への移行。それはここで磁気赤道を通過する。一四ツォルもあるアンモナイト、ウニ、白亜地質系統の貝の化石イソカルディエンをガンボスとモンタンのあいだで収集した、海抜一万二〇〇〇フィートの高さ。チョータの豊富な銀山。城砦のように聳える絵のように美しいグアルガヨックの丘。パンパ・デ・ナヴァールにおける大量の線状純銀。純金の宝も銀糸で包みこまれている。多くの化石のため「貝塚」（Choropampa）と呼ばれているところで。白亜地質系統における金銀鉱石の産出―小さな山岳都市マチュイパンパは海抜一万一一四〇フィートのところにある。

パラモ・デ・ヤナグアンガの山岳荒野を越えて美しい盆地へ下りていく。（ほとんどキトの町と同じ高さなので）むしろカママルカの高地といったほうがよい。インカ皇帝の温泉。アタウァルパ宮殿の廃墟、いま住んでいるのは彼の遠縁の子孫、アストルピルコの家族。そこの信仰は、インカ皇帝の地下にあるいくつもの「黄金の庭園」に向けられている。それらの存在を信じて疑わないのは、ユカイの優美な谷間、クスコの太陽神殿、その他多くの地点においてである。クラカ・アストルピルコの十七歳の息子との対話―不運なアタウァルパが一五三二年十一月から九か月捕らえられていた部屋をまた見せてもらった。インカ皇帝が、解放してくれたら部屋をこの高さまで黄金で満たさせようと印をつけた壁も。

一五三三年八月二十九日に行なわれた君主処刑のやり方と、市内牢獄の礼拝堂祭壇まえのプレートの上にある、いわゆる「消えない血痕」についての注釈―ラレーの抱いたインカ帝国を復興しようとする希望は、原住民のあいだで残っている。この空想的信仰の原因。

カハマルカから南海への旅。コルディリエーラ山系を越えグアンガマルカ連山を通って移行。アンデス山脈の山の背から南海を見られるという希望は、しばしば欺かれる。それがついに成就されたのは、八八〇〇フィートの高さにおいてであった。

第五章　科学者フンボルトの人文主義的自然研究

粗野な未開人たちは驚嘆しつつ不安げに周囲を見回し、生きるために必要最低限の欲求を満たそうとする。これに反し、恵まれた精神の持主は広大な世界現象を注視し、生起することを観察し、現在あるものを予感に満ちて、あたかもそれが生じつつあるかのように言い表わす。（ゲーテ『箴言と省察』「倫理的なもの」から）

晩年のフンボルトは、畢生の大著『コスモス』を完成するため毎日夜遅くまで執筆の仕事をしていたといわれる。そのさい彼が高齢にもかかわらず、第二巻「自然学的世界観の歴史」への序論（〈自然研究への刺激手段〉）の冒頭において自分の自然研究への最初の刺激をあたえたものとして挙げているのは、感銘深いことに青少年時代に見たり読んだりしたゲオルク・フォルスターによる南海の島々の叙述、（ロンドンで見た）ガンジス河の沿岸を描いたホッジズの絵、ベルリン植物園の古い塔のなかにあったカナリア群島テネリフェ原産の巨大な竜血樹のことである。フンボルトはたしかに本章のモットーにおいて予言されているように、出自・身分・友人・教養・財産・機会・地位・名声に人一倍恵まれていた。しかし彼の九十年におよぶ生涯と自然科学者としての著述活動を改めて概観すると、その天賦の才能や多種多様な業績に驚嘆するというよりは、そのために営営辛苦した長年の努力とそのために身をさらした危険の多さに感嘆せざるをえない。

フンボルト兄弟と中南米との関係には、これまで多少とも言及したが、ジブラルタル海峡を出て、昔から「暗い海」と呼ばれた地中海かなたの大西洋で島々だけでなく未知の大陸の奥地まで探検旅行にでかけた恐らく最初のドイツ人は、アレクサンダー・フォン・フンボルトであった。若いフンボルトがフランスの医師で植物学者エメ・ボンプラン(一七七三―一八五八)を伴って中南米に向け出帆したのは、一七九九年六月五日のことであった。スペイン北西端の港町ラ・コルーニャからの航海の途中、彼は北回帰線に近いカナリア群島最大の島テネリフェにおける一週間の滞在中すでに、熱帯性の気候風土と標高三七一八メートルの休火山テイデ峰登攀を体験する機会に恵まれ、それは約五年に及ぶ研究探険旅行のための格好の準備となった。一見、ヴィルヘルム・フォン・フンボルトはこの全旅行と直接の関係はない。しかしアレクサンダーがそれについて兄にしばしば手紙を書いて報告しているという意味で、ヴィルヘルムは隠れた受け身の同伴者なのである。

1　フンボルトの政治的および科学的影響

フンボルトはもともと、イギリスからの独立をかちとり憲法の中で人権宣言を行なっているアメリカ合衆国に対して好意を抱いていた。しかしながら、南の諸州で実施されていた奴隷制度には嫌悪の情を隠さなかった。晩年になってもなお彼は、「キューバの政治状態に関する試論」の英訳がアメリカで「奴隷制度についての考察」の章を削除して出版されたことに公に抗議した。こうして彼は、南北戦争の奴隷問題に介入しただけでなく、死の二年まえ、プロイセンの国土に足を踏み入れるいかなる黒人にも自由を保障する法案を通過させた。彼は黒人に対する同情や人間愛からではなく、基本的人権を要求したのである。彼がアメリカ・インディアンに対する白人たちの横暴を厳しく批判していたのは当然である。人種差別に反対する彼の見解は、究極において、ヘルダー、ゲーテ、シラー以来の人文主義的ヒューマニズムにねざしたものである。『コスモス』第一巻の末尾に、奴隷制を正当化したアリストテレスの権威にさからってまで、次のように言われている。

「人類が一つであることを主張することにより、われわれはまた高級な人種、低級な人種というあの不快な考え方に反対する。教育されやすい、教養の高い、精神文化によって高貴にされた種族は存在する。しかし、他より高貴な種族というものは存在しない。すべての民族が同様に自由を享受するよう定められているのである。」そして、これには兄ヴィルヘルムの「歴史全体をとおし妥当性がますます拡大されて目に見えるようになる理念をわれわれが表示しようとするならば、また人類全体の完成ということはさまざまに異論を唱えられ、さらにもっと誤解されてきたが、何かある理念がそれを証明しているならば、それは人間らしさという理念である。この努力は、あらゆる種類の偏見と一面的見解が敵意をもって人間のあいだに打ち立てたさまざまな境界を取り払い、全人類を宗教・国家・肌色にかかわりなく一つの大きな兄弟のような種族として、一つの目的、すなわち内面の力の自由な発展を達成するために存続している全体として取り扱おうとする」という高邁な所見が付記されている。

もとより、このような人間観は主として人文学の領域にとどまり、現実の歴史の歩みと人間生活に強い影響を与えることはできなかった。しかしながら、フンボルトの思想と活動が中南米をはじめアジア、アフリカにおけるヨーロッパ人の植民地政策になんらの改善ももたらさなかったと言うことはできない。新聞報道によれば、米州諸国が一九九二年の「アメリカ大陸発見五百周年」祝賀の準備を進めているのに対抗して、南北両アメリカ大陸の二十二か国から集まった先住民による会議が開かれ、五百年間にわたるヨーロッパ人の存在が、彼らの言語や習慣の否定や、「戦争と病気、祖国喪失、そして文化的・肉体的虐待をもたらした」と非難したといわれる。しかしヨーロッパ人のなかに少なくとも一人、「その研究はアメリカにすべての征服者たちよりも多くを与えてくれた」（ボリーバル）といわれる偉大な人物がすでに十九世紀にいたことを忘れてはならないであろう。

そのうえキューバとメキシコの「政治的状態についての試論」の中で、フンボルトは初めて一般的な統計を援用しながら、これらの地方における経済的および政治的問題を詳述している。これらを扱うときの視点は、一定面積内の人口密度、住民の民族的・社会的構成、農耕地の使用・未使用の割合、交易の範囲と規模、住民の貧富に及ぼす政治体制の影響などである。それらの記述が植民地出身の青年たちの民族的アイデンティティーを再確認させたと同時に、彼らに宗主国からの独立への願望を呼び起こしたであろうことは想像に難くない。スペイン支配下の南米における独立運動は、とくにヨーロッパの政治情勢によって速められることになった。ナポレオンが一八〇九年にスペインの王位を弟ジョゼフのために簒奪したとき、海外の自由主義者たちに好機が訪れたのである。

一八一〇年、カラカスで植民地の独立を求める戦闘の火蓋がきられ、ボリーバルは一八一九年ついに、かつてのスペイン領土ベネズエラ、新グラナダ、エクアドルを大コロンビア共和国に統合した。スペインが決定的な敗北をカラボボで喫したのは一八二一年のことであるが、これらはすべて、フンボルトが中南米旅行記を執筆中の出来事であった。なるほどボリーバルは理想としていたアメリカ合衆国のような国家を建設できず、勝ちとられた自由も生き残った古い社会構造のもとで別の半植民地的従属関係に変質していった。しかし、彼が多くの精神的刺激を受けたにちがいないフンボルトは、キューバの実例を挙げながら、ヨーロッパ植民地政策の禍根である奴隷制度にあくまで反対していた。

家畜のように売買される奴隷たちについて彼は次のように記している。「彼らの一部は、耕作地といえないような場所でひどい生活をしているので、正義は ―― 彼らの生活をしっかり保護してやるどころか ―― 彼らが命を落とすことになる野蛮な行為を処罰することさえできない。（中略）総督の権限はそれほど大きくないので、ヨーロッパのいかなる植民地体制からもとうてい切り離すことのできない悪弊をやめさせることはできない。」上述のように、米州諸国が一九九二年の「アメリカ大陸発見五百周年」祝賀の準備を進めているのに対抗して、南北両アメリカ大陸の二十二か国から集まった先住民による会議が開かれ、五百年間にわたるヨーロッパ人の存在が、彼らの言語や習慣の否定や、「戦争と病気、祖国喪失、そして文化的・肉体的虐待をもたらした」と非難したといわれる。驚くべきことに、ヨーロッパでは理想社会ユートピアにおいてさえ奴隷制度は大々的に容認されているのである（トマス・モア　澤田昭夫訳『改訳ユートピア』中公文庫）。しかしヨーロッパ人のなかに少なくとも一人、「その研究はアメリカにすべての征服者たちよりも多くを与えてくれた」(ボリーバル)といわれる先覚者がいたのである。

青少年期の地質学者かつ植物学者フンボルトは、中南米旅行を通じて、このように自然地理学者からさらに人文地理学者へと発展していった。彼は地表のさまざまな形態、それらの成立と変化にさいし作用している種々の力を探究し、地図を作成し、天文学的な経緯度の測定および気温と地磁気の測定をおこない、それらの動植物界への影響を研究しただけではなかった。それに劣らぬ綿密さで彼は、自然環境に規定された人間の生活様式をも研究するようになったのである。空気の組成と土壌の性質を調べて坑道ガスを排除したり、農業生産を増進したりする努力については既述のとおりであるが、フンボルトは海流についての正確な知識が船舶の航路を簡便にし、大陸間の交通を促進することも教えた。彼は同じ目的のためにパナマの地峡を貫通して大西洋と太平洋のあいだを通行可能にすることを提案し、パナマ運河が実際に建設されたとき、彼の描いた見取り図のひとつが利用された。彼がそのほかにも、新大陸の交通路を街道や運河の建設により容易にしようと努めたのは自明である。彼がとりわけ夢見たのは、水理学的測量術を駆使して水路網を開発し、オリノコ川とアマゾン河のあいだの原始林地帯を交易のため利用可能にすることであった。

もとよりフンボルトは政治家ではなく、まして革命思想の持主などではなかった。彼が政治的にいかにリベラルであっても、出自が裕福な貴族として彼はあくまでもプロイセンの保守的な王制主義者にとどまった。したがって、彼がイベロアメリカ世界に及ぼした持続的な影響は、シモン・ボリーバルに対する人格的・思想的なものよりも、ほんらい別のところにあったと考えられる。一言でいえば、それは彼の仕えた神である科学の領域においてである。たしかに彼は、中南米旅行以前すでにいくつかの自然科学的論文や著書を発表していた。しかし彼の本格的な学問的活動は、疑いもなく、中南米旅行における広範な調査結果を整理して刊行したときに始まる。これにより彼は、とりもなおさず広義のイベロアメリカ研究の創始者とみなされるのである。

自然の情景を一幅の絵画のように表象するというフンボルトの物の見方・考え方は、もともとゲーテ的である。ゲーテのいわゆる形態学における根本思想は、内的自然と外的自然の相関関係から生ずる形態変化である。内的自然と形容された有機体、とりわけ植物は外的自然である地質・地形・気候・温度など環境のさまざまな影響を受けて、その原型を保ちながら無限に変化していく。ゲーテにおいて一つであるいわゆる原植物は、なるほどフンボルトにおいて経験科学的に複数の基本型（範型）に発展させられている。しかし岩石・植物・動物を包含する自然の生命の営みが一つの緊密に関連し合った全体をなし、一つの部分の変化が他のあらゆる部分の微妙な変化を惹き起こし、それが目に見える形態となって現われるという全体性と補償の思想および観相学的見方は、両者に共通である。しかもゲーテとフンボルトはともに、人間をも自然とのこのような相関関係において見ている。人間性は基本的には同一であっても、地球上至るところで異なる生活環境のため、それぞれ異なった風俗習慣と文化を生み出していく。また他方で、学問と芸術は遠く離れた人々を精神的に結びつけ、人類を一つにしていく。原型にもとづく多様性と統一性、ゲーテ時代の古典主義的ヒューマニズムとはこのような考え方にねざしているのである。前章で概観したフンボルトの『自然の諸相』は、ゲーテとの精神的親近性をとくに感じさせる。

フンボルトの最も多く読まれたこの書物は、フランス語の「アメリカ旅行記」と異なりドイツ語で出版され、彼の自然的世界記述の草案『コスモス』もベルリンで行なわれた晩年の公開講義がもとになっている。しかし、彼は一度も大学教授を務めたことがなかった。それにもかかわらず、彼は化学者ユストゥス・フォン・リービヒのような若い科学者たちをよきパトロンとして経済的に援助し、多くの後進たちから師として仰がれた。とくに自然研究のため南米へ出かけ研究施設を設立したすべてのドイツ人は、フンボルトから学問的な刺激と促進をうけて活動した。またスペイン生まれの聖職者で南米ボゴタの先駆者的植物学者ムーティス（一七三二―一八〇八）の弟子モントゥファル（二二四頁）やツェアのように、彼の助言を受けたラテンアメリカ出身の学者も少なくはなかった。それゆえ、イベロアメリカ世界の自然研究はフンボルトによって確立されたといっても決して過言ではない。

フンボルトの広義の意味での弟子の一人は、有機体移動説で知られたミュンヘン大学教授モーリッツ・ワーグナー（一八一三―五七）である。彼は一八五七年、フンボルトの助言とバイエルン国王マクシミリアン二世の援助のもとにパナマ探険旅行を行ない、パナマ運河が現在建設されているその場所を掘削位置として提案した。またこの機会に彼は、フンボルト自身が行ったことのないグアテマラを研究調査した。その他、南米諸国に存在する自然研究施設、とくに自然史博物館の多くはフンボルトの助言を得てドイツ人研究者により設立されたものである。たとえばアルゼンチンについては、動物学者C・K・ブルマイスター（一八〇七―九二）の名を挙げることができる。彼は一八五〇年にブラジルへ来て、一八五七年から一八六一年までアルゼンチン、ウルグアイ、チリ、ペルー、パナマ、キューバを探険旅行し、一八六一年にアルゼンチンに定住した。ここで彼はブエノスアイレスの自然史博物館を創設し、それ以外にもアルゼンチンの学術研究に非常に大きな功績を上げたので、死に際しては国葬をもって遇された。

ブラジルにはプロイセンの二人の王子、マクシミリアンが一八一五年に動物学研究のため、アーダルベルトが一八四二／四三年にアマゾン地方研究のため訪れたこともある。ブラジルの動植物の本格的な研究調査を行なったのは、一八一七年から一八二〇年にかけてブラジルを旅行したミュンヘンの上記動物学者ヨハン・B・スピックス（一七八一—一八二〇）と植物学者カール・フリードリヒ・フォン・マルティウス（一七九四—一八六八）の二人である。彼らと異なり生涯をブラジルで過ごした二人のドイツ人研究者もいた。一人はブラジル最大の自然科学者といわれるフリッツ・ミュラー（一八二一—九七）である。三月革命の時期にプロイセンからブラジルへ移住した彼は、ダーウィンの進化論を支持した最初の動物学者の一人であった。もう一人は、一八八〇年から一九一六年までブラジルで活躍した動物学者ヘルマン・フォン・イェーリング（一八五〇—一九三〇）で、彼はサンパウロの有名なパウリスタ博物館を創設した。彼はフンボルトが死去したとき九歳になったばかりであったが、フンボルトの伝統をなお充分に意識していたとのことである。

フンボルトがやはり行ったことのないチリでも、彼の学問的影響を受けた研究者としてまず第一にエドワルト・ペッピヒ（一七九八—一八六九）の名が挙げられる。彼はキューバと北米に何年も滞在したあと一八二七年にチリへ来て、当地とペルーを研究調査した。ドイツへの帰国の途上、彼は一八三二年にアマゾン地域を訪れ、その後ライプツィヒ大学の動物学教授になった。彼の著名な旅行記（一八三五／三六）はフンボルトの水準に最もよく達しているといわれる。次に短期間ではあったが、J・F・メイエン（一八〇四―四〇）がチリにいた。フンボルトの推薦で船医となっていた彼の船が一八三一年にチリの港に停泊中、彼はコルディレラ山脈の火山マイポとボリビアのティティカカ湖まで探険旅行を行ない、途中しばしばフンボルトと間違われた。フンボルト自身チリへ来たことがあるという今日までチリで広まっている噂は、この出来事に由来するのである。メイエンの収集した昆虫を整理したのが前述のヘルマン・ブルマイスターで、この学術的作業を通じ彼はのちにアルゼンチンのフンボルトとなった。メイエンの船に同乗していた海軍生徒ベルンハルト・フィリッピはのちにチリでプロイセンの若い士官として軍務に就き、全く未知のチリ南部を研究調査した。彼がある探険旅行中に若年で暗殺されてしまったのに対し、彼の弟ルドルフ・アマンドゥス・フィリッピ（一八〇八―一九〇四）は長命を保ち、チリの最も重要な自然科学者となった。チリのサンチャゴにある自然史博物館は彼によって創設された。

ベネズエラ、コロンビア、エクアドルにもフンボルトの伝統を直接受け継ぐドイツ人研究者たちがいた。優れた植物学者ヘルマン・カルステン（一八一七―一九〇八）がたとえばそうである。彼はこれらの国々の植物を一八四三年から一八五六年まで研究し、斯学に大きく貢献した。しかし、ベネズエラにとってアルゼンチンのブルマイスターのように偉大な人物となったのはアドルフ・エルンスト（一八三二―一九九）である。彼は四百点以上の動物学・植物学・地理学に関する論文を発表し、ベネズエラ国立博物館および大学図書館の創設者となった。彼に対する哀悼の辞の中で、エルンストは「ベネズエラの最も著名な文化人の一人」と讃えられた。コロンビア先史時代の考古学のように特殊な研究分野においても、マックス・ウーレ（一八五六—一九四四）は普遍的な視野を見失わずにアンデス高地で活躍した。一八九二年から一九三三年まで彼はボリビア、ペルー、エクアドル、チリにおいて発掘作業を実施し、リマ、チリのサンチャゴ、キトの大学教授を務めた。またカール・フェルディナント・アップーン（一八二〇—七一）はフンボルトに直接鼓舞されてグアヤナ諸国を三度、計十年も探険旅行し、ペルーのアマゾン上流まで遡った。彼の研究成果はフンボルトのそれをよく補充するものであった。

イベロアメリカ世界には、このようにフンボルトの中南米旅行によりドイツ博物学研究の伝統が樹立され、それは現在に至るまで続いている。ヨーロッパの他の諸国が海外の自分の領土内に研究領域の宝庫を持っていたのに対し、フンボルトはそれをドイツの自然科学のためにアメリカの熱帯地域で開発したのである。しかもドイツの科学者たちはここで植民地の支配者たちに奉仕する必要もなく、イベロアメリカの自然研究者たちの友人および同僚として活動することができた。晩年のゲーテは『ヴィルヘルム・マイスターの遍歴時代』（一八二九）第三巻第一章に挿入した詩の中で、「世界はわれわれがその中で散らばって行くことができるように、かくも広いのだ」と歌っているが、フンボルトをはじめ十九世紀ドイツの自然科学者たちは新大陸に研究の場を発見した、と言うことができるであろう。彼らにとって自然は新しい聖書であり、真理は彼らの神であった。

しかしながら自然研究は、技術あるいは経済的利益と結びついて遅かれ早かれ社会的作用を及ぼすのが常である。十八世紀のスペインとポルトガルによって企てられた境界線地帯の探険旅行も、地理学的知見をもたらしたほか、領有権紛争の解決のために役立てられた。中南米におけるフンボルトの自然研究は多岐にわたり、火成論を含む自然科学的な認識がボリーバルの革命思想に直接影響を与えたということはないであろう。しかしながら、きわめて重要なのは、フンボルトが先住民の社会と生活をも自然環境との相関関係から注意深く観察し、それについて『新大陸赤道地方への旅の記述』の随所で、「みずから旅した国々の歴史記述者として私は、たいてい、市民生活および宗教制度の面で欠陥がある、ないし人類にとって有害であると思われるものを暗示するだけに止める」という限定つきながら書き記していることである。たとえばキューバとメキシコの「政治的状態についての試論」の中で、フンボルトは初めて一般的な統計を援用しながら、これらの地方における経済的および政治的問題を詳述している。これらを扱うときの視点は、一定面積内の人口密度、住民の民族的・社会的構成、農耕地の使用・未使用の割合、交易の範囲と規模、住民の貧富に及ぼす政治体制の影響などである。それらの記述が植民地出身の青年たちの民族的アイデンティティーを再確認させたと同時に、彼らに宗主国からの独立への願望を呼び起こしたであろうことは想像に難くない。

2　自然観察から歴史考察への視点の転換

「われわれは最も遠くの星雲と周行する連星から、海と陸の動物界に住む最小の有機体と、凍てつく山頂の斜面にある剝き出しの絶壁を装う微細な植物の芽まで降りて行った。種々の現象はここで、部分的に認識された諸法則に従って秩序づけられることができた。他のより神秘的な法則は、有機的世界の最高の生命圏を支配している。すなわち、多様な形態を有し、創造的な精神力を賦与された、言語を生み出す人間の生命圏である。自然学的自然絵画が表示する限界で、知性の範域が始まり、遠くへの眼差しは別の世界の中へ沈潜していく。自然絵画はこの境界を表示して、それを越えていかない。」（『コスモス』原著第一巻「自然絵画」結語）

『コスモス』（一八四五―六二）の原著第一巻を、フンボルトはこのような言葉で結んでいる。人文学はほんらい偉大な兄ヴィルヘルムの研究領域であり、それは自然科学者が自分にもうけた人文学的境界線である。事実、彼の科学的主著『コスモス』には「自然学的世界記述草案」という副題が付いている。その際、草案（Entwurf）という言葉はまず教示編・論争編・歴史編から成るゲーテ『色彩論』三部作全体の書名「色彩論草案」（一八一〇）を想起させる。それは著作が完成されていない、あるいは完成されえないことを示唆する控え目な表示であった。『色彩論』の歴史編も「色彩論の歴史への資料」というのが元々の表題である。次に自然学的（physisch）は、自然的（natürlich）との混同を避けるため「学」という文字を付してあるとはいえ、ドイツ語で意味内容は本来ほとんど同じである。そのうえ、それは在来の博物学からドイツ特有のロマン主義的自然哲学、さらに近代物理学の初期に至るまでの過渡期を指している。最後に世界（Welt）とは、フンボルトにおいて地上の世界と星辰の世界、地球上の自然と宇宙空間を包括する概念であって、天地の森羅万象を意味している。それゆえ『コスモス』も、宇宙という万有だけではなく、天と地を含むいわゆる大自然を含意しており、この意味で中世の神学者アルベルトゥス・マグヌスの表題にならった「自然の書」であった。そのうえ、自然についての書は「自然そのもののような印象を呼び起こすべき」であった。また世界が地上の人間の立場から考察されている限り、それは伝統的な天文学でも現代の宇宙科学でもなく、あくまでも哲学的人間学としての地球科学であった。

そこでまず一般論として問題になるのが、神・世界・人間の相互関係、とくにヨーロッパにおける広義の自然観ないし世界観（第一章1）である。古代ギリシアのヘレニズムにすでに、世界を形づくった造物主（Demiurgos）の思想があった。そこにあったのは宇宙論的生成で、「万物は流れる」（ヘラクレイトス）循環思想のなかで人間は、プロタゴラスのような懐疑的ソフィストたちのもとで「万物の尺度」であり、事物が存在するも存在しないも、人間の考え方しだいであった。しかし、ヘブライズムの旧約聖書になって初めて創造主だけではなく被造世界ないし被造物という区別が生まれ、キリスト教において両者はより複雑な関係に入ることになった。とりわけ人間は天地創造の冠とされた。創世記において彼には、地球を従わせ、「海に泳ぐ魚、空を飛ぶ鳥、地上で動くあらゆる生あるものを」支配するようにとの指示が与えられたのである。ここで極めて注目すべきことは、天の事象を司るのは神だけであって、人間に与えられた権能は、地上の生きとし生けるものに名前をつけることであった。なぜなら、ヘルダーの『言語起源論』（一七七二）において洞察されたように、人間が理性を賦与されて動物語と異なる言語を獲得し、動物・植物・岩石を命名することこそ、地球を支配する手段とされたからである。人間はそれによりキリスト教的に神の子による救済の「初穂」であるだけではなく、ほとんど神とならぶ共同創造者となった。

こうしてリベラルな十八世紀のゲーテ時代になると、イギリスのシャフツベリーとポープ以来、芸術家が第二の創造者であるといういわゆる天才思想が生じてきたが、それも本来キリスト教の人間観そのものに深く根ざすものであった。しかも言語が理性により本質的にロゴス的であるだけではなく、被造世界である自然が理性ないし悟性により認識可能であるということの大前提は、自然そのものがなんらかの意味でロゴス的構造を有していることでなければならなかった。ドイツ観念論のように、経験的所与の混沌に先験的カテゴリーにより秩序を与えるといっても、そのような能力を有する人間精神そのものは言語なしに思考することも、いかなる思想（観念）を言い表わすことも、いかなる自然認識も表現できなかったに違いない。

いずれにしても、ヨーロッパにおいて神に創られた世界と被造物である人間の相互関係の基盤は、人間がそのなかで中心的位置を占めていることであった。そればかりではなく、古代において文化的に優位に立ったギリシア人は自分たち以外の人間をバルバロイ（野蛮人）とみなし、ローマで支配的となった中世のキリスト教徒は選ばれた民の意識から他民族に自分の宗教を強制しようとする傾きがあった。それはもっぱら自分たちの神に依存していることからくる排外思想であり、そこから生ずるさまざまな葛藤により、人間の住む閉ざされた世界はもはや必ずしも秩序あるものではなくなってしまった。これがギリシア語「コスモス」の語源が分離ないし区別であったということの遠因であったに違いない。まして近代において、大航海時代の始まりと新世界の発見により地球上に開かれた世界が成立すると、古い宗教をもったインドや、古い文化のある中国がヨーロッパ人のまえに姿を現わしてきた。マルコ・ポーロが『東方見聞録』において夢見たメールヒェンのような島国ジパングはまだ遥か彼方にあった。カントをはじめヨーロッパの啓蒙主義者たちは、来日したケンペルの遺稿『日本誌』によりようやく鎖国日本について具体的な知識を得るに至った。ゲーテの広い精神的視野もインドと中国までしか及んでいなかった。もちろん、中世初期からネストリウス派のキリスト教がすでに古代中国へ伝えられた。しかし、それはまさにヨーロッパにおいて異端とされたアリウス派の景教であり、アジアにおけるキリスト教布教史のなかで消されていく運命にあった。ライプニッツが中国の高い儒教文化をイエズス会のフランス人宣教師たちから初めて知ったのは、その後のことであった。他方で中世盛期にアラビア文化をともない、地中海沿岸諸国を席捲してイベリア半島にまで達したイスラム教は、宗教改革後のスペインにおける反動的な異教徒迫害により追放されて、いずれユダヤ教とともにさまざまな神秘派として地下に潜行する定めにあった。中世キリスト教世界の崩壊をジョルダーノ・ブルーノ（一五四八—一六〇〇）の場合のように主としてコペルニクスの地動説に帰するのは、フンボルトが知悉している天文学思想史に照らして誤りである。太陽中心説はすでに、ギリシアの古代からカトリックの枢機卿ニコラウス・クザーヌス（一四〇一—一六四）まで、多かれ少なかれ唱えられていたからである。

この点フンボルトは、十七世紀のなお全く宗教的な数学者パスカルと異なり、科学者として遥かに実証主義的な十九世紀の人間であった。最新の器具を用いて熱心に観測した彼は「一般的世界記述の科学的取り扱い方に関する私の考察において論じられていないのは、理性によって与えられている少数の基本原理から導き出すことによる統一である」と暗示的に記して、シェリングやヘーゲルの演繹的な自然哲学と明確に一線を画している。しかし彼は、だからと言って、自分が人間として世界のなかで卑小な存在にすぎないとは感じていなかった。なぜなら、人間は精神の力により合理的な世界像を描くことができるからである。彼が自然感情と芸術趣味において極めて十八世紀的、ロマン主義的でさえあったことは、周知のとおりである。フンボルトが青少年期をすごしたベルリンでは、プロイセンの宮廷に招かれたヴォルテールを中心とする啓蒙主義的合理主義だけではなく、ユダヤ人才媛たちの文芸サロンにおいて一種のヴェルテル的感傷主義が培われていたのである。

これとの関連で、キリスト教の無からの創造という「クレド」の信仰箇条に替わって現われてきた近代の合理的信仰は、理神論といわれるものである（八七頁）。スピノザなどの汎神論は、教会との争いに入らないため、ヨーロッパ社会ではつとに忌避すべき一種の無神論と見なされていたからである。シラーの宗教性は「歓喜に寄す」の詩に見られるように理神論に近いのであるが、それによれば、神はこの世界を実に巧みに創造したあとどこか遠い超越的なところへ行ってしまった。そのため、たとえばトルストイの『戦争と平和』において好んで使われるたとえが、無限のゼンマイをそなえて時を刻む精巧な時計である。神は摂理のように人間の運命に配慮したり歴史に介入したりすることはなく、天体も永遠の法則に従ってひとりでにその軌道を回り続ける。自然がこのように神の精巧な作品であるならば、知的能力をそなえた人間がそれを認識しようと努力するのは、むしろ神に嘉される当然な責務である。自然はいわば第二の聖書である。この近代ヨーロッパ人の自意識を的確に言い表わしているのが、フンボルトが『コスモス』のなかで一度共感をもって引用しているヘーゲルの次の言葉である。「宇宙の閉ざされた本質は自律的な力をもたず、これは勇気ある認識に抵抗することができない。それは認識のまえで自分を開示し、これにその富とその深みを呈示し、享受（Genuß）へともたらされなければならない。」しかしフンボルトの著作のなかで、神という言葉が使われることはほとんど一度もない。そのため彼は、ベルリンの一部の聖職者たちから無神論者呼ばわりされたのである。フンボルトが高く評価していたダーウィンの進化論も、たんに旧約聖書創世記の文言と一致していないという非科学的な理由により、偏狭なキリスト教徒たちから無神論的と見なされるようになる。

いま科学の進歩を目前にして、ルネサンスに「生きることは楽しみである」（ウルリヒ・フォン・フッテン）という中立的な生の喜びの意味で享受と訳したGenußという言葉が『コスモス』第一巻の序論的考察における「自然研究の楽しみ」をすぐ連想させるように、このような態度は疑いもなく近代科学を鼓舞したものに違いない。それは相対的に人間の自律性を高め、客体として古典物理学における天体だけではなく、地上の自然の物理学的・化学的・生物学的研究に立ち向かわせることになった。その際、伝統的な数学が、人間生活を美化する工業ないし産業の目的のためにも依然として有用であったのはいうまでもない。実際フンボルトは、「人間が自然に働きかけ、その力を自分のものにできるのは、自然の法則をその数量的関係において知悉している場合のみである」と明言している。古代ギリシアのピタゴラス学派の人々が天体空間における数の調和を探究し、プラトンが幾何学を学んだことのない者を彼のアカデミーに入学させようとしなかったことから分かるように、数学はほんらい高次の存在の秩序と適度の美、すなわちコスモスの反映であった。コペルニクスとケプラーが天体の軌道計算に没頭したとき、彼らは創造主の思想を読んでいると信じていた。ヨーロッパにおいて、数学はライプニッツまでそのようなものであった。しかしながら、それを適用した自然認識が精密科学をへて科学技術の段階にまで進んだとき、科学はその二面的相貌をあらわにし、第二の三十年戦争ともいうべき二つの世界大戦においてその破壊的な悪影響を発揮した。それはフロイトが第一次世界大戦の結果として診断をくだした「文化の不快感」をはるかに上回るものであった。人間はファウストに変装した悪魔メフィストが新米学生を嘲って言ったように、「神の如くなって善悪を知る」ようになっただけではなく、この意味で神に似ていることに不安を感じ始めた。理神論における神の事実上の喪失とともに、かつて現存しているように思われた自然における人間と世界のバランスが崩れてしまったのである。しかし、ゲーテ時代を体現するフンボルトはそれを経験する運命を免れたので、フンボルト研究の枠内で精神史的考察もこれ以上は必要ないであろう。

実際、フンボルトが『コスモス』執筆中の時代に、自然科学は精神科学としての人文学ともはや一致できないほど物質主義的かつ反形而上学的になっていっただけではなかった。それは専門的にますます細分化し、個人の科学者が自然の全体を展望することはしだいに不可能になった。老齢のフンボルトは、四散していく糸を結びつけようといかに努力しても、時代の趨勢に抗することはもはやできなかった。総論的な原著第一巻の本論「自然絵画」と第二巻の本論「自然学的世界観の歴史」はまだ彼の最初の構図にしたがって書き下ろすことができた。ここで著者は、それまでの専門的な自然認識を知識人のために集大成すると同時に、読者の「心情を楽しませる」という目的をも追求していた。しかし、この人文学的科学者の綜合的な構想も、訳出が不可能な第三巻の天文学部門、第四巻の地球学部門における特殊な研究成果の記述になると、やや逆説的ながら、他の多くの研究者との共同研究あるいはチームワークとならざるを得なかった。科学者フンボルト個人と彼の人文学的な研究方針は、いわば専門的な研究成果の大海に呑み込まれ、これは好むと好まざるにかかわらずあるゆる方面から彼のほうに押し寄せてきたのである。彼は友人たちから寄せられた数多くの大小の寄稿を本文や注に取り入れ、感謝してその出典を記した。彼は自分の課題をいまや、「つねに真実性をもって記述し、表示しながら科学的に真実であろうとし、無味乾燥な知識の領域に入っていかない」ことにあるとした。それは自然知が高度の専門用語および数式で表わされる科学的知識と通俗的なポピュラー・サイエンスに分裂する直前の最後の段階であった。しかしながら、そのために全四巻にわたる本文への注は専門家用の二千をこえる膨大な数にのぼった。そして教養ある一般読者のために書き始められた『コスモス』の注解部分は、いつの間にかギリシア語・ラテン語・フランス語・イタリア語・スペイン語・英語の引用で埋まるようになった。それらは、たとえ本文の中でも、ドイツ人の刊行者によっても大部分は翻訳されないままである。彼のやや込み入った重厚な文体はともかく、これがドイツ語原典からの邦訳を困難にしている最大の理由である。編訳者も時折それらの引用を、大意が文脈から理解される限り原語のままにしておかざるを得なかった。

そのうえここでも叙述に繰り返しが多くなってくる。たとえば『コスモス』(一八四五—六二) 原著第一巻を、アレクサンダー・フォン・フンボルトは次のような言葉で結んでいる。「われわれは最も遠くの星雲と周行する連星から、海と陸の動物界に住む最小の有機体と、凍てつく山頂の斜面にある剝き出しの絶壁を装う微細な植物の芽まで降りて行った。種々の現象はここで、部分的に認識された諸法則に従って秩序づけられることができた。他のより神秘的な種々の法則は、有機的世界の最高の生命圏を支配している。すなわち、多様な形態を有し、創造的な精神力を賦与された、言語を生み出す人間の生命圏である。自然学的自然絵画が表示する限界で、知性の範域が始まり、遠くへの眼差しは別の世界の中へ沈潜していく。自然絵画はこの境界を表示して、それを越えていかない」(二九七頁)からである。

人文学はほんらい偉大な兄ヴィルヘルムの研究領域であり、それは自然科学者が自分にもうけた人文学的境界線である。事実、彼の科学的主著『コスモス』には「自然学的世界記述草案」という副題が付いている。その際、自然学的(physisch)は、自然的(natürlich)との混同を避けるため「学」という文字を付してあるとはいえ、ドイツ語で意味内容はほんらいほとんど同じである。そのうえ、それは因襲的な博物学からドイツ特有のロマン主義的自然哲学、さらに近代物理学の初期に至るまでの過渡期を指している。

次に世界(Welt)とは、フンボルトにおいて地上の世界と星辰の世界、地球上の自然と宇宙空間を包括する概念であって、天地の森羅万象を意味している。それゆえ『コスモス』も、宇宙という万有だけではなく、天と地を含むいわゆる大自然を含意しており、この意味で中世の神学者アルベルトゥス・マグヌスの表題にならった「自然の書」であった。しかし世界が地上の人間の立場から考察されている限り、それは伝統的な天文学でも現代の宇宙科学でもなく、あくまでもドイツ十八世紀における哲学的人間学としての地球科学であった。第一巻本論「自然絵画」の序論冒頭にも次のように明記されている。「われわれは宇宙空間の深淵とはるか彼方の星雲の領域で始める。そして段階的に、われわれの太陽系が属する星辰の層をとおり、大気と海洋に取り囲まれた回転楕円体の地球へ、その形態・温度・電磁気、充溢する有機的生命のところまで降りてくる。この溢れる生命は光の刺激を受け、その表面で発展する。」

しかしこの「世界観の歴史」を詳述した『コスモス』原著第二巻を絶賛した自然科学者ヴィルヘルム・ベルシェの以後の巻に対する批評はかなり手厳しい。「言語的美しさは依然としてすばらしく、それればかりでなく、個々の点で無味乾燥なことも精神的に深め形式的に美しくマスターしようとする努力には時おり喝采を叫びたくなるほどであるが、それは観客を感激させるものではない。その色彩と大理石の日光に輝く外観の建物から立ち去ったばかりのわれわれは、思い出の中で対照を二倍にも感じる。疑いの余地がないのは、たとえ深められていても多様な繰り返しが、第一巻のすでに的確に叙述された明るい日光の中での自然絵画に比べ色褪せて見えることである。誰もが感じたのは、かの絵画がもう欠けているか、すでに全体を含んでいたということであった。」

これに対しヴィルヘルム・ベルシェがとくにその人文学的内容について百年まえに下した判断は、今日なお通用するように思われる。「これに反し、最初から高く評価されていた豊かな諸部分に、このように時代遅れになる傾向はまったく宿っていなかった。これらは第一巻と第二巻においてコスモス理念を基礎づけ、偉大な美的・文化史的な〈書物の中の書物〉を形づくったのである。それらにおいて真価が発揮されたのは、なんらかの形で美的なものに触れるものは永遠の青春の魔力を備えている、という古い格言である。ホメーロスが今日なおその最初の日々におけるように若々しく、ゲーテの小さな詩が千年たってもなお現在のように森の爽やかさをたたえ、泉のように新鮮に響くであろうように、頭に霜をおくことなく生き続けるのは、老大家が専心没頭して詩人の自然観照とコスモスのすばらしさに対する人間の魂の憧れについて語った言葉である。」

3　近代ドイツにおける「自然の書」

いまフンボルトの著作を理念的世界遍歴である『コスモス』に限定すれば、それは中世の教会博士アルベルトゥス・マグヌス（一一九三―一二八〇）の書名「自然の書」に倣った百五十年以上まえの自然科学書である。それは十八世紀の古典主義的ヒューマニズムと当時の代表的自然研究者の科学精神が合一したものとして、ドイツでは今でも知識階級のあいだで高く評価されている。しかし、それはドイツ文学史家による自然の新しい科学的見方の再発見あるいは科学史家による文学的再評価が主であって、現役の自然科学者たちのフンボルトに対する関心のあらわれとは考えられない。彼らにとってフンボルトはあくまで過去の自然地理学者であって、十九世紀における精密科学の台頭以後、自然科学は日進月歩しているだけではなく、その専門性の必要からますます細分化され、しかも社会的意義の要請のため、自然認識そのものの探究というよりは技術的応用が主眼となっているように見受けられる。フンボルト研究の権威であるハンノー・ベックの評価も、結局、歴史地理学的なものに留まらざるをえないのである。

「『コスモス』はドイツ語で書かれた最も含蓄のある深慮に富む命題をいくつも含んでいる。それは未熟な判断を避け、やむを得ないさまざまな批判をも注意深く大きな種々の関連のなかへ組み入れているので、コンキスタドール（十七世紀スペインの征服者たち）さえ新しい脚光を浴びることになる。フンボルトは汲めど尽くせぬ問題をかかえた地理学者かつ自然研究者であると同時に、世界史への道を明るく照らすヨーロッパの刺激的な歴史家のひとりである。彼は現代のしばしば露骨なイデオロギー的偏狭さを免れており、直面するあらゆる問題に対してこころを開いている。それゆえ、彼のきわめて有名なこの著作から読者は、一般に期待されているものよりはるかに多くのことを読みとることができる。」

フンボルト自身は、自然史的著作の雄大な構想を、ゲーテ崇拝者として知られたプロイセンの外交官で文筆家のファルンハーゲン・フォン・エンゼ（一七八五―一八五八）に一八三四年十月二十四日付で、「畢生の書である自分の著作の印刷を始めました」と伝えている。「私が思いついたとてつもない着想は、物質世界の全体、われわれが今日、宇宙空間から地上の生活のさまざまな現象について、星雲から花崗岩の上にまといつく苔の地理学にいたるまで知っているすべてのことについて、すべてを一つの著作のなかで叙述し、これが同時に生きいきした言葉で刺激をあたえ、心情を楽しませることです。大きな重要ないかなる理念も、どこかで閃いたならば、個々の事実とならんでここに記録されなければなりません。それは人類の精神的発展における一時期を（自然に関する知識との関係において）描写しなければならないのです。」

この導入の文章には、フンボルトが在来の自然学的地球記述と異なり「世界」という言葉でフランス語“Physique du monde”におけるように天と地の「被造世界」を包括しているだけではなく、この外界が人間の内面と密接なかかわりを持ち、知識とともに心情に喜びをもたらすことも示されている。そのうえ、物質世界の個々の事実によって精神のうちに触発された理念、すなわちドイツ・イデアリスムスにおいて観念といわれるものの連鎖が人類の精神的発展にほかならないと明確に指摘されている。ファルンハーゲン・フォン・エンゼがこの意図をより良く把握できるように、フンボルトの企画は引きつづき次のように詳述されている。

「プロレゴメナ（序説）ほとんど出来上がっております。すなわち、全くあらたに手直しした、思いのままの構想、しかしその日のうちに口述筆記させた序文、自然絵画、時代精神に即した自然研究への刺激手段（三様の手段）――(1)現代旅行記における自然景観の記述的ポエジーと生きいきとした叙述、(2)風景画、異国的自然の感性的描写、その成立、その欲求と喜び、激情的古代がそれを必要としなかった理由、(3)植物栽培、植物観相学によるグループ分け（植物園ではない）。自然学的世界記述の歴史、世界と諸現象の関連の理念が諸民族に何世紀も閲して明瞭になった様相。このプロレゴメナが主要な関心事で、概論を含み、特殊論がそれに続きます。個々の事柄（一覧表を部分的に添付）。宇宙空間―自然学的天文学の全体―われわれの地球体、内部、外部、内部の電磁気。火山現象、すなわち惑星内部のその表面への反作用、種々の量塊の区分。地層構造学摘要―海―大気圏―気候風土―有機的なもの―植物地理学―動物地理学―人種と言語。それから、これらの自然学的有機組織（音声の文節化）は知性により支配される（言語はその産物、開示）。特殊論の部分においてはすべてが数量的成果で、ラプラースの宇宙体系論におけるように厳密になされます。これらの各論は、自然知の一般的観念連合と同じような文学的描写を取りえないので、事実的なものだけが簡潔な文章でほとんど一覧表のように分類されるだけです。その結果、たとえば気候風土や地磁気について、熱心な読者が僅かのスペースのなかで圧縮されて見出さなければならない全成果は、多年にわたる研究だけが提供できるものです。概論的部分との形式的類似性（文体的一致）は特殊論の各章に添えられた短い序論により保たれます。オトフリート・ミュラーは彼の卓越した考古学において同じ方法にたくみに従っています。」

もとより、このような執筆計画は一巻や二巻にまとめることはできず、配列の順序においてもそのまま実現されることはほとんどなかった。とりわけ特殊論においてラプラースの数量的叙述形式を適用することは、一般読者を視野に入れた『コスモス』のような啓蒙的科学書においては不可能であった。むしろ彼が付記として添えた所見「自然についての書物は自然そのもののような印象を呼び起こさなければならない」のとおり、完成したこの著作は最終的に四巻に膨れあがり［第五巻は一一〇〇頁に及ぶエドワルト・ブッシュマンの索引が主］、読者は深い森のなかを遍歴するように、複雑多岐にわたる叙述のなかで、しばしば道を見失う恐れを感じざるをえない。著者は、それが詩的な表現に陥りがちであると同時に、分詞構文を多用しつつ、思想と感情を一つの重層文に集中する自分の文体に起因することを自覚している。しかし他方で彼は、「私の個性にねざすこの根源的悪弊が、それとならんで併存している真摯な簡素さと一般化（あえてこう言ってよければ観察の上を浮遊すること）により軽減されている」と信じている。それゆえ彼は、中南米から帰国後の最初の科学的エッセイ集『自然の諸相』いらい、「いつも真実性をもって記述し、表示し、科学的に真実であってさえも、知識という無味乾燥な領域に入っていかないよう努めて」いたのである。

「現代にまで及ぶ古人と近代人のあらゆる論争が生じたのは、神がその自然のなかで合一してつくりだしたものを分離したことからである。われわれがよく知っているように、人間の個別の本性のなかでは、ふつう何らかの能力の過重があらわれ、そこから必然的にさまざまな一面的な物の見方が生じてくる。人間は世界を自分自身をとおしてのみ知っており、したがって素朴かつ僭越にも、世界が自分により自分のために造られていると信じているからである。それゆえまさに彼は、自分の主要能力を全体の先頭におき、彼の内部で少ししかないものをまったく否定し、自分自身の全体性から追放してしまおうとするのである。人間存在の開示された能力は、感性・理性・想像力・悟性であるが、たとえこれらの特性のうちの一つが彼の内部で優勢であっても、これらすべてを統一ある全体へと形成していかなければならないということを確信できない人がいる。そのような人は、人間存在の不愉快な制約のなかで労苦し続けるだけで、なぜそのように多くの執拗な反対者がいて、また彼がなぜ自分自身とさえたびたび一時的な反対者として衝突するのか決して理解しないであろう。こうして、いわゆる精密科学のために生まれ教育された人が、彼の理性ないし悟性の高みに到達しても、決して理解できないのは、精密な感性的空想（ファンタジー）というものがありえて、これなしには本来いかなる芸術も考えられないことである。」（ゲーテの科学方法論的論文「エルンスト・シュティーデンロートの精神現象解明のための心理学」から、一〇九頁以下）

もちろん、一般読者の理解を得るため最終的に必要とされるのは明晰な言語であり、そのためフンボルトは文筆家の親友ファルンハーゲンの助力を積極的に求め、ゲーテ晩年の文体を指針としていた。フンボルトはみずから出版者のコッタに宛てて書いている。「私の切実な関心事は、大衆への効果、観念の普及、老齢になってから、理性と心情を同時に鼓舞するものをつくり出したという感情です。」とはいえ、すでに述べたように、天と地を反映する自然絵画『コスモス』が森羅万象そのもののように複雑多岐にわたり、それを説明する言語がフンボルトの個性にねざす文体上の「悪弊」を完全に免れえないのはいかんともしがたかった。『自然の諸相』初版への序言にはさらに、「さまざまな博物学的研究テーマのこの美的な取り扱い方は、ドイツ語の柔軟な表現能力にもかかわらず、構図という大きな困難を伴っている」とも記されている。まして大著『コスモス』の歴史的価値は、いずれ時代遅れになるかもしれない科学的自然認識を、ゲーテ時代の深遠な自然観およびローマ時代のルクレティウス（前九八頃―前五五）いらいの文学的形式と結びつけたことにあった。それは著者自身が『コスモス』第一巻序言の結びにおいて洞察していたことであった。

「しばしば、あまり喜ばしくない考察と呼ばれてきたのは、純然たる文学という精神的産物がさまざまな感情と創造的想像力の深みに根ざしているのに対し、経験と自然現象および自然学的諸法則の探究と関連しているすべてのものが、数十年もたたないうちに、さまざまな機器の精度が増し、観測の地平が拡大されるのに伴い異なった様相を呈してくることである。そればかりではなく、よく言われるように、自然科学の古い著述が時代遅れで読むにたえないとして忘却に委ねられてしまうことである。しかし自然研究への真の愛とその崇高な価値に鼓舞されている人は、未来における人知の完成を思い起こさせる何物によっても意気阻喪することはない。この知識の多くの重要な部分は、天体空間における諸現象においても地上の諸関係においてもすでに、ほとんど揺るぎない確固とした基盤を得ている。他の諸部分においては一般的法則が特殊な法則にとって替わり、新しいさまざまな力が探究され、単純とみなされた物質［元素］が増加されたり分解されたりするであろう。自然を生きいきとその崇高な偉大さにおいて叙述し、自然学的変動が波状的に繰り返し交替するなかで恒常的なものを探究する試みは、それゆえ、後代においても全く無視されることはないであろう。」

4　フンボルトの先駆者シャミッソー

かつて筆者は自伝的論文集「未名湖」第2部『ソフィアの学窓』（南窓社、二〇一三年）の「まえがき」において、詩人から植物学者に転身したシャミッソーに言及したことがあった。フンボルトとある程度まで似た経歴の『ペーター・シュレミールの不思議な物語』の原作者アーデルベルト・フォン・シャミッソー（一七八一―一八三八）の本名はLouis Charles Adelaide de Chamisso de Boncourtといった。すなわち彼の出自は、ライン左岸アルザス地方に隣接するロートリンゲン地方の古い貴族の家庭であった。彼は一七八一年一月二十七日、フランス北部シャンパーニュ州のボンクール城に生まれたのである。フランス革命の八年まえというこの歴史的事実は、通称「影を売った男」といわれるこの作品の深い意味を理解するために、きわめて重要である。なぜなら、詩人が九歳のとき革命の余波で城は完全に破壊され、その後両親とともに長い放浪の末ベルリンへ亡命したシャミッソーは、恐らくバイリンガルであったとはいえドイツ語で詩作しながら、実体に伴う影に相当するフランスという祖国の喪失をグロテスクなまでに痛切に感じていたに違いないからである。

士官の息子であったアーデルベルトはプロイセン国王フリードリヒ・ヴィルヘルム二世の后の侍

童のひとりに取り立てられ、フランス・ギムナジウムでドイツ文学を学び、それから士官候補生の旗手としてプロイセンの軍務についた。一八〇六年十一月、ナポレオン軍に対するプロイセンの降伏後彼は中尉としての軍務から去り、フランスのあるリセの教職についたが、新しい生活目標を見出すには到らなかった。その数年間、彼はフランスにおけるドイツ文学の紹介で有名なスタール夫人のサークルに近づき、英語と植物学を熱心に学び始めた。生まれ故郷と第二の故郷との間で内面的に引き裂かれていたこの時期に、彼の珠玉の作品『影を売った男』（一八一三）は書かれた。そして一八一五年から一八一八年にかけて彼は、ペーター・シュレミールのように、ロマンツォフ伯爵の企画した世界周航に自然研究者として実際に参加した。帰国するとベルリン大学は彼に哲学（人文学）の名誉博士号を授与した。のちに彼は王立植物標本館所長となり、プロイセン科学アカデミーの会員にも選ばれた。

『ペーター・シュレミール』の成立についてシャミッソーは、サンクト・ペテルブルグの枢密院顧問官であった友人トゥリニウスに宛てて次のように書いている。「ある旅行のさい私は帽子・旅行かばん・手袋・ハンカチその他の所持品を一切合財失ってしまった。フケーが、自分の影までなくしてしまったのではないだろうな、と尋ねた。われわれはその運命を想像してみた。」『ウンディーネ』（一八一一）の作者フケー（一七七七—一八四三）はベルリン近郊に生まれたとはいえ、名前のとおりフランス移民の出であったので、シャミッソーの精神的葛藤をある程度まで理解していたと考えられる。四節から成る物語詩「サラス・イ・ゴメス」（一八二九）においてシャミッソーは、独仏のはざまで翻弄される亡命者を暗示するかのように、南海の激流のなかに聳える小さな孤島で露命をつなぐ不幸な難破者の運命を描いている。彼は十年また十年と水鳥の無数の卵を食べて生きている。その間に、彼の「痩せたからだは波打つ白髪に覆われるまでになった」。かつて待ち焦がれた一艘の船が彼に救助をもたらすように見えたが、彼の苦難に気付かずに通り過ぎてしまったとき、彼は神と自分を呪った。しかし彼はしまいに自分の運命を甘受し、ふたたび現われた船と人が彼の岩の臥所に達しないうちに南十字星の下で帰天しようとする。

これに対し、「食事の支度！」と唱えると食べ物が出てくる魔法のテーブルと、ひと足で七マイル飛ぶことのできる長靴という古い童話のモチーフを結びつけた『ペーター・シュレミールの不思議な物語』は、悪魔に魂を売るというヨーロッパ人の重大な関心事を背景に、後期ロマン主義の名残と初期リアリズムの予感により、現代でもなお同感できる内容をそなえている。自然研究者となったシャミッソーは、自分の詩人性になんら重きを置かなかった。しかし異国趣味のモチーフをもった甘美な夢見るような彼の抒情詩は、「女の愛と生涯」のように彼に愛と結婚の庶民的詩人という名声をもたらした。

事実、『ペーター・シュレミール』は空想的なメールヒェン小説である。主人公シュレミール（ユダヤ訛りのドイツ語で「運の悪い人」の意味）は貧しい若者で、たまたま裕福な商人トマス・ヨーンの夜会で寡黙な灰色の男と知り合いになる。グレイの服に身を包んだこの男は、居合わせた人々のまえでズボンのポケットから望遠鏡・トルコ絨毯・遊覧用テント、最後に鞍をつけた三頭の馬を出してみせる。シュレミールは最初この異様な出来事にびっくりし、それから空恐ろしくなり、夜会からこっそり出て行こうとする。すると彼は灰色の男に呼び止められ、自分の影を彼に与えてくれたら、代わりに素敵な物を上げようと言われる。シュレミールは同意し、金貨がざくざく出てくる幸運の小袋をもらう。それにより彼は金持ちになると同時に、怪しい男と見なされることにもなる。影がないことによりシュレミールは至るところで人目を惹き恐れられるが、とりあえずは忠実で気転の利く下僕ベンデルのおかげで目立たない生活を送ることができる。彼は出世して伯爵にまでなり、森林官の美しい娘ミーナの愛を得る。ところが、かつての下男ラスカル（英語で「悪党」の意味）は彼の金を横領しただけではなく、ミーナにまで手を延ばし、結婚式直前にシュレミールの秘密を暴露する。

結婚が破談になったシュレミールのまえに、一年の期間が過ぎて灰色の男がふたたび出現する。彼は灰色の男に自分の影を返してほしいと言う。すると、代わりに魂を差し出すならば、失ったものを返してやろうと言われる。いまやシュレミールはびっくり仰天して、相手が誰であるかを悟る。地上の幸福より永遠の救いを大事に思う彼は、自分の魂を与えてしまうことを拒む。彼は魔法の財布を投げ捨て、広い世の中へとぼとぼと歩いて行く。一文なしになる寸前、彼は偶然、ひと足で七マイル飛ぶことのできる長靴を手に入れる。それにより彼は全世界を遍歴するようになる。彼は地球を隅々まで探究し、それを徹底的に知悉することにより、魂の充実と安らぎを見出す。

このメールヒェン小説を書いた二年後シャミッソーは一八一五年から一八一八年にかけて、ロシア皇帝から全権委嘱されたロマンツォフ伯爵の世界一周探検隊に自然研究者として参加し、『世界旅行記』二巻（第一部「航海日記」、第二部「傍注と所見」）を公表した。そのため彼はベルリンから陸路コペンハーゲンまで行き、サンクト・ペテルブルグを出港した「ルリク号」に乗船した。横帆装置を備えた二檣帆船は、フンボルトの場合と同様、アフリカ西岸のテネリフェ島を経由してブラジルへ向かい、南米のホーン岬を回ってチリ沿岸を北上し、ハワイとマニラを経由して太平洋を横断、最終的にアフリカの喜望峰とロンドンを経てサンクト・ペテルブルグへ帰港した。全体の企画には、ロシアの第一次世界周航（一八〇三—一八〇六）を指揮したアダム・ヨハン・フォン・クルーゼンシュテルン海軍提督が当たり、船長はオットー・フォン・コッツェブーであった。

ちなみに、筆者の中国への度重なる旅は、革命直前のフランスに生まれ、ベルリンに亡命して植物学者となったドイツの詩人アーデルベルト・シャミッソーが『影を売った男』（一八一四）の主人公ペーター・シュレミールの不思議な運命として物語っていることのごく初期の予感であった。作者は幼時に両親とやはりベルリンへ移住した『ウンディーネ』のフケーと同様、ドイツ語で詩作した人である。ナポレオンに対する解放戦争時代に、祖国を喪失している自分を、打ち出の小槌のような財布と引き換えに影を売ってしまったへまなペーターのように感じ、愛国的なドイツ市民社会から純真な自然や空想の世界に逃避しようとしたことはよく理解できた。ペーターは自分の影を取り戻すためには、ミヒャエル・エンデの『モモ』にも出てくる「灰色の男」に魂を差し出さなければならず、それを拒んだ彼は、一文なしになる直前たまたま一足で七マイル飛べる魔法の長靴を手にいれ、それで全世界を中国まで駆けめぐって自然を研究するようになるのである。

もとより、旅行にはさまざまな形式がある。十八世紀イギリスの軽妙洒脱な小説家ローレンス・スターン（一七一三—六八）はすでフランスとイタリアへの『センチメンタル・ジャーニー』の序文のなかでそれらを分類し、個々に記述している。それらは無論すべてルネサンスの時代にヨーロッパ人の眼前に開かれた新しい世界像のまえで繰り広げられた。しかしエドワルト・シュプランガーが指摘しているように、「中世の人間にとって宇宙はまだ、天国・現世・地獄から成る三階建てであった」。『ファウスト』第一部「劇場の前芝居」の座長も「それでは、狭い板小屋のなかで、被造世界の隅々まで駆け巡り、素早く慎重に、天国から現世をとおって地獄まで行ってくるがよい」（二三九—二四二行）とけしかけている。実際、ダンテは神聖な喜劇にほかならない『神曲』の中で、詩人ウェルギリウスを道案内に地獄と浄罪界である現世を、天国を清純な乙女ベアトリーチェの導きで示している。

これに対し徹底的に近代精神で満たされたゲーテの『ファウスト』は構造的に二階建ての世界である。第二部第五幕で死をまえにした主人公は昂然と次のように言い放つのである。

地上のことは隅々までよく知っているが、
天上のことはもう展望が見失われてしまった。
そこを仰ぎ見て眼をこらし、
雲の上に自分と同じようなものがいるなどと
思い込むのは、愚か者だ。
むしろしっかり足を踏みしめて、
まわりの大地をよく見たほうがいいのだ。
有能な者にこの世は黙っていない。（一一四四一—一一四四六行）

ファウスト文学はこのように、主人公が悪魔メフィストを道連れに、あたかもサンチョ・パンサを同伴した「悲しむべき騎士」ドン・キホーテのように、小世界と大世界を遍歴する旅であることが判明する。「両方の主人公にはまだ中世の刻印がまつわりついているが、ドン・キホーテよりファウストのほうが中世的に感じられる。」（ヨゼフ・ビッカーマン）なるほど、これら二つの例は、人生行路における現実における遍歴というよりは、空想的な遍歴ではある。しかし騎士の痩せ馬ではなく、メフィストの魔法のマントに乗って古い中世風の書斎を飛び出した世間知らずの十六世紀の老学者は、いわば世の中を歩き回っていると夢想しているだけなのである。

ところで、洋の東西を問わず詩人というものは、好んで現実の世界を遍歴する。たとえば十七世紀の日本の俳人松尾芭蕉（一六四四―九四）も、李白と杜甫など中国の古典的詩人たちにならって生涯に何度も旅に出かけ、有名な『奥の細道』はじめいくつもの紀行文と俳文を書き残している。それらにはまた、ドイツ・ロマン派の詩人たちの散文作品の中における自然詩のように美しい俳句が随所に挿入されている。『詩と真実』第十二章にも、若いゲーテが詩人的情熱を鎮めるため野山を歩き回り、端的に「遍歴者」と呼ばれていたと記されている。

周知のように遍歴の主題は、とくにドイツ・ロマン主義の文学において愛好されていた。たとえば下記のような詩人たちの文学的遍歴を挙げることができる。ヘルダーリンはマウルブロンからシュパイヤーとライン河へ、ノヴァーリスはヴィッテンベルクからデッサウを経由してハルツ山地へ、ヨハン・ゲオルク・リストはハンブルクからライプツィヒをへてイェーナへ、E・T・A・ホフマンはリーゼンゲビルゲ地方へ、フィリップ・オットー・ルンゲはコペンハーゲンとドレスデンへ、ハインリヒ・フォン・クライストはヴュルツブルクとマイン渓谷へ、クレメンス・ブレンターノはネッカー渓谷へ、アーヒム・フォン・アルニムはフランクフルトとマインのあいだの舟行、ヴィルヘルム・グリムはケルンへ、ルートヴィヒ・リヒターはミュンヘンからヴェンデルシュタイン山地へ、アイヒェンドルフはベルリンからドイツ中などである。

詩人たちはこうしてドイツ全土を自然学的に知悉するようになり、さらに一世代あとになると、文学的素養のある自然科学者アレクサンダー・フォン・フンボルトはロマン主義的精神で全世界を遍歴するようになった。しかし文学史的に画期的意義を認められているのは、とくにヴィルヘルム・ハインリヒ・ヴァッケンローダー（一七七三―九八）とその同伴者ルートヴィヒ・ティーク（一七七三―一八五三）のバイエルン・フィヒテル山地とヴンジーデルへの旅である（ヴァッケンローダー著、江川英一訳『芸術を愛する一修道僧の真情の披瀝』岩波文庫）。ヴンジーデル地方へはゲーテもその南にある花崗岩山「ルイーゼンブルク」のため視察旅行に出かけ、フンボルトは青年時代にバイロイトの鉱山監督官試補としてフィヒテル山地に勤務していた。

上記のロマン派詩人たちのなかで、フンボルトと同様にザクセン・フライベルクの有名な鉱山アカデミーにおいてアブラハム・G・ヴェルナー教授のもとで地質学を正式に学んだのは詩人ノヴァーリスだけである。彼の作品『ハインリヒ・フォン・オフターディンゲン』（「青い花」）第一部第五章「期待」に、ボヘミアのある老坑夫が若いとき初めて坑道に下りた際の体験を語る箇所がある。同日の晩のうちに、坑夫長が坑内服を持ってきて、いくつかの道具の使い方を説明した。翌朝、坑夫たちのためのミサが終わると、彼はランプと小さな木の十字架を若者に渡し、一緒に縦坑までついて来た。しかし、それには秘められて愛のモチーフが結びついていた。「いかに敬虔な気持で私は、いまから四十五年まえ生涯はじめて三月十六日に、岩石の割れ目の薄い層のあいだにあらゆる金属の王者を見たことだろうか。」なぜなら、三月十六日はノヴァーリスの二番目の婚約者ユーリエ・フォン・シャルパンティエの誕生日だったのである。そのうえ、彼女の父親シャルパンティエはヴェルナーの同僚としてノヴァーリスの恩師のひとりであった（一二頁）。

このようにノヴァーリスがいわば文学的遍歴モチーフから自然科学的研究旅行への移行過程にあるのに対し、ドイツ文学史にはそれと反対の傾向も認められる。なぜなら、自然研究者たちも以前から全世界を遍歴し、多種多様な経験を科学的だけではなく、しばしば文学的にも書き表わしているからである。スイス出身のアルブレヒト・フォン・ハラーやアーデルベルト・フォン・シャミッソーのように文学的才能のある自然研究者たちは、ノヴァーリス以前すでに教訓詩「アルプス」（一七二九）や『ペーター・シュレミールの不思議な物語』（一八一四）のような不滅の詩的作品を残しているのである。

紙幅の関係でここでは詳述できないが、後者の執筆後まもなくシャミッソーはロシアの二回目のオットー・フォン・コツェブー指揮による世界周航企画に参加し、一八二一年に「ある発見旅行の所見と見解」という詳細な旅行報告をしている。その際、彼は寄港した国々の事物をたんに記述しただけだと言っている。しかし、この不可避の無味乾燥にもかかわらず、いずれ個人的な所見もある程度まで公表するつもりだという文学的意図をも明らかにしている。これらはかなり前から印刷公表されている。なお、ベーリング海峡から太平洋の北東への出口をめざす帝政ロシアの最初の世界周航は、一八〇三年から〇六年にかけてアダム・ヨハン・クルーゼンシュテルン指揮下に行なわれ、最終的に中国と貿易協定を結ぶことを意図していた。

文学から自然研究への移行の輝かしい実例であるメールヒェン小説の第二章ですでに、「影を売った男」であるペーター・シュレミールは夢の中で暗示的に、都会の狭い書斎の中で死んだように横たわる原著者に向かって心配そうに語りかけている。「私は君の小さな部屋のガラスのドアのうしろに立っていて、そこから君が骸骨と押し葉植物の束のあいだの仕事机のところに坐っているのを見ているような気がした。君のまえにはハラー、フンボルト、それにリンネの本が開かれたままになっていて、君のソファーの上には一巻のゲーテと『魔法の指輪』（フケーの騎士小説）が置いてあった。私は君の姿と部屋のなかの物を一つずつ長いあいだ見つめていた。それから君の姿をまた眺めたが、君は身動きもせず、息もしていなかった。君は（詩人として）死んでいたのだ。」

ハインリヒ・ハイネは紀行文「ハルツの旅」（一八二四）のなかで、ペーター・シュレミールの詩人に、ゴースラー近郊のクラウスタールの宿屋「クローネ」に次のような記入をすることにより、小さな文学的記念碑を打ち立てた。「宿帳に自分の名まえを記入し、七月のところをめくって見たとき、不滅のペーター・シュレミールの伝記者、アーデルベルト・シャミッソーの貴重な名まえも見出した。宿屋の主人が語ったところによれば、この客はものすごい悪天候のなか到着し、同じように悪天候のなか宿を出ていったとのことである。」しかし作中人物のシュレミールは、第九章で自分の影を取り戻し、ある古物市で一足の古長靴を購入したとき、誰にも気づかれずにシャミッソーに変身した、あるいはまたシャミッソーと合一したといえる。シュレミールがその長靴をはいてみると、それはひと足で七マイル跳ぶことのできる（詩歌という）魔法の長靴であることが判明したのである。はじめ彼は夕方までには着きたいと思っていたクラウスタールの鉱山のことを考えた。しかし彼はあっという間に太古の荒れ果てた樅の木の森にいた。それから荒涼とした岩山の中、さらに大海の氷山のあいだにいた。そして今度は息もできないくらい熱く、しまいに中国まで来てしまった。「私が耳にしたのは鼻から洩れる奇妙な音節であった。見上げると、アジア的顔つきから間違いなく二人の中国人が、見知らぬ衣服を着て、自分たちの慣用の挨拶（ニーハオ）をしながら語りかけてきた。」上述のように、シャミッソーは実際に、一八一五年から一八年にかけて自然研究者として世界探検旅行に参加する機会にめぐまれ、詩人の北極探検を揶揄する友人Ｅ・Ｔ・Ａ・ホフマンの戯画が残っている。

帰国後に公表されたシャミッソーの報告書「ある発見旅行の所見と見解」の題名は、ふたりの著名な先駆者の著書を想起させる。ヨハン・ゲオルク・フォルスターの『ライン下流の諸相――ブラバント、フランデルン、オランダ、イギリス、フランス』（一七九一―九四）およびアレクサンダー・フォン・フンボルトの『自然の諸相』（一八〇八）である。前者はマインツ共和国の成立に参画しフランス革命に公に賛同したため、ドイツでは当時「祖国の裏切り者」とみなされていたが、今日ではドイツ散文の古典作家と評価されている。後者はシラーとゲーテの友人としてワイマール古典主義のヒューマニズムに共鳴し、ゲーテに捧げられた著書『植物地理学論考』（一八〇七）をもって精緻な自然研究者および旅行文学者として認められた。もともと彼は、科学的エッセイ集『自然の諸相』に顕著なように、生活感情においてロマン主義的素質を有していた。

そもそもフンボルトは南米旅行中、自分を若いゲーテのようにたえず遍歴者とみなしていた。たとえばその第一章「草原と砂漠について」の冒頭に「遍歴者は、有機的生命の満ち溢れるところから、樹木のない植物のとぼしい砂漠の荒涼とした周辺に踏み入り愕然とする」、中間に「地平線が突然、接近してくる。それは草原も遍歴者の心をもせばめる」、そして結びに「このように人間は、動物的未開の最低段階において、高度の文化があるかのような外見的輝きのもとで難渋な生活を送っている。こうして遍歴者を海陸を越え広い大地をつけ回すのは、歴史家をあらゆる世紀がそうするように、不倶戴天の敵同士の、単調な慰めのない人間種族のイメージである」といわれている。

ロマン主義的遍歴モチーフは、フンボルトにおいて文学的というよりは、はるかに自然哲学的である。後年彼は、宇宙の旅行案内者として、ある特定の目的を追求しているからである。彼のこの主要目的は、晩年の科学的主著『コスモス』の第一巻における「序論的考察」に言い表わされている。「遠くまで遍歴することに慣れているため、私はそれでなくても旅の同行者たちに、本来そうであるよりも道程を平坦かつ快適に描いてきたかもしれない。これは、他の人々を山々の頂上へなんとかして連れていこうとする者たちの常套手段である。彼らは、たとえ全地方が霧で覆われたままでも、眺望のすばらしさを讃美する。彼らが知っているのは、このように覆い隠されていても神秘的な魔力があること、遠くの香気が感覚的に無限なるものの印象を呼び起こすことである。」

彼の重点は明らかに、たとえ自然の美的享受が繰り返し強調されているにしても、それよりは自然研究に置かれている。彼のばあい遍歴は、ロマン主義者たちのように、もはや自己目的ではないように見える。それは一義的に自然現象の観察と、気温・気圧・磁気などの測定に役立つべきものである。しかしながら彼はあらゆる機会に自然美を感嘆して眺め、ロマンティックな自然感情にふけることを怠らない。彼は若いゲーテの小説『ヴェルテル』の自然体験とイタリア時代の古典主義的詩人の自然観察に心底から感動している。それは『コスモス』第二巻の序論Ⅰ「異なった時代と部族における自然感情」に言及されている通りである。「南方の民族で、われわれの文学の巨匠［ゲーテ］を羨ましく思わない人々がいるであろうか。彼のあらゆる作品を貫いているのは深い自然感情である。それは『若きヴェルテルの悩み』、イタリアへのさまざまな追憶、〈植物のメタモルフォーゼ試論〉、抒情詩集においてそうである。彼よりも雄弁に、同時代者を〈万有の聖なる謎〉を解くように刺激し、人類の青春時代に哲学・自然学・詩歌を一つのきずなで巻きつけた緊密な結合を新たにするよう促した人がいるだろうか。」

私見によれば、哲学・自然学・詩歌という文学的三和音により、アレクサンダー・フォン・フンボルトによって、ロマン派的遍歴モチーフの拡張への展望がふたたび開かれている。『コスモス』第二巻の序論「自然研究への刺激手段」において、フンボルトはその方向を表示しようと試みている。すなわち、観察者の描写能力と自然観の多様化が科学的自然研究を拡張する枢要な手段であることを指摘し、彼の師友ゲオルク・フォルスターによりドイツ文学に研究旅行の新しい時期が始まったことを強調しているのである。彼の見解では、「とりわけドイツ、フランス、イギリス、北アメリカの近代文学に見出される数々の自然描写は〈風景を記述する詩歌および文学〉という批判的なレッテルを貼られたが、これらの名称が表示しているのは恐らくその濫用だけであって、芸術ジャンルの境界を故意に拡大しようとしたことに責任がある。」

「劇場での前芝居」で、これから始まるファウスト劇の座長は結びに、「空文句は言いつくされた。あとはお手並みを拝見させてほしい」（二一五行以下）と叫んでいる。そして「穏和なクセーニエン」では、「われわれは多分あまりにも古代的すぎた。／これからは、もっと現代風に読もうではないか」といわれている。しかし老ゲーテの語法において「現代風」とはロマン主義的の同義語であった。これにならい、ティークやシャミッソーの意味の文学的遍歴モチーフは逆にフンボルトにおいて自然科学的なものに拡張してさしつかえないであろう。彼は南米における研究結果を『自然の諸相』において、あえて科学的エッセイとして、ゆえに文学的に書きおろしたのである。

第六章　フンボルト畢生の書『コスモス』の全体像

人間はまず歩くことを覚え、次に文字を習い、読むことができるようになる。しかし理解することを学んだのはニュートン以来である。
（天文学者フリードリヒ・W・ベッセル）

本書の序章「詩人的科学者ゲーテへの関心」２においてすでに言及したように、アレクサンダー・フォン・フンボルトがゲーテ時代における自然科学の現状を包括的に叙述しようという考えを抱いたのは、十八世紀から十九世紀にかけての世紀転換期のことであった。ゲーテ＝シラーとイェーナで知り合ったばかりの少壮の自然研究者は、その中ですでに個々の事柄ではなく全体の統一的把握をめざしていたが、それは原理的に両詩人の文学的古典主義の考え方と一致するものであった。これによれば、主体と客体そのものが少なくとも内在的な神を含めた神・世界・人間の全体性を形づくっていた。また客体である自然は調和ある万有と感じられていたばかりではなく、主体である人間そのものもまだ知情意の分離しない全体から形成されていると考えられていた。それゆえ彼は、一方で人間の全能力を駆使して自然における個々のものを経験科学的に観察し、他方でそれらの統一性である全体の理念を自然哲学的に把握しようと努めたのである。そのためには、人間のあらゆる精神的能力、知性の分析能力である悟性と綜合的能力である理性だけではなく、構想力としての想像力と生産的ファンタジーさえ必要であった。それはゲーテがつとに科学方法論としてカントから学んでいた「理性の冒険」およびゲーテにより詳細に書評された心理学者エルンスト・シュティーデンロートのいう「精密な感性的空想」の合わさった研究方法であった（六六頁）。

ちなみに「ドイツ自然研究者および医師協会」の最初の大会は、一八二二年、動物学者ローレンツ・オーケン（一七七九―一八五一）の提案によりライプツィヒで初めて開催された（六〇頁）。彼は自然哲学的ロマン派に属し、とりわけ頭蓋の椎骨理論の先取権をゲーテと争ったことで知られている。一八二八年九月にその第八回目がフンボルトを名誉会長にベルリンで行なわれたとき、ベルリン在住の親友ツェルターは音楽家であるにもかかわらずそれに聴衆として参加し、それについてワイマールのゲーテに報告している。その機会に書かれたゲーテの一八二九年十一月一日付の返信には次のように記されていた。

「会合に集まってきた三百人の自然研究者たちのうち、私の考え方に少しでも近い人はひとりもいません。それはそれで好都合です。考え方が接近していると、いろいろな誤りが生じてきます。後世になにか役立つことを遺そうとするなら、それはさまざまな告白でなければなりません。われわれは自分が個性であって、いかに考え、いかなる見解を有しているかを明確にしなければなりません。後代の人々がそこから探し出すとよいのは、自分に適したもの、普遍妥当であるかもしれないものです。」

もとよりフンボルトは科学史的集大成が、時代により制約されていることを知っていた。十九世紀における自然科学の急速な進歩をみずから体験してきた彼にとり疑いの余地がなかったのは、『コスモス』のなかで記された科学的認識が繰り返し補充され、後代の研究により部分的にさらに誤りとして訂正されなければならないことであった。それは彼自身が長い研究生活のあいだにみずから行なってきたことであった。ここに科学史の必然性があり、また場合によりこの著述が抜粋あるいは抄訳により読まれなければならない必然性である。これを踏まえフンボルトの後継者である人文地理学者カール・リッターも、『コスモス』の意義を次のように論じている。「さまざまな事象の混乱した偶然性、それらの不幸な孤立した在り方は消滅した。それに代わって現われてきたのは、地球という有機体におけるさまざまな諸現象の、それまでほとんど予感されることのなかった因果関係であった。それは科学と思弁のあらゆる分野を高次の自覚へと高め、地球上のあらゆる文化民族に自分たちの故郷に恵まれているものが何であるかを教え、これにより彼らの物質的および精神的財産をさまざまな仕方で豊かにしてくれた。」

『コスモス』において自然の全体性ないし統一性への洞察を人間精神の「観念」、すなわち理念あるいは思想として書きしるしたのは疑いもなくフンボルトである。しかしながらアメリカから持ち帰った膨大な個々の資料を整理し科学的に利用するため、多数の植物学者・動物学者・地質学者・物理学者・化学者・画家たちが協力したように、その自然学的世界記述のためのさまざまな資料は、これら科学者の友人たちが彼自身の研究成果に加えて多かれ少なかれ提供したものである。この意味で『コスモス』も無数の専門家の科学的認識にもとづく一種の共同研究の成果であった。青年時代から最高齢にいたるまで、フンボルトは自然に関する最新の科学的認識を得ようとし、他者の知見と自己の考察により自分の自然科学的世界像をたえず豊富に拡大しようと努めていた。それればかりではなく、彼の多種多様な興味、彼の広い人文学的素養と自然についての広範な専門的知識により、フンボルトはこれら科学の進歩を受身に取り入れるだけではなく、それらをコスモス論という理念的考察により次の世代へと積極的に伝達することができたのである。

『コスモス』原著一、二巻については、これまで幾度も言及してきた。しかし残念ながら拙訳が未刊のままになっているため、この最終章で多少の繰り返しはやむを得ないとして『コスモス』全五巻の内容を総括すれば、フンボルトが青年時代にすでに構想していた新時代のゲーテ的「宇宙のロマーン」はやはり一巻や二巻にまとめることはできず、配列の順序においてもそのまま実現されることはあまりなかった。

たしかに詩人的科学者ゲーテの後継者かつ完成者としてのフンボルトには、いかなる個別現象をも精確に観察し、それを綜合的に森羅万象の全体と関連させる能力があった。そればかりではなく彼には、詩人ゲーテのように、自然を全体として追体験する能力もそなわっていた。そして『自然の諸相』に収録されているさまざまなエッセイにおけるように、眼で見たものをこの体験から取り出して一幅の絵画のように生きいきと記述することができた。そこにはロマンティックな感激や自然の神秘化ではなく、清新な自然感情と芸術的な構図を造形する力がはたらいていた。彼の記述するのが、熱帯雨林であれ果てしない大草原であれ、アンデス山脈の高山地帯であれ山頂からの南海の眺望であれ、常にそれは体験された現実である。科学的観察にもとづき全体像を把握するこの自然の見方と記述の仕方こそ、フンボルトの自然描写を人文地理学的自然記述の比類ない範例としたものである。

1　自然絵画としての『コスモス』第一巻

フンボルトのコスモス論の科学的問題提起そのものは、あえて繰り返すならば、第一巻の本論「自然絵画」の序論的部分の冒頭に次のように明記されている。「われわれは宇宙空間の深淵とはるか彼方の星雲の領域から始める。そして段階的に、われわれの太陽系が属する星辰の層をとおり、大気と海洋に取り囲まれた回転楕円体の地球へ、その形態・温度・電磁気、充溢する有機的生命のところまで降りてくる。この溢れる生命は光の刺激を受け、その表面で発展する。」そして「書物の中の書物」といわれるほど長大なこの自然絵画の結びの言葉をフンボルトは、次のように終えている。「われわれは最も遠くの星雲と周行する連星から、海と陸の動物界に住む最小の有機体と、凍てつく山頂の斜面にある剥き出しの絶壁を装う微細な植物の芽まで降りて行った。種々の現象はここで、部分的に認識された諸法則に従って秩序づけられることができた。他のより神秘的な種々の法則は、有機的世界の最高の生命圏を支配している。すなわち、多様な形態を有し、創造的な精神力を賦与された、言語を生み出す人間の生命圏である。自然学的自然絵画が表示する限界で、知性の範域が始まり、遠くへの眼差しは別の世界の中へ沈潜していく。自然絵画はこの境界を表示して、それを越えていかない。」

一七九四年にゲーテ＝シラーとイェーナで知り合ったばかりの少壮の自然研究者は、このような抱負をいだいて個々の事柄ではなく全体の統一的把握をめざしていたが、それは原理的に両詩人の文学的古典主義の考え方と一致するものであった。これによれば、主体と客体そのものが少なくとも内在的な神を含めた神・世界・人間の全体性を形づくっていた。また客体である自然は調和ある万有と感じられていたばかりではなく、主体である人間そのものもまだ知情意の分離しない全体から形成されていると考えられていた。それゆえフンボルトは、一方で人間の全能力を駆使して自然における個々のものを経験科学的に観察し、他方でそれらの統一性である全体の理念を自然哲学的に把握しよう、すなわち「考えながら観察しよう」と努めたのである。

『コスモス』第一巻は「自然のさまざまな種類の楽しみと世界法則の科学的探究に関する序論的考察」という、二面的標題で始まっている。一見、自然感情と自然研究あるいは世界法則に何の関係があるのか、と問わずにいられない画期的な問題提起である。しかしフンボルトは両者が新しい世界像において調和的に両立しうることを、いわば戦略的に前提にしているのである。そのうえ、今回の著述はベルリンにおいて祖国の読者のためドイツ語で書かれているため、彼は母国語が「記号と文法形式」以上のものであり、民族性と風土に備わった自然感情に訴える特別な力を有していることに期待しているのである。

「思想と言語は、古来、内的な相互関係にある。言語が描写に優美さと明瞭さを付与し、その持ち前の造形能力と有機的構造により、自然観全体の輪郭をはっきり際立たせようとする企てに有利に作用するならば、それは同時にほとんど気づかれないうちに、その生気づける息吹を充実した思想そのものに注ぐことになる。それゆえ言葉は記号と文法形式以上のものであり、その神秘的な影響は、自由闊達な民族性と自国の風土から生ずるところでもっとも強力に明らかにされる。祖国を誇りに思い、その知的統一がいかなる力を発揮するさいにも確固たる支えであることを思い、われわれは故国のこれらの長所に喜ばしく眼差しを向ける。幸いなる者と呼ばれてしかるべきは、万有の諸現象を生きいきと描写するにさいし、言語の深みから汲むことのできる人である。言語は何百年もまえから力強く作用し、精神の力を高め融通無碍に適用されることにより、創造的ファンタジーの分野においても探究する理性の分野においても、人類の運命を動かしているすべてのものに力強く作用してきたのである。」

ほんらい第二序論「自然学的世界記述の限定と科学的取り扱い」が執筆当初、冒頭にいわれているように、「世界観へのプロレゴメナ」として構想され、㈠自然学的世界記述の概念と限定、独自の分離した教科として、㈡客観的内容、自然全体のリアルな経験的見方、自然絵画という科学的形式において、㈢想像力と感情への自然の反映、㈣世界観の歴史、すなわち自然全体としての「コスモス」概念の漸進的発展と拡大という四つの部門を包括していた。しかし前半の本論、いわゆる自然絵画の叙述は、コスモスの星辰部分と地上部分をあわせ、第一巻の大部分を占める一冊の書物のような分量に達してしまった。後半の世界観の歴史も同様に広範囲な叙述となり、これは第二巻の主要部分として出版されることになった。『コスモス』は、もともと第一巻がコスモス論の認識論的基礎づけ、第二巻が天文学部門と地球学部門を包括する「自然絵画」、第三巻が「自然学的世界観の歴史」という三巻本の予定だったのである。それゆえ、原著序言でいわれている当該の第一巻はもともとの意図とやや異なっている。「本書第一巻の内容は、自然のさまざまな種類の楽しみと種々の世界法則の探究に関する序論的考察、自然学的世界記述の限定と科学的取り扱い、コスモスにおけるさまざまな現象の概観としての一般自然絵画である。この一般自然絵画は宇宙空間の最も遠い星雲と周行する連星から有機体地理学（植物・動物・人種）という地上の諸現象まで下りてくるので、それはすでに、私がこの全著作の最も重要かつ最も本質的なものとみなしているものを含んでいる。すなわち、普遍と特殊の内的連鎖、さまざまな経験的命題の選択、構図のフォルムと様式における取り扱い方の精神である。」

序論的考察要旨

「あらゆる自然研究の目的としての諸現象の関連への洞察―自然は考察（思考する観察）にとって多様性のなかの統一―自然の楽しみの異なった諸段階―戸外へ出ることの作用、自然のさまざまな力の作用への洞察なしの楽しみ、ある地方の個性的性格についての印象なしに―地表の観相学的形態あるいは植生の性格の作用。コルディリエーラ山系の渓谷とテネリフェ島の火山への追憶。赤道直下の山岳地方の長所、きわめて狭い空間内で多種多様な自然の印象が最高度に達する、ここで人間に恵まれているのは、天上のあらゆる星辰と植物のあらゆる形態を同時に見られることである―自然学的諸現象の原因を探求しようとする衝動―自然のさまざまな力の本質に関する種々の誤った見解、不完全な観察あるいは帰納法により生み出される―さまざまな自然学的独断の粗雑な堆積が世紀から世紀へと押し付けられ、知識階級のあいだに広められる。科学的自然学とならんで今ひとつの自然学がある。検証されず誤解された経験的命題の根絶しがたい体系―さまざまな自然法則の探求。自然はさまざまな力の内的本質の研究に際しその神秘的な魔力を失うのではないか、自然の楽しみは自然知により必然的に弱められるのではないかという心配。全般的な種々の見方の長所は、科学に崇高で真摯な性格を付与する。普遍を特殊から分離することは可能。実例として天文学、新しいさまざまな光学的発見、自然地理学と植物地理学。自然学的世界記述研究へのアプローチ―誤解された通俗的知識と世界記述の自然科学百科事典との混同。同時に自然研究のすべての部分を評価する必要性。この研究の諸民族の国民的富と福祉安寧への影響。しかしながら、その本来の第一目的は内的なもので、高められた精神的活動が目的である。論述と描写における取り扱い方、思想と言語の交互作用。」

フンボルトはまた『コスモス』の序論的考察を書き出して間もなく自分の全自然研究を認識論的に以下のように特徴づけている。「自然は考察（考えながら行なう観察）にとって多様性のなかの統一、形状と混合における多様なものの（理念的）結合、自然の事物と自然のさまざまな力の総体であって、生きた全体として存在する。明敏な自然学的研究のもっとも重要な成果は、それゆえ、次のようなことである。すなわち多様性のなかに統一性を認識すること、個別的なものから、比較的最近の時代のいろいろな発見がわれわれに提供しているすべてのものを包括すること、個々のことがらを検証して分離し、それらの膨大な量に屈服せず、諸現象におおい隠されている自然の精神を捉えるという人間の崇高な使命を自覚することである。このようにして、われわれの努力は感覚世界という狭い限界を越えることができ、われわれは自然を把握しながら、経験的直観という素材をいわば観念により支配することに成功するのである。」

他方で、天文学は十七世紀における古典力学的研究成果にもとづき、数々の彗星の出現や小惑星の発見、反射望遠鏡など観測機器の発明にともない急速な発達をとげていた。包括的なコスモス研究のため、これまでの地上の自然から星空の天体にまで視野を拡大したフンボルトは、同時代の英独仏の優れた研究者たちの協力を得ながらパリの天文台で、それまで獲得された全自然に関する知識を集大成しようと深夜まで努めていた。彼にとって自然科学は最初から国際的であり、事実つねに学際的であった。しかしながら、専門の天文学者ではない彼の努力目標はもはや個々の事実の発見ではなく、むしろそれらのパノラマ的展望とそこを支配する理念的世界法則の科学的探究であった。そのため彼は自分の世界記述の範囲をどちらかといえばより精通している地球学に限定し、しかも自然の歴史性と自然学的研究の科学史に注意を促した。そしてそのため老碩学はさらに読者の興味を惹き起こすため、かつての『自然の諸相』（一八〇八）序言におけるように、コスモス論の序論的記述を三段階の「自然の楽しみ」で始めたのである。

とはいえフンボルトは詩人的科学者の『色彩論』（一八一〇）に全面的に賛同することは到底できなかった。ゲーテもこれを察知しており、一八〇七年に色彩研究について一度フンボルトに宛てて書いている。「不快なあまりありがたくない仕事は、一歩一歩、一語一語、世界が（ニュートン以後）百年来犯してきた誤りを示すことです。とにかく通り抜けなければなりませんが、出た先の広大な歴史の分野［歴史編］が楽しみです。私はそこで理論の刺の多い迷路［教示編］から抜け出したあと、欣喜雀躍して前進できることを望んでおります。」ゲーテにとって光と色彩は狭義の物理学的な問題というよりは、むしろ博物学の伝統にもとづく自然学の全人間的な問題であった。それゆえ「内部と外部の全体性」という古典主義的考え方の背景には、精神史的にフィヒテの観念論とシェリングの同一哲学があり、シラーの辛辣な二行詩「君たちの間に敵意あれ。同盟のできるのが早すぎる。／君たちが別れて探求すれば、真理ははじめて認識される」において含意されていたのは、フィヒテの『知識論』とゲーテであると言われる。しかし彼らに共通のドイツ十八世紀におけるイデアリスムスの考え方は、『色彩論』序論に見出される「もし眼が太陽のようでなかったら」という、かの有名な美しい詩のように新プラトン主義にまで遡るものである。

注目すべきことに、この詩句の引用の直後に「光と眼のかの直接的な親近関係を否定する者はいないであろう。しかし両者を同時に同一のものとして考えることは、ずっと困難である」という意味深長な所見が言い表わされている。ゲーテは青年時代からこのような思想的伝統と親しんでおり、それは彼の自然哲学の基盤である。しかし畏友シラーが自然科学者に観念論を禁じ、フンボルトも多少とも距離を置いていたこともあり、ゲーテは自然研究者としてこの哲学的見地をあまり前面に出そうとはしなかった。アルテミス版ゲーテ全集の解説によれば、眼が外部から光状のものをなんら内包しない粒子あるいは振動に刺激されて光をつくりだすというような近代物理学者たちの考え方を、ゲーテは予感だにしなかった。彼は客観的光と主観的光が同質であることを自明とみなしていたからである。彼らが総じて自然の諸現象から出発して、これらを惹き起こす外界のさまざまなプロセスへ向かうのに対し、ゲーテから予期されたのは、それらを内面の精神的なものへ導いて行くことであった。『年代記』一八一七年の項において彼は、カント学徒シラーの死後はひそかにあらゆる哲学から遠ざかり、「これにより私に完全にかなえられたのは、神秘的に明瞭な光を最高のエネルギー、永遠で唯一の分割不可能なものと見なすことである」と宣言している。

ゲーテと同様シェリングの観念論的同一哲学につよく影響されながらも、フンボルトが彼のアリストテレス＝ベーコン的科学方法論でめざしていたのは、結局、「新大陸の巨大な山脈と無限に豊富な植生の中で、地球の外形を形成し、その表面の内部と外部で存続している有機的生命を呼び起こしたさまざまな力と法則を探求すること」（フリードリヒ・ムートマン、一二六頁）であった。そのため彼は種々の観測結果を同時代の科学者たちに広く受け入れられるよう数学的な平均値に表わすことを重んじたのである。もとより彼は同時に芸術家の眼と詩人の言語を有していた。これがかつて「宇宙のロマーン」を書こうとしていた若いゲーテの新プラトン主義的流出説にもとづく精神と物質の相関関係に通じる接点であり、それまでの冒険者たちの多種多様な探検旅行とフンボルトの緻密な科学的研究旅行をわかつ決定的な差異である。彼によるとりわけ植物地理学と比較気候学という新しい教科の創始、また「自然絵画」という美的叙述方法の導入の科学史的意義はこの意味で理解される。その際、自然の本質が分割されえない一つの全体であるというゲーテ的確信が彼のコスモス論の真髄でもある。しかしながら古代の始原的元素「四大」の相争う力の場として、それは必ずしも絶対的な調和の世界ではなかった。とりわけ『コスモス』第一巻「序論的考察」本論からの以下の引用箇所にゲーテの自然研究との基本的共通点を見出すのは容易である。

「一般的世界記述の科学的取り扱い方に関する私の考察において論じられていないのは、理性によって与えられている少数の（演繹的）基本原理から導き出すことによる統一性である。私が自然学的世界記述と呼ぶものは（比較地理学および比較天文学）それゆえ、自然の合理的科学というランクをなんら要求するものではない。それは経験によって与えられている諸現象を、自然の全体として考えながら眺めること（考察）である。このように自己限定することによってのみそれは、私の物の見方がまったく客観的方向をとるため、私の科学者としての長い経歴をもっぱら成してきたさまざまな努力の領域に入るのである。私があえて足を踏み入れない分野は私には疎遠で、たぶん他の人々によって耕され、より大きな成果を上げるであろう。私がみずから限定する自然学的世界記述の論述が達成できる統一性は、歴史的叙述のみが享受できるものである。現実の個々のものは、自然形成物の形態あるいは連結においてであれ、自然の猛威にたいする人間の戦いにおいてであれ、民族対立の争いにおいてであれ、すべて変化とリアルな偶然の分野に属するものは、概念から導き出され（構成され）えない。世界記述と世界史は、それゆえ、経験の同じ段階にある。しかし両者を考えながら取り扱うこと、すなわち自然現象と歴史的出来事の意味深い配列をつらぬいているのは、古い内的必然性への信念で、この必然性は精神的および物質的な力のすべての営為を、永遠に新たにされ単に周期的に拡張されたり狭められたりするだけの圏内で支配している。両者は（そしてこの必然性は自然の本質で、その存在の二つの範域、物質的および精神的範域における自然そのものである）明瞭かつ単純な諸見解、すなわち種々の法則の発見へと導いていき、これらは（帰納的な）経験科学において人間による研究の究極の目標として立ち現われるのである。」これがどちらかと言えば形式的側面であるのに対し、第二序論の要旨は内容面により立ち入っている。

第二序論要旨

「コスモス論あるいは自然学的世界記述の内容。他の親近性のある諸教科（研究分野）との区別―コスモスの星辰部分は地上部分より簡単である。さまざまな物質の差異を知覚することを一切排除することにより、天上の力学は単純化される―コスモスという言葉の起源、飾りと世界秩序。存在するものは自然を把握するさいに生成から絶対に分離できない。世界史と世界記述―コスモスにおける多様な現象［世界史］を統一的な思想において、純粋に合理的関連のフォルムの中でとらえる試み―自然哲学はすでに古代において、あらゆる精確な観察に先行した。時に邪道に導かれた、自然な理性の努力―二つの形式の抽象が認識の全域を支配している、量的（数と量の関係規定）と質的（物質的なさまざまな性状）である―諸現象を算定に委ねる手段。原子、力学的構成方法、さまざまなシンボル的表象、計量しがたい種々の物質といかなる有機体にもある独自の生命力というさまざまな神話―観察と実験（諸現象を呼び出すこと）により得られたものは、アナロジーと帰納法により種々の経験的法則の認識へ導いていく。これらの法則の漸進的な単純化と一般化―見つけ出されたものの指導理念による配列。何世紀にもわたり集積されたさまざまな経験的直観の財宝は、哲学によりあたかも敵対する勢力によるかのように脅かされることはない。」

先行した「自然のさまざまな種類の楽しみと世界法則の科学的探究に関する序論的考察」がおもに、フンボルトの考える個別の自然知の集大成である自然科学百科事典と異なる綜合的コスモス論の説明に向けられていたのに対し、第二序論「自然学的世界記述の限定と科学的取り扱い」は、既成の知見をさらに歴史的に展開しながら叙述するさいの本来果てしない個別的研究範囲の限定と、その経験科学と異なる高次の自然哲学的な取り扱い方を目的としている。

「科学が初めて始まるのは、精神が［素材としての］物質を自分のものにし、夥しい量の経験を理性的認識に屈服させようと試みるときである。科学は自然を志向する精神である。しかし外界が存在するのはわれわれのためのみであり、われわれはそれを自分の内部に受け入れ、それはわれわれの内部で自然観へと形成される。精神と言語、思想と受胎させる言葉が神秘的に分かちがたく結ばれているように、われわれ自身にいわば無意識のうちに、外界は人間の内奥のもの、思想および知覚と融合するのである。ヘーゲルが『歴史哲学』のなかで表現しているところによれば、「外界のさまざまな現象はこうして内面の表象へと移し変えられる。」客観的世界はわれわれによって考えられ、われわれの内部へ反射されることにより、われわれの精神的生存の永遠かつ必然的な、すべてのものの条件である種々の形式へとゆだねられるのである。それから知性的活動が、感性的知覚により伝達された素材にもとづいて営まれる。それゆえ人類の青少年期にすでに、自然のいとも単純な光景のなかに、最初の認識と解釈のなかに、自然哲学的なさまざまな見方への刺激がある。この刺激は多かれ少なかれ活発で、心情の気質と国民性、諸民族の文化状態により異なっている。精神の作業は、思考が内的必然性に駆られ、さまざまな感性的知覚の素材（物質）を受け入れるや否や始まるのである。」

そして二つの方法論的見地から考察された序論につづくのが『コスモス』第一巻の本論、いわゆる「自然絵画」である。その表示は中南米からの帰国直後に出版された最初の研究報告書『植物地理学論考』（テューービンゲン&パリ、一八〇七）において詳しい概念規定なしに導入されたあと自明のように「アメリカ旅行記」においても適用されてきたのであるが、宇宙を含む「世界絵画」にまで拡大されたこの概念はここで「自然絵画要旨」として改めて次のように説明されている。

「世界絵画の記述は宇宙（万有）を、その二つの範域、天上と地上の範域において包括している

―描写の形式と進行。これが始まる序論からの順序は、万有引力の支配だけが認識される宇宙空間の深淵、はるか彼方の星雲の領域、いわゆる連星であり、段階的に、われわれの太陽系が属する星辰の層をとおり、大気圏と海洋に取り囲まれた回転楕円体の地球へ降りてくる。それから、その形態・温度・電磁気、充溢する有機的生命で、これは光の刺激を受け、その地表で発展する―諸現象の相対的相互依存への部分的洞察―空間においてはすべてが変動しているので、さまざまな平均数値が最終目的である、それらが自然学的諸法則の表現、コスモスのさまざまな勢力である―世界絵画は地上の世界で始めない、主体の立場からはこれが優先されるかもしれないが。それは天体空間を満たしているもので始める。物質の配分、それは凝縮して極めて異なった密度と体積の自転し周行（公転）する球状の天体になっていることもあれば、みずから発光しながら、靄のような形の光る雲（星雲）となって分散している。」

しかしながら、コスモスの星辰部分がケプラーやニュートン以来すでに確立されている古典的運動論でもっぱら説明されるのに対し、それに続いて扱われる地上部分は急速に発達しつつある近代の物理学・化学・生物学的形態学から物質の性状に関する自然認識を得てこなければならないからである。そのうえ、いま挙げた諸教科の研究分野が包括しているのはひじょうに複雑な物質的諸現象なため、コスモス論の地球学的部門は十九世紀前半の段階ではまだ、天文学的部門が質的差異なしに可能にしているのと同じ確実さで単純な取り扱いを受けることができなかった。また、自然の全体像を把握しようとする理念的考察は、自然現象の純然たる経験科学的観察および分析とはおのずから異なっていた。

地球は太陽系の比較的小さな一部であり、太陽系そのものも大宇宙の中のささいな一環を成しているにすぎない。そこでフンボルトも、自然現象全体にたいする眼差しをもはや地球に限定していることができなくなった。地上の個々の事物は、ヘルダーが指摘していたように計り知れない全被造世界にその存在を負っており、それらの生成は宇宙全体との関連からのみ認識されるからである。彼が地球を研究しながら、同持に星雲の彼方に眼差しを向け、光の源である太陽をふくむ無数の恒星、万有引力により周行するさまざまな惑星、長い間隔をおいて周期的に現われる数々の彗星、感覚的というよりは精神的に直観された宇宙全体を支配する天体運動や地球体の電磁気の法則に注意を払うようになった所以である。自然絵画はコスモスを含意する世界絵画へと発展せざるをえなかったのである。

「自然絵画」における地上部分はゆえに、人間が直接体験できない星辰部分と比べ、内容的に当然はるかに多種多様である。天体の世界が空間および時間において原則として数量的に規定されているだけである。「二つの形式の抽象化が認識の全幅を支配している。量的形式すなわち数と量（数値）による関係規定と、質的形式すなわち物質的な種々の性状である。アプローチしやすい前者の形式は数学的知識に、後者は化学的知識に属している。諸現象を算定できるようにするため、物質は原子（分子）から構成されるとされ、これらの数・形状・位置・極性が諸現象を規定する条件とされる。計量しがたい種々の物質およびいかなる有機体の中にもある固有の生命力についてのさまざまな象徴的神話により、自然の見方は錯綜し曇らされる。認識のこのように種々異なった条件と形式のもとで鈍重に動いているのがわれわれの経験的知識の底荷（バラスト）で、これは累積し、日々なお急速に増大しつつある。穿鑿する理性は勇気を出して古い形式を打破しようとするが、なかなかうまくいかない。これらの形式により人間は、それらがあたかも力学的構造やさまざまなシンボルであるかのように、（経験という）抵抗する素材を克服することに慣れてきたのである。」（「第二序論」）

地球上の物質世界は質的に種々異なる無機と有機の領域であるばかりではなく、フンボルト自身が天文学者というよりは、地上の自然のさまざまな分野における専門的研究者であった。彼はビュフォンの後継者であるキュヴィエと同時期に自然科学の領域で研究活動を始めたが、ヨーロッパのほか中南米とシベリアという三つの大陸で広大な自然を観察する機会に恵まれていた。また彼は、嵐の海洋でも極寒の氷河の上でも、優美な渓谷でも原始林の中でも、果てしない広野でも噴火直後の火山でも、平静に考察する眼を備えていた。そればかりではなく、彼はこのような自然の印象を鋭敏に感じとり、美しい言葉で表現することもできた。十九世紀半ばのこのような精神の持主によって記録されたのが『コスモス』第一巻本論「自然絵画」の叙述である。そこには時空をこえた単なる科学的認識以上のものがあると言ってさしつかえないであろう。そこで彼はここで自然科学と精神科学の境界をもうけ、人文学の領域へもはや深く入っていこうとしなかったのである。

「われわれは宇宙空間の深淵とはるか彼方の星雲の領域で始める。そして段階的に、われわれの太陽系が属する星辰の層をとおり、大気と海洋に取り囲まれた回転楕円体の地球へ、その形態・温度・電磁気、充溢する有機的生命のところまで降りてくる。この溢れる生命は光の刺激を受け、その表面で発展する。このように世界絵画が僅かの筆致で包括しているのは、不可測の天体空間ならびに動植物界の小さな顕微鏡的有機体である。これらはわれわれの淀んだ河川と岩石の風化した地殻に住んでいる。すべて知覚可能なもので、自然の厳密な研究があらゆる方向に現在まで探究したものは、描写のもとになる材料を形づくっている。それは自分自身のうちに、その忠実な真理のあかしを含んでいる。われわれがこのプロレゴメナにおいて立ち上げる記述的自然絵画はしかし、単に個々のものを追求しようとするのではない。それは完全であるために、あらゆる形態の生物、あらゆる自然の事物、自然のプロセスの列挙を必要とするわけではない。認識されたものと収集されたものの果てしない分散という傾向に抵抗して、秩序づける思想家は経験の豊富さという危険性を免れようと努めるべきである。」（自然絵画：さまざまな現象の一般的概観）

天文学部門要旨

宇宙空間の内容。多様な形の星雲、惑星状星雲、星雲の中心星—南天の優美な景観—宇宙構造の空間的配列に関するさまざまな推測—われわれの星群は宇宙島。星辰測定—連星は共通の重心のまわりを周行している。白鳥座六一番星の距離—異なった等級の引力システム—われわれの太陽系は、前世紀末になお考えられていたのより遥かに複雑である。（一八四六年に発見された）海王星、アストレア、へべ、イリスなど主惑星はいまや一五、副惑星［衛星］は一八。彗星は何万とあり、その中には、惑星軌道に閉じ込められた内側のものがいくつもある。自転するリング（黄道光）と恐らく小さな天体［小惑星］である隕石—望遠鏡で見える［小］惑星：ベスタ・ユノー・ケレス・パラス・アストレア・へべ・イリスは、強く傾斜した、離心率の比較的大きい交差した軌道を有する中間グループとして、内側惑星グループ（水星・金星・地球・火星）と外側惑星グループ（木星・土星・

天王星・海王星）を分け隔てている。これらの惑星グループの対照―中心的天体（太陽）からの種々の距離関係―異なった絶対的大きさ［直径］・密度・公転周期・離心率・軌道傾斜。中心太陽からのいわゆる惑星距離の法則。もっとも衛星の多い惑星―さまざまな副衛星の（絶対的・相対的）空間関係：最大・最小の衛星。主惑星への最大の接近―天王星衛星の逆行運動。地球衛星の秤動―彗星。核（頭部）と尾。厚いあるいは薄い壁をもった円錐曲線体の覆いのある噴出物の多様きわまる形状と方向。いくつもの尾、太陽のほうへ向いてさえいる。尾の形状の変移。それが自転しているという推測。光の本性。彗星核による恒星のいわゆる覆い。軌道の離心率と公転周期。彗星の最大の遠隔と最大の接近。木星衛星系の通過―短い公転周期の彗星、内側彗星と呼ばれたほうがよいと思われる（エンケ、ビエラ、フェィエ）―周行する隕石（隕石・火球・流星）。惑星的速度。大きさ、形状、観測された高さ。さまざまな流れの周期的再帰、十一月の流れ、聖ラウレンティウスの流れ。隕石小惑星の化学的組成。黄道光のリング―現在の太陽大気圏の制約―太陽系全体の転位―太陽系の彼方でも支配する万有引力の法則―星辰の銀河とその突出の推測。さまざまな星雲の銀河、星辰の銀河と直角に交差―二色の連星の公転周期―星辰のカーペット：天空および星辰層の開口部―宇宙空間に生起する事象：新しい星辰の炎上―光の伝播：星をちりばめた夜空の光景は、時間的に不同のものを呈示している。

地球学部門要旨

(1) 地球の形態。密度・熱量・電磁気・地球照。扁平率および地表の曲率の探究と径緯度測定、振り子振動、月軌道のある種の変動―地球の平均密度―地殻の深さはどの程度知られているか―地球体の三様の熱運動、その温度状態。深度とともに熱量が増加する熱法則—磁気と動電気。地磁気の周期的変化。磁針の規則的揺れの撹乱。磁気嵐、その作用の拡張。磁力が表面で開示される諸現象の三つの部類：同じ力（等力線）、同じ伏角（等伏角線）、同じ偏差（等角線）の線—磁極の位置：寒い両極との関連の推測—地球体の全磁気現象の変移—一八二八年いらい磁気観測所の設立、広範囲の磁気観測網—磁極における光の展開、地球照は地球の電磁気的活動の結果。オーロラの高度。磁気嵐は騒音と結びついているか否か。極光（電磁気的光の展開）と巻雲の発生との関連—地上における光発生の他の諸例。

(2)　地球の外部への生命活動は地層構造学的諸現象の源泉。地殻のたんに動的な震動、あるいはその大部分の盛り上がりをさまざまな物質を含む噴出物と連鎖のように結合する。またガス状、液状、熱い泥、融解した土類と連合し、これらは凝固して岩石類となる。もっとも広義の概念における火山作用は、ある惑星内部のその表面に対する反作用である—地震。震動圏の範囲とその漸次の拡大—地磁気の変化と大気圏のさまざまなプロセスとの関連があるかどうか—轟音、地下の爆音に感知できる震動はない。岩石塊は震動波の伝播を変化させる—地震の間さまざまな隆起、水・蒸気・泥・炭酸噴気孔・煙・焰の噴出。

(3)　さまざまな物質的産物を惑星内部の生命活動の結果としてさらに考察する。地球の胎内から、裂け目や円錐形噴出孔を通して立ち現われてくるのは、さまざまなガス、滴下しうる液体（純粋あるいは酸化されて）、泥、融解した土類である—火山は一種の間欠泉である。温泉の温度、その恒常性と変化。竈［熱発生源］の深さ—噴泥火山、泥火山。活火山が融解した土類泉として火山性岩石類を現出させるのに対し、湧き水は沈殿により石灰岩層を産出する。沈積岩の継続的産出。

(4) 火山性隆起の多様性。ドーム形の開口していない粗面岩山—ほんらいの火山は、隆起噴火口から、あるいはそのかつての形成の廃墟のあいだから出現する—地球体内部の大気圏との永続的結合。ある種の岩石類との関係。噴火の頻度におよぼす高度関係の影響。火口丘の高さ。雪線を越えて聳える火山のさまざまな特徴—灰柱ないし火柱—噴火の間の火山性雷雨。溶岩の鉱物学的組成—地表における火山の分布、中心型火山、直列型火山、島嶼火山、沿岸火山。海岸からの火山の距離。火山性力の消滅。

(5) 火山と岩石塊の性質との関係。火山性の力は新しい岩石類を形成し、古い岩石類を変形する。それらの研究が導いていくのは二重の方法で、地層構造学の鉱物学的部分(地層の構造と位置論)と、海面上に盛り上がった諸大陸および島嶼グループの形成(諸大陸の地理学的形状と輪郭論)である—岩石類の分類は形成と変形の現象に従ってなされ、これらは今なおわれわれの眼前で進行中である:火成岩、沈積岩[水成岩]、(メタモルフォーズ化された)変成岩、礫岩—複合岩石類は記載岩石学的に単純な化石[鉱物]の特定のアソシエーション(群集)である—形成状態の四つの位相:火成岩、内因的(花崗岩・閃長岩・斑岩・緑岩・紫蘇輝石・オイフォティド・黒玢岩・玄武岩・響岩)、沈積岩(シルル紀板岩・瀝青炭堆積物・石灰岩・温泉沈殿物・滴虫類層)、変成岩は火成岩と沈積岩の岩屑とならんで片麻岩、雲母片岩や古いメタモルフォーズ化された量塊の岩屑をも含んでいる、(岩屑)集団と砂岩形成物(砕屑岩)—接触現象は鉱物の人工的模造により説明される。圧力と異なった冷却速度のさまざまな作用。ざらざらの(塩分を含んだ)大理石の成立、板岩が珪化されて縞碧玉になる、白亜泥灰岩は花崗岩により雲母片岩へ変形される。白雲石化、玄武岩と粗粒玄武岩と接触したさい珪質粘土岩の中での花崗岩形成―脈石の下からの充填。集塊岩形成における膠結化のプロセス。圧砕礫岩―岩塊の相対的年代。地殻の時間測定。化石を含む地層―さまざまな有機体の相対的年代。最初の生命形式の単純さ？　生理学的諸段階は種々の地質系統の年代に依存している―地層構造学的地平を綿密に探求することは、さまざまな地層系統のアイデンティティあるいは相対的年代、ある種の地層の周期的再来、それらの平行関係あるいは全面的抑圧（形成不全）に関し確実な解明をあたえてくれる―そのもっとも単純な一般化において把握した沈積形成物の範型、シルル紀とデボン紀の地層（かつてのいわゆる移行岩石類）、三畳紀前期（石灰岩層、トートリーゲンデスと苦灰統といっしょに瀝青炭岩石類）、三畳紀後期（多色砂岩、貝殻石灰、コイパー統）、ジュラ紀（ライアス、魳状岩）、クアダー砂岩、前後期白亜紀、これらは水平層の最後のもので、石灰岩層とともに始まる。それから第三紀で、これには三つの下部区分があり、これらは粗石灰・褐炭・南アペニン漂礫により表示される―太古の世界の動物相と植物相、それらの現在の有機体との関係。土砂堆積層上部に太古時代の哺乳動物の巨大な骨―太古時代の植生、植物史の記念碑。そこで、ある種のグループの植物はその最大限に達する。コイパー層とライアスにソテツ類、多色砂岩の中に毬果植物。亜炭と褐炭（ベルンシュタイン樹）―大きな岩石ブロックの沈積物、それらの起源に対する疑問。

(6)　地層構造学的年代、陸地を形成し破壊する山脈と高原の隆起の知見によって、内的因果関係により陸地と海洋の空間的配分、地表のさまざまな特殊な自然形態に導かれる―凝固したものと液状のものの現在における面積分布関係は、古い地理学の自然学的部分のために描かれた種々の地図が呈示しているものと非常に異なっている。石英斑岩噴出の大陸量塊の現在における形態に対する重要性―水平方向の拡張（区分関係）と垂直方向の隆起（測高術的見地）における個性的形態―陸と海の面積分布関係の気温・風向き・有機的産物の多寡、あらゆる気象学的プロセスの全体に対する影響―大陸量塊の最大軸の方位。区分、南方へのピラミッド形の終結、一連の半島。大西洋の海溝形成。繰り返される形状。岩塊の分離された区分、山脈のシステムとその相対的年代を規定する手段。現在海面上に隆起している陸地の体積の重心を測定する試み。諸大陸の盛り上がりは今もなお緩慢に進行中であり、個々の地点において知覚できる沈下によって埋め合わされている。すべての地層構造学的現象が指し示しているのは、地球の内部活動の周期的変移である。真実らしいのは、新しいさまざまな褶曲作用である。

(7) 地球の凝固した表面は、二つの覆いを有している、滴下しうる液体状とガス状の覆いである。これらの覆い、海と大気圏が呈示するさまざまな対照とアナロジーは、物質の凝集状態と帯電状態、さまざまな潮流と温度関係にある。大洋と大空の深さ、その浅い所がわれわれの高地と山脈である―異なった緯度と下層における表面の海の熱量。諸部分の転位可能性と密度の変化のため、その表面の熱を大気にいちばん近い層で保持しようとする海の傾向。塩水密度の最大限度―もっとも高い温度の水ともっとも濃い塩水のゾーンの位置。海峡における下の極地流および対流の温度の影響―さまざまな海の一般的水準と恒常的な場所的平行攪乱、潮の干満としての周期的攪乱。さまざまな海流、赤道海流あるいは循環海流、大西洋の湾岸暖流、それが受け取る遠方からの刺激。南太平洋の東部分におけるペルー寒流［通称フンボルト海流］―浅い所での温度―大洋には生命が漲っている。地中に根をおろす海藻灌木あるいは浮遊する広大な海藻群から成る小さな海底森林の影響。

(8)　地球のガス状覆い、大空―大気圏の化学的組成、透明性・偏光・気圧・気温・湿度・電圧―酸素と窒素の関係、炭酸成分・炭化水素・アンモニア蒸気・ミアスマ（瘴気）［大気中にある伝染病毒］―気圧の規則的（一時間毎の）変化。さまざまな異なった地帯の海辺における平均バロメーター値。等圧線曲線―バロメーターの風位羅針盤、風の回転法則と多くの気象学的プロセスの知見に対するその重要性。陸風と海風、貿易風とモンスーン―大気圏における気候による温度分布は、（液体および固体の表面空間の）透明と不透明の量塊および諸大陸の測高術的配置における相対的位置の作用である―等温線の曲率、水平方向と垂直方向において、平野と重なり合った大気層において。等温線の凹凸の先端―年間平均気温、各季節の、毎月、毎日の。列挙するのは、等温線の形態に見られる撹乱を呼び起こす、すなわち、地理的並行関係の位置からの偏向を惹き起こすさまざまな原因―等寒線と等暑線、冬と夏の同じ温度の線―気温を上昇あるいは低下させるさまざまな原因。地表の照射、その傾斜・色・密度・乾燥・化学的構成に応じて―雲の形は大気の上部で起こっていることを告げ知らせるもので、暑い夏空では、熱気を輻射する地面の「投影された像」である―湾岸と半島の多いすべての区分豊かな大陸が享受している島嶼性あるいは沿海性気候と内部の大陸性気候のコントラスト。東海岸と西海岸。南半球と北半球の違い―栽培植物の温度目盛、バニラ・ココア・バナナから下がってレモン・オリーブ・飲用ブドウまで。これらの目盛が果樹栽培の地理的分布に及ぼす影響。さまざまな果実の成熟の良し悪しの本質的な条件は、晴天と曇天のさいの直接光と分散光の差異である―アジアの西半島としてのヨーロッパの大部分に温和な気候をもたらしている諸原因の一般的記述—年間あるいは夏季温度の平均気温変化の規定、それは地理的緯度一度の進展に対応している。山間観測所と海面上に置かれた点の極地距離からの平均気温は同じ—高度とともに温度が減少する—万年雪の境界とこの境界の振動。現象の規則性における阻害の原因。北と南のヒマラヤ山脈。チベット高原の居住可能性。大気圏の蒸気量、一日の時刻、季節、緯度、高度に応じて。大気圏の最高度の乾燥は、北アジア、イルティシュとオビの河川地帯のあいだで観測された—照射の結果としての露。雨量—大気圏の電気と電圧の撹乱。雷雨の地理的配分。大気のさまざまな変化の予報。最重要の気候の撹乱は、観測地そのものの場所的原因にはない。それらは遥か遠いところで気流の平衡を阻害した事象の結果である。

⑼　自然学的地球記述は始原の無機的地上生活に限定されていない。それは有機的生命とその典型的発展における無数の階梯の範域を包括している—動植物の生活。海と陸において自然は生命に漲りあふれている、顕微鏡的なさまざまの生命形式が極地の氷の間、また両回帰線のあいだの深海にある。生命の地平はエーレンベルクのさまざまな発見により拡大された—動物と植物の有機体量（体積）の比較—ブドウ栽培の特殊な温度関係—植物と動物の地理学。有機体の遍歴は胚珠の中か、自分の運動器官による。分布範域は気候事情に依存している。植生分野と動物類のグループ分け。個別に、また群生する植物と動物。さまざまな植物相と動物相の性格は、ある緯度のもとで個々の科の支配によってではなく、多くの科のはるかに複雑な共生関係とそれらのさまざまな種の相対的な数値により規定される。自然の科のさまざまな形状は、赤道から両極へかけて増減する。数値は、異なった地帯で大きな科のいずれもが顕花植物のそこで成長する数量全体との関係において研

究される―人類はその同時に存在する種々のタイプの自然学的階梯と地理的分布において考察される。人種は変種。人間のすべての人種は、唯一の種のさまざまな形状である。人類は一つである―諸言語は人類の精神的創造物であり、精神の自然学の一部として国民的形式を明示している。しかし、さまざまな歴史的出来事により惹き起こされたのは、血統のひじょうに異なる諸民族のもとで、同一の語族による特有語法のようなものが見出されることである。

フンボルトは自然絵画を構成する二つの部門を多かれ少なかれ詳細に一巡し、最後に言語を持った地球の住人である人間の世界を概観したあと、ヒューマニズムの決定的な言葉をアリストテレスの権威に逆らってまで言い表わし、ふたたび兄ヴィルヘルムの古典主義的標語を援用する。

「人類が一つであることを主張することにより、われわれは、高次の人種と劣った人種がいるといういかなる不愉快な仮定にも反対する。より柔軟に形成可能な、より高く教化された、精神文化により洗練された部族は存在するが、より高貴な部族などけっして存在しない。すべての部族は平等に自由へと定められており、この自由は、比較的粗野な状態においては個人に、国家生活においてさまざまな政治制度を享受している場合は国民全体に権利として備わっている。歴史全体をとおし妥当性がますます拡大されて目に見えるようになる理念をわれわれが表示しようとするならば、また人類全体の完成ということはさまざまに異論を唱えられ、さらにもっと誤解されてきたが、何かある理念がそれを証明しているならば、それは〈人間らしさ〉という理念である。この努力は、あらゆる種類の偏見と一面的見解が敵意をもって人間のあいだに打ち立てたさまざまな境界を取り払い、全人類を宗教・国家・肌色にかかわりなく一つの大きな兄弟のような種族として、一つの目的、すなわち内面の力の自由な発展を達成するために存続している全体として取り扱おうとする。これは社会性最後の究極の目標であり、同時に人間の、彼の本性により彼の中へ設定された、自分の生存を未確定のものへ拡大しようとする方向性である。人間は、目のまえに広がる大地と、自分で発見可能な限り、星のきらめく夜空を内面的に自分のもの、彼に考察と活動のために与えられたものとみなす。子供はすでに、狭い故郷を取り巻く丘や湖をこえて行こうと憧れる。子供はまた再び（遍歴する）植物のような種類のものに戻ろうと憧れる。なぜなら、人間のうちなる感動的なもの美しいものは、願ったものと失ったものへの憧憬が彼をいつも守って、もっぱら瞬間に固執させるからである。人間の内奥の本性に深く根ざし、同時に彼のさまざまな至高の努力により切実なことは、種族全体を人間らしく善意をもって結びつけることを人類の歴史における偉大な指導理念の一つにすることである。」（二八七頁）

2　世界観の歴史としての『コスモス』第二巻

第一巻の序論的考察の終わりでフンボルトは、上記のように（三三二頁）「思想と言語は、古来、内的な相互関係にある。言語が描写に優美さと明瞭さを付与し、その持ち前の造形能力と有機的構造により、自然観全体の輪郭をはっきり際立たせようとする企てに有利に作用するならば、それは同時にほとんど気づかれないうちに、その生気づける息吹を充実した思想そのものに注ぐことになる」と強調し、ナショナリズムに陥ることなしに、『コスモス』執筆にさいし母国語のドイツ語を使えることの利点を充分に自覚していた。しかし最初からポピュラー・サイエンス的啓蒙を意図しない雄大な構想の科学的著述を「自然のさまざまな種類の楽しみ」で始めるというのは、きわめてユニークなことであった。同様に、ゲーテの『色彩論』歴史編に対応し世界観の歴史的展開の思想史を扱う『コスモス』第二巻も、物理的と異なった自然把握の仕方、すなわち詩的自然記述、風景画の歴史、造園と公園の設置という親しみやすい人文学的序論で導入されるのである。それは本来、ゲーテの色彩美学に対応する、人文主義的科学者フンボルトの抱懐する自然美の全美学である。当時としては類をみないインドや中国までを視野に入れた自然感情は、彼自身による「自然研究への刺激手段」の要旨において以下のように叙述されている。

Ｉ　詩的自然記述：観察の主要成果は純粋に客観的な科学的自然記述に属し、［第一巻の］自然絵画のところで提示された。今やわれわれが考察するのは、外的感覚器官により感受されたイメージの感情および詩的気分にある想像力への反映である―ギリシア人とローマ人の心性。両者において自然感情があまり豊かではなかったという非難について。自然感情の表われが比較的稀であったのは、大きな形式の抒情詩および叙事詩において自然記述的なものが単に添景として現われ、古代のヘレニズム芸術においてすべてがいわば人間性の圏内をめぐっているからにすぎない―春の祝歌、ホメーロス、ヘシオドス。悲劇作家たち、アリストテレスの散逸したある著作の断片。牧歌文学、ノンヌス、詞華集―ギリシア特有の風景―ローマ人：ルクレティウス、ウェルギリウス、オウィディウス、ルカーヌス、小ルティリウス。後代において詩的要素は思想の偶然的な飾りとして現われるのみである。アントニウスのモーゼル川讃歌。ローマの散文家たち：書簡に見られるキケロ、タキトゥス、プリニウス。ローマのさまざまな別荘の記述―心性の変化と、キリスト教の普及と隠者生活が生みだすさまざまな感情の描写。オクタヴィアヌス伝におけるミヌキウス・フェリックス。教父たちからの引用。アルメニアのイリス河畔の荒野における大バシリウス、ニュッサのグレゴリウス、クリュソストモス。陰鬱な感傷的気分―人種の違いの影響、それはさまざまな自然記述の色調に明らかになる、古代ギリシア人、さまざまなイタリア種族、北方のゲルマン人、セム語系の諸民族、ペルシア人、インド人の場合。最後の三つの人種における豊かな詩的文学が教えているのは、自然の楽しみが長い冬のあいだ欠如していることだけが、北のさまざまなゲルマン種族において自然感情が生きいきしている原因ではないだろうということである―ヤーコプとヴィルヘルム・グリムによる騎士詩人たちの恋愛詩とドイツ動物寓話詩。ケルト・アイルランドの自然詩―東西のアーリア民族（インド人とペルシア人）。ナマヤーナとマハバーラタ、サクンタラーとカリダーサの「雲の使者」。イラン高原におけるペルシア文学、ササン朝の時代以上に遡らない（テオドール・ゴルトシュトゥッカーの断片的手記）―フィンランドの叙事詩と歌謡、エリアス・レンロートの収集したカレリア人の口承文学―アラメア諸国。ヘブライ人の自然詩歌の中に一神教が反映している―古代アラビア文学。アンタルにおけるベドウィンの砂漠生活の叙述、アムルイル・カイの自然記述―アラメア・ギリシア・ローマの栄光が消滅したあとで、ダンテ・アリギエリが登場する。その詩的創作は時おり地上の自然生活の深い感情に息づいている。ペトラルカ。ボジャルドとヴィットリア・コロンナ。Aetna dialogus とベンボの Historiae Venetae における新世界の繁茂する植生の絵のような描写。クリストファー・コロンブス―カモンイスの『ウス・ルジーダス』―スペインの詩歌。アロンソ・デ・エルシリャの『アラウカナ』、修道騎士ルイ・デ・レオン、ルートヴィヒ・ティークによるカルデロン―シェイクスピア、ミルトン、トムソン―フランスの散文家たち：ルソー、ビュフォン、ベルナルダン・ド・サン＝ピエール、シャトーブリアン―中世における昔の旅行者たちの描写への回顧：ジャン・ド・マンデヴィル、ハンス・シルトベルガー、ベルンハルト・フォン・ブライテンバッハ。近代の旅行者との対比。クックの同伴者ゲオルク・フォルスター―「記述する詩歌」を独自の自立した文学形式とすることへの正当な非難が当てはまらないのは、踏査したさまざまな地帯のイメージを呈示し、直接の自然観照のさまざまな成果を言語により、すなわち表示する言葉の力により具象化しようとする努力に対してである。被造世界の広い圏域のあらゆる部分は、熱帯から寒帯に至るまで、心情におよぼす感激させる力を享受しているのである。

Ⅱ　風景画の自然研究の活性化におよぼす影響：古典古代において、諸民族の精神の特殊な方向性により、風景画はある地方の詩的叙述と同じく芸術の自立した対象ではなかった。フィロストラトス・シニア。情景図。ルディウス―インド人の風景画の痕跡はヴィクラマーディティヤ王の輝かしい時代に見出される―ヘルクラネウムとポンペイ―キリスト教美術、コンスタンティヌス大帝から中世初頭まで。手写本の細密画―ファン・アイク兄弟の歴史画における風景的なものの形成。十七世紀は風景画の輝かしい時期（クロード・ローラン、ロイスダール、ガスパールおよびニコラ・プッサン、エヴルディンゲン、ホッベマ、コイプ）―のちに植生のさまざまな形状における真実性を求める努力。熱帯植物の描写。ナッサウのモーリッツ王子の随行者フランツ・ポスト。エックホウト。観相学的描写をしようとする欲求—ほとんど達成されなかった世界的大事件：スペインとポルトガル統治下のアメリカにおける独立と法的自由の樹立（そこでは、両回帰線のあいだのアンデス山脈に人口の多い諸都市が、海抜一万三〇〇〇フィートまでの高さのところに横たわっている）。インド・オーストラリア・ハワイ諸島・南アフリカの増大する文化はいつか、気象学と記述自然学だけではなく、自然の相貌の図表的表現である風景画にも新しい躍進と雄大な性格をあたえるであろう—パーカーの円形絵画を利用する重要性—自然全体の概念、コスモスにおける調和的統一の感情が人々のあいだで活発になればなるほど、自然現象の総体を直観的画像へ形づくる手段は多様化される。

Ⅲ　異国趣味植物の栽培。植物の観相学的印象は、さまざまな栽培植物がこの印象を惹き起こしうる限りにおいてである—風景の造園：最初期の公園施設は中部アジアと南アジアにあった。聖なる樹木と神々の杜—東アジア諸民族の庭園施設。無敵を誇る漢王朝におけるシナの庭園。十一世紀末のシナの政治家司馬光の庭園詩。劉秀帝の指図。乾隆帝の自然を記述した詩—仏教のさまざまな関連した施設が特徴ある種々の美しい形状の植物の分布におよぼした影響。

『コスモス』第二巻の「書物のなかの書物」のような分量の本論は、「自然学的世界観の歴史」を主題にしている。第一巻本論の「自然絵画」を共時的見地からの自然像記述とすれば、第二巻は通時的見地からの自然像変遷の叙述である。それは「自然全体としてのコスモス概念の漸進的発展と拡大の主要契機」としてその主要時期を時代ごとに一幅の自然絵画として描き出しているので、古代中国からギリシア・ローマ、アラビアをへて大航海時代まで視野に入れた科学思想史の一大パノラマである。自然学的世界観の歴史は自然全体の理念的認識の歴史であって、天体空間および地球空間に作用するさまざまな力の協調を把握しようと努力する人間性の描写である。したがって、それが表示しているのは種々の見解の一般化における進歩のさまざまな時期であり、われわれの思想史および文化史の一部である。この部分が特にそうであるのは、感性的現象のさまざまな対象、球状となった物質の形態、それに内在しているさまざまな力に関係している限りである。

第一章1においてすでに指摘したように、世界観（Weltanschauung）という言葉は、一七九〇年、カントの『判断力批判』において「世界についての主観的表象」の意味で初めて用いられたといわれる。すなわち、主観が客観である世界を自分の内部に思い浮かべる表象である。十九世紀前半において、フンボルトが自然観について語ることはあまりなく、天と地における森羅万象の観照の意味で世界観という言葉を、自然哲学的というよりはもっぱら思想史的、とりわけ文化史的見地から用いている。その限りで、彼のいう世界観はまだ前科学的な哲学体系をさしている。事実、彼は第二巻の叙述において序論「自然研究への刺激手段」の文学的および美術的自然像から出発し、本論において航海術の発達に伴う世界像の拡大と、望遠鏡の発明による宇宙空間の再発見と数学によるさまざまな天体の探究および地球の宇宙論的発見のプロセスを以下の八つの時期にわけて叙述している。これらの時期の世界観的特色は『コスモス』第二巻目次の詳細な見出しにすでに要約されているが、それらは同時に世界発見における「自然学的世界観の歴史の主要契機」として説明されている。科学史が自然科学の個別分野の歴史であるのに対し、フンボルトのいう「自然学的世界観の歴史」は個別的自然認識から導き出された統一的世界像の形成を呈示しようとしているのである。

Ⅰ　地中海はコスモスという観念の漸進的拡大の基盤となった諸事情を叙述する出発点―この叙述に直結して古代ギリシア人の最初期文化―さまざまな遠洋航海の試み、東北へ（アルゴー号乗組員たち）、南へ（［旧約聖書ソロモン王が船を派遣した国］オフィル）、西へ（［多島海］サモスのコレウス）

Ⅱ　アレクサンドロス大王に率いられたマケドニア人の遠征―世界諸事情の変革―西方と東方の融合―ギリシア風文化はナイル河からユーフラテス河まで、［ウズベク共和国フェルガナの］ヤクサルテス川からインダス河にまで及ぶ諸民族の混血を促進する―世界観の突然の拡大、自己の自然観察および交易を営む古い文化をもった諸民族との交流により

Ⅲ　プトレマイオス王朝における世界観の増大―［アレクサンドリアの］セラペウムの博物館―この時期における科学的傾向特有の性格―百科全書的学識―地球および天体空間におけさまざまな自然の見方の一般化

Ⅳ　古代ローマの世界支配―一大国家連合がコスモス的見方におよぼした影響―国内交易による地理学の進歩―ストラボンとプトレマイオス―数学的光学と化学的知識の始まり―プリニウスによる自然学的世界記述の試み―キリスト教の成立は人類が一つであるという感情を生み出し助長した

Ⅴ　アラビア人の襲来―セム語族のこの部分の精神的柔軟性―ヨーロッパ文化の発展過程におよぼした異質な要素―アラビア人特有の国民性―自然とそのさまざまな力に従事する傾き―薬物学と化学―大陸内部における自然地理学・天文学・数学的諸科学の拡大

Ⅵ　さまざまな海洋発見の時代―西半球の開放―さまざまな事象と科学知識の拡大、これらの知識はさまざまな海洋発見により準備された―コロンブス、セバスティアン・カボート―ガマ―アメ

リカと太平洋―カブリーロ、セバスティアン・ヴィッカイーノ、メンダーニャ、キロス―自然学的地球記述の基盤となる極めて豊富な資料がヨーロッパ西部の諸民族にもたらされた

Ⅶ　望遠鏡の使用による天体空間におけるさまざまな大発見―天文学と数学の主要時期、ガリレイとケプラーからニュートンとライプニッツまで―惑星の運行法則と万有引力の法則

Ⅷ　これまで考察してきた一連の時期に対する回顧―世界全体の発展する認識におよぼす外面的出来事の影響―最近におけるさまざまな科学的努力の多面性と内的な連鎖―自然学的諸科学の歴史はコスモスの歴史としだいに融合する。

実際、「自然学的世界記述の限定と科学的取り扱い」に関する第一巻第二序論（三六三頁）は、自然現象の考察をいちおう歴史的に展開しながら、叙述するさいの本来果てしない研究範囲の限定と、その経験科学にもとづく高次の自然哲学的な取り扱い方の説明を目的としている。なぜなら、コスモスの星辰部分がケプラーやニュートン以来すでに確立されている古典的運動論でもっぱら説明されるのに対し、地上部分は急速に発達しつつある近代の物理学・化学・生物学的形態学の研究分野から多種多様な物質の性状に関する自然認識を得てこなければならないからである。そのうえ、いま挙げた諸教科が包括しているのはひじょうに複雑な物質的諸現象であるため、コスモス論の地球学的部門はまだ、天文学的部門が可能にしているのと同じ確実さで単純な取り扱いを受けることができない。また、自然の全体像を把握しようとする理念的考察は、地上の自然現象の純然たる経験科学的観察および分析とはおのずから異なっているのである。フンボルトはこの意味の「自然学的

世界観の歴史」を目次において点描しただけでなく、自然絵画の歴史的変遷の諸段階をさらに以下のように詳述している。

I　地中海の海盆は、コスモスの理念を拡大する試みの出発点—海盆形態の下位区分。アラビア湾［紅海］形成の重要性。二つの地層構造学的隆起システム北東—南西および南南東—北北西の交差—世界交流に対する後者の裂け目方向の重要性—地中海周辺に住んでいた諸民族の古い文化—ナイル渓谷、エジプト人の新旧の帝国—仲介する種族フェニキア人が広めたのは、文字（フェニキア記号）、交換手段としての硬貨、もともとバビロニアの度量衡。数字・算術・夜間航海。西アフリカのさまざまな植民地—ヒラム・サロモンの黄金の国オフィルとスパラへの探検旅行—ペラスゴイの原始エトルリア人とトゥスク人（ラーゼナー人）。トゥスク種族に特有の傾きは、自然のさまざまな力との親密な交流、いわゆる電光検査官と地下水脈探知—地中海周辺に住んでいる他のひじょうに古い文化諸民族。東方におけるフリジア人とリュキア人のもとでの教化の痕跡、西方ではトゥルデラー人とトゥルデターナー人—古代ギリシア勢力の始まり、中近東から移住してきた諸民族の大きな軍道。エーゲ海の島嶼世界はギリシアの文物と遠いオリエントのあいだに介在する中間項。北緯四八度の上でヨーロッパとアジアは平坦なステップ諸国により、相互に流れ込んでいる。スュロスのフェレキュデスとヘロドトスも、北のスキティア人のアジア全体をサルマーテ人のヨーロッパに属しているとみなしている—海上勢力、ドーリア人とイオニア人の生活がさまざまな植民都市へもたらされる—東方の黒海とコルヒス地方への進出。カスピ海の西海岸の最初の知見、ヘカタイオスに従い周回する東大洋と混同される。一連のスキタイ＝スコロート種族により、アグリッペール人、イッセドーネン人、黄金で豊かなアリマスペン人との交易。ヒュペルボレイオス人の気象学的神話―西方ではガーデスの門［ジブラルタル海峡］の開放、これらは長いこと古代ギリシア人に閉ざされていた。サモスのコレウスの航海。無際限なものへの眼差し、彼方のものへ向かう絶えざる努力。広大な自然現象、すなわち海洋の周期的膨張の精確な知見。

Ⅱ　アレクサンドロス大王のもとでのマケドニア人の遠征と、バクトリア帝国の長期にわたる影響―他のいかなる時期においても（一八五〇年後に起こった熱帯アメリカの発見と解明という出来事をのぞいて）人類の一部に一度に、より豊かな新しい自然の見方、コスモス的知識と比較民族学的研究の基礎づけのためのより大きな材料が提供されたことはなかった―この材料の利用、この素材の精神的加工は予備的方向性により容易にされ、その価値において高められる。この方向性はアリストテレスが哲学的思弁の経験的研究と、すべてを厳密に概念規定する科学的言語にあたえたものである―マケドニア探検隊は、言葉のほんらいの意味での科学的探検隊であった。オリエントのカリステネスはアリストテレスの弟子でテオフラストスの友人―地球とそのさまざまな産物の知見とともに、バビロンおよびすでに解散したカルデアの祭司階級のさまざまな観察を知ったことにより、天体の知見も著しく増大した。

Ⅲ　プトレマイオス王朝における世界観の増大―ギリシア人のエジプトが有していた長所は政治的統一である。世界におけるその地理的位置、アラビア湾の侵入はインド洋上の莫大な利益をもたらす交流を、地中海の南東沿岸の交易に数マイルも近づけた―セレウコス王朝は海上貿易の利点を享受せず、国民性が種々異なるサトラプ人によりしばしば脅威にさらされていた。河川と隊商街道により、ウッタラ＝クルとオクスス渓谷の北にいたセーラー人の高原との活発な交易―モンスーン季節風の知見。紅海をブバストゥスの上部でナイル河と結合するための運河の再開。この水路の歴史―プトレマイオス王家庇護のもとでのさまざまな科学的研究施設。アレクサンドリア博物館と、ブルヒウムおよびラコティスにあった二つの図書館。さまざまな研究に特有の方向性。素材を堆積する収集癖とならんで明らかになるのは、さまざまな見方の適切な一般化である―キュレネのエラトステネス。スュエネとアレクサンドリア間の緯度測定の古代ギリシア人による最初の試みは、ベ・マティステンの不完全な記載にもとづいている。同時の知識の進歩は、純粋数学・力学・天文学に見られる。アリステュルスとティモカレス。世界構造について、サモスの人アリスタルコス、バビロニアあるいはエリュトレ出身のセレウクスの見方。ヒッパルコスは科学的天文学の創始者かつ古代全体のみずから観測する最大の天文学者。ユークリッド、ペルガのアポロニウス、アルキメデス。

Ⅳ　大国家連合、ローマの世界支配がコスモス観の拡大におよぼした影響―大地の形態が多種多様で、有機的産物が種々異なっており、ベルンシュタイン海岸と、アエリウス・ガルスのもとでのアラビアへの遠隔地探検が行なわれ、長期の平和を享受していたので、ほとんど四世紀にわたる皇帝君主政体は自然知をもっと活発に促進できたであろう。しかしローマの国民精神とともに、個人の躍動する民衆的気質も消滅し、精神的なものを活性化する自由な状態の二つの支えである公共性と個性の維持が消失してしまった―この長い期間に自然の観察者として頭角をあらわしたのは、キリキア人のディオスコリデスとペルガモンのガレノスだけである。数学的自然学の重要な部分において、実験にさえ基盤をおく光学において最初の歩みを行なったのは、クラウディオス・プトレマイオスである―陸上交易のアジア奥地への拡張とミュオス・ホルモスからインドへの航海がもたらした物質的利益―ウェスパシアヌス帝とドミティアヌス帝のもとで、漢王朝の時代にシナの軍勢がカスピ海の東海岸まで侵入してきた。アジアにおける民族の流れは東から西へ向かい、新大陸においては北から南へ行く。アジアの民族移動は、トルコ系種族である匈奴が、ブロンドで青い目の多分インド・ゲルマン系種族のユエティ人とウジュン人を襲撃したことで始まる。それは万里の長城近くのことで、紀元前一五〇年のことである―マルクス・アウレリウス帝のもとでローマの使節団がトンキンを経由してシナの宮廷へ派遣された。皇帝クラウディオスはすでに、セイロンからのラチアスの国書を受領した。インドの偉大な数学者たち、ワラハミヒラ、ブラマグプタ、たぶんアルヤブハタさえこれらの時期より新しい。しかし、それ以前に別途、まったく孤独な仕方でインドにおいて発見されたものは、ディオファントスよりまえに、プトレマイオス王家の人々と皇帝たちのもとで極めて普及していた世界貿易により部分的にオクシデントへ入ってきていたかもしれない―この世界貿易の反映を明示しているのは、ストラボンとプトレマイオスの巨大な地理学的著作である。後者の地理学的命名法は、昨今、インド諸語と西イランのゼンド語の徹底的な研究により、かの遠隔地貿易のさまざまな結びつきの歴史的記念碑として認識された―プリニウスによる世界記述の雄大な企て。彼の自然と芸術の百科全書の特徴―世界観の歴史において、ローマの世界支配の長い継続的な影響は、統合し融合しながら作用し続ける要素であることが判明した。しかしながらキリスト教の普及がはじめて、新しい信仰が政治的動機からビザンツにおいて強引に国家宗教へ高められたとき寄与したのは、人類は一つであるという概念を呼び起こし、それを宗教諸派の惨めな争いの只中で、しだいに通用させるようにしたことである。

V　アラビア人部族の侵入。ヨーロッパ文化の発展過程への異質な要素の作用―アラビア人はセム語系の教化に対し柔軟な原始種族で、諸民族の動乱に襲われたヨーロッパを二世紀まえから覆っていた野蛮を、部分的に追い払ってくれた。彼らは古い文化を保存するだけではなく、それを拡大し、自然研究に新しい道を開いた―アラビア半島の自然形態。ハドラマウト、イェーメン、オマーンのさまざまな産物。ジェベル・アクダルとアズュルの山脈。ゲラはインド商品との交易の古い貨物集散地で、フェニキア人の居住地アラドゥスとテュルスに向かい合っている―半島の北の部分は、とりわけエジプトが近いことにより、アラビアのさまざまな種族がシリアとパレスティナの境界山脈およびユーフラテス河諸国に広まっていることにより、他の文化諸国家と活発な接触があった―自国の文化的素地。昔から世界的争いに介入。東西への出撃。ヒュクソスとヒムヤリートの族長アリエウス。ティグリス河畔のニームスの盟邦―隊商街道と人口の多い都市とならぶ、アラビア人の遊牧生活に特有の性格―ネストリウス派、シリア人、エデッサの医学的・薬学的学派の影響―自然とそのさまざまな力と交流する傾き。アラビア人は物理学的・化学的諸科学のほんらいの創始者となる。薬物学―アルマンズル、ハルン・アルラシド、マムン、モタゼムの輝かしい時期における科学研究施設。インドとの科学的交流。『チャラカ』と『ススルタ』ならびにエジプト人の古い技術の利用。詩的な回教君主アブドゥラーマンのもとで設置されたコルドバの植物園―自分の観察およびさまざまな器具の改良による天文学的努力。イブン・ユニウスによる時間測定器としての振り子の適用。アルハーゼンの光線屈折に関する仕事。インドの惑星表。月の黄径の摂動、アブル・ヴェファにより認識される。トレドの天文学者会議に、カスティリア王アルフォンスは律法学者とアラビア人を招聘した。メラガの天文台とそれがサマルカンドのティムール王ウルグ・ベイクに及ぼしたその後の作用。タドモールとラッカのあいだの平原における弧長測量―アラブ人の代数学は、インドとギリシアという、長いこと相互に独立して流れてきた二つの川から成立した。コヴァレスミーア人のモハメド・ベンムーサ、ディオファントゥスは十世紀末にはじめてアブルウェファ・ブヤーニによりアラビア語へ翻訳された―アラブ人たちにインド代数学の知見をもたらしたと同じ仕方で、彼らはペルシアとユーフラテス河でインドの記数法も取得した。それに加えポジションという意味深い巧みなやり方、すなわち、いわゆる桁の位置価値の使用。彼らはこの使用法を、シチリア対岸北アフリカの収税所へ移植した。恐らく真実のように見えるのは、西欧のキリスト教徒たちがアラビア人よりも先にインド数字に親しみ、アバクス体系の名のもとに九桁の数字の位どり使用をそのポジション数値に従って知っていたことである。ポジションはアジア奥地のスアンパンでもトゥスクのアバクスでもすでに現われている―アラビア人はギリシア研究の科学的（自然記述的、自然学的、天文学的）成果をほとんど専一的に愛好したが、彼らの持続的な世界支配が自由な一般精神文化と造形的に創造する芸術的センスを促進しうるものであったか否かは疑問である。

Ⅵ　大航海時代。アメリカと太平洋―さまざまな出来事と科学的知見の拡大は、空間におけるさまざまな発見を用意したものである―ヨーロッパの諸民族が地球の西の部分に精通するようになったことが、この項目の主題である。まさにそれゆえ、アメリカの寒帯と温帯がノルマン人によって疑いもなく最初に発見されたことは、同じ大陸がその熱帯部分において再発見されたことと全く区別されなければならない――バグダードの回教君主がまだアッバス朝のもとで栄えていたとき、アメリカは赤王エリクの息子ライフにより、北緯四一・五度まで見つけ出された。フェレエルネ諸島とナドッドにより偶然発見されたアイスランドは、スカンジナヴィアからアメリカへのさまざまな企ての中継基地、起点と見なすことができる。スコーレスビュランド（スヴァールバル群島）のグリーンランド東海岸も、ベフィン湾東海岸の北緯七二度五五分まで、ランカスター海峡とバロウ水道の入口も人間の訪れるところとなった。それ以前の（?）アイルランドの発見。ヴァージニアとフロリダのあいだの白人ランド。ナドッドのまえ、インゴルフのアイスランド植民地化のまえに、この島がアイルランド人（アメリカの大アイルランドから来た西の男たち）により、あるいはノルマン人によりフェレエルネ諸島から追放されたアイルランドの宣教師たち（神父と呼ばれるディクイルの聖職者たち）に居住されていたか否か――北欧の最古の伝承という国民的財宝は、故国における政情不安に脅かされてアイスランドへ移された。この国は三五〇年にわたり市民生活の自由を享受していた。伝承はそこで後世のために救われることになった。グリーンランドと新スコットランド（アメリカのマルクランド［ヴィンランド］）のあいだに一三四七年まで交易関係のあったことが知られている。しかしグリーンランドはすでに一二六一年にその共和国の政治体制を失い、ノルウェーの王室領地として、外国との、したがってアイスランドとの一切の交流を禁止されてしまった。ゆえに、あまり訝しくないのは、コロンブスが一四七七年二月にアイスランドを訪れたとき、西方に横たわる新大陸についてなんの情報も得られなかったことである。しかしノルウェーの港ベルゲンとグリーンランドの間にはまだ一四八四年まで、商取り引きがあった――世界史的に、新大陸のノルマンによる最初の発見という効果のない孤立した出来事と全く異なっていたのは、その熱帯部分のクリストファー・コロンブスによる再発見であった。もとより、この航海者は東アジアへの近道を探し求めていただけで、ぜんぜん意図していなかったのは、新しい大陸を発見したり、アメリゴ・ヴェスプッチと同様その死まで信じていたように、東アジアの海岸と別のものに触れたりすることであった―十五世紀末と十六世紀初頭における航海術上のさまざまな発見が観念の世界を豊かにするのに及ぼした影響がはじめて理解できるのは、コロンブスをアラビア人のあいだで栄えていた科学文化から切り離している数世紀を一瞥する場合である―コロンブスの時代に独特の性格を付与していたもの、地球認識の拡大を求め着々と成果を挙げる間断なき努力という性格は次のようなものであった。すなわち、少数の大胆な人物たちの登場（アルベルトゥス・マグヌス、ロジャー・ベーコン、ドゥンス・スコトゥス、ウィリアム・オッカム）、彼らは自由闊達な自主的思考、個々の自然現象の探究に刺激をあたえた。［広義の］ギリシア文学のさまざまな著作に改めて親しむこと、印刷術の発明、モンゴル君主への修道士使節団の派遣、東アジアと南インドへの通商目的のさまざまな旅行（マルコ・ポーロ、マンデヴィル、ニコロ・デ・コンティ）、航海術の改善。羅針盤の使用あるいは磁石の北と南の指示についての知見、それはアラビア人をとおしてシナ人のお陰である―カタルニア人の熱帯アフリカの西海岸への初期の航海。アゾレス群島の発見、一三六七年のピチガーノの世界地図。コロンブスのトスカネリとマルティン・アルフォンソ・ピンソンとの関係。ファン・デ・ラ・コサののちに認識された地図―南海とその島々―大西洋における偏差のない磁気曲線の発見。等温線の屈曲に関する所見。アゾレス群島西における一〇〇海里。自然学的境界線は政治的境界線へ変えられる。

ローマ法王アレクサンデル六世の一四九三年五月四日付境界線―熱配分の知見。万年雪の限界は地理学的緯度の機能として認識される。大西洋海溝における水流の動き。大きな海藻草地―宇宙空間の見方の拡大。南天の星辰を知ることは、科学的知見というよりは静観的事柄―船の位置を測定する方法の改良。ローマ法王による境界線を確認する政治的欲求は、実践的経度測定方法への衝動を増大させる―アメリカの発見と最初の植民活動、喜望峰の岬を周航する東インドへの航海と時を同じくしているのは、芸術の最高の開花、宗教改革による精神的自由の部分的獲得、これは政治的大革命の序幕。ジェノヴァの航海者［コロンブス］の勇気は、さまざまな運命的出来事の無限の連鎖における最初の環である。アメリゴ・ヴェスプッチの欺瞞や策略ではなく、偶然がアメリカ大陸からコロンブスの名を奪ってしまった―新大陸が種々の政治制度、旧大陸における諸民族のさまざまな観念と趣味傾向におよぼした影響。

Ⅶ　望遠鏡の適用による天体空間における大発見の時代。これらの発見は宇宙構造のより精確な見方により準備された―ニコラウス・コペルニクスは、コロンブスがアメリカを発見したときすでに、クラクフの天文学者ブルトツェウスキーと一緒に観測していた。ポイエルバッハとレギオモンタヌスによる十六世紀と十七世紀の理念的連鎖。コペルニクスは自分の宇宙体系をけっして仮説としてではなく、明確な真理として提示した―ケプラーと、経験的に彼により発見された惑星軌道の法則―望遠鏡の発明。ハンス・リッペルスヘイ、ヤコブ・アドリアンス（メティウス）、ツァハリアス・ヤンセン。望遠鏡で見ることの最初の実り、月の山脈風景、星群と銀河、木星の四つの衛星、土星の三様形態、金星の三日月形態、太陽の黒点と太陽の自転期間―天文学の運命とその基礎づけの運命にとって記念すべき時期を画しているのは小さな木星世界の発見である。木星の種々の衛星は光の速度発見をうながし、この速度の認識に導かれて説明されたのが、恒星の光行差楕円、すなわち地球の並進的運動の感性的証明である―ガリレイ、ジーモン・マリウス、ヨハネス・ファブリツィウスのさまざまな発見に続いたのは、ホイヘンスとカッシーニにより土星の衛星が見出されたことである。それからチルドレイにより黄道光が孤立した周行する星雲リングであること、ダーヴィッド・ファブリツィウス、ヨハネス・バイヤー、ホルワルダにより恒星の変転する光の交替が見つけ出された。アンドロメダ座の星のない星雲はジーモン・マリウスにより記述された―十七世紀はその始まりにおいて、ガリレイとケプラーによる天体空間に関する知見の突然の拡大に、その終わりにおいては、ニュートンとライプニッツによる純粋な数学知識の進歩にその主要な輝きを負っている。とはいえ、この偉大な時代においても、物理学的諸問題の最重要な部分は、光・熱・磁気のさまざまなプロセスの中で実り多い研究成果をあげた。二重光線屈折と偏光、グリマルディとフックにおける干渉の知見の痕跡。ウィリアム・ギルバートは磁気と電気を分離する。磁気線が偏差なしに周期的に進展する知見。ハレーが早期に推測した、極光（地球の発光）が磁気現象であるということ。ガリレイの温度差測定器とそれを一連の規則的な毎日の観測のために、異なった高さの観測所で利用する。輻射熱に関する研究調査。トリチェリの管とその中の水銀柱の示度による高度測定。気流と、地球の自転がそれに及ぼす影響の知見。さまざまな風の回転法則、ベーコンにより予感される。Academia del Cimento の実験を通しての数学的自然哲学の創始におよぼした幸いな、しかし短期の影響―湿度を測るさまざまな試み、凝結湿度計―電気的プロセス、地上の電気。オットー・フォン・ゲリッケはみずから惹き起された電気の最初の光を見た―気体化学の始まり。さまざまな金属の酸化にさいし観察された重さの増加。カルダームスとジャン・レイ、フックとメーヨ。大気中の基本物質（硝酸カリウム的なもの）に関するさまざまな考え。この物質は石灰化［酸化］する金属に加わり、あらゆる燃焼プロセスと動物の呼吸に必須不可欠とされる―物理学的および化学的知識の地層構造学のさらなる形成への影響（ニコラウス・ステノ、スチラ、リスター）。海底と沿岸諸国の隆起。あらゆる地層構造学的現象の最大なもの、地球の数学的形態において、太太古の状態が明瞭に反映している。すなわち、自転する量塊の原始的な液状状態と、その回転楕円体としての硬直化。異なった緯度における測度［弧長測量］と振り子実験。極地の扁平。地球の形態はニュートンにより、理論的根拠から認識される。こうして、ある力が見出され、ケプラーの法則はその作用の必然的帰結である。このような力の存在はニュートンの不朽の名著『プリンキピア』の中で解明されているが、その発見はほとんど同時に開かれた微積分法とともに、新しいさまざまな数学的発見への道であった（ニュートン著、岡邦雄訳『プリンシピア』上下、春秋社、一九三三年）。

Ⅷ　現代におけるさまざまな科学的努力の多面性と緊密な連鎖。世界観の歴史における主要契機への回顧、これらはさまざまな大事件に結びついている―現在のすべての知識が多面的に結合されていることにより、個々のものの区別と限定が困難になる―知性は引き続き偉大なものを、自分の内的な力により、あらゆる方向に向かって生みだしていく。自然学的諸科学の歴史は、こうして次第に、自然全体という理念の歴史と融合していく。

3　原著第三巻（一八五〇年）「星辰の世界」序論

『コスモス』第三巻序論の冒頭に要約されているように、フンボルトはすでに刊行ずみの原著二巻において自然を二重の視点から考察してきた。彼がそれを描写しようと試みたのは、まず外面的現象の純粋な客観性においてであり、次に五官により感受された自然が人間の内面、その観念の圏域と感情に及ぼす反映においてである。予定された第三巻において留保されているのは、不足しているものの多くを補充し、さまざまな科学的現状のもとになっている種々の観察結果を主として叙述することとあった。コスモス論において時代を先取りするフンボルトの科学的卓見は、経験的知識を欠いた古代イオニア派の自然哲学が、近代の経験科学により取って替わられなければならなかったこと、しかしこの新しい自然認識はふたたび哲学的に考え直されなければならないという、深められた高次の自然哲学の要請となって言い表わされている。フランス語の表示「タブロー」は十七世紀百科全書派の図解的タブロー以来ヨーロッパにおいてほんらい周知の概念であって、ヘルダーやシラーにおいて文学的タブローとしての歴史的記述や紀行文的自然記述あるいは美術的タブローとしての風俗画や自然画へと発展させられていった。そして、フンボルトにおいて世界概念が地球上の自然から宇宙空間の星辰の領域へと拡大されたとき、両者を包括する自然絵画には「一般的」という形容詞が付されるか、「世界絵画」と言い換えられるようになった。ゆえに、「われわれは宇宙空間の深淵とはるかかなたの星雲の領域から始める」（三四四頁）という見方が表明されるのである。すなわち、在来の自然学的地球記述と異なり、フンボルトは拡大された世界概念にもとづき、地上からではなく、天上から大自然の考察を始めるのである。

もともとフンボルトは専門の天文学者ではなかった。青年時代から彼の最大の関心事は大地を覆うカーペット植物界であり、彼は新しい科学である「植物地理学」を創始した研究者であった。彼は南米の探検旅行中たえず星辰の位置を地磁気とともに測定していたとはいえ、それは主として山々の高度と地表の緯度・経度を確認するためであった。しかしながらヨーロッパに帰ったあと、フンボルトはフランス人の親友で天体物理学者のアラゴとパリ天文台の研究室において起居を共にするうちに、日進月歩する科学としての天文学をごく身近に感じるようになったようである。地球は太陽系の比較的取るに足りない一部であり、太陽系そのものも大宇宙の中のささいな一環を成しているにすぎない。そこで彼も、自然現象全体にたいする眼差しをもはや地球に限定していることができなくなった。地上の個々の事物は計り知れない全被造世界にその生存を負っており、それらの存在と生成はこの全体との関連からのみ認識されるからである。フンボルトが地球を研究しながら、同時に宇宙空間に眼差しを向け、光の源である太陽をふくむ無数の恒星、周行するさまざまな惑星、長い間隔をおいて周期的に現われる数々の彗星、感覚的というよりは精神的に直観された宇宙全体を支配する運動や電磁気の法則に注意を払うようになった所以である。事実、彼の叙述がもたらした天文学的研究成果は、ドイツの読者たちにとっては最新の情報であった。以下においては筆者の注解につづき第三巻の要旨のあとに若干の省略をのぞき掲載されるのが『コスモス』第三巻の「星辰の世界」序論全文である。

【要旨】これまで為されたことの回顧。自然は二重の視点から考察される、外面的現象の純粋な客観性と人間の内面への反映において―さまざまな現象の意義深い連続はおのずからそれらの因果関係へと通じている―個々のことがらの列挙にさいし完璧を期することは意図されない、とくに創造的な想像力の影響下に反映された自然像の叙述にさいして。現実のあるいは外的世界とならんで成立するのは、理想的な内的世界である。これは自然学的に種々の神話に満ち、部族と気候風土に従って異なり、何世紀にわたり後の世代に伝承され、明瞭な自然の見方を濁らせていく―コスモス的諸現象の認識はもともと完成されえない。

経験的諸法則の発見、さまざまな現象の因果関係の探知。世界記述と世界の解明。存在するものにより、生成の小部分が明らかにされる―世界解明のさまざまな発展段階、自然秩序を理解するためのさまざまな試み―古代ギリシア民族精神の最古の根本的直観、イオニア派のさまざまな生理学的［自然学的］ファンタジー。科学的自然考察の萌芽。説明の二つの方向性、物質的諸原理（エレメント的元素）および濃縮と希薄のプロセスを想定する。遠心力による回転、さまざまな渦巻き理論―ピタゴラス学派、適度と調和の哲学。自然学的諸現象の数学的取り扱いの始まり―アリストテレスのさまざまな自然学的論述による世界秩序と世界統治。運動の伝達はあらゆる現象の根拠とみなされる。アリストテレス学派の関心はあまり種々の物質の差異に向けられていない―根本理念とフォルムにおけるこの種類の自然哲学は中世へ伝えられていく。

ロジャー・ベーコン、ヴィンセンツ・フォン・ボヴェの「自然の鏡」、アルベルトゥス・マグヌスの「自然の書」、枢機卿ピエール・ダイイの「世界像」―ジョルダーノ・ブルーノとテレジオによる進歩―コペルニクスにおける質量牽引力としての重力の明瞭な表象―ケプラーによる万有引力説を数学的に適用する最初の試み―デカルトの著述「コスモス」は雄大に着手されたが、死後長らくして断片的に刊行されたのみ。ホイヘンスの「コスモス論」はその壮大な名称にふさわしくない。ニュートンとその著作『プリンキピア』―世界全体の認識を求める努力。一般物理学全体を重力の法則から有機的生物体の形成するさまざまな活動に到るまで唯一の原理へ還元させる課題は解決可能だろうか。知覚されたものは、知覚可能なものにはるかに及ばない。経験が完全なものになりえないことにより、変わりやすい物質を物質のさまざまな力から解明する課題は、不確実なものになる。

（前略）コスモスに関する私の著作の根本原理を、二十年以上もまえに私はパリとベルリンで行なったフランス語とドイツ語の一連の講義において展開した。それは世界の諸現象を一つの自然全体として把握しようとする努力に含まれている。私が示そうとしたのは、これらの現象における個々のグループの中に、それらに共通の諸条件、すなわち、大いなる諸法則の支配が認識されたことである。これらの法則からそれらの因果関係の探究へと遡っていくことができる。世界プランすなわち自然秩序の理解を求めるこのような衝動は、特殊なものの一般化、諸条件の認識で始まり、これらの条件のもとでさまざまな自然学的変化は一様に繰り返し明らかにされる。その衝動が導いていく考察の対象は、経験がわれわれに提供するものではあるが、「思弁と思考の展開だけによる世界の見方、経験から隔離した絶対的統一論のためではない」。ここでもう一度繰り返すが、われわれは、人々がわれわれのすべての感性的直観を統一的自然概念へと集中できるとみなした時点から遥かに離れている。この確実な方法は、フランシス・ベーコンより一世紀もまえにレオナルド・ダ・ヴィンチにより提唱され、簡潔に表示された。「経験から出発するとは、経験により理性にかなったものをあらわにすることである。」諸現象の多くのグループにおいて、われわれはもちろんなお、経験的な諸法則の発見で満足しなければならない。しかし、あらゆる自然研究のめったに到達されない最高の目標は、因果関係そのものを探知することである。きわめて満足すべき明白さと明証性が支配しているのは、法則的なものを数学的に規定可能な説明根拠へと還元することができる場合である。自然学的世界記述は個々の部分においてのみ世界の説明である。両方の表現はまだ同一と見なすことができない。ここでその制約が表示されている精神的作業に備わっている偉大なもの、荘重なものは、無限なるものを求める努力という喜ばしい意識であって、それが把握しようとするのは、存在するもの、生成するもの、創造されたものが尽きることのない無際限の充溢さでわれわれに啓示するものである（一〇一頁）。

何世紀にもわたり作用し続けているこのような努力により、人々がしばしば多種多様なかたちで陥らざるをえなかった錯覚は、目標を達成して、物体世界のすべての変化するもの、すべての感性的に知覚可能な現象の総体が説明されうる原理を見出したと思い込むことである。長い間、古代ギリシア民族精神の最初の根本的見方により、形成し変形したり破壊したりする自然力のなかに、精神的な威力の支配が人間の姿をとって崇敬されてきたが、その後、イオニア派のさまざまな生理学的［自然学的］ファンタジーの中で科学的自然考察の萌芽が発達してきた。事物の成立の始原的根底、あらゆる現象の始原的根底は二つの方向で導き出された。すなわち、具体的な物質（いわゆる四大）のような原理、いわゆる自然エレメントの仮定から、あるいは希薄と濃縮のプロセスから、機械論的あるいは動的見方に従ってである。多分もともとインドに由来する四つないし五つの異なった物質的エレメント［四大］という仮説は、エンペドクレスの教訓詩からはるか後代に至るまで、あらゆる自然哲学体系に混ぜ合わされていた。それは人間の欲求に対する太古からのあかしと記念碑で、さまざまな力の中だけではなく、種々の物質の質的本性の中にさまざまな概念の一般化と単純化を求めて努力するのである。

イオニア生理学［自然学］ののちの発展において、クラゾメナイのアナクサゴラスは、物質のたんに運動する力の仮定から高まり、あらゆる物質から分離した、その同種の最小部分を分解する精神（霊）という理念に達した。世界を秩序づける理性（ヌース）が継続的に進行する世界形成、あらゆる運動、したがってまたあらゆる自然学的現象の源泉を支配しているというのである。遠心的振動の衰えは上述のように（第一巻「自然絵画」天文学部門）隕石の落下を惹き起こすのであるが、それを仮定することによりアナクサゴラスは、外見上の（東西への）天体の回転を説明している。この仮説はさまざまな回転理論の出発点を表示し、これらの理論は二千年以上たってからデカルト、ホイヘンス、フックによりコスモス的に大きな重要性を獲得することになった。クラゾメナイ出身の人の、（ヌースの意味の）世界を秩序づける精神（霊）が神性自身あるいは汎神論的にあらゆる自然生命の精神的原理を表示しているだけなのか否かということは、本書に疎遠な問題である。

イオニア派二つの流派と著しい対照をなしているのは、ピタゴラス学派の宇宙を同様に包括する数学的象徴性である。眼差しが一面的に向けられたままなのは、感性的に知覚可能な自然現象の世界のなかで、形成における法則的なもの（五つの基本形）、数・適度・調和・対立の諸概念に対してである。事物は数のなかに反映され、これらはいわばそれらの「模倣する描写」（ミメーシス）である。事物の本質は数の諸関係として、それらの種々の変化と変形は数のさまざまな結合として認識されうる。プラトンの自然学も、万有の中のさまざまな物質とそのあらゆる段階の変化の本性を物体の種々の形状、これらを最も単純な（三角形の）平面図形に還元しようとするさまざまな試みを呈示している。しかしプラトンがやや不満そうに述べているように、究極の諸原理（いわば諸エレメント）が何であるかは、「神と、人間のなかで神に愛された者のみぞ知る」である。自然学的諸現象のこのような数学的取り扱い、原子論的思考の完成、適度と調和の哲学は、後代になっても自然科学の発展に影響をおよぼし、ファンタジーにふける発見者たちを、自然学的世界観の歴史が明示しているさまざまな邪道へ導いていった。「音・数・線に啓示されるような時間と空間の単純な諸関係には、古代全体から讃美された魅惑的な魔力が宿っている。」

世界秩序と世界統治の理念は、アリストテレスの著述のなかで、浄化された崇高なかたちで現われてくる。自然のあらゆる現象は、自然学的講述（Auscultationes physicae）のなかで、普遍的な宇宙力の運動する生命活動として叙述されている。「世界の（みずから）不動の（すべてを）動かす者」に天と自然（さまざまな現象の地上の範域）は依存している。あらゆる感性的な変化の「指図者」と究極の根拠は、非感性的なもの、あらゆる物質から切り離されたものと見なされなければならない。さまざまの物質の異なった力の統一的発現は主要原理に高められ、これらの種々の力の発現そのものは絶えずさまざまの運動に還元される。こうして、いわゆる「霊魂の書」の中にすでに、光の波動説の萌芽が見出される。見る感覚は視覚と見られた対象の間にある媒体の振動ないし運動によって起こり、対象あるいは眼から流れ出たものによってではない。聴覚は視覚と比較される。音響は同様に、空気振動の結果だからである。

アリストテレスは、思考する理性の活動により知覚可能な個物の特殊なものの中に普遍的なものを探究することを教えながら、つねに自然の全体、種々の力だけではなく有機体のさまざまな形態の内的関連をも包括する。動物の諸部分（器官）に関する書のなかで彼はさまざまな存在物の低次の形から高次の形へ上昇する（一種の進化論的）階梯に対する信念を明瞭に言い表わしている。自然は進行する不断の発展プロセスにおいて、生命のないもの（エレメント的なもの）から植物をへて動物へ移行していく。最初は「まだ本来の動物などではないが、これと非常に親近性があるので、全体としてこれとほとんど区別できない」。さまざまな形成物の移行過程において「中間段階はほとんど人目につかない」。コスモスの大問題は、アリストテレスにとって自然の統一性である。彼が奇妙に興奮した調子で述べているように、「自然の中には、拙い悲劇作品におけるように、関連なく挿入されたものは何もない」。

全一的なコスモスのあらゆる現象を一つの説明原理に従属させようとする自然哲学的努力は、深遠な哲学者かつ精確な自然観察者のすべての自然学的著述において見誤ることはできない。しかし知識の乏しい状態、実験方法すなわち特定の条件のもとで諸現象を呼び出す方法に未知であることに妨げられて、彼は小さなグループの自然学的プロセスさえ、その因果関係において捉えることができなかった。すべてが絶えず繰り返される寒暖、乾湿、幼稚な濃淡という単純な対立へ還元された。それればかりではなく、物体世界におけるさまざまな変化は一種の内的不和軋轢（Antiperistase）により惹き起こされるとされ、これは対立する分極性というわれわれの現在の（ゲーテ的）仮説、喚起されたプラスとマイナスという対照を思い出させる。すると、諸問題の一見解決したように思われた事柄はさまざまな事実そのものを包み隠したまま再現させ、普段はいつも簡明きわまりないアリストレスの文体は、気象学的あるいは光学的プロセスの説明においてしばしば自惚れた冗長さに陥り、少し古代ギリシア的な多弁を弄するようになる。アリストテレスの感覚はさまざまな物質の差異ではなく、むしろ全く運動に向けられているため、地上のすべての自然現象を天体運動のインパルス、天体範域の回転に帰そうという根本理念が繰り返し現われ、予感され好んで論及されはするが、絶対的な厳密さと明確さで描写されることはない。

私がここで用いているインパルスという言葉は、運動の伝達を地球上のあらゆる現象の根拠として暗示しているだけである。汎神論的見解はまったく除外されている。神性は最高の「秩序づける統一性のことであって、これは全世界のあらゆる圏域において啓示され、自然のいかなる個物にもその規定性を付与し、絶対的な威力として万物を統合している」。目的概念と目的論的見解が適用されるのは、従属的な自然プロセス、始原的な無機的自然のプロセスにではなく、とりわけ動植物世界の高次の有機組織に対してである。目立つのは、これらの学説において神性はいわば星の世界の精霊たちを用い、これらが（質量分配と摂動のことに精通しているかのように）もろもろの惑星をその永遠の軌道上に維持するすべを知っていることである。そのさい星辰が明らかにするのは、感性的世界における神性のイメージである。（中略）私が比較的長く古代自然観の最も輝かしい時期のもとに留まったのは、一般化の最初期のさまざまな試みに近代の試みを対比させるためである。数世紀にわたる思想運動はコスモス観の拡大という見地から本書の他の箇所で叙述されたが、そのなかで際立っているのは、十三世紀末と十四世紀初頭である。（中略）アリストテレス自然学のイタリア人反対者たちのなかで、コゼンティナ出身のベルナルディノ・テレジオは合理的自然科学の創始者と目される。受動的に振舞う物質のあらゆる現象は、彼により二つの非物体的な原理（活動、さまざまな力）、温暖と寒冷の作用とみなされる。有機的生命全体、「精霊を宿す」植物と動物もかの永遠に不和軋轢状態にある力の産物であり、それらのうちの一つ、温暖は天上の範域、他の寒冷は地上の範域に属している。

もっと奔放なファンタジーに駆られて、しかし深い探究精神に恵まれたノラ出身のジョルダーノ・ブルーノは、三つの著作『原因、原理及び一者について』（De la Causa, Principio e Uno）『無限、宇宙及び無数の世界に関する省察』（Contemplationi circa lo Infinito, Universo e Mondi innumerabili）『極小と極大について』（De Minimo et Maximo）において世界全体を包括しようと試みた。コペルニクスの同時代者テレジオの自然哲学において少なくとも認められる努力は、物質のさまざまな変化をそれらの根本的な力のうちの二つに還元させようとしていることである。「これらは外部から作用していると考えられる」が、ボスコヴィッチとカントの動的一般物理学における牽引と反発という根本的な力に似ている。ノラの人のコスモス的見解はまったく形而上学的である。それらは感性的諸現象の原因を物質そのものの中に探求するのではなく、触れるのは「自発光する種々の世界に満ちた無限の空間、精霊の宿るこれらの世界、最高の知性である神の宇宙との関係」である。数学の知識に乏しかったとはいえ、ジョルダーノ・ブルーノはその恐ろしい拷問死まで（野田又夫『ルネサンスの思想家たち』岩波新書）、コペルニクス、ティコ・ブラーエ、ケプラーの熱狂的な讃美者であった。ガリレイの同時代者であったため、彼はハンス・リッペルスヘイ（一五七〇―一六一九頃）とツァハリアス・ヤンセンによる望遠鏡の発明を経験しておらず、したがってまた［衛星を伴う］「小さな木星世界」、［三日月形の］金星の位相、星雲の発見も知らなかった。彼は lume interno, ragione naturale, altezza dell' intelletto と名づける世界の知的統一に満腔の信頼を寄せ、恒星の運行、彗星の惑星状の本性、球形からそれた地球の形状に関する幸福な予感に身をゆだねた。ギリシアの古代もこのような天文学的予想に溢れ、これらはのちに成就された。

以上に列挙したコスモス的諸関係の主要形式と主要時期に関する思想的発展においてケプラーは、ニュートンの不朽の名著『自然哲学の諸原理』（Principia Philosophiae Naturalis）の刊行七十八年もまえに、万有引力説の数学的適用にもっとも近かった。折衷学派の学者ジンプリチウスは一般的に次の原則を言い表わしただけであった。「さまざまな天体の落下が惹き起こされないのは、回転（遠心力）が自分の落下力、下降にたいして優勢を保っているからである。」アモニウス・ヘルメエの弟子であったヨハンネス・フィロポヌスは、天体の運行を、「始原的な衝撃と続行する落下傾向」に帰した。またすでに所見を述べたように、コペルニクスは惑星世界の中心としての太陽、地球および月のなかで作用している重力の一般的な概念を記念すべき言葉で表示しただけであった。（コペルニクスの天文学的偉業については『コスモス』第二巻Ⅶに詳述したとおりであるが）、これに対しケプラーの著書『火星について』（De Stella Martis）の序論において見出されるのはまず、地球と月がそれらの質量に応じて相互に及ぼす牽引力についての数量的記載である。彼は明確に潮の干満を、月の牽引力（virtus tractoria）が地球にまで達していることの証明として挙げている。「磁石が鉄に及ぼす力に似ている」この力は、地球が水を牽引することを止めるならば、地球から水を奪ってしまうであろう。（中略）

ケプラーより多種多様な自然についての知見に恵まれ、数学的物理学の多くの部分の創始者であるデカルトは、『宇宙論』（Traité du Monde）ないし『哲学大全』（Summa Philosophiae）と名づけられた著作のなかで、さまざまな現象の世界全体、天体の範域と、地上の無機的および有機的自然について知っていたすべてのことを包括しようと企てた。動物の有機体制、とくに人間の有機体制のために彼は十一年間もきわめて真剣な解剖学的研究を行ない、それをもってこの著作を完結しようとした。メルセンヌ神父との往復書簡のなかで見出されるように、彼はしばしば、仕事がなかなか進捗しないこと、膨大な研究資料を整然と配列することの難しさを嘆いている。デカルトがいつも自分の世界（son Monde）と呼んでいた「コスモス論」は、一六三三年の末についに印刷に付されることになっていた。ところが、ガリレイがローマの宗教裁判において断罪されたという噂が四か月後に初めて、一六三三年十月にガッセンディとブイロウによって広められたため、万事取り消しとなり、多大の労苦をかけて念入りに完成された著作は後世から奪われてしまった。「コスモス」が出版されなかった動機は、デヴェンテルでの隠棲における安息への愛着ならびに、地球の惑星運動に反対するローマ法王の判決に敬意を表さないことになるという敬虔な憂慮であった。一六六四年になって初めて、ゆえに哲学者の死後十四年にして、いくつかの断章が『宇宙もしくは光論』

(Le Monde ou Traité de la Lumière) という表題で印刷された。ところが、光について扱っている三つの章は、全体の四分の一にも満たないのである。これに反し、もともとデカルトの「コスモス」に属していた、さまざまな惑星の運動と太陽からの距離、地磁気、潮の干満、地震、火山に関する考察を含む章節は、有名な著作『哲学原理』(Principes de la Philosophie) の第三部と第四部へ移されている。(中略)

名著『プリンキピア』(Philosophiae Naturalis Principia mathematica) の不滅の著者が成功したのは、コスモスの全天文学部門を、その諸現象の因果関係において、すべてを支配する運動という全一的な根本的力の想定により把握することである。ニュートンが最初に、自然学的天文学を力学の大問題の解決へ、数学的科学へと高めたのである。いかなる天体であれ物質の量が牽引力の尺度となる。この力は、距離の二乗に反比例して作用し、惑星だけではなく宇宙空間のすべての星辰が相互に及ぼすさまざまな摂動の大きさを規定する。しかし、その単純さと普遍性によりかくも驚嘆にあたいするニュートン万有引力の定理は、そのコスモス的適用において、天文学の範域に限定されているのではなく、それはまた、部分的にまだ究められていないさまざまな方向性で、地上の諸現象を支配している。それが解明の鍵となっているのは、海洋と大気圏における種々の周期的運動、毛管現象、内浸透その他多くの化学的、電磁気的、有機的プロセスの諸問題の解決に対してである。ニュートン自身がすでに区別したのは、すべての天体運動および潮の干満現象に現われてくる質量牽引力と、分子牽引力である。この力は、無限に小さな距離において微細きわまる接触のさいにも作用するのである。

このように、感覚世界において変化するものを唯一の根本原理へ還元しようとするあらゆる試みにさいし示されるのは、万有引力の学理が最も包括的な、コスモス的に最も有望なものだということである。もっとも、現代において化学量論（さまざまな化学元素の算定法および気体混合の量的割合）が輝かしい進歩を成し遂げたにもかかわらず、物質論におけるすべての物理学的理論が、必ずしもまだ数学的に規定可能な説明根拠へと還元されたわけではない。いろいろな経験的法則は発見されており、原子論的思考あるいは粒子論的哲学の見方が広まるにつれ、多くのことが数学に接近しうるものになった。しかし、［エレメント的な］さまざまな物質が限りなく相互に異質であり、いわゆる質量微粒子の集積状態が多種多様であることは、かの経験的諸法則がまだ接触牽引力理論から確実に展開されえないことを実証している。この確実性を呈示しているのは、質量牽引力あるいは重力の理論から基礎づけられたケプラーの偉大な経験的三大法則である。

しかしニュートンは、天体のすべての運動が同一の力の結果であることをすでに認識していた同時期に、引力そのものをカントのように物質の根本的な力ではなく、彼には未知の高次の力から導き出されるもの、あるいは「宇宙空間を充満し、質量微粒子の中間的空間においては比較的希薄で、外へ向かって密度が増大する」エーテルの回転の結果と見なしていた。（中略）とくに目立つのは、彼が死の九年まえの一七一七年に、『光学』第二版のすこぶる短い序言のなかで、彼が引力を物質の根本的な力（essential property of bodies）とは決してみなしていない、と明言する必要があると言っていることである。他方でギルバートはすでに一六〇〇年に、磁気をすべての物質に宿っている力と見なしていた。つねに経験を重んじていた深遠な思想家ニュートンでさえ、あらゆる運動の「究極の力学的原因」については優柔不断だったのである。

もとより、人間精神にふさわしい輝かしい課題は、一般物理学全体を、重力の諸法則から生物体の（ブルーメンバッハ的）形成衝動に至るまで、有機的全体として立ち上げることである。しかし、われわれの自然知のひじょうに多くの分野の不完全な状態により、かの課題を果たすことは困難をきわめている。あらゆる経験が完全となりえないこと、観察の範域が無際限なため、物質の変化するものを物質そのもののさまざまな力から説明しようとする課題は、不明確なものとなる。知覚されたものは、知覚可能なものの総体から程遠い。（中略）新しい種々の物質、新しいさまざまな力がなお発見されるであろう。自然の多くのプロセス、たとえば光・熱・電磁気のプロセスも運動（振動）へ還元され、数学的思考の展開にアプローチしうるものとなった。するとなお残っているのは、しばしば言及されても克服しがたいかもしれない種々の課題で、さまざまな物質の化学的差異の原因、一見すべての法則を免れているかのような、惑星の大きさ・密度・黄道傾斜・軌道離心率、それらの衛星の数と距離、諸大陸の形態と最高の山脈の位置など山積している。ここで例示した空間的諸関係は、これまで、自然のなかに実際に存在しているものとして考察されるのみである。これらの諸関係の原因と連鎖がまだ探究されていなくても、私はそれらを偶然的とは呼ばない。それらは、われわれの惑星系形成のさいに起こった宇宙空間におけるさまざまな出来事の結果である。あるいは地層の最上層が大陸と山脈として隆起したさいのさまざまな地層構造学的プロセスの結果である。物理学的世界史の太古時代に関するわれわれの知見は、きわめて遠くまで遡るので、いま存在するものをあくまで生成しつつあるものとして叙述することができる。

したがって、さまざまな現象の因果関係がまだ完全に認識されえなかったとはいえ、コスモス論あるいは自然学的世界記述は、種々の自然科学の領域から切り離された教科ではない。それはむしろこの領域全体、天上と地上の両範域における諸現象を包括している。しかし、それはこれらの現象を、世界全体の認識を求めて努力するという全一的視点から包括している。「精神的および公共的範域における出来事の描写にさいし歴史研究者は、人間的見地から、世界統治プランを直接に探知するのではなく、それを、これらの範域が明らかにされるさまざまな観念にもとづいて感知できるのみである。」同様に、コスモス的諸関係を描写するにさいし自然研究者の内奥の意識を貫いているのは、世界を駆り立て、形成し、創造するさまざまな力の数は、これまで諸現象の直接の観察と分析から生じたものに尽きることは決してないということである。

4　原著第四巻（一八五八年）「地上の世界」序論

第三巻につづく第四巻の内容は、著者自身により本文中に記されている。「地表あるいは地殻の内部構造を描いたグラフの集積においては、ふつう特殊な図表に概略的地形図を先行させるものである。同様に、自然学的世界記述において私に最も適当と思われ、論述の理解に最もよく資するように見えたのは、私の著述の既刊二巻における一般的な高次の視点からの考察のあとに、観察の特殊な成果を分離して取り上げることである。これらの成果は、とりわけ、われわれの自然知の現状を基礎づけているものである。それゆえこれら二巻［二分冊となった原著と第三巻と第四巻］は、第三巻序論冒頭の覚書のあと、一般的自然絵画をたんに拡大し詳述したものと見なすことができる。コスモスにおける二つの範域のうち天文学部門がもっぱら第三巻で取り扱われたように、地球学部門はこの度刊行される最終巻（後半は原著第五巻）で論じられる。」

宇宙空間が一様な無機物の世界であるのに対し、地上の自然は種々異なる物質から成る、岩石・植物・動物に取り囲まれた人間特有の有機的世界である。晩年の思想詩集「神と世界」に美しく歌われているゲーテの形態学思想に歴史的契機を見出すのは比較的むずかしい。しかし『ファウスト』第二部第五幕のなかで、「見るために生まれてきた」塔守リュンコイスは、コスモスにほかならない「遠くと近く、月と星、森と鹿を眺め、万有のなかに永遠の飾り」（一一二八八―一一二九七行）を一瞬のうちに見ている。この詩的直観は、原著第四巻にあたる地球学的序論の末尾でフンボルト的に次のように敷衍される。「したがってアナクサゴラスの、存在するものは万有のなかで増えも減りもしない、古代ギリシア人たちが事物の消滅と呼ぶものは単なる分解である、という古い格言は真実であることが判明する。もっとも地上の範域は、一見すると、われわれの観察のおよぶ有機的物体世界の場として死と腐敗の作業場である。しかし、われわれが腐敗と呼ぶ緩慢な燃焼の大いなる自然プロセスは、いかなる絶滅をも招致しない。拘束を解除されたさまざまな物質は、結合して他の形成物となり、これらに宿っている駆り立てる力により、地球の胎内から新しい生命が芽生えてくる。」この根本思想はフンボルト青年期の論文集である『自然の諸相』所収の科学的エッセイ「生命力あるいはロードス島の守護神物語」にすでに記述されているだけではなく、近代自然科学的には、ヘルムホルツのエネルギーあるいは物質保存の法則として言い表わされていると思われる。

【要旨】（著者の意を体してＥ・ブッシュマンの口述筆記）『コスモス』の作業の仕方について（一般化）、最初の二巻と最後の二巻の内容と関係。一般的なものから段階的に特殊なものへ降りてくる、いま恒星天から地球へ。さまざまな距離の関係、天文学により崇高と静安の印象が生ずる。地上部分はさまざまな物質によりずっと多様性を呈示している。これら二つの範域のそれぞれが異なった影響をおよぼす。他のさまざまな天体をわれわれは引力に引かれる同質の物質とみなすだけで、さまざまな物質の差異を顧慮しない。宇宙空間の単調なイメージ。単純な運動の諸法則の探求。さまざまな物質の相互牽引［分子の牽引と引力］。近代の種々の発見と実例。これらの例においてさまざまな牽引力の作用は、種々の物質の異質性とそれらの化合努力の問題により近づくことを約束している。形状と混合のさまざまな差異は、物質に関するわれわれの全知識の諸要素である。物質交代、さまざまな物質の結合と脱結合が表示しているのは、さまざまなエレメントの永遠の循環である。もっとも地上の範域は死と腐敗の作業場である。しかし腐敗は絶滅ではなく、結合を脱したさまざまな物質は他の種々の形成物へとふたたび結びつけられる。

（前略）理解しやすさと明快な全体的印象を求めて努力してきた極めて包括的な著作において、全体の配列における構図と区分が豊富な内容よりほとんどもっと重要である。この必要がますます感じられるのは、自然の書である（『コスモス』において）さまざまな見解の一般化が、外的現象の客観性においても人間の内面（彼の想像力とさまざまな感情）への自然の反映においても、個々の成果の列挙から丹念に分離されなければならないからである。かの一般化においては、世界観が自然の全体として現れてくると同時にまた、人間が異なった地帯のもとで何世紀にもわたり、しだいにさまざまな力の協調作用を認識しようと努めてきた様子が立証されるのであるが、それは『コスモス』の最初の二巻に含まれている。さまざまな現象を意義深く集大成すること自体も、因果関係を認識させるのに適していないわけではない。しかしながら、一般自然絵画が爽快な印象を呼び起こしうるのは、一定の限界内に閉じ込められて、夥しい事実の堆積により見通しを失わない場合のみである。

地表あるいは地殻の内部構造を描いたグラフの集積においては、ふつう特殊な図表に概略的地形図を先行させるものである。同様に、自然学的世界記述において私に最も適当と思われ、論述の理解に最もよく資するように見えたのは、私の著述の既刊二巻における一般的な高次の視点からの考察のあとに、観察の特殊な成果を分離して取り上げることである。これらの成果は、とりわけ、われわれの自然知の現状を基礎づけているものである。それゆえこれら二巻は、第三巻序論冒頭の覚書のあと、一般自然絵画をたんに拡大し詳述したものと見なすことができる。コスモスにおける二つの範域のうち天文学部門がもっぱら第三巻で取り扱われたように、地球学部門はこの度刊行される最終巻で論じられる。このように、天地における被造物の太古からの単純かつ自然な区別――それはすべての民族のもとで、人間意識の最初期のさまざまな記念碑において現われてくる――はあくまで保持されている。

すでに万有において、無数の太陽（恒星）が孤立してであれ、あるいは互いに周行しながらであれ、はたまた星雲としてであれ発光している恒星天からわれわれの惑星系への移行が、大きく宇宙的なものから比較的小さい特殊なものへの下降を呈示している。考察の舞台がさらにずっと狭くなるのは、さまざまな形態をした太陽分野全体から、太陽のまわりを周行するただ一つの惑星、回転楕円体地球へと移行するばあいである。最も近い恒星ケンタウルス座α星の距離は、一六八〇年の彗星の遠日点まで計算して、われわれの太陽分野の直径の二六二倍もある。しかしながら、この遠日点はわれわれの地球より、太陽から八五三倍も遠く離れたところにある。これらの数字（ケンタウルス座α星から〇・九一八七秒の視差を計算して）がほぼ同時に規定しているのは、われわれに近い恒星天の領域の、太陽分野の推定された極限からの距離と、この限界の地球の位置からの距離である。

遠い宇宙空間を満たしているものを研究する天文学が、想像力に崇高なるものの極めて刺激的な印象を呼び起こすというその古い名声を維持しているのは、それが提供する計り知れない空間的・数量的関係、天体の運動における秩序と法則性の認識、観測と精神的研究の獲得された成果に対して払われる讃嘆の念のためである。規則性と周期性のこの感情は、ひじょうに早くから人間のこころを圧倒していたので、それはたびたび種々の言語表現に反映し、これらは星辰の秩序ある運行を指し示している。それに加え、天上の範域を支配するこれらの認識された諸法則は、その単純さのため恐らくもっとも驚嘆にあたいする。というのは、それらは堆積された計量可能な物質とその牽引力の尺度と分配のみにもとづいているからである。崇高なものの印象が、計りがたいもの、感性的に偉大なものから生じると、われわれ自身にはほとんど意識されずに、超感覚的なものを感性的なものと結合する神秘的なきずなにより、それは観念という他の高次の圏内へ移行する。計りがたいもの、無限性という境界のないもののイメージにはある力が宿っており、これは荘厳な気分へと刺激し、すべて精神的に偉大なもの、道徳的に崇高なものの印象におけるように、感動をあたえずにおかない。

壮麗な天体現象の眺めが広く同時に大衆全体におよぼす作用は、このような観念連合の影響をあかししている。星をちりばめた夜空を眺めただけで感受性のつよい人々の心に惹き起こされうるものは、比較的深い知識と観測機器の適用により増大される。人間がこれらの器具を発明したのは、自分の視力と共に観測の地平を拡大するためである。その際、万有における計り知れないもの、天文学的印象と一緒になるのはまた、法則的なものと規則性のある秩序との理念的結合により、平安という印象である。それが時間・空間の究めがたい深淵から除去してしまうのは、興奮した想像力がそれらに帰するぞっとするような恐怖である。天空のあらゆる方位で人間は、心情の自然な感受能力のおもむくまま、「星のよく見える夏空の静謐」を讃美する。

巨大空間と巨大な質量は自然学的世界記述のもっぱら天文学部門に属し、眼はその中で世界観の唯一の器官である。これに対し、地球学部門が有する圧倒的な長所は、異なったエレメント的な種々の物質のなかで科学的に識別可能なはるかに大きな多様性を提供しうることである。われわれの五官すべてを用いて、われわれは地上の自然と接触する。天文学が発光しつつ動く天体に関する知見として数学的処理にもっともアプローチしやすく、輝かしい高次の分析と光学分野の範囲を驚くほど広げるきっかけとなったのに対し、地上の範域だけが、さまざまな物質の差異と、これらの物質のさまざまな力の複雑な発現の仕方により化学その他の物理学的教科を基礎づけるものとなった。これらの教科が取り扱う諸現象は、これまでまだ熱と光を生ずるさまざまな振動から切り離されている。どの範域もこのように、それが提供する研究課題の本性により、精神的作業と人間の知識拡大に異なった影響を及ぼしてきた。(中略)

異なった化学物質とそれらの力の現われ方は無限に豊富であり、有機的自然全体と多くの無機物は形成し形づくる活動を活発に営み、物質交代は生成と破壊の永遠に変化する外見を呈している。そこで秩序づける精神は、地上の領分を隈なく探究しながら、しばしば意気阻喪しながら単純な運動の諸法則を求めて努力する。アリストテレスの自然学にすでに次のように言われている。「すべての自然の根本原理は変化するものと運動である。これらを承認しなかった者は、自然をも認識しない。」そして種々の物質の差異、「実体の違い」を指しながら、彼は運動を質的なものというカテゴリーに関係させて変形と呼んでいる。これは、再分離を排除しない単なる混合や浸透と異なる。

さまざまな液体が毛細管のなかで不規則に上下する現象、すべての有機細胞のなかで作用している、恐らく毛管現象の結果に違いない内浸透、多孔性物体のなかでのガス類の濃縮(酸素ガスはプラチナ硫化金属のなかで七〇〇気圧以上の圧力で、ツゲ木炭の炭酸の三分の一以上は細胞壁のところで滴下しうる液状状態で濃縮される)、触媒の化学作用はその現にあること(接触作用)により化合を促したり阻止したりしながら、みずからそのプロセスに参与しない、これらすべての現象が教えているのは、さまざまな物質が無限に小さな間隔で引力を及ぼし合い、この引力はそれらの特殊な実体に依存していることである。このような種々の引力は、それらによって惹き起こされた、しかしわれわれの肉眼では見えない運動なしには考えられない。

分子相互の引力が、地球体の表面における不断の運動の原因として、そして恐らくきっとその内部においても、さまざまな惑星とその種々の中心的天体をも不断に動かしている万有引力とどのような関係にあるのかは、われわれには全く未知である。このように純粋に自然学的な問題を部分的に解決するだけでも、この方法で実験と思考連合が到達しうる最高の偉業が達成されるであろう。いま触れたばかりの対立において私は、宇宙空間のなかで無限の距離をおいて支配し、距離の二乗の反比例という関係にある牽引力を、通常なされるように、もっぱらニュートンの引力と呼びたくはない。このような表示は、すでに両方の力の発現を承認していたが、厳密に分離しはしなかった偉大な人物の追憶に対してほとんど不当な扱いをすることになるからである。将来のさまざまな発見を見事に予感していた彼が試みるべきでなかったのは、光学への追記「毛細管引力」において、当時、化学的親和力について知られていたごく僅かのことを万有引力に帰することであった。

感覚世界においては、とりわけ海の水平線に蜃気楼がかすかに現われ、期待に満ちた発見者にしばしの間、新しい国土の所有を約束する。同様に、思想世界のはるか彼方の領域にある理念的地平に、真摯な研究者にも前途有望な多くの期待が浮かび上がってはまた消えていった。もとより、近代における数々の大発見はたとえば接触電気のように期待感を高めるのに適していた。同じく、滴下しうる状態あるいは氷結したさまざまな液体によってさえ惹き起こされるという回転磁気、すべての化学的親和性を優勢な極性をおびた原子の電気的諸関係の結果とみなす実験の成功、類質同像物質理論の結晶形成への適用、生気づけられた筋肉繊維の電気的状態のいろいろな現象、至点の影響（太陽光線の温度上昇）について獲得された知見、すなわち大気圏の一成分である酸素の磁気的感受能力と伝播力の多少に及ぼす影響などである。物体世界のなかでは思いがけず、未知の現象グループがかすかに立ち現われてくる場合がある。すると、すでに探究されたものとの関係が不明であったり、それと矛盾しているようにさえ見えたりするならば、なお一層新しい発見に近づいたと信じることもある。

私が優先的にあげた諸例において、運動をおこす牽引力のさまざまな動的作用は新しい道を開拓するようにみえ、そこで人々は、もともと不変の、それゆえエレメント的と呼ばれたさまざまな物質（酸素・水素・硫黄・カリ・燐・錫）の異質性とそれらの結合努力（化学的親和性）の程度に関する諸問題の解決に近づきたいと望んだ。しかし繰り返すことになるが、形状と混合の差異は物質に関するわれわれの全知識のさまざまな要素である。それらは抽象化されたものであって、そのもとでわれわれは、普遍的に動かされた世界全体を、測定しつつ同時に分解しながら把握できると思っている。雷酸塩がかすかな力学的圧力のもとで爆鳴を発すること、もっと恐ろしい塩化窒素が火を伴って爆発することは、塩素ガスと水素ガスが直射光（とくに紫外線の）照射のさいに爆鳴を発しながら化合するのと対照的である。物質代謝・拘束・脱拘束は、無機的自然においても、動植物の生きた細胞においても、エレメントの永遠の循環を表示している。「しかし現在ある物質の量は同一のままである。エレメントは相互の相対的位置を入れ替えるだけである。」

したがってアナクサゴラスの、存在するものは万有のなかで増えも減りもしない、古代ギリシア人たちが事物の消滅と呼ぶものは単なる分解である、という古い格言は真実であることが判明する。

もっとも地上の範域は、一見すると、われわれの観察のおよぶ有機的物体世界の場として死と腐敗の作業場である。しかし、われわれが腐敗と呼ぶ緩慢な燃焼の大いなる自然プロセスは、いかなる絶滅をも招致しない。拘束を解除された種々の物質は、結合して他の形成物となり、これらに宿っている駆り立てる力により、地球の胎内から新しい生命が芽生えてくる。

5　原著第五巻（一八六二年）「遺稿からの断片」序論

原著第四巻において指摘されている最初の二巻の中心的部分、すなわち「自然絵画」と「自然学的世界観の歴史」は、それぞれ序論的論考を伴った膨大な本論として収録されているが、原著者のもともとの意図は、最終第五巻においても序論として的確に言い表わされている。その際、フンボルトの際立った人文学的特徴として称揚されるのは、専門の自然科学者でありながら常に該博な歴史意識をもち、自然認識における先人の広義の文学的卓見や業績に敬意を表していることである。ゲーテでさえ『色彩論』歴史編において、自説の正しさを確認するため、人類の色彩学研究史を顧慮せざるをえなかった。

この断片的遺稿の序論において、「十年まえまで私がなお抱いていた希望は、私の『コスモス』第二巻の終わりがあかしているように、いまや三巻を占めている特殊な観察の主要研究成果を唯一の最終巻に合一させることであった」と述べたフンボルトが愛惜の情をもって追憶しているのは誰よりも、自らの「コスモス」出版をかつてのイエズス会学院の生徒として断念せざるを得なかったデカルトのことである。現代の科学者のなかで彼がとりわけ尊敬していたように見えるのは、カント=ラプラース説の同時代者ラプラースである。「私の側で成し遂げたと思うのは、私の内的傾きと能力に応じて企てられるだけのことである。私が願ったのは、ラプラースの卓越した『宇宙の体系論』を模範に自分の著作を物にすることであった。彼の没したアーキュエーユの近く、パリ天文台の経度観測局のなかで私は、ゲイ=リュサックとアラゴとともに二十年間をすごす幸いに恵まれた。」フンボルトは『新大陸赤道地方紀行』をラプラースに「称讃と感謝のささやかなしるしとして」捧げているが、彼の絶筆となった『コスモス』も、それと同様、まことにパリにおける個人的独仏友情のあかしなのである。

そればかりではなく、この畢生の大著を最晩年に完成しようと努力したフンボルトの意図は究極において、十九世紀のナショナリズムの時代に人類の普遍性、したがってフマニテートの理想をヘルダーと同様に改めて強調することであった。『コスモス』第一巻の結びにおいて彼はすでに「人類が一つであることを主張することにより、われわれは、高次の人間と劣った人種がいるといういかなる不愉快な仮定にも反対する」と明言し、注において人種差別の理論的淵源がまさにギリシアの碩学アリストテレスにあることに注意をうながした。対照的な実例として彼は、第二巻序論「自然研究への刺激手段」のI「自然記述」において小プリニウスのローマ時代に普通であった奴隷に対する寛容な態度を指摘している。「この富める人は同時代の最も学識ある者の一人であったばかりではなく、古代では少なくともめったに見られないことであるが、下層階級の不自由な民衆に対する純粋に人間的な同情の念をも抱いていたのである。小プリニウスの別荘では足かせはなく、奴隷は農夫として自分で獲得したものを遺産として自由に相続させることができた。」
そしてベルリンの一部の聖職者から無神論的な「宮廷共和主義者」呼ばわりをされていたフンボルトは、「世界観の歴史」Ⅳにおけるローマ時代の叙述の末尾において、次のように記した。「しかし全人類の連帯と一致、そのあらゆる部分が同等の権利を有しているという感情には、より気高い起源があった。それは心情と宗教的確信の内的衝動にもとづいている。人類が一つであるという概念を呼び起こすことに主として寄与したのはキリスト教である。それによりキリスト教は、諸民族の風俗習慣と諸制度を（ヴィルヘルム・フォン・フンボルトが称揚しているように）〈人間化する〉ことに有益な作用をおよぼした。しかし初期キリスト教の教義と深く織り合わされて、フマニテートの概念は徐々にしか形をなすことができなかった。」彼の確信によれば、このような不自然なさまざまな障害、その他多くの、人類の精神的進歩と社会状態の改善の妨げになるものは、しだいに消滅する。なぜなら、人類は「兄弟となった大きな一つの種族、ある一つの目的（内面の力の自由な発展）の達成のために存在する全体」として歴史に登場してくるからである。自然科学者が科学技術を必ずしも平和目的とフマニテート促進のために利用するとは限らない時代に、まことに感銘深い言葉である。

私が『コスモス』の最終第五巻に指定するこの序論は、地上のさまざまな現象をその純然たる客観性において描写することを完結する。それゆえ、第四巻の続編とみなされる本巻はこれをもって、私の著作におけるもともとのプランに従い、ふつう自然学的地球記述と呼びならわされているものの、ある程度まで完結した全体を形づくっている。長いあいだの私の願いは、この第五巻を、第四巻［地球学部門］の第二部として第一部と同時に刊行することであった。それは単一の天文学部門である第三巻と対をなすものであった。しかし、この願いを叶えることにより惹き起こされた、もっと不都合な出版延期は妨げとならざるをえなかった。
天文学の巻においては、天体の邪魔し合い（摂動）また調停するさまざまな運動（われわれの惑星系のなかで周行している隕石小惑星との接触を除き）および、われわれの知覚のために同種のさまざまな物質の活動のみを叙述すればよかった。これに対し『コスモス』の地球学部門は、運動する力の動的な種々の作用とならんで、さまざまな物質の特殊な差異の驚くほど複合した強い影響を明らかにしている。取り扱われる錯綜した、相対的に豊富な材料のいま触れた差異のある程度までの原因は（自己弁護とまで言わないにしても）、個々の巻の刊行時期にかなり大きな間隔があることである。しかし遅延が増していく主な理由は、ほとんど九十歳になる老人の生命力の衰えにある。深夜におよぶ仕事がコンスタントに行なわれても、進捗ははかばかしくなくなり、自信もだんだんなくなっていくのである。私が『コスモス』第一巻の序言に「波乱万丈の人生の晩秋」と呼んだ時以来すでに、十二年以上の歳月が過ぎ去ったのである。（中略）
デカルトが執筆していた彼の「コスモス論」（Le Traité du Monde）は、「さまざまな現象の世界全体（天上の範域ならびに、彼が有機的および無機的自然について知っていたすべてのこと）」を包括する予定であった。その頃彼は——一六九一年ベイレにより公表された——友人のメルセンヌ神父に宛てた手紙の中でたびたび、仕事がゆっくりしか進まないことと、膨大な資料を整然とならべることの難しさについて、いたく嘆いている。解剖学にさえ精通していたこの多面的な哲学者の嘆きは、彼が十九世紀の半ばに、豊富に満たされた宇宙空間と地球の拡大された範域の意気阻喪させるような眺めをもし経験できたならば、いかばかり大きくなるであろうか。十年まえまで私がなお抱いていた希望は、私の『コスモス』第二巻の終わりがあかしているように、いまや三巻を占めている特殊な観察の主要研究成果を唯一の最終巻に合一させることであった。優美なフォルムをある程度まで保持しようとするならば、あらかじめ認識された限界内で一般世界絵画を描くほうが、種々異なったグループに分けて個々の要素に照明を当てるよりも容易である。研究成果はわれわれの科学的認識における一定の時期に、とりわけこれらの要素にもとづいていると信じられるからである。

少なくとも持続的な勤勉さで遂行された仕事を完結するに当たり、著者に許されると思われるのは、もう一度次の問いに触れることである。すなわち、コスモスに関する彼の著書はもともと予定されていたプランに忠実に従っていたか否かということである。制限とさえ言いたいこのプランは、彼の個人的意見によれば、獲得された知識の現状に鑑み得策であるようにみえた。本書で私が努めたのは、経験により与えられたもの（所与すなわちデータ）、さまざまな現象の考察、発展可能なものを自然の全体へと集大成することである。不断に活動するリアルな自然プロセスのさまざまな相互移行に関する見解を一般化すること（現代の最もすばらしい研究成果の一つ）が導いていくのは、認識できるあるいは少なくとも予感される限りのさまざまな法則の探究である。明晰な生きいきとした言語は、諸現象の客観的な描写においても、外界の自然のコスモスにおける精神的生活、すなわち思想世界と感情世界への反映においても、このような未だかつて仕上げられたことがないと言ってさしつかえないと思われる構図の必然的な条件の一つである。私のさまざまな努力を列挙することにより、その本性上、不可避的に促されるのは、私によって試みられたものと形而上学的な自然科学の大胆な試みとの関係に思いを致すことである。後者は、深遠な哲学者たちが精神の哲学に対立して自然哲学と呼ぶものである。すでに早くから私が、尊敬する何人かのドイツの友人たちに異をとなえて率直に明言してきたのは、私が一般化への大きな傾きを有しているにもかかわらず、自然の合理的科学（完成された自然哲学で、その約束するところによれば、万有の諸現象の理性による把握だといわれる）の樹立がこれまで達成不可能な企てのように見えるということである。感性的知覚により認識されたもののいかに多くのものが、いかに数学的思考の発展に疎遠なままだろうか。外見上すべての法則の埒外にあるのは、惑星と衛星の大きさ・密度・黄道傾斜・軌道偏心率、諸大陸の沿岸の形状と地面隆起における形態であるが、それらは恐らく、現代において起こった（一八四五年十二月）（オーストリアの天文学者により発見された）ビエラ彗星の絶え間ない分裂と同様、非常にあとから生じたコスモス的事象の結果である。それに加え、われわれはまだまだ自然のすべての元素的物質とすべての力（さまざまな活動）を知らない。それに際限のない観測範域は、あらたに発明された観測機器（道具）により日々拡大されていく。そればかりでなく、思弁のいついかなる時点においても認識が完結しえないことから、理論的自然哲学の課題はある程度まで不明確なものになる。

自然記述は現在、さまざまな現象の個々のグループにおいてのみ自然の説明へと導いていく。孜々とした研究努力が向けられていなければならないのは（ここであえて繰り返すが）種々の条件に対してであって、これらのもとで、リアルなプロセスが自然および世界と呼ばれる大きな錯綜した共同体のなかで生起し、またそれが向けられていなければならない諸法則は、個々のグループにおいて確実に認識されるのである。しかし、さまざまな法則から原因そのものへ遡ることは、必ずしもいつも成功するとは限らない。部分的因果関係の探究と、われわれの自然学的認識におけるさまざまな一般化の漸進的増加は、現在のところ、コスモス論的作業の最高の目的である。

古代ギリシアの観念世界においてすでに、エフェソスの力強いヘラクレイトス、エンペドクレス、アナクサゴラスの逞しい洞察力にも、特殊な物質的差異と物質交代（種々のエレメントの相互移行）は、解決しがたい難問であった。現代において、化学者たちの多数のいわゆる単純な物体［元素］の物質的差異、炭（ダイヤモンド、黒鉛とともに）、燐、硫黄の同素体と同様である。理論的自然哲学の不確かで難しい課題を如実に叙述したからといって、私は思想世界の気高い重要な分野における、かつて成功をおさめた試みを諫止する気は毛頭ない。もとより、ケーニヒスベルクの不滅の哲学者［カント］が著した『自然科学の形而上学的基礎』は、この偉大な精神がつくり出した産物のなかで最も注目すべきものの一つである。彼は自分のプランをみずから制限しようとしていたように見える。彼は序言において、「形而上学的自然科学は、数学が形而上学的命題と結ばれうるところ以上には達しない」と述べている。長いこと私の友人であり、カントの見解を熱烈に信奉している思想家ヤコブ・フリードリヒ・フリースは、彼の哲学史の末尾で次のように明言しなければならないと思っている。「一般物理学（Naturlehre）が一八四〇年までに行なった数々の驚嘆すべき進歩のうち、すべては観察・幾何学・数学的分析法に属している。これらの発見にさいし自然哲学はなんの役にも立たなかった。」これまでの不毛のあかしが、将来へのすべての希望を水泡に帰してしまわなければよいと思う。なぜなら、現代の自由思想の持主にふさわしくないのは、自然現象の連鎖にいっそう通暁しようとして、同時に帰納法とアナロジーにもとづくいかなる哲学的試みをも、底なしの仮説として無下に退けてしまうことである。また自然が人間に賦与した素質のなかで、因果関係を詮索しようとする理性をけなしたり、あらゆる発見と創造に必須の活発な刺激的想像力を断罪したりするのもそうである。

われわれは天体力学においても、作用する力の単純さにもかかわらず、天体の存在の多くの状態のなかでその生成の終わった状態を認識することはない。また惑星間の距離、その質量、大きさ、黄道傾斜および星群と星雲の形状にある数量的関係においてさえ、これまですべては数学的思考展開の埒外にある（すでに所見を述べたように、恐らくこれらの諸関係がひじょうに種々異なった特殊な天体的出来事の結果であるため）。同様に、地球の範域では物質的差異が活動的に立ち現われ、さまざまな問題が錯綜しているため、世界記述が同時に世界の説明となる希望は生ずることがなかった。プラトンの一般化する精神的威力さえ充分ではないと思われるのは、解決の試みのどの時点においても、知識の高まったどの段階においても、諸現象がそのもとで示されるすべての条件を知っているという確信が欠けているからである。またその活動的な力が神秘的に発現してくるすべての物質も知られていない。（中略）

自然学的世界記述を完成中に達した年齢と、体力の衰えの感情に促されて私は、この著作がその遅延した完結までに読者から賜った思いがけない寛大なご理解にかんがみ、今後もこの寛大さをなるべく維持していただきたいという願いを言い表わそうとするかもしれない。しかし私には若いときから、私の全精神活動をつらぬき鼓舞してきた科学的自尊心があり、そのため私はかの願いと裏腹に、自分の仕事を以前よりももっと厳格に扱いたいという欲求を感じている。『コスモス』全五巻は、それらが少なくとも九つの異なった言語に翻訳出版されているため、ますます江湖に広まっている。夥しい事実と、とくに本文と長短合わせて二千五百におよぶ注の数量的記載のため、しばしば誤ったことが私の責任あるいは翻訳者たちの過誤のため忍び込んだに違いない。私がここで誤ったことと呼ぶのは、のちに発見されたものに反することではなく、著作の一つの巻が印刷された時点で、当時の知識の状態に照らしてすでにもはや根拠のなかったことである。しかし、不正確に観察された事実や、事実の装いのもとに広められるさまざまな意見は、リアルな自然プロセスに関する錯綜した仮説よりも追放しがたいのである。

私が自分の大事な義務を怠ったと気遣う必要がないようにしておかなければならないことがある。『コスモス』最終巻の序論の終わりに、私にとりきわめて重要な助力に対し公に感謝することである。すでに十三年以上も私は貴重な友人のお陰をこうむっており、私の兄ヴィルヘルム・フォン・フンボルトもジャワ島のカーヴィ語および人間の言語構造の差異性に関する哲学的研究にさいし絶大な助力を得ることができたのである。出版された『コスモス』の一ページたりといえども、原稿と校正刷りにおいて、ベルリン王立図書館の司書官で、科学アカデミーの会員であるエドワルト・ブッシュマン教授の鋭い検討を経ないものはなかった。彼はまた私の手稿の管理者であり、長いことと愛情をこめてそれを整理整頓してくださった。彼の倦むことを知らない活動と東南アジアの言語に関する造詣の深さのおかげで、われわれは兄の大著の続編をマレー語族の多岐にわたる資料で補充することができた。アメリカ語族の詳細はまだほとんど分析されていないのであるが、彼は私の兄とともにその研究に鋭意沈潜し、新大陸における初期の民族移動と人類発展の歩みに関する歴史的記念碑を解明しようとする彼の努力は、多数の注目すべき研究成果を明るみに出した。（中略）

自然学的世界記述の草案における種々異なった豊富な資料を集中的に扱いたいという切なる願望のため、私はいっそう真剣にフォルムの正確さを求めて努力しなければならなかった。波乱万丈の生活を送るなかで私はさまざまな異なった言語で執筆する破目になったが、私はいつも、信頼にあたいする友人たちに印刷原稿を提示した。なぜなら、表現の色調はその躍動の高まりにおいて同一であってはならないからである。純粋な客観性において書き下ろされた簡潔な自然記述と、人間の感情と内的本性に対する外界の自然の反映とでは異なるのである。しかし、どの文学においてもこの境界線はそれぞれの言語の本質と民族精神に従って異なる仕方で引かれており、詩的散文かどうかの判断を免れてしまう。自国でのみ、生得の祖国の言語においてのみ、自己の感情により、適切な程度の色調はあたかも無意識のうちに決まってくる。この能力を承認することは、成功をおさめようとすることへの僭越な信念とは縁遠いものである。ただここで、細心の注意をはらって努力すべきこととして示しておきたいのは、フォルムの完成により、科学的著作と文学的著作において個々の領域のあいだにある親和性に留意することである。それは前者に危険をもたらすことは決してない親和性と取り扱い方法である。

（一八五八年七月記す）

『コスモス』参考文献

原　典

Kosmos. Entwurf einer physischen Weltbeschreibung von Alexander von Humboldt. Verlag der J. G. Cotta'schen Buchhandlung Stuttgart. o. J. (1885-1890) in zwei Bänden (1. Bd. 349 S., 2. Bd. 366 S., 3. Bd. 466 S., 4. Bd. 575 S.)

Alexander von Humboldts Kosmos. Entwurf einer physischen Weltbeschreibung. Mit einer biographischen Einleitung von Berndhard von Cotta. Jubiläumausgabe zum 14. September 1869. 4 Bände. Verlag der J. G. Cotta'schen Buchhandlung Stuttgart.

Alexander von Humboldt Studienausgabe in 10 Bänden. Band 7. Teilband 1 & 2. Herausgegeben und kommentiert von Hanno Beck. Wissenschaftliche Buchgesellschaft. Darmstadt 1987.

Alexander von Humboldt: Kosmos. Entwurf einer physischen Weltbeschreibung. Ediert und mit einem Nachwort versehen von Ottmar Ette und Oliver Lubrich. Eichborn Verlag. Frankfurt am Main 2004.

選集版

Humboldts Kosmos. In verkürzter Gestalt herausgegeben von Paul Schettler. Greiner und Pfeiffer Verlag. Stuttgart o. J. (um 1905)

Alexander von Humboldt: Kosmos. Entwurf einer physischen Weltbeschreibung. Für die Deutsche Bibliothek ausgewählt und eingeleitet von Wilhelm Bölsche. Berlin 1913.

Alexander von Humboldt: Kosmische Naturbetrachtung. Sein Werk im Grundriß. Herausgegeben von Rudolph Zaunick. Alred Kröner Verlag. Stuttgart 1958.

Kosmos und Humanität. Alexander von Humboldts Werk in Auswahl. Herausgegeben und eingeleitet von Fritz Kraus. Verlag Schibli-Doppler. Birsfelden bei Basel o. J. Lizenzausgabe: Bremen 1960.

Alexander von Humboldt: Ansichten der Natur. Ein Blick in Humboldts Lebenswerk. Ausgewählt und eingeleitet von Herbert Scurla. 3., veränd. Aufl. Verlag der Nation. Berlin 1977.

Alexander von Humboldt: Kosmos für die Gegenwart. Bearbeitet von Hanno Beck. Brockhaus. Stuttgart 1978.

関連文献

Kosmos für Schule und Laien. Gemeinfaßlicher Abriß der physischen Weltbeschreibung nach Alexander von Humboldts Gesichtspunkten von K. G. Reuschle, 2 Bände in einem Band. Hallberger'sche Verlagsbuchhandlung. Stuttgart 1850.

Briefe über Alexander von Humboldt' Kosmos. Ein Commentar zu diesem Werke für gebildete Laien. Erster Theil. Bearbeitet von Berndhard Cotta. T. O. Weigel. Leipzig 1848.

Briefe über Alexander von Humboldt' Kosmos. Ein Commentar zu diesem Werke für gebildete Laien. Zweiter Theil. Bearbeitet von Julius Schaller. T. O. Weigel. Leipzig 1850.

Briefe über Alexander von Humboldt' Kosmos. Ein Commentar zu diesem Werke für gebildete Laien. Dritter Theil. Bearbeitet von Berndhard Cotta. T. O. Weigel. Leipzig 1855.

Alexander von Humboldt: Kleinere Schriften. Erster Band. Geognostische und physikalische Erinnerungen. J. G. Cotta' scher Verlag. Stuttgart und Tübingen 1853.

Alexander von Humboldt: Über das Universum. Die Kosmos-Vorträge 1827/28 in der Berliner Singakademie. Herausgegeben von Jürgen Hamel und Klaus-Harro Tiemann in Zusammenarbeit mit Martin Pape. Insel taschenbuch 1540. Insel Verlag. Frankfurt am Main und Leipzig 1994.

Alexander von Humboldt: Die Kosmos-Vorträge 1827/28. Herausgegeben von Jürgen Hamel und Klaus-Harro Tiemann in Zusammenarbeit mit Martin Pape. it 3065 Insel Verlag. Frankfurt am Main und Leipzig 2004.

Manfred Osten: Alexander von Humboldt. Über die Freiheit des Menschen. It 2521 Inselverlag. Frankfurt am Main und Leipzig 1999.

参考資料

Carl Gustav Carus: Zwölf Briefe über das Erdleben. Nach der Erstausgabe von 1841 herausgegeben von Christoph Bernoulli und Hans Kern. Niels Kampmann Verlag. Celle 1926.

Helmut de Terra: Alexander von Humboldt und seine Zeit. F. A. Brockhaus. Wiesbaden 1959. Amerikanische Ausgabe 1955.

Heinrich Pfeiffer (Hrsg.): Alexander von Humboldt. Werk und Weltgeltung. R. Piper & Co Verlag. München 1969.

Friedrich Herneck: Abenteuer der Erkenntnis. Fünf Naturforscher aus drei Epochen. Buchverlag Der Morgen. Berlin 1973.

Alexander von Humboldt. Netzwerke des Wissens. Ausstellungskatalog. Berlin 1999.

Alexander von Humboldt: Kritische Untersuchung zur historischen Entwicklung der geographischen Kenntnisse von der Neuen Welt und den Fortschritten der nautischen Astronomie im 15. und 16. Jahrhundert. Nach der Übersetzung aus dem Französischen von Julius Ludwig Ideler ediert und mit einem Nachwort versehen von Ottomar Ette. Insel Verlag. Frankfurt am Main und Leipzig 2009.

Alexander von Humboldt. Das große Lesebuch. Herausgegeben von Oliver Lubrich. Fischer Taschenbuch Verlag. Frankfurt am Main 2009.

Gerhard Schulz: Romantik. Geschichte und Begriff. Beck'sche Reihe. C. H. Beck. München 1996.

Reisen deutscher Romantiker. Deutsche Reihe Bd. 75, herausgegeben von Ernst Vincent. Eugen Diederichs Verlag. Jena 1938.

Dietmar Henze: Enzyklopädie der Entdecker und Erforscher der Erde. Wissenschaftliche Buchgesellschaft. Darmstadt

書簡集

Briefe von Alexander von Humboldt an Varnhagen von Ense aus den Jahren 1827 bis 1858. Nebst Auszügen aus Varnhagens Tagebüchern, und Briefen von Varnhagen und andern an Humboldt. F. A.

Brockhaus. Leipzig 1860.

Goethe's Briefwechsel mit den Gebrüdern von Humboldt. (1795-1832) Im Auftrage von Goethe'schen Familie herausgegeben von F. Th. Bratranek. F. A. Brockhaus. Leipzig 1878.

Goethes Briefwechsel mit Wilhelm und Alexander v. Humboldt. Herausgegeben von Ludwig Geiger. Hans Bondy Verlag. Berlin 1909.

Briefwechsel zwischen Alexander von Humbodt und Carl Gustav Jacob Jacobi. Herausgegeben von Herbert Pieper. Akademie-Verlag. Berlin 1987.

Ingo Schwarz / Klaus Wenig (Hg.): Briefwechsel zwischen Humboldt und Emil du Bois-Reymond. Beiträge zur Alexander-von-Humboldt-Forschung. Akademie Verlag. Berlin 1996.

研究書

Walther Linden: Alexander von Humboldt. Weltbild der Naturwissenschaft. Hoffmann und Campe Verlag. Hamburg 1940.

Friedrich Muthmann: Alexander von Humboldt und sein Naturbild im Spiegel der Goethezeit. Artemis-Verlag. Zürich und Stuttgart 1955.

Anneliese Dangel: Alexander von Humboldt. Sein Leben in Bildern. Verlag Enzyklopädie. Leipzig 1959.

Kurt Schleucher: Alexander von Humboldt. Preußische Köpfe. Stapp Verlag. Berlin 1988.

Kurt Schleucher: Alexander von Humboldt. Der Mensch. Der Forscher. Der Schriftsteller. Eduard Roether Verlag. Darmstadt o.J.

Adolf Meyer-Abich: Die Vollendung der Morphologie Goethes durch Alexander von Humboldt. Ein Beitrag zur Naturwissenschaft der Goethezeit. Vandenhoeck & Ruprecht. Göttingen 1970.

Klaus Hammacher (Hrsg.): Universalismus und Wissenschaft im Werk und Wirken der Brüder Humboldt. Vittorio Klostermann. Frankfurt 1976.

Petra Werner: Himmel und Erde. Alexander von Humboldt und sein Kosmos. Akademie Verlag. Berlin 2004.

Annette Graczyk: Das literarische Tableau zwischen Kunst und Wissenschaft. Wilhelm Fink Verlag.

München 2004.

Naoji Kimura / Karin Moser v. Filseck (Hg.): Universalitätsanspruch und partikulare Wirklichkeiten. Natur- und Geisteswissenschaften im Dialog. Königshausen & Neumann. Würzburg 2007.

H. Walter Lack: Alexander von Humboldt und die botanische Erforschung Amerikas. Prestel Verlag. München/Berlin/London/New York 2009.

Manfred Geier: Die Brüder Humboldt. Eine Biographie. Rowohlt Verlag. Reinbek bei Hamburg 2009.

Thomas Richter: Alexander von Humboldt. In rowohlts monographien. Rowohlt Taschenbuch Verlag. Reinbek bei Hamburg 2009.

Thomas Richter: Alexander von Humboldt: "Ansichten der Natur" Naturforschung zwischen Poetik und Wissenschaft. Stauffenburg. Tübingen 2009.

『コスモス』参考文献

使用辞典類
『地学辞典索引』渡部貫編（古今書院、1935年）
『新版　地学事典』地学団体研究会編（平凡社、1996年）
『世界人名辞典』大類伸監修（東京堂出版、1952年）
『世界文芸辞典西洋篇』第六版（東京堂、1953年）
『西洋美術辞典』今泉篤男・山田智三郎編（東京堂、1954年）
『岩波西洋人名辞典』（岩波書店、1956年）
『ギリシア・ローマ古典文学参照辞典』アウグスチン・シュタウプ編（中央出版社、1971年）
『岩波理化学辞典』第三版（岩波書店、1975年）
『増補改訂　新潮世界文学辞典』新潮社辞典編集部編（新潮社、1990年）
『世界人名辞典』金子雄司・富山太佳夫編（岩波書店、1997年）
『科学者人名事典』科学者人名事典編集委員会編（丸善株式会社、1997年）

邦語文献
アレクサンダー・フォン・フンボルト『新大陸赤道地方紀行』全三巻、エンゲルハルト・ヴァイグル編、大野英二郎・荒木善太訳（岩波書店、2001/2003年）
ピエール・ガスカール『探検博物学者フンボルト』沖田吉穂訳（白水社、一九八九年）
ダグラス・ボッティング『フンボルト――地球学の開祖』西川治＋前田伸人訳（東洋書林、2008年）
西川　治『人文地理学入門――思想史的考察』（東京大学出版会、1985年）
西川　治『地球時代の地理思想――フンボルト精神の展開』（古今書院、1988年）
手塚章編『続・地理学の古典――フンボルトの世界』（古今書院、1997年）
山野正彦『ドイツ景観論の生成――フンボルトを中心に』（古今書院、1998年）
ダニエル・ケールマン『世界の測量　ガウスとフンボルトの物語』（三修社、2008年）
フンボルト『自然の諸相　熱帯自然の絵画的記述』木村直司編訳（筑摩書房、2012年）
佐々木博『最後の博物学者　アレクサンダー・フォン・フンボルトの生涯』（古今書院、2015年）
アンドレア・ウルフ『フンボルトの冒険』鍛原多恵子訳（NHK出版、

2017年）
木村直司『フンボルトのコスモス思想——自然科学の世界像』（南窓社、2019年）
木村直司『詩人的科学者ゲーテの遺産——自然知による人間形成』（南窓社、2022年）
W・フンボルト『教養への道——或る女友達への書簡』上・下巻　小口優他訳（モダン日本社、1942年）

木村直司（きむら なおじ）

1934年札幌生まれ。1965年ミュンヘン大学 Dr. phil.
現在，上智大学名誉教授，ドイツ文芸アカデミー会員，ウィーン文化科学研究所（INST）会長。

著訳書：

『ヘルダー言語起源論』（大修館書店，1972年）
『ゲーテ研究—ゲーテの多面的人間像』（南窓社，1976年）
『続ゲーテ研究—ドイツ古典主義の一系譜』（南窓社，1983年）
『ゲーテ研究余滴—ドイツ文学とキリスト教的西欧の伝統』（南窓社，1985年）
『ドイツ精神の探求—ゲーテ研究の精神史的文脈』（南窓社，1993年）
『ゲーテ色彩論』（ちくま学芸文庫，2001年）その他。
『ドイツ・ヒューマニズムの原点—欧州連合の精神史的背景』（南窓社，2005年）
『ドナウの古都レーゲンスブルク』（NTT 出版，2007年）
『ゲーテ・スイス紀行』（ちくま学芸文庫，2011年）
『フンボルト自然の諸相』（ちくま学芸文庫，2012年）
『ソフィアの学窓』（南窓社，2013年）
『屋根裏のコックピット』（南窓社，2015年）
『イザールアテンの心象風景』（南窓社，2016年）
『ロゴスの彩られた反映』（南窓社，2016年）
『フンボルトのコスモス思想』（南窓社，2019年）
『詩人的科学者ゲーテの遺産—自然知による人間形成』（南窓社，2022年）
Goethes Wortgebrauch zur Dichtungstheorie im Briefwechsel mit Schiller und in den Gesprächen mit Eckermann. Max Hueber Verlag, München 1965.
Jenseits von Weimar. Goethes Weg zum Fernen Osten. Peter Lang Verlag, Bern 1997.
Der „Ferne Westen“ Japan. Zehn Kapitel über Mythos und Geschichte Japans. Röhrig Universitäts-Verlag. St.Ingbert 2003.
Der ost-westliche Goethe. Deutsche Sprachkultur in Japan. Peter Lang Verlag, Bern 2006.
Spiegelbild der Kulturen. Philologische Wanderjahre eines japanischen Germanisten. Peter Lang Verlag. Bern 2018.

南窓社創立六十周年記念出版
ゲーテとフンボルト兄弟
—コスモスと人間性—
二〇二四年四月二十五日 発行
著者 木村直司
発行者 松本訓子
発行所 株式会社南窓社
東京都千代田区西神田二—四—六
電話(〇三)三二六一—七六一七
FAX(〇三)三二六一—七六二三
E-mail: nanso@nn.iij4u.or.jp

ISBN 978-4-8165-0481-5